去……行经险地,九死一生。

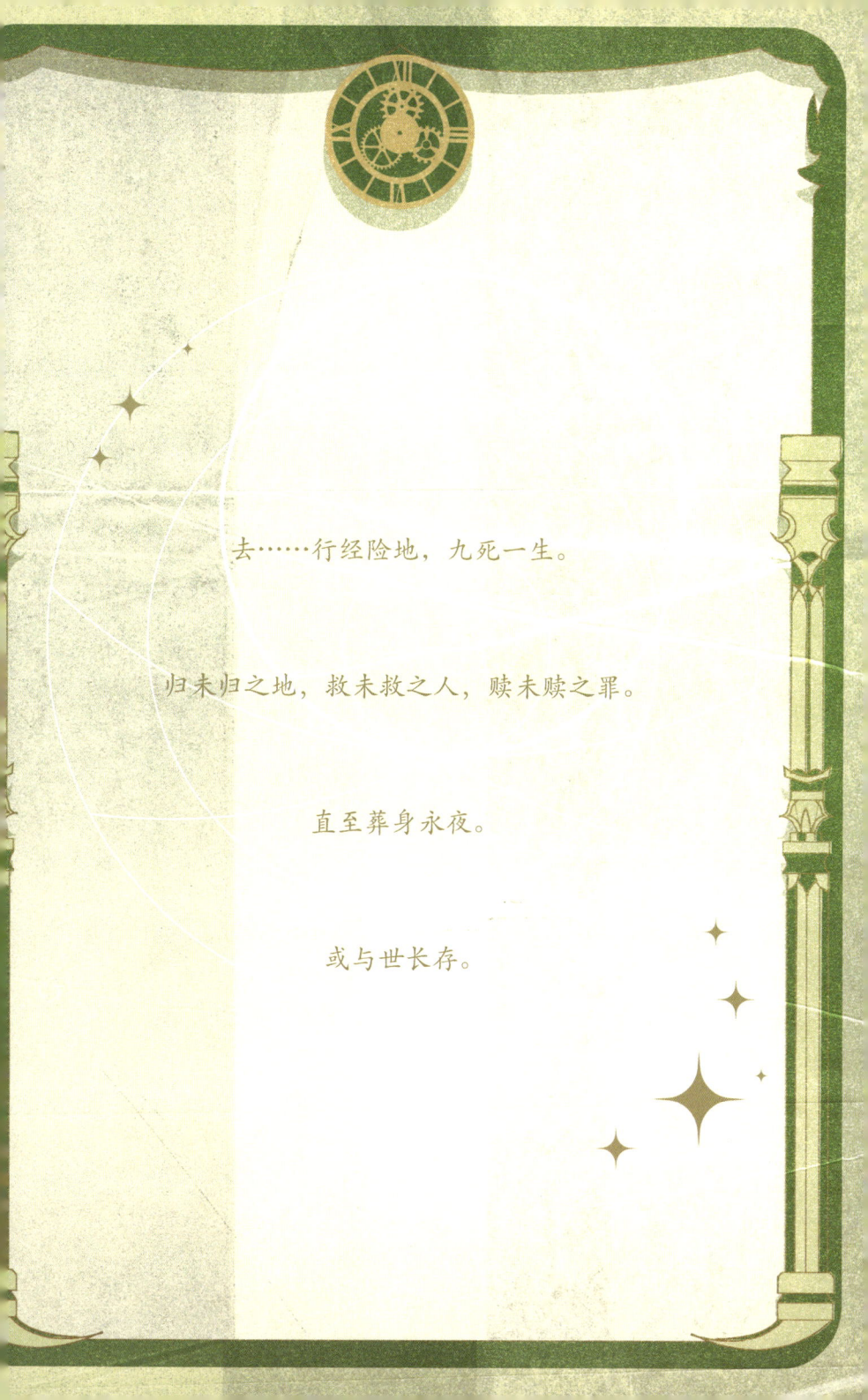

归未归之地,救未救之人,赎未赎之罪。

直至葬身永夜。

或与世长存。

创生之三

世界转换,漆黑的灯城在那一点微茫的烛光中远去,一直环绕在他们身边的潮湿和血腥的气息也渐渐消失了,倒计时归零,圣洁的光晕降临在他们周围。

这次降落的地点不再是创生之塔的第十三层了,而是像郁飞尘之前那些任务一样,完成后被直接传送回辉冰石广场的随机地点。

白松有些意外,不过这才是郁飞尘习惯的。第一次回来时和守门人克拉罗斯的见面交谈算是新手指引,现在他们不是新人了。

他们落地的同时,四面八方传来悠远的钟响,辉冰石广场的中央沙漏里落下一粒晶莹璀璨的计时沙。散落在广场空中的那些金色光点不再七嘴八舌地拉客,而是同时寂静了一秒,再异口同声地发出咏叹:"距离——复活日——到来还有——七——天——"

欢呼声四起,卖花少女抓起篮子里的一大把花瓣撒向金色的天空。整个广场洋溢异常欢乐的气氛。空气里飘散着蜜糖、玫瑰花和葡萄藤的香气。

郁飞尘看向四周,几乎所有人都穿着风格各异的华服,雕像和植物也戴上了花环,就连广场上的每只鸽子都叼了一枝雪白的铃兰花,稳重地踱步,不再到处乱飞,咕咕叫唤。

这种场景郁飞尘也是第一次见到。他虽然经历了无数副本,但在乐园待的时间并不算长,满打满算,还差一点才够一个纪元。他看向广场中央的沙漏。水晶沙漏形状细长优美,上半部分还没落下的计时沙只剩七粒了。也就是说,还有七天,乐园的一个纪元就将走到尽头。

每个漫长纪元的最后一天,是乐园最盛大的一个节日——复活日。

这地方离日落街很近,白松好奇地四处张望,还没能完全反应过来。

就在这时，一辆独角兽拉的马车从日落街轻快地驶出，和郁飞尘擦身而过。又过一会儿，马车猛地刹住，从车顶跳下来一个穿白袍子的少年。

"郁哥！"那人欢快地朝郁飞尘打了个招呼。

郁飞尘看着那张脸，记忆里一片空白。还好下一刻白袍少年就自报了家门："我是夏森，上上次是郁哥你带我过了任务。"

只看脸的话，一百个熟人里郁飞尘也很难认出五个，但说起名字就有印象了。进入永夜之门前他接的最后一单是个丧尸世界的任务，夏森就是那支队伍的新成员，他还记得那支队伍的人极其擅长复读和插科打诨，有一个光头队长。

说着，夏森走近了，郁飞尘也就看见了他右眼角侧下方的那颗暗红色泪痣——这才是正常泪痣该在的位置。

他礼貌性地问："你的队友呢？"

夏森捂脸："他们全灭了。"

这件事竟然不让人觉得意外。

"还好复活日马上就到了，我不用再找新队伍了。"夏森说。

这时，他马车上的同伴朝这边说了什么，夏森让他们先走，又对郁飞尘解释说："复活日仪式所需的永眠花只生长在我的家乡兰登沃伦。队友死掉以后，我没有事情做，于是主动帮仪式与庆典之神在兰登沃伦和乐园之间运送鲜花。"

那辆马车重新向前行驶，雾一样的纱幔被气流掀起，露出镏银车厢里堆得满满的白色长瓣花。

夏森说："上次没来得及，这次我请你去喝酒？"

郁飞尘时常像这样受到雇主的邀约，绝大多数时候会推掉，但夏森之前已经让他的朋友先走了，如果冷漠拒绝，就不符合人与人之间的客气礼仪了。

于是他们三个并排走到日落街，街两旁的酒馆都布置得格外美丽，每一家的门前都摆出了"复活日半价活动正在进行"的牌子。

白松四处张望，终于抓住了重点："复活日是什么？"

夏森说："郁哥，看来这是你从永夜之门带来的新同伴。"郁飞尘点了点头。夏森刚来乐园不久，但似乎对乐园的一切机制都很熟悉。

他发现答应夏森的邀约是个正确的决定，因为夏森主动向白松讲解。

乐园每个纪元的时长为36500次钟响，36500同时也是沙漏流尽所需的计时沙数量。这些日子里共有三个重要的节日，分别是许愿节、归乡节、复活日。一个纪元从许愿节开始，中间经过十次归乡节，最后以复活日结束。

复活日这一天，他们的主神会走下长昼之山的三万级台阶，穿过开满永眠花的道路，来到暮日广场中央，所有人都将得见主神无瑕的容颜，见证乐园至高无上的荣耀。

在这一天，当主神的一滴鲜血落到圣洁的石面时，万千世界的生灵都将抬起头，看向无尽高远的天空。复生的力量会遍及神国与尘沙之海的每一个角落，召唤那些属于乐园的魂灵，于是这个纪元的英雄——那些为神圣事业而牺牲在茫茫世界里的信徒——将再次归来，并获得崭新的生命。

活着的人，也和他们死去的队友、朋友或爱人重逢。

"复活后，他们会出现在暮日广场上。那时整个广场会有很多人，毕竟一个纪元的所有人都会来，所以乐园会为此创造出无数个重叠的空间，以免人群太过拥挤。你出身什么类型的世界？大概就是服务器、魔法隙、灵地或者平行空间那种东西。我们拿着许愿牌，保证能和朋友相见于同一个空间。"说到这里，夏森从口袋里拿出几块牌子，上面分别写着他队友的名字和ID号码，"就是它们。"

白松似懂非懂地点了点头。反正就是死去的人全都活过来，这个他懂。

"所以，信徒从不畏惧死亡。"夏森将许愿牌握在胸口，眼里闪烁微微的泪光，轻声说，"因为神与每个人同在。"

白松长出一口气："我赞美主神，原来我不会死。天知道我在那个该死的副本里过得多么害怕。"

郁飞尘毫无感情地打断了他的喜悦："你会死得很彻底。"

夏森补了一刀："当然，死在永夜之门外的人除外，因为主神的目光还没有触及那里。"

白松痛彻心扉。

他们边说边走进了一家酒馆。两人喝酒，郁飞尘喝果汁。他没怎么和他们交流，那两个人的聊天内容主要是科普乐园知识——这是委婉一点的说辞。直白地说，郁飞尘觉得夏森是在给白松"洗脑"。

"是你无法想象到的,即使是童话故事里也不会有这样的神。"

"我曾经爬上长昼之山。你知道吗?神就居住在山巅的暮日神殿里,神殿前的水池旁总有天真的孩子玩耍。成年人很少走近神殿,因为不愿让尘世的气息打扰那里的安谧,即使神爱每个人。"

"那真好。"

"是的,在我的家乡,神国正中央的圣赎之地兰登沃伦,每个人从出生起都信仰主神。"

"你们一出生就有意识了吗?"

"这只是一种修辞。我家乡的人喜爱诗歌与修辞。"

"你的痣颜色好好看。"白松偏离话题的能力没有退步丝毫。

但夏森结合主题的能力竟然毫不逊色:"这是兰登沃伦的习俗,很多人都会用永眠花汁在右眼下点一颗痣。"

听到这里,郁飞尘抬眼看向夏森。

只见银发白袍少年的安静神情中略带忧伤,抬手触摸着自己那颗凄美的泪痣,道:"古老的传说里,这是神的第一滴眼泪——在他还没有成为神的时候。"

白松:"他怎么哭了?"

"没有见到相关的记载,或许是因为众生的苦难吧。"夏森越说越伤感,竟然趴在白松的肩上大哭了一场,边哭边说"我爱他"。

郁飞尘静静看着这一切,心想:那位所谓的"主神陛下"蛊惑人心竟然到了这个地步,令人发指。

好不容易,这场在酒馆的聚会结束了。

走之前,夏森还送了郁飞尘一瓶树莓汁,并对他说:"郁哥,虽然你什么话都没说,但我总能在你身上感到一种莫名的亲切,或许是某种注定的缘分吧。"

走出日落街,郁飞尘想带白松回巨树旅馆,给白松也租个房间,没想到迎面又是一个和他俩有关系的人——他给白松雇的导游。上次刚导了个开头,白松就被永夜之门拉走了。

"小朋友,上次你怎么突然消失了?还好我这里又出现了你的方向信息,否则导游服务会被判失败,我要被莫格罗什请喝茶的。来吧!我们继续。"

"是你！我也很想你！"

他们叙旧，郁飞尘去买了颗知识球塞进白松脑袋里，浩如烟海的知识好像把白松变成了一个痴呆患者，他目光呆滞歪斜，呈出神状被导游牵着走向创生之塔，很久才恢复。

"你消失之前，我们讲到哪里了？接下来我要和你讲一个曲折的故事。你知道画家吗？艺术、创造与灵感之神。"

白松点头。

导游和他勾肩搭背，神神秘秘道："第九层的艺术、创造与灵感之神和第十层的时间之神墨菲是最好的朋友，他们心有灵犀，有说不完的共同话题，因为所掌管的都是极抽象之物。经常有人看到他们一起在夕晖街并肩散步，说说笑笑。你知道吗？墨菲的捏脸，每一个细节、每一根头发丝都是画家亲手精心雕刻的……"

郁飞尘旁听，已经生出了辞退这个导游的念头。

导游话锋一转："画家陪墨菲在夕晖街散步、购物，寻觅各个世界里最有趣的物品。可惜那些精心挑选的东西中的大多数却被墨菲送给了另一位神解闷。乐园里几乎所有神都不和那位来往，甚至对他非常敌视，我们的时间之神却总是喜欢在那一层逗留。"

白松俨然沉迷于这个故事了："那个可恶的神是谁？"

导游语气更加神秘："那……就是传说中的永夜之神——克拉罗斯。"

白松沉默了。

"不过呢，那位永夜之神的心意，更加难以捉摸……接下来的八卦就太危险了。快快快，我带你去见墨菲神官。复活日前夕，第十层抽牌免费，机不可失，时不再来！"

郁飞尘冷冰冰地按住导游的肩膀，提示他敬业一些，做点该做的事。这人却陶醉地捂住了胸口："主神在上，传说中的郁神竟然碰了我的肩膀。"

导游油盐不进。郁飞尘厌倦地和他们两个一起到达了第十层。

门开了，下午的阳光从木窗棂照进来，光线里浮动着闪光的微尘，时间之神的居处像魔法师的藏宝室。成千上万个高低错落的沙漏发出"沙沙"的声响，墙壁悬挂着形状各异的钟表，天花板向下悬挂着细长的金丝鸟笼，每个鸟笼里都有副雪白带羽的小鸟骸骨，姿态优美。

一位优雅神秘的长袍魔法师坐在扶手椅上,看向他们。

他看起来二十岁出头,一头浓密耀眼的金栗色半长头发。右眼是深红色的,瞳孔里有奇异的纹路,戴着金色单边眼镜;左眼眶里却不是眼珠,而是一簇金红色的火焰。

"初次见面,二位。"他站起来,托着一个盒子走到他们面前,深色木盒里是数沓背面朝上的占卜牌。

他没看白松,而是看向郁飞尘:"一位朋友曾向我提起你的名字,很高兴见到你。抽个牌吗?或许你有兴趣看看自己的过去、现在与未来。"

占卜牌背后的纹路闪烁着神秘的银光。另一旁,导游开始低声向白松介绍所谓的"抽牌"。每个进入乐园的人都有抽取三张时间之神手中占卜牌的机会,而且一生之中,这个机会只有一次。

时间是最神秘,也最公正的东西,三张占卜牌上的预言会告诉你,你是一个什么样的人,又会成为一个什么样的人。

导游说:"想当初,我的第三张占卜牌竟然抽到了稀有的'向导',于是我信心满满地想要在乐园做一番事业,去那些最危险的世界里当英雄,做大家的精神导师和引路明灯,没想到——"

时间之神眼角微挑,带上了一点笑意。

导游叹息:"没想到是我要当导游的意思。不过,这个职业实在是再适合我不过,我爱它。当然,我也爱您,墨菲神官,您的占卜牌就是我生命的向导。"

白松看向占卜牌,对它产生了十二万分的兴趣:"一共有多少种牌?"

"世上有多少种命运,就有多少张占卜牌。"

白松:"郁哥,快抽。"

一时间,郁飞尘没回答。

"如果害怕面对不确定的未来,可以只抽前两张牌。"时间之神仿佛对这种情况司空见惯。

但事实并非如此,郁飞尘只是在想,如果连他自己都不知道未来将走向何处,占卜牌又会怎样预测他的命运。如果命运已经固定,那占卜牌的牌面又是否可以作为指引。

说到底,但凡不是万念俱灰的人,都曾设想过自己未来的命运。

乐园的传说——只要能活下去,一个人能够从永夜之门外获得一切想要获得的东西。他要获取那些真正属于自己的力量，想逃离主神的疆域，但这只是因为他不喜欢被人统治。除此之外，他是个活着却没有方向的人——从一开始就是这样。偶尔思索某些事的意义，他发现自己其实一片空白。如果永夜之门外那些形形色色的世界能帮他找到那种东西，那他不介意衷心地感谢所谓的"全知全视的主神"。如果占卜牌可以，那也同样。

没再思索，他选了一个最顺眼的位置，抽走最右上方的一张占卜牌。

时间之神墨菲眼眶中的火焰闪烁跳动，用占卜巫师那样的语气说："这是第一张占卜牌，可能预示着你的过去，也可能预示着你的现在。是我翻开，还是你自己来？"

郁飞尘自己翻开了它。

流淌着银紫光芒的细线框着一幅意象画——昏沉的大地与天幕上到处燃烧着火焰，画面中央，一把残破的长剑斜插在大地上，因背光而通体漆黑。

"一张骑士牌。"墨菲说，"你当然知道骑士的诸多品格与美德，我喜欢这类人，但这张占卜牌的画面似乎寓意不祥。骑士长剑守护着即将破灭的灾难之地，长剑的裂痕暗示着支离破碎的故土与灵魂，但问题不在于这些。漆黑代表对内心的否认。你真的发自内心践行骑士的守则吗，还是仅仅在表演一场心照不宣的哑剧？站在行将毁灭的土地上，骑士又做了什么？"

现在郁飞尘觉得墨菲和画家确实如导游所说是一对灵魂好友了，因为这两位的发言神神道道得如出一辙。不过他倒不介意当个骑士。

"对不起，说得有点多了，"墨菲叹了口气，"占卜者需要比其他人更加真诚，所以主神赐予了我窥知他人命运的力量，也施加了'知无不言'的禁锢，我无法说谎，并且不得隐瞒卜辞。

"画面迷雾重重，但它仍是一张骑士牌，骑士是高贵的职业。我要看一下你的信息……在乐园的一个纪元里，你完成了很多难以想象的任务，当然，数量也超乎寻常。你拯救了许多苦难中的人，不错。乐园应当感谢你，你是个合格的骑士。更难得的是，你竟然还帮助了很多队友，拥有无与伦比的美德——"

白松在一旁喃喃道："郁哥，原来你比我想象中的还厉害。"

导游则小声道："但那是收钱的。"

仅仅是因为收钱就把他的内心定义为"漆黑"吗？他虽然价格很高，但从没有商业欺诈。

墨菲叹了口气："继续吧。第二张牌可能显示你的过去、现在或预示你的未来，但它所属的时间必然在第一张牌之后。"

郁飞尘抽牌，第二张牌上的画面更简单了，昏暗的环境里，一束暗淡的光芒照亮了高处的黑王座。

"第二张，君主牌。没有多余的卜辞可说，但我想告诫你，务必控制自身，并反省自己是否正在追逐错误的东西。因为这是一张……暴君牌。"

事实上什么都没在追逐的郁飞尘淡淡"嗯"了一声表示听见，然后转向下一张。

"停一下。"墨菲说，"窥探你的命运需要消耗很多力量，请允许我稍作休息。"

白松："嚯，原来抽牌还能导致'服务器'崩溃。"

他的词库扩充了，看来知识球确实有用。

"你来乐园才一个纪元，命运却如此难以窥探。如果没有冒犯你的话，我想知道，来到这里之前你多少岁。"

"III类计量单位，二十一岁。"

墨菲微微蹙眉："恕我直言，这不可能，不要对时间说谎。"

郁飞尘丧失了和这位神说话的兴趣。很多事情都没有原因，就像他的捏脸被很多人提出想要高价购买，而其他人的不会那样。如果每一个特殊之处都要寻找缘由，那他的余生就要浪费在无意义的思考当中了。

殿堂的沙漏之一里的沙子流尽的时候，时间之神的休息结束了。

郁飞尘的手指按在了第三张牌的背面。

"第三张牌显示你的现在或预示你的未来，发生时间在第二张牌后。"墨菲说。

郁飞尘将其正面朝上。

前两张牌里都有黑色存在，但那起码是有形状的，而这一张不同。

一团漆黑，图案毫无规律地平铺在牌面，抽象、混乱，没有形状和纹路可言，甚至无法用语言去描述。它的内部自有混乱，外部则以疯狂的姿态向外扩张。

墨菲的手指接触这张牌，将它拿在手中。这一刻，房间里所有沙漏的流速陡然加快,指针的走速也异乎寻常,每一副小鸟骨骼都伸直脖颈,扬起头颅,将尖喙朝向天空。

"无意义预言。"墨菲声音沙哑,手指也略微颤抖,仿佛在极力克制对抗着什么,声音里甚至出现了奇异的断断续续。

他说:"好了,你走吧。"

郁飞尘就真转身走了。

沙漏里的沙子流速继续以恐怖的速度加快,整个空间被"沙沙"的流沙声完全占据。郁飞尘背对墨菲站据,微垂眼,浑身紧绷。

无处不在的"沙沙"声里,忽然响起时间之神飘忽的低语,他语声机械平直,像是本欲缄口不言,却被无法抗拒的规则掌控,不得不发声:"你要……走在……他的鲜血……铺成的……道路上,你……"

白松惊恐的喊声仿佛来自极遥远之处:"小心——"

浩瀚冷漠的力量如同高山压着尘土那样从郁飞尘背后朝他卷来,他无法呼吸,被极其恐怖的力量镇压,甚至一动不能动。直面危险与死亡的直觉猛然炸开。

他眼睛茫然放空,从未如此近距离地感受死亡。

但下一刻,他生生在那濒临极限的力量下转身。

所有事情只发生在一刹那,他看见时间之神高悬半空,背后展开雪白骨骼鸟翼,手持一把烈焰燃烧的弓。弓弦刚刚震荡回原本的位置,弓口就直直朝着他。

郁飞尘低头,胸前是一支燃烧着金红火焰的长箭,锋利的箭尖就抵在他的胸膛心脏处。箭柄被他握住了,再迟一个眨眼的时间,箭尖就会洞穿他的胸膛。

饶是如此,握住这支来势汹汹的长箭,也刹那间抽空了他所有的体力。力量与力量的对抗濒临极限,他词汇有限,长箭所蕴含的力量只能用"恐怖""无法想象""不可抵抗"来形容。

不过时间之神的情况也好不到哪里去,所有沙漏里的沙子都流尽了,空间里一片死寂。他脸色苍白,眼眶里的火焰也濒临熄灭。

乐园里,人无法伤害人,但一部分神可以处决人。不过神与神之间也有力量的差距。

郁飞尘撒手,长箭掉落在地。同时,他的第三张牌也飘落在地板上,

293

露出漆黑一团的正面。

墨菲的声音沙哑可怕:"你能挡住真理之箭……不可能……你不能活。"

郁飞尘面无表情:"那你再来一箭?"

能挡住第一次的东西,他就能挡住第二次。

墨菲右手握紧弓身。下一刻,尖厉的喊声响彻整座创生之塔:"克拉罗斯!!"

郁飞尘拉起白松就走。时间之神的箭被挡住了,但如果再来一个守门人,情况不堪设想。拜八卦导游所赐,这是一桩由抽牌引发的血案。

余光里,灰紫的雾气忽然降临在殿堂中央。这是克拉罗斯的代表色。郁飞尘死死地按住电梯键。

白松如同热锅上的蚂蚁:"电梯!你快点!快快快!!"

永夜之门开启得如此恰到好处,比电梯门打开得还要快。

"门已打开,倒计时10、9、8、7……"

"守门人温馨提示,亲爱的客人,此次您即将进入的世界强度5,振幅6,满分10。"

"祝您好运。"

"祝您好运!"

郁飞尘转身,看见克拉罗斯已经出现在了殿堂中央,兜帽下的眼睛幽幽地看着他。

"3、2、1。"

周围场景彻底虚化。

乐园,拜拜。

命运齿轮

夜风吹来。四周弥漫着灰尘与铜锈的气息,天上浓雾沉沉。

"呼——"白松长舒一口气,不再扭动如蛆虫。

郁飞尘也调整着呼吸与心跳。乐园的神确实有不同于常人之处,就在刚刚,时间之神所谓的"真理之箭"几乎是他见过威力最强的攻击。心脏被长箭瞄准的时候他有一种感觉——他的一切都将随着这支燃烧着的箭而湮灭,在这个世界上一粒灰都不会留下。

而握住箭身的那一刻,巨大的冲击下,这一生的所有记忆都在他眼前同时出现。

"郁哥,怎么抽牌还差点出人命呢?"

"因为预言到不好的事情。"郁飞尘回答。

"预言说,你会变坏?"

倒不是因为这个。他抽到暴君牌的时候,时间之神没什么表示,甚至提供了真诚的告诫。事情发生变化是在第三张牌,墨菲说那是无意义预言,但事实显然并非如此,那时候他状态已经出现异常,正努力抵抗着"不得说谎"的禁锢。

至于那句卜辞,"你要……走在……他的鲜血……铺成的……道路上",说明他将来会伤害某个人……那是个对乐园来说很重要的人。乐园的神不允许危害乐园之人存在,所以决定用真理之箭把他提前处决。

这次永夜之门凑巧打开,他逃脱了追杀,但下次可就不一定了。

白松也提出了相同的问题,他怕他俩下次一回乐园就被众神围攻杀死。

郁飞尘用语言微微安抚了一下对方,毕竟根据牌面显示,他在彻底坠入漆黑前还得经历所谓的"暴君阶段",不会死在这个时候。

至于时间之神的预言到底准确与否……他持怀疑态度。因为他认为自己善于自控,没有任何"暴君"的潜质,更不可能变成那团疯狂、混乱的漆黑之物。然而,若能目睹自己陷入不能自拔的泥沼,却让郁飞尘感到未来还有点盼头,值得好好对待。

如果命运中将有不可能之事相继发生,好过如一潭死水无波无澜。他偶尔觉得自己实在像个无生命的物体。

白松狐疑地看向郁飞尘,确认那不是自己的错觉——为什么发生了这么大的事,他郁哥却看着轻松快乐起来?那情绪里甚至有种"看热闹不嫌事大"的成分在。

收回思绪,郁飞尘环视四周环境。

金属的味道,他没闻错。阴霾密布的天空下,隐约能看到远处高耸的巨大城池,而他们面前则是个巨大的半球形金属堡垒。堡垒外墙由黄铜、银、铁制成,外墙破损处能看到里面精密咬合的传送齿轮。"咔嗒咔嗒"的机械声响成海洋,堡垒右后方,一个方形烟囱将黑烟送往半空。

他们前面已经有几个人了。

郁飞尘带白松走上前去。忽然,他停住,低头看向自己的衣饰,又伸出手掌。

他穿深棕色披风式长袍,里面是白衬衫和皮马甲,但这不是重点,重点是他的年纪小了几岁。这是那种十七八岁少年才有的手,还没完全长成,怪不得他觉得视野低了一些。

不过,即使骨架比成年状态小了一号,但在同龄人里也算比较优秀的了。

"你终于发现了,郁哥。"白松道,"你好酷,还特别可爱,真的。我上次就想知道你上学的时候长什么样子了。"

郁飞尘也真诚地对白松的外貌做出评价:"你好像初中还没毕业。"

"哈!郁哥都会开玩笑了!"

说着,他们走上前。前面已经簇拥了几个人,女孩都穿深栗色及膝蓬裙,有皮质束腰、泡泡袖和黄铜扣,男性则穿风格差不多的披风、马甲和短靴。其中最大的看起来也不过二十出头。由于看外表年纪都不大,这次的同伴比上个世界看起来眉清目秀了许多。而他们脸上又确实充满了与年龄相符的迷惑。

"又来人了!"那位目测二十岁出头的青年朝他俩招了招手,"你们怎么来的？也不认识这是什么鬼地方吗？"

郁飞尘看过去。一共八个人，其中两个人状若痴呆，两个人在哭泣，另外四个人全都充满期望地看着他，要么像是热切地希望他能带来有价值的信息，要么脸上明明白白地写着"倒霉鬼又多了俩"的庆幸。他做出初步判断，这局几乎全是新手。

"你们来多久了？"

"没多久呢，唉。"男青年扯了扯衬衫领口，"我正在参加短跑锦标赛呢，一眨眼差点撞到前面那堵铁墙上，看来之前跑得超光速了吧？"

正在哭的那个鬈发女孩道："老师罚我抄契约咒语，我还没抄完呢……"

另一个十八九岁的成年男孩"叽里咕噜、叽里咕噜"地嘟囔着一些混乱的话，他们听不懂。

还有一个人更加奇怪，他正在四处绕圈走路。

白松问："你在干什么？"

那男孩彬彬有礼："对不起，我刚刚还有八条腿，现在只有两条了，很好奇这样的走路方式。原来还可以走出非直线，真不错。"

白松："失礼了，螃蟹先生。"

男青年再次问他们："你们怎么来的？"

郁飞尘思忖片刻，没隐瞒什么："来之前正在被追杀。"

男青年竖起了大拇指："可以，兄弟，得救了。"

正说着，来时的地方又出现一个身影，是个眉目十分清秀雅致的少年。黑色长发半束，披风外套挂他身上，与整个人相比，说不出地"违和"。

"在下灵微，"他朝几个人一礼，语气中带有迟疑，"敢问各位道友……这是何处？"

词汇量丰富后的白松环视四周，喃喃道："短跑的、抄咒语的、叽叽咕咕的、属螃蟹的、修仙的，还有老黄瓜刷嫩漆的……这锅'食材'也太丰富了。"

至于"老黄瓜刷嫩漆"指的是谁，郁飞尘认为是白松自己说自己。

名叫陈桐的男青年去接待了那位小道长，过了好一会儿，又来了一位栗色鬈发的青年，他面容温和俊秀，却一言不发，走上来的第一个动作就是环视诸人，看起来是熟手。

现在已经有十二个人了，但后面的堡垒没有任何动静，不像剧情开启的样子,看来还有人要来。

精力旺盛的男青年陈桐道:"要不去周围看看?"说着他就开始鼓动他人。

郁飞尘:"再等等,还有人。"

栗发青年朝他看了一眼,神情有些冷漠。

陈桐:"你知道这鬼地方是干什么的?"

话音刚落,前方灰蒙蒙的锈铁地面上又出现一个身影。是个十六七岁的少年,装束和其他人一样,淡金长发末梢微卷,气质冷淡,有双霜绿色的眼睛。

十三个人了,当他也走过来,齿轮传送声陡然增大,堡垒正中的黄铜大门缓缓滑开,门上的孔洞冒出数排蒸汽烟雾。烟雾散去后,展现出里面的双重结构——滚水河流拱卫着正中央的钢铁内堡垒,连接内堡垒与外墙的是座长金属吊桥。

小型螺旋桨带着铜管喇叭悬浮在空中,喇叭内传出甜美欢快的播报声:"欢迎新生入学爱丽丝魔法学院!排队通过吊桥前,请登记入学信息,领取校徽!"

只见吊桥端口旁立着一个破旧的人形机械偶,右臂处的齿轮咬合不准,一边转动,一边溅出火花。它拖着两个托盘,一个放着莎草纸,另一个则堆放了十几枚齿轮徽章。

"怎么还入学了?"陈桐说,"我都脱离苦海二十年了,别吧。"

回应他的是外堡垒大门轰然落下的声音。

他求助般看向郁飞尘:"兄弟,你说该怎么办!"

郁飞尘拍了拍白松的肩膀,白松把"副本"概念简单解释了一下,告知大家,现在的路只有"努力逃生"一条,而且将面临诡异的死亡。

那些人愣住了,还没反应过来,"叽里咕噜"的那位仁兄仍然在激动地"叽里咕噜"着。按理说,不同语言环境的人被拉到一个世界,会无师自通这里的语言,但是……这位仁兄原来世界的语言逻辑甚至整个思维体系可能与这里差异太大,无法流畅转换,导致他只能说出一些支离破碎的词汇。

郁飞尘先把表填了。表格甚至不能称为"表格",因为只有一个"姓名",他填了个简单的"郁"。白松有样学样,填了个"白"。栗发青年填了"文森特"。不知为何,郁飞尘觉得他对自己的敌视态度又加深了一丝。

接着是最后来的那位。他没看任何人,把垂落的长发别在耳后,拿起羽毛笔蘸了墨水,笔尖点在纸上,正准备写什么,郁飞尘忽然在他耳边一字一句道:"安菲。"语气像是指导或者强制对方写下这个名字。

笔尖一顿。这人抬头看向郁飞尘,冷冷清清的一张少年面孔,微蹙着眉,有点生气的模样,像是在问:"为什么?"

郁飞尘只是看着这人右眼底那颗不寻常的泪痣。

真不知道啊。

事不过三,连续三次遇见,在碎片世界里也算是结下特殊的友谊了。郁飞尘直接拿过那支羽毛笔,没管对方的表情。少年模样杀伤力锐减,就算生气也没什么危险。

他再蘸一次墨水,接着在莎草纸上写名字,就这样坦然地写下了"安菲尔德"。其实"路德维希"这个名字也不错,但与安菲尔德相比,略微常见了一些,下次有机会再喊。

白松像是想到什么,瞳孔巨震,看向郁飞尘,像是第一次认识他。

"郁哥,就算你……但……那不还有……"他喃喃道,"这、这不太合适吧……"

如果尝试理解白松的脑子里在想什么,那无异于把自己也变成一个思路弯曲的人,郁飞尘已经学会了无视白松的想法,现在也自然而然地无视了。

郁飞尘的无视在白松看来相当于默认,使他又陷入了相当长一段时间的痴呆。

郁飞尘写完"安菲尔德",收笔。这时比他低了一个头的少年已经面无表情地扭过头去了,这个动作也被郁飞尘等同于默认,但是在内心称呼"安菲"总让他有种"违和"感。想起那个名字,浮现在他记忆里的仍是橡谷冰天雪地里那位冷淡强大的长官,而不是现在这样精致的美少年。

想了想,他道:"你叫'安菲尔'。"

安菲尔声线清澈,只带一点变声期临近时的沙哑,因此即使说话十分平铺直叙,也只是显得自矜而非冷淡。他说:"你凭借什么认出我?"

郁飞尘的语气倒冷漠又危险:"这也是我想问你的。"

安菲尔一言不发,转身走上了吊桥。

白松:"你们在说什么?他都走了。郁哥,你好凶,你的行为很过分。"

郁飞尘:"过分吗?"

白松反问:"不过分吗?"

郁飞尘难得笑了笑,但不是开心的那种。

没再和白松说话,郁飞尘抱臂看向前方。吊桥前端,金发少年的背影被蒸腾的水汽笼罩,他仿佛走在一片浓雾中。

他想,时间之神的"真理之箭"可能并不像名字那样,依托什么无往不利的真理。因为即将中箭的时候,他一生的所有时刻都被压缩在了一起,重重叠叠浮现在眼前,那是无法形容的画面。无疑,那箭的核心是"时间"。如果将一个人从时间里抹杀,那他确实就消失得彻彻底底了。

所以,他确实是死里逃生。不过有件事要多谢那位时间之神。濒死的那一刻他看到的不仅是记忆中的画面,还有很多已经遗忘的东西。大多数都没什么意义,所以他没在意,也没来得及在意。

可是当安菲尔出现在眼前,他再次看到那颗泪痣的时候,稍纵即逝的一幕忽然出现在了眼前。过去飘忽得像是幻觉,那一刻他根本没来得及厘清思绪或者说本能地拒绝去厘清,脑海中一片空白,只是按部就班地继续和安菲尔交流。

直到现在,注意力回到自己身上的时候,那段记忆才再次缓缓浮出了水面,像个巨大的幽灵,嘴角挂着惨白的笑意。

眩晕由头顶散至全身,雾气刹那间迷了他的眼。

下一刻他好像又身处海上,站在雪白的船舷旁。四周安静,海风拂过甲板。难得没有拌嘴的时候,他的那位长官正看向海上的落日。

海面上,晚霞像是一片血红灿烂的汪洋,寂静中,一种不知名的情绪支配他转过头去,看向长官的侧脸。

夕阳的金色余晖映在那人纤长的睫毛上。长官为人很讨厌,只是长得还算顺眼。同队的两个女飞行员休息时刚讨论过这家伙的睫毛根数。

不由自主地,他开始数了,但他这人思路常和别人有差异,别人数上睫毛,他第一眼就数起了下睫毛。

一、二、三、四、五、六、七……忽然,他觉得自己数错了,那地方有点怪。然而这时候长官已经转头看向他:"你在干什么?"

他道:"你睫毛上有东西。"

长官冷漠地眨了一下眼，一动没动。

这个人连伸手碰一碰自己睫毛的动作都不做。虽然这早在他的预料之中，但他还是忍不住多腹诽了几句。他腹诽完仔细看，原来有颗藏在边缘的小痣，在夕阳照耀下微微呈现暗红的色泽，像抹了一下，但没完全擦掉的眼泪。连带着长官都没那么面目可憎了。

"郁哥、郁哥？你不说话，承认自己很过分了？"白松说。

那些事情他不愿回想，甚至将它们丢弃遗忘，果然有必须这样做的理由。像是被开了个贯穿一生的玩笑，命运如重锤在他心头轰然落下，留下一整个纪元的荒唐狼藉。

他转身离开托盘机械人偶，听见自己道："他更过分。"声音沙哑得可怕。

这时，其他几个人也像是接受了事实。

陈桐说："也就是说，除了闯过这个什么关卡，没有别的办法了？"

白松道："是的。"

"那就来呗。兵来将挡，水来土掩。"陈桐大大咧咧地在莎草纸上以狗爬字体写下了自己的名字。他写完后是那位小道长，飘逸的"灵微"二字和上面的"陈桐"形成了鲜明的对比。

接着是走路方式接近螃蟹的八条腿先生，他叫"查拉斯特拉斯"，太难记。上个世界里大家都有鲜明的装扮，区别很大，认人还算容易，但这次不仅年纪类似，衣服也一模一样。郁飞尘没有心情，连辨认他们的欲望都丧失了，只能随缘记忆。

没抄完魔法咒语的鬈发少女叫"莉莉娅"。一个高挑的女孩自称"柯安"，是个画家。还有叫"妮妮"的大眼睛少女，是个奇幻世界的预备诗人，正在学习长史诗的第七种写法。

"叽里咕噜"的那位仁兄始终没能和他们沟通成功，在纸上写下的文字比陈桐的还难以辨认。除此之外，队伍里还有对疑似情侣的男女，男的叫"薛辛"，自称机械专业的大学生，女生叫"郑媛"，也是机械专业的学生。薛辛说"我们是男女朋友"的时候，郑媛冷漠地说"已经分了"，然后走到了离薛辛很远的地方。

写完后，一行人陆陆续续地上桥，当最后一个人也走上桥后，螺旋桨带着铜管喇叭飞到他们旁边，用欢快的声音继续播报：

"下面宣读学院规章——

"1. 除校徽外不得佩戴金属首饰,如项链、戒指、手镯等。

"2. 保持校服干净整洁,不得穿脱配件,不得卷起袖角、裤脚,不得敞胸露怀。

"3. 不应携带私人机械进入学院,严禁私自合成通信机械、管制机械。

"4. 不得损坏公物、不得浪费食品、不得乱写乱刻、不得乱丢零件。

"5. 严格执行学习任务,认真且规范地完成作业。

"6. 遵守学院作息,闭门后不得离开宿舍。

"宣读完毕,祝大家顺利完成学业,通过考核,成为一名优秀的魔法学徒!"

走到吊桥尽头,内堡垒的大门后是条昏暗的隧道,亮着几盏黄色的煤气灯。煤气灯穿透雾气照亮了隧道里的庞然大物——一个看起来像火车的东西,通体由黄铜色和红色的金属制成,火车头是圆柱形的,最前面有精美的狮身鹰头兽浮雕,连烟筒上也雕刻了一条栩栩如生的铜蛇。

广播继续:"请新生有序登上校车,参观学院。提示,请扣好安全锁。"

安菲尔走在最前,当郁飞尘走入车厢的时候,看见他已经在中间一排的靠窗处坐下了。这列火车很长,前后座椅间距大,车身却窄,每排只有两个位子,左手边靠窗,右手边是过道。

他在安菲尔那一排落座,白松目瞪口呆,意识到自己就这样被彻底抛弃了。于是他坐在后面一排,和陈桐大哥邻座。火车内陈设典雅精美,座椅甚至有深红色天鹅绒软垫和靠枕。陈桐啧啧赞叹,一边摸着软垫,一边去够天花板上的流苏。

郁飞尘简短道:"注意安全锁。"

说着,他从座椅右边拉出一根疑似固定装置的横杆来,金属横杆下端连着一个机械绞轮,把横杆往自己的方向拉到一定程度后,绞轮发出"咔嗒"一声,横杆固定住,他整个人也被拦腰牢牢地锁在了座椅上。

同时,右边的安菲尔也扣好了锁。其他人陆陆续续扣上,当最后一道"咔嗒"声响起的时候,车身内部一个金属零件"铛"的一声落下,随即车身动了起来。这种动起来的感觉并不是寻常汽车或火车的平滑启动感,而是感觉内部无数大大小小的零件同时开始运转。每一个零件运转的动静都清晰地响在车厢里,相互之间的节奏不同步,但各自又有单独的规律。这只能让郁飞尘想到一种东西——齿轮。巨量的齿轮。

陈桐:"怎么感觉这车快散架了?"

最后一排的机械学院大学生说:"这火车不会跟墙一样是纯粹用金属零件拼起来的吧?声音怎么这么不对劲?"

话音落下,火车忽然发出一道悠长的鸣笛声。下一刻,座椅后背猛地推在他们背上,火车以几近疯狂的速度猛地向前冲去。

陈桐大叫一声。

郁飞尘心中浮现一丝不妙的预感,他稍微调整了一下呼吸,余光看见安菲尔侧脸安静,他声音冷硬,没什么感情地说了句:"自己小心。"

安菲尔微不可察地点了点头。

几乎一眨眼火车就驶出了昏暗的隧道,强烈但不刺眼的光照进来,前方视野陡然开阔明亮,一个复杂的巨大空间扑面压来。

巨大的堡垒四壁满是不知名的金属机械装置,一个巨型齿轮占据了整个天花板的一半。旧银色、黄铜色、深赭色是这地方的主色调,机械主体庞大又冷硬,边缘锋利,饱含重量与力量,任何一个零部件砸下来都足以把一车人压成肉泥。远超人体的巨大机械带来近乎野蛮的震慑,但仔细看,每一个细节都精巧无比。成千上万大小不一的齿轮一刻不停地运转着,带着各自传动的机械规律运作。整个空间还穿插着错综复杂的金属轨道与传送带。

面对这样的情景,几乎每个人都屏住了呼吸,但还没等他们回过神来,最前面忽然响起一声女孩的尖叫。

"啊——"妮妮的声音分贝几乎达到了人耳能承受的极限,"前面没路了!"

刺耳的金属摩擦声响起,前面的车身忽然整个向下垮塌了下去。来不及防备,垮塌很快波及后面,失重感猛地朝郁飞尘袭来。

车没散,人也没事,只是火车走了个几乎90°的下坡,往下疾冲了。

他们从两条奇形怪状的黄铜悬挂臂之间穿了过去,机械世界陡然放大,然而还没等人适应向下的节奏,火车又穿过一堆寒光闪闪的机械斧,拐了个360°的垂直大弯。

"啊啊啊啊啊——"

前后的尖叫声如魔音灌耳,郁飞尘舒展身体,尽量最大限度与座椅和地板相接。那个不妙的预感没错,这不是什么火车,完全是过山车。游乐场过山车至少能保证安全,而这地方的金属火车——谁知道是什么鬼东西——保护身体的只有一根不比小拇指粗的横杆。

不过碎片世界再丧心病狂,也不至于进场就把人全部灭掉。因此对他来说,再惊险刺激的过山车也和过家家差不多,失重和旋抛训练毕竟是空军学校的入门课。

火车继续前进,在这座金属迷城里来回翻转穿梭。血液在心脏和头脑里鼓噪,坠机的前一秒,世界也是这样颠倒混乱。似曾相识的场景又唤起过往的记忆。

舰载机是双座的,也就是两个操纵位,通常是主位的人负责即时驾驶和战斗作业,副座的人执行目标识别和情报通信。他在主位的时候比较多,副座上有过很多人,不乏母舰上的诸位军官,却唯独没有那位长官。

因为长官大人事多又惜命,头晕还怕晒。他曾经对着六和八的视频回放,给这两人挑出了三十三条错,一度成为舰上奇谈。那段时间飞行员之间放狠话的模板就是"把你的操作视频发长官",但挑错是一码事,上机又是另一码事了,假如让这人上一次机,必然好好地上去,脸色煞白地出来。

唯独一次,在突发事件不得不撤离的时候,哪怕是个一碰就碎的瓷器人也得跟着他们上机,何况能给王牌飞行员挑出三十三条错的人本质就强到离谱。

其实那天长官自发跟了他。护目镜都规范戴好了,但临到起飞时他又把人推给了四。没什么别的原因,只是四的天赋点歪了,风格平稳异常,能把战斗机开成空中地铁。

长官最后看了他一眼就进了四的机舱。那天他的副座没有人,切换了单座模式一个人完成所有任务。他应付得来,操作没出什么问题,临场反应也不错。不带别人,就他一条命,坠机也坠得坦然。世上从来不缺为了引导和掩护队友献身的人,那天换谁都会这么做,挺没新意。只不过他数次回想往事,因为四的那架机上多捎了位爱给自己添堵的长官,他又觉得这舍己为人的光荣事迹也不算太泯然众人。

就在坠入海水的前一秒,他还想,这么完美的一次飞行,可惜那瓷器人没在副座上,对方想挑刺又挑不出来的表情一定很好笑。

只是记忆这种东西不经想，越回放越淡薄，第一次出现的时候惊心动魄像海水横流，可再回忆也就没那么沉浸其中了。郁飞尘回顾完二十出头的幼稚时候，轻轻松松抽身而出。现实里，过山车还像发癫一样在堡垒中左冲右突，金属的锈迹和闪光时而放大，时而消失，如同海水上的波光。

他不为所动，只是平静地看向右方的安菲尔。不知道蜥蜴泪晶能不能治脸盲，他确实分不清眼前这张少年面孔除了年纪变小，与长官、安菲尔德和路德维希有什么不同。既然泪痣长在那里，就当还是以前那张脸。

于是他又回到最初那片海洋上，回到死亡前的那几秒，只是这次副座不再空空荡荡。

坠机的过程持续了很久，他就那样感受着安菲尔无声地陪着自己一次次从山巅到谷底，直到最后一次疯狂的翻转后，终于回归平稳。

结束。当年那个七幼稚到了极点，可那片蓝海是他唯一认真活过的地方。现在他将"把长官安放在副座"的心愿认真完成了，也算有始有终。

也就一笔勾销了。

火车停了，他解开锁站起来，朝车门走去，自觉今天发生的这一切还挺有仪式感，可以作为对一段时光的彻底告别。从此以后世界上没有七，也没有长官，而他和安菲尔只是临时队友，偶尔相逢。

但就在要离开的当口，他还是想看一眼那颗如梦魇一般纠缠在他和安菲尔之间的泪痣。于是他转身。

刚刚站起来的安菲尔就这样栽在了他胸前，金发凌乱散开，右手虚弱地握住他的胳膊，额头抵住他胸口，急促地一下下喘息着。

郁飞尘扳起他的脸，见他脸色煞白，瞳孔微微涣散。

瓷器人又露出了本质，郁飞尘的仪式在即将收尾的时候戛然而止，这让他微微暴躁。这人要是早知道会出现有求于人的时候，刚才还至于因为被点破身份这点小事而恼羞成怒地走开吗？

他伸手粗暴地揽过安菲尔的肩膀，把人往前带。

播报声甜美依旧："学院观光完毕，请新生有序下车，不要拥挤。"

陈桐气喘吁吁、骂骂咧咧地解开安全锁，扶着车窗拍胸脯顺气："他……什么观光，这是玩我们吧。这过山车就离谱，老子心脏都啰出来了，去死吧……"

后方的灵微声音微微虚弱,但还算吐字清晰:"道友,请勿秽言。"

陈桐:"会盐,什么盐?"

另一边:"叽里咕噜—&—叽里咕噜 #*@。"

看来即使是相同的语言也会出现理解的鸿沟。

加长加弯、附带巨型机械恐吓版过山车终于结束,一行人跌跌撞撞地下车,咒骂声此起彼伏。正好墙壁角有几个桶,几个人刚下车就抱桶干呕了起来。

安菲尔看起来只是晕,不算太糟糕。除他们外,还能保持直立的就只有文森特、抄咒语的莉莉娅和道长灵微了。

莉莉娅挠了挠头发,看着扭动不已的队友说:"你们……没骑过龙吗?"

灵微则俯身拍了拍白松的背。白松目光僵直,道:"小道长,别告诉我你经常御剑飞行。"

灵微点头:"道友所言不错。"

白松沉默了。

就在这时,催命一样的播报声又响起了:"欢迎新生正式入学爱丽丝魔法学院,接下来请进入一号教室,开启试听课程。提示,试听课程是超——简单的传动课哦。"

陈桐抡起拳头就想往喇叭上砸,被文森特握住了手腕。

文森特:"校规说了,不得破坏公物。"

陈桐:"你上学的时候没违反过校规吗?"

"没有。"

"算了,"陈桐泄气,"别人的地盘,我还是听话吧。走,进教室。"

广播说现在要进的是一号教室。一号教室又在哪儿?一行人朝周围看去,只见火车停在一条镂空长廊上,长廊左边依次排列着数扇十几米高的黄铜兽首大门,离他们最近的狮首大门上用花体刻着一个字符"I",稍远一点的大门上分别刻着"II""III"……看来最近的那扇就是一号教室的门无疑了。

门上没有把手,也没有开门装置,但当他们站在门口的金属地板上时,重量把那块地板压得下陷了一点,随即一声机械弹响,齿轮咬合声"咔嗒咔嗒"响起,大门开了。

门内空间极大,同样是旧银黄铜交错的环境,不同色的铁皮呈几何状拼接，再用铆钉固定在墙壁上，有些地方锈迹斑斑，古老神秘中又透露着机械特有的冰冷。教室里堆放着山一样的零件，中央还有十几个金属大工作台。每个工作台上都放着工具和一本图纸手册。这看来就是他们的"课桌"了。

然而，这所谓的"一号教室"里却没有讲台，也没有疑似老师的存在。郁飞尘让安菲尔靠着工作台，自己翻了翻图纸。

刚缓过来的女画家柯安喃喃道："破旧又精确，巨大又有限，一切都是蒸汽时代的风格……那传动课？"

"传动，就是机械传动嘛！"薛辛说，"你刚才说蒸汽时代，刚好我们这学期上了类似的课。蒸汽时代电力还没投入大规模使用，工业的动力都是蒸汽机提供的，蒸汽推动活塞，活塞上连接着齿轮、链条、轴之类的东西，活塞一动，这一连串的机械就动起来了，这个过程就是传动。"

他讲起课来胸有成竹，柯安若有所思地点头："看来这节课的内容就是教给我们所谓'传动'的原理了。我们怎么上课，等老师吗？"

陈桐道："等上课铃嘛。那边有表。"

教室正前方确实悬挂着一块机械表，不过只有一根指针，这时指针即将指到最上方，通常的 12 点位置。

果然，当指针直直指向最上方的时候，广播开口了。

"亲爱的新生，试听课程——传动课——正式开始！

"课程目标：按照设计图纸，熟练制造一件传动机械的简单末端装置，每人需要制作一件哦！

"下课时间：时针下一次垂直于地面时。

"教学完毕，请新生认真完成学习任务。"

众人满脸问号。

陈桐再次口出秽言："这就教完了？老子要举报这学校！"

"举报"一词微微触动了郁飞尘的神经，他本能地给队友安排了下一步："看图纸吧。"

"当老子没修过灯泡吗——"陈桐掀开半指厚的图纸手册，随便翻到一页，愣了愣，脱口而出，"这么复杂？"

他挠挠头，认真思索了一会儿，道："意思就是我们每人得从这些图纸里选一件机械，再用那边的零件做出来？"

"不。"郁飞尘看完最后一页，合上整本手册，朝他扬了扬，道，"这就是一件机械的图纸。"

愤怒的"叽里咕噜"声响了起来："叽里咕噜###@@@！"

可喜可贺，这仁兄走到现在，终于能听懂一点人话了。

图册一共有三十页，4开大小。前面是六页的三张基础零件图，再来十四个部件的分解图，共二十页，最后是成品组合图。内容翔实严谨，倒也不像刚才的教导那样敷衍，不至于再引起举报。

唯一不好的地方就是……实在太复杂了。郁飞尘转到其他工作台翻看图册，还好，大家的图册上都是同一件机械，这意味着可以互相帮忙，还有完成的可能。

大家也都接受了现实，各自翻看图册，一边看一边流露出绝望的神色。至于那些骑龙的、御剑的、写史诗的、语言不通的人，表情更是和头脑一样空白。在座又都是清秀的少男少女，整个一号教室里萦绕着期末考试来临前特有的死寂氛围。

妮妮举手："我真的不会。"

机械专业的学生薛辛说："我看过了，图纸虽然很难，但其实没有那种高度专业化的操作，分解下来也就是一些简单部件的组合，就像搭积木一样。时间有限，大家合作，会的教不会的，努力完成吧。"

没人表示反对。郁飞尘说："先挑零件，来几个会的帮忙。"

薛辛和郑媛一前一后走上来，表示可以帮忙。文森特也来了，最后安菲尔也飘飘忽忽地晃到了零件堆前。

图纸上标明了每种零件的型号和所需数量，型号多样，数量巨大。而教室里的零件堆更是像汪洋大海一样，光是把需要的挑出来就是浩大的工程。

文森特道："六页零件，我两页，你们一人一页，先挑出样品再教给其他人。"

他说话前音重，尾音飘，没来由地让人生出装神弄鬼的感觉，但内容倒没什么可挑剔的——除了那个"我两页"。不过郁飞尘也没说什么，他做完自己的可以帮安菲尔找零件，他不觉得这人现在是清醒的。

几人很快各自把零件挑全，又把剩下的人分成几组，简单教学后，其他人也跟着他们挑拣相应的几种零件。

如果让一个人挑拣全部零件，无疑困难，但假如每个人都精通几种，只在熟练范围内工作，效率就会高很多。时间过去十分之一的时候，所有零件各自堆成一堆，足数，还留出了余量。

接下来要做的就是组装了。

摆在他们眼前的有两条路。一是流水线工作，二是各做各的。

"十三人十四个部件。每人可以负责一个部件，做十三个，最后组合，或者每个人单独完成自己的整个机械。选一种。"郁飞尘简单道。

郑媛迅速领会了他的意思，理智道："不能用流水线方式。我们现在生手太多了，熟手也抽不出时间监督，一旦有一个人的组装出了问题，所有人的机械都没法完成。必须各做各的，责任自负。"

灵微道："平白连累诸位，确实不妥。"

最后大家举手表决，所有人都同意各做各的，但并不意味着自生自灭。最后的方案是他们五个会做的人轮流在中央工作台上带其他人一起做，先做完的去帮没做完的，仿佛学生中自行诞生了老师一般。

正式开始前，郑媛用记号笔在时钟上画下格子，作为每个部件制作的最后时限，过期不候，到点后即使有人没完成也必须开始下一个。时间异常紧张，没有任何磨磨叽叽的机会，连嗓门最大的陈桐都噤声了，一脸严肃地摆弄着零件。

开始后，郁飞尘第一个示范。他不大想看见安菲尔，但这人就坐在他正前方，正在拧螺丝，还没从头晕里恢复，眼睛雾蒙蒙的，动作有些懒倦。奇怪的是，同样的动作如果换成年的路德维希做，就是漫不经心、高傲、慵懒，安菲尔却像只没睡醒的卷耳猫。

人，果然还是成年的才靠谱。

所幸大家都很认真，没人拖后腿，叽里咕噜先生更是出乎所有人的意料。他语言不通，却对图片有极其敏锐的感知，在生手里竟然是做得最快的，每次做完之后，还有余力去替最费力的妮妮和柯安两个人做，让她们能勉强赶上。

郁飞尘看着，大致猜出了叽里咕噜先生的原生语言类型——不存在文字和声音，直接用高度抽象的图案符号沟通。他曾经进入类似的地方。万千世界，奇异的文明不计其数。

薛辛说得也没错，蒸汽时代的复杂并不是那种难以理解的复杂，不

309

像物理公式那样抽象，而是绝对具象和准确的。有限的科技却可以被无限的智慧拔高，无数简单的零件以最原始的方式相互连接，最终组成难以想象的精密结构。

可正是这样才最可怕。物理公式实在学不会也就死心放弃了，组零件却是明明知道一切都可行，心有余而力不足，要么手抖，要么手笨，总是慢人一步。

整个传动课压着最后期限，险象环生，到最后所有人都绷紧了神经，要不是有陈桐偶尔的骂声缓解情绪，估计有几个人已经当场崩溃了。

指针到最下方的时候，柯安的座位上坐着文森特，莉莉娅正抱着安菲尔哭，叽里咕噜先生在对着灵微道长的作品检查，郁飞尘刚给没跟上进度的妮妮上完最后一个螺丝。

所有人的机械都做完了。

甜美的播报声响起："下课时间到！辛苦啦，亲爱的新生！"

陈桐用力擦了擦额头上的汗，口吐脏话。这次，灵微道长没有反驳他。

广播没点名批评谁，也没说他们没完成课堂任务。整堂课忙得一团乱麻，也顾不上看自己到底做出一个什么东西，现在松了一口气，他们看向自己的作品。

"我们做了个什么？怎么说的来着，传动机械的简单末端装置？"

白松："像把椅子？"

"椅子吧。"

"就是把椅子啊。"

靠背、扶手一应俱全，确实是把椅子没错，就是形状奇怪了一些，材料……更加奇怪。

"想要椅子拿根木头打不行吗？这不费铁吗？"陈桐彻底暴躁了。

"不是，"文森特抬起一根横杆，道，"这是个安全锁。是过山车的座椅。"

郁飞尘在制造过程中也注意到了这个，他看向安菲尔的作品，又看向其余人的，确认外观上没出什么差错。内部零件复杂，已经没法再检查了。

这时，广播继续："请新生带上自己的课堂作业，有序离开教室。"

纤细的少男少女拖着沉重无比的钢铁单人椅离开了，还好地面光滑，不太费力。原本以为火车还在原来的地方等他们，但现在前方空荡，只有光秃秃的轨道。

"往哪儿去?"

仿佛听见了这声疑问,广播再次响起,这次的声音比之前更加甜腻:"一天的课程结束,请遵守学院作息时间,及时回到宿舍,享用晚饭哦!"

"喂!至少给个方向吧!"薛辛说。

回答他的却是一片死寂。

郁飞尘却把座椅推到了轨道前。他看了看座椅最下方两个凹槽之间的距离,又估测了一下金属轨道的宽度——差不多。

文森特的脸色也不大好看:"传动装置末端。"

陈桐终于反应了过来:"不会吧……"

然而他们根本没别的路可以走了,没有火车,没有方向,只有"及时回到宿舍"的硬性要求。唯一的交通工具就只有所谓的"课堂作品",一把过山车座椅或者一辆微型"过山车"。

郁飞尘把座椅卡在了轨道上,果然严丝合缝。

一行人脸色煞白。

比游乐场的过山车更不可信的是碎片世界的金属过山车,而比碎片世界的金属过山车更可怕的,就只有……自己亲手组装的"过山车"。

十来个人陆陆续续地把椅子卡在了轨道上,还好,都挺合适。事已至此,只有坐上去了。安全锁扣好后,一根撞针从底端凹槽里弹出,金属轨道受到撞击做出反应,两端的齿轮缓缓滚动起来,齿轮咬合,带起座椅上的齿轮一起转动。

椅背和椅面同时凹陷,把人更牢固地固定在了椅子上。

然后,它们缓缓动起来了。起先只是平稳前进,然后愈来愈快,风声呼啸,陡然转过一个大弯。

尖叫声依然如故,与来时无异的过山车体验,但没有了任何视野遮蔽。他们身处精密、巨大、恐怖的机械世界中,仿佛在一只獠牙丛生的巨兽口中穿行。

郁飞尘在最后,看着所有人的座椅都安全地经过了一个360°的椭圆翻转弯,还不错。

轨道不是一条路到底的,它有很多岔路,但是椅子内部的某些装置能起到选择作用。学院没给他们路线,但路线是刻在机械里面的。

但变故就这样突然发生了。

向上经过一个岔口的时候,妮妮的尖叫声忽然变了个调。她的"过山车"在岔口颤了颤,冲向另一个方向,往前疾驰。

糟了。

那条分岔轨道没多远又是一个岔口,两秒后,底部齿轮摩擦,发出剧烈的"嘎吱"声,火花溅射。

下一秒到达第二个岔口,"过山车"内没有应对此处的选择机制。

巨大的惯性带着"过山车"撞上岔口,所有机械零件像烟花一样在空中散开,同时被甩出的还有妮妮的身体。她像一只失去准头的飞鸟,被高高抛起,然后向下坠落。坠落过程中,她先是被一条机械臂挂了一下,然后垂直向下掉在了一个巨大的黄铜齿轮上,齿轮缓缓旋转,与另外两个齿轮咬合。最先消失在咬合处的是她那头亚麻色的长发,再是漂亮的蕾丝蓬裙,最后是两只鹿皮小长靴。

机械仍旧缓缓运转。生命消失在里面,连声音都不会发出。

广播突兀响起:"第十一号,妮妮同学,课堂测试……不及格哦。"

在不可抗的机械巨力面前,人的存在异常渺小。一眨眼,他们已经远离了那地方。风声呼啸,座椅带他们在金属轨道上快速滑动,仿佛十几颗在巨大城堡里滚动的小钢珠一般。

最终,他们停在了另一个幽深的金属通道口前。通道开在机械墙壁上,仿佛一个凿在山壁上的深洞。走进去后是个圆形小厅,小厅的天花板很低,设有壁炉、挂钟和精美的金属树形灯,墙壁上有几扇方形铆钉门,但都紧闭着。厅中央摆着一个锈迹斑斑的金属台,台旁有十个座椅。

这座迷城简直像设计机械的传动路线一样给他们规划好了所有行程,他们也像课程最繁重的学生那样被安排好了紧锣密鼓的生活。没有任何选择的余地,他们面面相觑了一会儿,在长桌前依次就座。

金属台线条流畅,台面上塑着数十座精美的锡兽雕像,它们面朝座椅方向,外观各异。"坐下"这个动作触发了座椅内部的感知装置,细微的机械摩擦声响后,锡兽口中喷出一道倾斜的液体,精准地落在前方的杯状容器里。

郁飞尘面前的雕像是只棱角狰狞的展翼巨龙,安菲尔在他右手边,雕像是只带羽翅的独角兽,左边白松是个狮身鹿头的怪东西。大约半分钟后，雕像的"喷泉表演"结束，郁飞尘低头看向杯子里的东西——黑、红、白三色的液体。三种颜色泾渭分明，呈环形分布，黑的在最外面，红的在中间，白的在最里面。

这看起来不像是能喝的东西，况且他也不太想喝。

经历了如噩梦一样的传动课，又目睹了妮妮的惨死，其他人也都无精打采，莉莉娅怏怏道："不会是让我们喝它吧。"

陈桐："但我真饿了。"

催命的广播声又响起来："今天的学习任务已经全部结束啦，用餐时间到！饭后同学可以自由活动，但一定要在时针平行于地面前返回寝室哦！明天的课程将在时钟垂直于地面时开始，请同学珍惜宝贵的学习时间，不要迟到。"

陈桐又骂了一声，对着面前的"晚饭"面目狰狞，最后一咬牙端起杯子，龇牙咧嘴地一口气干了。

"跟喝柴油一样。"他下了结论，"没毒，你们也喝吧，校规不让浪费食物。"

见陈桐没有死，其他人也都喝了。

郁飞尘同样喝完一杯。没什么味道，但口感确实像柴油。今天一天精神高度紧张，耗费许多能量，连他也有点疲乏，但喝下去之后，仿佛有新的力量从身体内部滋生，整个人很快回到了正常状态。其他人也发现了这一点。灵微道长说："这便是此方世界的辟谷丹吗？"

不管这玩意到底是什么，大家都从虚脱中恢复了元气，也就提起了精神，开始讨论今天发生的一切。

这是所学院，而他们是学生。学生各做出了一辆"过山车"，这是课程的内容，而做完之后必须乘坐它回到宿舍，这是用实际使用来检验一天的学习成果，也就是所谓的"课堂测试"。

妮妮死了，她的机械因故障原地散架，没通过测试。叽里咕噜先生没说话，低下头，一副很难过的模样。郁飞尘理解他的感受，因为妮妮的机械有一部分是叽里咕噜先生帮忙做的，还有一部分是他做的，但他们两个做的部分都没出问题，说明故障出在妮妮自己做的那部分里。

她只是个见习诗人，是个没长大的小女孩，不出纰漏地做出一件复杂机械对她来说是一件太难的事。可是在这个副本里，出错就是死亡。

然而其他人也没有同情她的资格——今天只是试听课,第二天、第三天,不知道还有多少离谱的课程和测试等着他们。今天妮妮死了,明天说不定死的就是自己。

薛辛道:"会不会我们通过所有课程,从这地方毕业,就能离开这个世界了?"

"现在线索太少,还推不出逃离方法。去看看别的地方吧。"文森特说。

可惜逛了一圈,外面除了机械还是机械,里面除了餐桌就只有宿舍,没什么东西可看。倒是人多而宿舍少,得自行分配。

现在他们有十二个人,宿舍是六间。宿舍没有好坏之分,设施一致,装潢典雅。一张长书桌,两把高背椅,一台挂钟,一间盥洗更衣室。床是高低床,下方的床比上方的床稍宽。

郑媛最先表态:"我们三个女生住一间吧。"

八条腿道:"原来还有这样的区分,对不起,我一开始还想和美丽的莉莉娅小姐合住来着。"

叽里咕噜先生:"##@。"

郑媛白了八条腿一眼,拉着娇小的莉莉娅进房间了,柯安也跟上。

八条腿对叽里咕噜先生礼貌道:"或许您愿意和我同住?我也在努力学习。"

叽里咕噜先生:"@。"

两位异族友人达成了一致,回房了。白松喃喃道:"我好像掌握一点他的语言规律了。"

郁飞尘却感到一道视线落在自己身上,他面无表情地朝那个方向看去,是栗发的文森特直勾勾地看着他,道:"我要和你一间。"

郁飞尘还没说话,白松先不同意了:"哎,我俩一起的,你别抢。"

文森特道:"你闭嘴,让他说。"

郁飞尘淡淡道:"我和你认识?"

"不认识,"文森特生硬道,"你不错,可以和我一起讨论副本内容。"

郁飞尘笑了笑。心口不一还明显到这种程度的人也算少见。嘴上说"一起讨论",脸上明明白白写着"我要和你单挑"。

"没兴趣。"他也真诚地把"离我远点"挂在了脸上。

栗发青年抿了抿唇,什么都没说,转身独自进了一间房。郁飞尘觉得这人恐怕是脸皮太薄，没被拒绝过，只会转身就走。

"不是，"陈桐说，"这就选单人间了？"

回应他的是关门声。

陈桐叹息："这就叫气场，高贵。你们都很高贵。现在这儿就我是土鳖。"

白松："我也是土鳖。"

"那你和我一起睡？"

"我不。"

陈桐叹气。薛辛主动说："我和你一起吧，陈大哥。我觉得你挺亲切的。"

于是又走了两个人，郁飞尘粗暴地拎起白松的后衣领带他往回转，去环形墙壁另一边的空宿舍。

这一转身，正好撞上安菲尔的眼神。金发少年静静地站在长桌旁的昏暗处，望向这边，看不出什么表情，只是站着。

郁飞尘心里无波无澜，径直掠过他走到宿舍门前。背后传来响动，是灵微走到安菲尔面前，语气温和疏淡："在下略通占卜，方才一算，或与阁下缘分不浅。"

修仙之人，还修花言巧语。

郁飞尘原地站定，回头看那边。道长与安菲尔都不沾凡尘、温文尔雅，倒像室友。他一向很客观，心想，接下来安菲尔会欣然答应，一切理所当然。

却见片刻之后，安菲尔微微侧身，看向他所在的方向。霜绿色眼瞳依然平静，却因回望这一动作显出微微的茫然。

他没想到郁飞尘在看着自己，正如郁飞尘也没想到安菲尔会用眼神寻找他。两人的目光淡淡会聚在半空，郁飞尘心想"这只是世间许多寻常对视中的一个"，可他又觉得悲伤，像是失去了什么。

不仅如此，他还觉得自己幼稚可笑。

坠入海水的那一刻，他觉得自己这二十年没有虚度光阴，可以死了，挺好。只是这时耳畔忽然响起那位长官的声音，要带他去个什么地方。去葬身永夜，去与世长存。他心想"这是临死前的幻觉"，但既然说话的不是别人，他也就答应了。

再后来到了乐园,他也就等了。

于是成百上千个世界就那样过去,说不上痛苦,也谈不上快乐,他只是不咸不淡地活着,有雇主评价他"冷静异常",其实约等于"行将就木"。很多时候他希望这只是临死之前的一场幻梦,而引他前来的长官也不是真正的长官,是梦魇中的假象。等梦醒了,一切就可以结束了。

可不仅没有结束,他还再次遇见了那个梦魇中的长官。不仅如此,这人还表现得像什么都没有发生过。

已经过去一个纪元,哪怕生死仇恨也该淡了。他也已经决定桥归桥、路归路,一笔勾销,可现在还是郁结难消。

他对白松说:"你去找道长。"

白松:"你要做什么?"

"我找他,"郁飞尘直勾勾地看着安菲尔,吐出两个情绪难辨的字,"算账。"

宿舍没有窗,该是窗的地方挂着一幅机械人偶的概念画。书桌说是工作台也不会有人反对,工具盒里堆着许多小零件。

安菲尔进房后坐在了长书桌前的高背扶手椅上,那是把转椅,轻轻一转就面向了郁飞尘。

郁飞尘没坐下,他姿态随意,后背倚着门。按理说安菲尔坐着,他站着,他该有居高临下的优势,但是并没有。因为安菲尔的神情像什么都没发生过,甚至还能瞧出三分不明就里的无辜。浑身上下写满了"欠打"。

郁飞尘觉得此时自己该像审讯犯人一般冷静,他按捺着情绪,打算和安菲尔僵持到底。安菲尔一言不发,他也就不说话。直到安菲尔看向他,问:"你今天怎么了?"

"在想以前的事情。"

安菲尔神情未见波澜,郁飞尘忽然想起这人既然在外面的世界里如此游刃有余,应当也是与人交涉的高手。果然安菲尔并没被他带着走,只是声音淡淡:"为什么忽然想起以前的事情?"

光阴日复一日,活着的人都会想起以前的事情,或是睹物思人,又或是睹人思人。路德维希曾经背对着灯灵流下一滴眼泪,那时候郁飞尘问起,他也是说"想起以前的事情了"。

只不过他们两个所谓的"以前的事情",绝对不是同一桩事罢了。这个人经历过比他悠长得多的岁月,母舰上那短暂的几年只不过是漫长生命里的浮光掠影。

宿舍地板下方传来机械细微的运转声和震颤感,宿舍所占空间不大,四面八方都是金属墙壁。它是个庞大之物内部的小隔间,既安全又危险。安全是因为居住在如此沉重且精密的堡垒之中,危险是因为小隔间相对整体来说太过微眇。当年在母舰的宿舍时,他也有这种感觉。

郁飞尘环视房间每个角落,忽然说:"像不像?"

"像什么?"

郁飞尘看着空荡荡的半旧金属墙。这种场景太熟悉,以至于他想给那墙上贴条标语。他笑了笑。憋在心里确实挺没意思,他想说就说了。

"守卫第三航线,献身碧海蓝天。"他语气平平淡淡。

这是当初母舰上房间里、走廊中和宣传册上随处可见的一条标语,甚至每天早上都要宣誓一遍。

霜绿色的眼睛霍然抬了起来,安菲尔的神色第一次有如此剧烈的起伏。

"原来您还记得,"郁飞尘说,"长官。"

先发制人的目的已经达到,他往前走几步来到安菲尔椅子前。这种距离让安菲尔不得不抬起头才能直视他的眼睛。

他看着郁飞尘。

郁飞尘认出他是连续三个世界的同伴不是不可能之事,毕竟同一人总有相似之处,但竟然可以追溯到一个纪元之前的那个世界。他不明白原因,也猜不出郁飞尘究竟要做什么,只觉得对方态度殊异、咄咄逼人。

安菲尔道:"是我。"

承认得这么坦坦荡荡,倒让郁飞尘觉得无处使力。对着那双眼睛沉沉看了半天,他才道:"你在乐园多久了?"

安菲尔的眼神有一刹那的茫然,轻烟一样的雾气笼着他的眼睛,像冬日清晨,白雾拂过冻冰中的绿枝。

他说:"很久。"

"多久?"

"忘记了……"

郁飞尘先是被他清楚记得第三航线的表现微微取悦,又被这种忧郁茫然的眼神敲了敲心脏，酝酿了一整天的仇恨硬生生消散了一大半。他深吸一口气，想把那种强硬的情绪捡回来，脑子里却只回荡着一句话——

你还在。

"你长大了。"安菲尔轻轻说。

郁飞尘是预备和这人宣告决裂的，没想到通过安菲尔轻飘飘几句话，演变成了这种温情脉脉的场景。

"你长大了"，这话听着刺耳，因为来迟了，错过了他还会为这种话感动的年纪。

真心或假意都无所谓，迟了就是迟了。

郁飞尘说："为什么要带我去乐园？"

"你坠机牺牲，我有责任。"

果然如此，就像他自己当初带回白松一样。至于为什么没有像白松一样被继续带去永夜之门，郁飞尘不想再问，没准是少给创生之塔交了钱。

他声音略带沙哑："我不想去。"

安菲尔眨了眨眼："可你答应了。"

郁飞尘有点想打人。打死最好。

他说："我不清醒。"

安菲尔现出思索神色，思考把郁飞尘重新塞回去的可行性。

半响，他说："没办法了。"

"我刚到乐园的时候没见过你。"郁飞尘说，"你为什么现在又跟着我？"

"初进入永夜之门，担心你会遇到危险。"

说得像真的一样，可惜事实更像是瘫痪人士终于见到了可用轮椅。郁飞尘知道自己在对话里完全处于下风，宣告关系破裂的计划此时正式宣告失败，他直接丢下一句"睡觉吧"，然后转身走开去洗漱。

盥洗室门被重重关上，安菲尔看向门后郁飞尘模糊的身影，垂眼思索。

他终于迟而又迟地发现一件事，这人好像有点……生气。他已经有许多个纪元没见过在自己面前生气的人了，因此刚才只觉得怪异，并没有想到什么。

但他以独立身份来到乐园，又有什么值得生气的地方呢？

洗手台前，郁飞尘看着镜子里的自己，十八九岁外表的青葱年少，一百年也没长进什么。他拧开黄铜水龙头，把脸浸在冰凉的冷水里。往事一幕幕浮现，那种情绪由来已久，绵延一个纪元，非要用一种轰轰烈烈的方式才能彻底消灭，此时却高高举起，轻轻落下。他心里满是烦躁。

出来之后，他看见安菲尔在书桌前低头摆弄一堆零件，煤油灯照着那里，金发和零件一起闪着亮晶晶的光。"安菲尔爬梯子继而摔死"这件事并非不可能发生，郁飞尘没管安菲尔在做什么，直接去了上铺，挂外套，拉被子，闭眼，眼不见为净。

但细微的零件碰撞声还是无时无刻不在提醒他此时在和谁共处一室。其实他还有很多事情想问安菲尔，最想问的一句话是——"以后呢？"

以后还会这样一起经历副本吗？

但他不想问，因为这个"以后"完全掌握在安菲尔手中。这人装作不认识的原因，他也能猜到——两人并不相识，那么哪天他不和自己一起了，郁飞尘也不会知道。他想来就来，想走也可以随时抽身。

郁飞尘得到的力量终究还少，太多事情无法左右。

煤油灯的光芒渐渐变暗，安菲尔那边的声响也没了。郁飞尘把脑袋放空，打算入睡。爬梯那边却传来细微的响动，有人轻轻爬到了上铺。

郁飞尘依旧闭着眼，但很清醒。他听得出是安菲尔。这人动作有意放缓，俯身把一个什么东西塞在了他枕头下，接着就打算离开了。

郁飞尘睁眼。

煤油灯暖黄昏暗的余光里，白丝绸衬衫带领扣的金发少年正在俯视着他，像童话故事里的角色。

"做什么？"

安菲尔不见一丝被抓包的尴尬，抿了抿唇，把那东西又从枕头底下拿出来，递给郁飞尘。

郁飞尘拿在手里看——一只粗制滥造的机械兔子。眼睛是黑色和红色的不知名晶体，耳朵是几个半叠着的小齿轮，皮肤用了柔软度高的薄锡片。

安菲尔是抱着"负荆请罪"的态度来的，虽然他还没彻底想清今天被撒气的根源在哪里。

"送给你，"安菲尔道，"七。"

郁飞尘的动作僵了僵。

当初他们宿舍八个人，上学的时候就排好了编号，一、二、三、四、五、六、七、八，后来整个学校有十个上母舰的名额，全员通过了选拔，到了舰上依然是室友,还是以数字相称。久而久之,舰上其他人也这样喊他们了,包括长官。

"我不叫'七'。"他生硬道,"我叫'郁飞尘'。"

安菲尔的眼神忽然柔和了许多,这人今天的表情本来就带了点自知理亏的软,这下整个人的神态几乎可以称为"温柔"了。

他轻轻说:"郁飞尘。"

郁飞尘"嗯"了一声,算是默认了这个叫法,他继续翻来覆去地检视那只瘸了一条腿的机械兔子,最后说:"你很敷衍。"

安菲尔否认,声称"材料有限"。

郁飞尘把兔子放回枕头下,直勾勾地看着安菲尔:"长官,你不演了?"

装作不认识他的时候,浑身上下只透露出"冷漠"二字。

安菲尔蹙眉,继续否认了这个说法。郁飞尘没理他。这个壳子的外表太具有迷惑性,说什么都像真的。

安菲尔说:"用一个纪元就可以拿到进入永夜之门的资格的人,我第一次见到。"

被长官夸奖是曾经的七表面不屑,但得到了会觉得也不错的东西。郁飞尘坦然接受了。他道:"没人带我,就乱做了。"

安菲尔忽然明白了什么。

"那时候我有别的事情,无法抽身。"寂静里,他低声道,"乐园平静友好,我想你能应付得来。"

郁飞尘别过头。

如果是刚到乐园一年的他要原谅那件事,唯一可能的原因就是长官已经死了。一个纪元后的他要原谅这件事,原因却是长官还活着。

对着天花板看了半晌,他道:"原谅你了。"

他原谅得如此轻而易举,甚至不是在安菲尔说出借口的时候原谅。在他想听这人的理由时,就已经原谅了。

甚至自始至终只想听一句"抱歉",接过这人亲手递过来的台阶而已,他从没占过上风。

安菲尔道:"抱歉。"

"没事。母舰最后怎么样了?"

沉默了一会儿,安菲尔说:"我尽力了。"

郁飞尘没再问下去,只说了句"谢谢"。他听出了言外之意,但很平静。这是可以预见的,那时候形势太严峻,并非人力可以左右,他经历了这么多世界,却没再遇见过那样的死局。

安菲尔道:"晚安,我下去了。"

郁飞尘醒来的时候已经忘记做过什么梦,只记得有支离破碎的内容和混乱激烈的情绪。

郁飞尘回想昨晚发生的事情,仿佛搭积木错了步骤,一觉醒来已经无法重来。受到情绪驱使,那桩想要干脆利落解决的事情被轻轻揭过,即将落下的巨石变成细水长流的隐刺,不上不下,他不知道接下来该怎么对待安菲尔。

说到底,他对安菲尔也做不了什么。他承认,自己在意那位长官如怀念那个故乡,也认为安菲尔德和路德维希不错。这相当于将把柄送到了安菲尔手上,安菲尔可以拿捏他。

他不喜欢被人拿捏,但又觉得兔子可爱。

难得一见,他竟然体会了一次进退两难的境地。想不清也就先搁下,倒是安菲尔没有了上个副本里那种嗜睡症状,竟然还能睡得如此安然,是因为拿准了他自己带出来的人不危险吗?

安菲尔醒来的时候就对上了郁飞尘若有所思的眼神,乌漆的瞳孔黑沉沉的,没什么善意。他心想:昨晚明明已经好了,今天怎么又是乌云罩顶,难道是现在的人格外难哄?

于是安菲尔试着说了句:"早安。"

郁飞尘神色略有缓和:"不早了。"

安菲尔适时起身,理了理睡乱的头发。

郁飞尘把兔子安放在一边,看着这一幕。记忆中遥远到面目模糊的人就这样活生生地在自己面前呼吸、动作,他既觉得很不真实,又觉得不错。

他心情不错时效率比平时高一点,很快洗漱完毕,又整理衣服仪容,穿好了外套。这时候安菲尔才走到镜前梳头发。

郁飞尘问他:"你怎么知道我来了永夜之门?"

据这人昨晚交代,是因为知道以前带回来的人进了永夜之门,他不放心才跟来的。

安菲尔的回答并不真诚:"你是我带回的。"

"你的队友呢?"

既然是在永夜之门穿梭的人,想必有自己的队友。

安菲尔沉默了几秒,道:"他们有自己的事情。"

郁飞尘心想:难为您了,还得自理。他想了想,看着镜中的安菲尔,又说:"回乐园后……"

他连续三个副本装作不认识,是因为不打算长期这样进入副本,但现在已经被点破。安菲尔思忖一会儿,道:"复活日后,我会找你。"

洗漱完毕,安菲尔披上披风和郁飞尘一起走出去。临出门前他看了一眼郁飞尘,得出结论——这人情绪已经平和愉快了。于是安菲尔问:"为什么能认出我?"

郁飞尘听到这一问,低头看他。金发少年温雅矜贵,似乎不在意任何事,但既然已经是第二次问出这个问题,证明是真想知道。

于是他更要说:"我不想说。"

安菲尔蹙眉。郁飞尘觉得有趣。

早在上个副本里,路德维希睡得不省人事时他就让白松看过。白松什么都没有看出来,只提了一个问——为什么要关注陛下的下睫毛?虽然郁飞尘能看到安菲尔眼底这颗别人看不到的泪痣,连安菲尔自己好像也不知道,但他也不知道为什么自己能看到。

没准安菲尔也是所谓"圣赎之地"兰登沃伦的成员,曾经跟随潮流点过一颗泪痣。

郁飞尘道:"你自己想。"

一颗泪痣出了问题,根源当然不在于能看到它的人,而在于长泪痣的人本身。

安菲尔微微低下头,眼中有思索之色,但这一动作让郁飞尘更清楚地看到了那颗泪痣。

再抬起头来,他发现自己和安菲尔是来得最迟的,其他人已经在餐桌旁就位了。

"再不来,我们就要去敲门了。"白松一边说,一边狐疑地打量他们两个。

刚刚他郁哥低头的时候好像有点笑意，不可思议的事情就这样发生了，足够让他目瞪口呆。而短短一天，他郁哥就完全忘记了路德维希陛下，并给才认识的少年取名为"安菲尔"，更让人觉得事有不妥。可是想到这人和路德维希陛下也是在副本里萍水相逢，又觉得现在似乎也理所应当。

白松不断在心中叹息，直到被郁飞尘把脖子拧回正面。

开餐前，角落里驶出一个捧纸机械人偶，螺旋桨带着铜喇叭，它如幽灵一般从角落里飞出，要他们登记宿舍号。

登记完毕后，早餐还是和晚上无异的黑、红、白三色水。每个人都喝完后，薛辛道："你们说这是个副本，要了解它的结构，然后寻找逃出去的方法。昨晚回去后，我想了很多，对于逃出去的方法没什么思路，但是我觉得这个堡垒的运作有个致命问题。"

白松道："展开说说。"

"堡垒内部的机械装置太多，可是机械运转是靠能量的，机械到机械的传动过程也会损耗掉巨量的动能，这地方的耗能太恐怖了。蒸汽时代的能量靠煤炭烧水，产生高压蒸汽，再推动机械。要让这么大的堡垒动起来，恐怕要用世界上所有的煤炭去烧开一片大海。如果一整个世界都由这种能耗恐怖的机械组成，那么这里一定是个能源极度匮乏、污染极其严重的地方，我们可以从这里入手。"

"没错。"郑媛道。

文森特道："你说得不错，不过我们还需要获取更多信息。"

薛辛："确实，你们还有其他想法吗？还有，这地方明明都是机械，却说是魔法学院，我觉得这也是个矛盾点。"

柯安道："我失眠了，半夜的时候，觉得房子在动。"

灵微："在下深夜冥思打坐，亦觉如此。"

"整个堡垒都在动，我们的房间也是它的一部分。"郁飞尘道，"晚上不要出门。"

他们讨论许久，穿插着白松对碎片世界的介绍，钟表指针快要指向最上方的时候，一道火车鸣笛声传来，昨天坐过的那列火车又来了。

"校车来咯。"陈桐道，"走吧。"

广播响起："同学，第二天的课程即将开始啦，请大家有序上车。提示，请扣好安全锁。"

这次大家都有了心理准备，尖叫声没那么响了。停车后，他们再次抵达昨天那条大走廊。

"同学，又见面啦！接下来请进入五号教室，开启第二天的课程。提示：这是很——简单的动力课哦。"

一行人走向五号教室的方向，边走边听薛辛说："动力课……难道是教我们蒸汽机的原理，让热能转化成动能吗，还是说要教我们在锅炉烧水？"

走进五号教室，与一号教室截然不同的场景出现了，显然，今天他们既不学蒸汽机原理，也不学怎样烧水。

空旷的教室里有个连接着地面与天花板的漆黑金属炉，白色蒸汽烟雾从炉口疯狂排出，被上万台大型三叶扇送出教室外，滚烫的热浪以它为中心一波一波传来。神秘的嗡鸣声在里面不间断地响着。

炉口却是一堆黑、红相间的晶体，像个大型沙堆，拨开仔细看，是一颗又一颗拇指大小的黑色或红色的半透明宝石。

炉子前面则快速滚动着十几条空传送带，末端深入地下，不知延伸到了什么地方。

陈桐挠头："这又在玩什么花样？"

"亲爱的同学，第二节课——动力课正式开始！

"前置知识：魔导炉中提炼着珍稀的两色晶石，红色为'热'，黑色为'动'。红色热晶石拿在手中会发热，黑色动晶石拿在手中会震颤。否则为废品。

"课程目标：每次魔导炉产生提炼品时，请及时处理提炼物，按需挑选出热晶石或动晶石，将其放入传送带。废品有害，请投入废石篓，千万不要投到传送带上哦。

"提示：时针每经过15°，传送带的需求变化一次；时针每经过30°，魔导炉送出一批提炼品。第一个15°的需求为：红色热晶石。

"下课时间：时针下一次垂直于地面时。

"教学完毕，请同学认真完成学习任务。"

这次的教学时间比上次长一点，广播停止后大家一时间没说话，都在思考话里的意思。

十二个人里脸色最沉重的是薛辛。就在刚刚，他还用学过的知识发表长篇大论，推测动力课可能的教学内容，却没想到这地方的原理和书上的根本不一样，甚至天差地别。这是所魔法学院——直接跳过锅炉烧水的环节，变成烧魔法晶石了。

思考完，他们开始讨论。这次的课程要求其实很简单，但得先转换一下时间。一个"上课—休息"的周期下来，这地方的表走了一整圈。转换成较为通用的时间单位，姑且可以认为时钟的一圈是二十四小时，他们的上课时长是十二小时，时针走过15°则是一小时。

每隔一小时，传送带的需求会变一次。每隔两小时，炉子会产生一批提炼物，也就是现在炉口放着的那一大堆红、黑晶石。

第一个小时的需求是红色热晶石，他们得在一小时内把全部红色晶石从晶石堆里挑出来，放在传送带上，让它去给堡垒提供能源。红色晶石里只有发热的才合格，不发热的是废品，不能提供能源，而且有害，绝对不能投到传送带上。

第二个小时挑出所有能震颤的黑色晶石送上传送带，炉口堆着的一堆提炼物就算是彻底被处理掉了，但这个时候，新一批提炼物正好又被送出来等待处理了。这样周而复始，处理完整整六批提炼物，就算是完成了今天的课堂学习任务。

郁飞尘拣了两颗晶石放在手里，果然如广播所说，红色的有温度，黑色的会震颤，但这石头滑不唧溜，得并起三指做舀的动作才能拿起。

莉莉娅松了一口气说："听起来比昨天简单多了。"

"不见得。"文森特说，"它们数量太多了。"

炉子本身已经巨大无比，这堆提炼物也足有将近三人高，每颗晶石的体积又只有拇指大小，数量难以想象。

郁飞尘也看着那堆晶石，目光微沉。实话说，今天的任务比昨天的难。分辨红与黑、发热与否、震颤与否都不难，但人不是机械，有难以控制的习惯。

这时，女画家柯安开口："你们听说过那个……捡石头的寓言故事吗？"

"哪个？"

"我小时候在一本书上看过的，记不太清了，只能按照记忆复述。"柯安道，"传说在海边的无数块鹅卵石里，有一块价值连城的鹅卵石会发热，于是一个人夜以继日地在海边捡石头。每捡一块都是凉的，他就把它扔进

325

大海。就这样过了很久,有一天扔出一块石头后,他忽然大哭了起来。"

莉莉娅:"为什么要哭?"

"因为他刚刚捡起的那块石头就是温热的,可他已经习惯了扔出的动作,直到石头消失在大海里,才感觉到了手心的余温。可惜为时已晚。"

她讲完故事,大家都心有余悸地看向了晶石堆。薛辛说:"肌肉记忆很可怕。"

郁飞尘看了一眼时间,道:"准备吧。"

接着他又审视了一下身边的安菲尔,每次坐过山车安菲尔都要晕一会儿。安菲尔正抓着他保持平衡,说:"我还好。"

就听陈桐说:"我真不能保证自己能挑对。要不咱们一个人挑,另一个人检查?"

"时间不够。"郁飞尘否决了这个提议。

十二个人全速工作,两小时挑完这么多晶石还算有可能,如果再抽出一半人手去检查,任务根本没法完成,但是确实有种预处理办法能减少一部分时间。

"我们要抽出一个人先对红、黑两色进行分拣。第一次分拣尽量甄别废品,但不强求,动作要快。分拣人把纯色晶石送到其他人身边。其余十一人原地不动,挑拣合格晶石放到传送带上。"他道。

文森特道:"没错,这样能节省整体的时间。红、黑两色的甄别比废品甄别简单很多。为了防止传送带上的废品甄别出错,最好让我们中最粗心的人出来做第一次简单分拣。"

柯安补充:"晶石加在一起挺重的,这人要源源不断地送纯色晶石去传送带旁边,最好力气大一点。"

动作快、粗心、力气大,这几个条件叠加起来,大家忽然一致看向短跑大哥陈桐。

"怎么个意思这是?我看着像粗心的人吗?"陈桐大为疑惑,说着说着声音就自发虚了点,"挑……挑就挑……挑呗。我力气确实挺大的。"

时间有限,分工完毕后就开始干活。陈桐的第一次分拣也需要时间,其他人用金属桶装了一桶杂色晶石,先分着。

郁飞尘的位置就在安菲尔旁边,他确认安菲尔不会挑着挑着倒下后,也开始工作。二十颗红色发热晶石很快被挑出来丢在传送带上,传送带快速带它们远去，消失在地面以下的传送轨道内。挑了二十颗，都是合格品，废品率不高。

陈桐的动作也很快，不过十分钟就给大家扛来了一桶桶红色的纯色晶石。所有人的注意力都高度集中在手里的石头上，这活儿费脑，连陈桐都自发噤声了。教室里一片寂静，只有晶石的碰撞声和魔导炉的嗡鸣声，还有传送带的摩擦声。

传送带的材质极其特殊，是一种黑沉沉的、表面粗糙的软金属，不是郁飞尘曾见过的那些材料，像加强几万倍的砂纸。陈桐搬完十几趟，在恢复力气的时间里盯着传送带发愣，突然手贱了一下，用小拇指如闪电般碰了碰传送带，结果惨叫一声，小拇指已经被剌出了个黄豆大小的破口，鲜血淋漓。

薛辛对大哥的好奇心报以无奈摇头："这种魔法石头的表面太光滑了，我们拿着它都有点费劲。为了把它们带动，传送带表面得用摩擦力很大的材料……再加上速度这么快，杀伤力很强的。陈大哥，你别再碰了。"

陈桐长了个教训，龇牙咧嘴地连说："再也不乱碰了。"

此后就是长久的沉默，还有热。魔导炉如心脏一般向外散发着热气，但他们都记着那条"禁止衣冠不整"的校规，只敢把束得严严实实的袖口弄松一点。不过半小时，莉莉娅的短鬈发已经湿漉漉地贴在了额角。

郁飞尘倒还好，他的情绪一直很平稳，这种人一般不会怕热。

但他总觉得有什么东西压在心口，像一层不祥的荫翳。

是忽略了什么东西吗？他环视四周，所有人都有序工作，没什么问题。反而越想要探究，越找不到那种预感的来源，只觉得确实有哪里不对。

与此同时，他手中的挑拣也没停，从桶中拿出一颗，确认温度，放到传送带上，晶石被传送带飞速运走，重复下一颗，再下一颗……

一下一下的动作机械重复，让人产生错觉，以为自己已经成了流水线上一条只会简单工作的机械臂。已经几百颗了，还没有遇到一个废品，看来提炼品的合格率很高。

但合格率越高，意味着机械性动作养成的习惯越强，一旦出现错误……

他盯着自己两点一线的动作，目光渐沉，心头的荫翳也逐渐放大。

直到八条腿那边突然传来一声惨叫。郁飞尘猝然看向那边。

"我扔错了！"八条腿扔石头的动作停在一半，脸色煞白。

危险的预感陡然放大,并且彻底具象化,郁飞尘脱口而出:"别动!"

八条腿听见了,动作却先于大脑已经做了出来。那块挑错的石头还没被传远,他猛地伸手去够,左手的五根手指往下扣,拢住了那块微凉的红石头。

可是他的手被摩擦力极大的传送带猛地往前拽去了。

一声急促的喊叫从他嘴里发出来,传送带快速向前滚动,他整个人的身体被左手带着,以扭曲的姿势半滚半摜到了传送带上。

郁飞尘最先往那边赶,陈桐随即也跑过来了。

"别动!"郁飞尘再次说。可是八条腿已经什么都顾不得了,为了从传送带上脱身,整个人疯狂扭动着。他力气奇大,传送带速度又太快,他一眨眼已经滚到了末端。还好这时两人同时赶到,分别从两边拽住了他的胳膊和肩膀。

下一秒文森特也赶过来,三个人一起把他制住,把整个身体往上抬。

八条腿口中不成形的惨叫却猛地高了起来,身体不和传送带同步运动后,粗糙的金属表面快速擦过他还留在传送带上的双腿。衣服瞬间被磨没了,下一刻血肉也被剐掉,露出骨头。

极度的痛苦刺激他弓起腰背,却又让原本被抬起来的身体重新接触到了传送带的表面,瞬间加大了摩擦。

再下一秒,传送带上什么都没了。

残破的躯体被飞速前进的传送带推着消失在地下传送口处,只有陈桐愣愣地对着手里的一条胳膊发呆。他小拇指上的伤口还流着血,差一点,他也会是这样的下场。

又一个鲜活的生命消失在了不容任何错误的机械里。他叫"查拉斯特拉斯",因为太难念,大家都喊他"八条腿先生"。

薛辛痛苦地把脸埋在双手里,嘶声道:"说过了,别碰传送带……"

可是现在再说什么都已经晚了。

郁飞尘沉默回身,与遥遥看着这边的安菲尔对视。安菲尔已经从眩晕里清醒了,垂着眼,忽然指了指他右边的柯安。

这一刻,郁飞尘才完全意识到那个不祥的预感到底是什么,意识到……他们到底犯了一个多么大的错误。

他哑声道:"不要直接把石头放上传送带,先放空桶里,够一桶再倒上传送带。"

这样一旦出错，还有一次能补救的机会。增加这么简单的一道环节就能规避八条腿的惨剧，可在出事之前，所有人都没想起。

开始前，柯安出于好意，说了一个寓言故事警示大家，所有人就理所当然地像故事里那样拿一颗扔一颗，并最终重蹈了寓言里的覆辙。

比身体的习惯更可怕的是内心的习惯，人终究不是机械。

每人一个空桶做缓冲后，即使扔错石头，也还有一次找回的机会。这样的层层保险下如果再出错，就是在毫无察觉的情况下错放了废品，连出错者本人也不会知道。不知道，就不会惊慌失措。

郁飞尘回到了自己的位置。旁边的安菲尔已经开始继续分拣，柯安也低头做事。安菲尔比那个手势时避开了她能看到的角度，郁飞尘也没打算提起。任何事物都能变成收割生命的武器，好意会变成坏事，寓言会变成谶言，碎片世界就是这种地方。

莉莉娅在为八条腿先生伤心，一边抹着眼泪，一边挑石头，可挑着挑着，眼泪不知什么时候干在脸上，她连伤心的情绪都没法分心酝酿出来了，全部的心思只能用于迅速挑拣石头。

少了一个人，晶石总数却不变，分摊在每个人身上的工作量更大了。

陈桐扛着晶石桶在十一个人之间快速穿梭，他的工作不需要太多脑子，但他也尽可能地用上了——给挑得快的人多放石头，在挑得慢的人耳边催几句或者拍拍偷着抹泪的大妹子的肩膀。

终于，时针转过第一个 15°的时候，他们处理完了所有红色晶石。挑拣出的废品共有一百来颗，被放入一个标着"×"的废石桶里。运输完所有的红色晶石后，传送带暂停了一会儿，开始往反方向移动，他们也移到了另一端去。由于挑出了所有红色，剩下的已经全是黑色，不再需要第一道分拣工序，陈桐来到了八条腿原本的位置上，自发地代替他工作。

这批黑色晶石处理完的时候，魔导炉震颤发出轰鸣，紧闭的炉门打开，金属吊板放下，新一批晶石随着滚滚热浪倾倒而出，新一轮工作开始了。他们今天得处理整整六批才算结束。

第三批的处理是最快的，所有人都异常熟练，找到了动作最快的姿势，注意力的集中也到达巅峰。处理完这一批后，他们甚至有余裕时间休息了十分钟,但第四轮就慢了下来,勉强在时限内做完。

因为身体已经疲倦酸痛,做什么动作都微微凝滞了。到了第五轮,更是勉强支撑。灵微道长主动起身,为诸人"点穴截脉"——在肩背几个特定的地方点了几下。轻轻几下,状态竟然有所缓解。第六轮的时候,陈桐开始多话,要么是鼓励大家好好干,要么是痛骂这见鬼的机械学校,要么是苦口婆心地阐述做不完的下场会是多么惨烈。

不知道是"最后一轮,好好收场"的想法激励了大家,还是陈桐大哥的鼓励起到了作用,抑或是妮妮和八条腿的结局太过骇人,谁都不想那样死去,在身体和精神都极度涣散的情况下,他们硬生生扛过去了,做完了第六轮。

播报声依然甜美:"下课时间到!辛苦啦,亲爱的同学。"

终于结束了。陈桐差点趴下,因为做了过多的思想工作,声音已经沙哑:"破喇叭,老子迟早砸了你。"

安菲尔靠在工作椅上,脸色不太好,郁飞尘走过去给他揉了几下太阳穴。

白松从椅子上起身太快,致使天旋地转、眼冒金星。

下课时间足足过去快十分钟,他们才东倒西歪地出了教室大门。

万幸,这次在门口等着他们的不再是自制过山车,而是和来时无异的校车。扣好安全锁后又是一番天旋地转,不能说是雪上加霜,但完全是不成人形了。

直到喝完今日份的晚餐,他们才算是恢复了元气。

郁飞尘灌完了自己的,看着安菲尔捧着杯子慢慢喝下去,瓷器人有活气了一些。他像是看到了一只卷耳猫睡醒的全过程。

身体上的疲惫已经消失,精神上的疲惫却挥之不去,餐厅里一时间没人说话。文森特在看天花板,薛新埋头冥思,柯安趴在桌子上一动不动。

半晌,郑媛道:"别忘了,今天的课堂测试还没进行。"

上次是用自己做的"过山车"载自己回宿舍,这次呢?自己筛选的能量晶石又会起到什么作用?

"记得吗?那个喇叭知道妮妮的名字。"白松道,"因为我们在纸上登记过。今天上课前,咱们又登记了宿舍号。"

灵微点头:"在下亦觉学院会在此事上做文章。"

"红色是热,黑色是动。万一今天真放错了石头,要么房间温度会失控,要么机械移动会失控。遇到就认了。"薛辛把拳头砸在了桌面上。

文森特:"无论发生什么,记住校规,不要离开房间。其他的,我们先各自想想,等会儿交流。"

郁飞尘离开座位,去了走廊口。

走廊口是悬空的,无法离开太远,但从这里能俯瞰大半个堡垒。不知名的巨型机械一刻不停地运转,看不出什么名堂。逃离一个世界的最好方式是去探索它,但现在处处受限。主宰这里的是说一不二的机械,所有人只能被动接受副本递过来的信息。他的思绪仍然冷静,但情感上有些烦闷。

身后传来轻轻的脚步声,是安菲尔的。

郁飞尘审视自己的处境,他坐在一条金属轨道的顶端,背靠走廊口的竖壁,底下就是悬空的万丈深渊,姿态不得不说有些散漫,配合这十七八岁的外表,像个逃课去天台的不良少年。现在的安菲尔已经失去了长官的身份,郁飞尘没动弹。

身后的少年嗓音冷冷淡淡,仿佛长官再现:"你在卧轨吗?"

郁飞尘:"不会死。"

金属轨道绵延极长,一旦远处有车来,这边会有震感,自然能够规避。他也没有无事作死,这里视野比走廊开阔。

轨道晃了晃,郁飞尘回头,见安菲尔竟然也下来了。他道:"小心。"他自己在这鬼地方晃荡没事,但这位如果也在,他就想带人退回走廊边缘了。

安菲尔微颔首,动作很稳,但郁飞尘还是看着,直到安菲尔在他身边坐下。

堡垒里像是有风,或许只是错觉,总之不太真实。

郁飞尘:"来这里做什么?"

却见安菲尔转向他:"你不高兴?"

郁飞尘没否认:"有点。没头绪。"

话说出口他才觉得不妥当。很多时候,他不会在别人面前流露负面情绪,刚才却说得无比自然。

安菲尔神色如常,侧身看向他,霜绿的眼睛像沉静温和的水。

"只上了两次课。"他道。

郁飞尘淡淡"嗯"了一声。

两堂课只是个开端，没必要这就要求自己解出全局的秘密。道理他明白，行为和决断也不会受到任何影响，只是被物化为一颗只能按规定路线活动的螺丝钉，终究有种虚无的感觉。

但听着耳畔安菲尔轻轻的呼吸，郁飞尘发现方才那点烦躁的情绪已经消失无踪了。他变得很安宁，像个买了"包过"服务的雇主一样。他不由得审视安菲尔。

安菲尔："你在想什么？"

郁飞尘拿眼神示意下方的机械世界："你怎么想？"

"我知道的不比你多。"

话里话外透露着拒绝，仿佛深谙雇佣界的潜规则，在说——可以说，但是要加钱。又仿佛熟稔"辅导"界的技巧，暗示——我觉得你还能靠自己多领悟一点。

郁飞尘带人多年，第一次体会到被敷衍着带过的感觉，一时间竟觉得有点新鲜。他和安菲尔对视，看见那对弧度温柔的眼睫微微弯起。那神情在成年人脸上叫"戏谑"，在小孩脸上叫"狡黠"，在安菲尔脸上叫"该打"。

一个对视下来，两厢了然于心。郁飞尘心说：同生共死四个世界之后，这人才算是向我透露了半点底细。

他再度看向下方的金属迷城，道："少了东西。"

人。

这座城全部由机械组成，他们至今也未见到NPC或其他人形来客。正是因为这个，整个副本才显得寂静又诡异。然而机械这一存在注定无法脱离人，因为它本身就是人制造的工具。没有人，也就不会有工具。

但是，不能用正常世界的逻辑去推测支离破碎的副本。要换个角度，先接受它的存在。如果这根本就是个没有人的机械堡垒，它又会有怎样的目的和需求？准确地说，它为了维持自己的运转，该做些什么？

当然是捕捉人。

如同工厂需要工人一样，机械世界需要有智慧的人来维持自身的运转，维护旧的机械，设计新的机械。因为它虽然庞大精密，却远没成为独立的生命。

那么，他们这些外来者就成了这个堡垒的能源。让初学者参与课程就是堡垒筛选合格"工人"的方式。筛选掉不能胜任的人之后，继续对通过者展开下一级课程，直到用残酷的筛选机制把懵懂无知的外来人变成合格的维护工。

而外来者为了活命，只能顺从机械的统治，拼命工作。古老的蒸汽时代也有这样的记载——无数工人成为工业资源中的一种，生计所迫，不得不在轰鸣的机械中消耗生命。

"不能指望完成课程，从学院毕业。"随着分析，郁飞尘的思绪也渐渐清晰起来，"那样只会越陷越深。"

破碎的钢铁堡垒反客为主，它没有生命也没有感情，只是榨取人的价值，用尽为止。

安菲尔道："打破它。"

"你有想法了？"

安菲尔摇头，有点懒倦地闭上了眼。

刚刚好了一点，又晕了？但他们没坐车。

"我不是晕车，"安菲尔道，"怕转。"

郁飞尘看了一眼堡垒内部无处不在的旋转齿轮——它们每个都在转动。郁飞尘觉得这人也太会犯病。母舰上，晕机；寒冬里的橡谷，肺病；夜里最危险的灯城，嗜睡。现在来到以齿轮为基本单位的机械迷城，他怕转。

郁飞尘真诚道："你有问题。"

安菲尔依然闭着眼，但无奈又温和地笑了笑。

"为什么？"问完这个，郁飞尘又道，"你得到的东西呢？"

上个副本里，连水准不算高的女王都有个给她承伤的男仆，没道理安菲尔这种程度的玩家会脆弱易碎。

安菲尔微微歪了歪脑袋，像是在思索要不要告诉他。一时安静，郁飞尘低头，觉得金发的少年像个无生命的精致人偶。

良久才听那淡淡的嗓音道："都用掉了。"

"遇到很多危险？"

安菲尔摇了摇头。"得到一些东西，要付出一些代价。"他说。

没有什么意义的回答，他神神道道得如同墨菲和画家。郁飞尘一直看着他眼下的泪痣，也觉出了萦绕在这个人偶眉眼间的若即若离的怅惘。

他没再问。黄铜齿轮缓缓运转，周而复始，如时间的流逝或命运的迁移。四周的人声消失了，也好像不再有人的存在。他们仿佛变成万千齿轮中的一个，被另一种庞大之物裹挟着行走，而无法窥其全貌。

寂静持续了很久，直到安菲尔说："走吧。"

回到走廊，餐厅天花板上也有些裸露的移动齿轮，安菲尔在郁飞尘身边闭目养神。

一段时间的休整过后，不仅郁飞尘自己理出了头绪，其他人也都各有想法。薛辛和郑媛认为接下来应该抖擞精神应对课程，早日毕业；白松和灵微觉得应该找出幕后操纵这座机械城的人；至于陈桐大哥，他想敲碎那个铜喇叭。

但当郁飞尘说出"堡垒吃人"的推测后，他们都露出了若有所思的神色。

文森特表示，他也觉得这个机械堡垒背后没有人操纵，是个独立的"生物"。随即他补充："但我们得想办法确认这件事。"

认真旁听的陈桐先是被郁飞尘那个诡异的假设吓得吓了一跳，又被文森特抛出的难题予以重击，神情十分迷茫："这咋确定？"

文森特流露出思索神色。说起来，郁飞尘在文森特身上确实能感到一股针对他的敌意，但这人又在真心实意地破解副本，也经常主动帮助他人。

他也就公事公办，继续参与讨论："这里的机械是非智能的。"

薛辛："没错，这地方连第二次工业革命都没开始呢，不可能有人工智能。再说，要是有人工智能，它也不用把活人拉进来打工了。"

郁飞尘："所以我们经历的'课程'极有可能是一套设计好的机械流程，这套流程没有应变能力。"

"对欸，"白松也想到了什么，"每一次，我们面前都没有别的路可以走，上车或进门都是副本的安排，比如有人出错，不会被当场处罚，要按流程去测试，根据测试结果决定他会不会死……等等，这是不是说明，这个副本其实没有主动杀人的能力？"

郁飞尘点头，白松说到了点子上。人是灵活的，可机械是按部就班的。第一天，妮妮的过山车组装错了，可是教室里不会突然砸下一块钢板把她处死，而是预先设置好与这堂课对应的"课堂测试"，出错者自负后果。副本不出手杀人，它只是给所有人设计了一条单向流水线，人们就像被困在一条笔直胡同里的人，左转右转都被高墙限制住，只能不断往前走，陷入"课堂—测试—休息—课堂"的无限重复中。

不得不说，这种杀人方式很机械化，符合这个世界的美学。

顺着副本往下走无异于自杀，只有向外探索才有可能找到出路，可怎样才能在不触犯规则的情况下逃离这套流程呢？

郁飞尘道："关键在于副本有没有监视我们，监视方式是什么。"

谈到这个，他们动作一致地看向角落里静静悬停的黄铜喇叭。

妮妮死去的时候，这喇叭准确无误地叫出了"第十一号，妮妮同学"，宣告了她的死亡，但这玩意看起来既不像个摄像头，又不像个感应器，怎么就捕捉到了刚刚发生的事情？难道要归咎于神奇的魔法吗？

文森特说："这个世界不会有这种程度的魔法。"

他说得笃定极了，一直处于划水状态的安菲尔忽然抬头看了他一眼，郁飞尘察觉了这个动作。

郁飞尘问："为什么？"

"不为什么。"文森特一跟他说话，语气就奇怪地冰冷了起来，只是道，"相信我。"

郁飞尘若有所思。他想到了进入副本前守门人温馨提示中的数字播报。这副本世界的力量强度为5，比灯城高，振幅为6，比灯城低。

两厢对比，郁飞尘立刻想明白了。

"强度"代表这个世界的力量发展到了什么程度，机械堡垒的先进程度明显高于愚昧的灯城，可是"5"这个数值却中不溜，代表不存在高等科技或魔法。"振幅"是力量结构的混乱程度，机械稳定有力，灯城的怪物与怪物、NPC与怪物则水平参差不齐，所以那地方的振幅数值高于这里。

那文森特说的就是真的。这些机械没那么智能，即使有录像、监控的功能，也没法从监控画面中自行判断他们的姓名和行为举止……它究竟通过什么方式辨别他们？

"登记！"白松再次提起了这件事，"我们都登记了自己的姓名和宿舍,可副本怎么把我们和名字对上号的?"

"顺序。"郁飞尘说,"喇叭念出了妮妮的序号,她是第十一个写名字的人。"

"不是这个意思,"白松说,"比如我是第二个登记名字的人,可我一个活人站在这个死喇叭前的时候,它怎么知道我是二号呢?"

一个个疑问就是在一层层抽丝剥茧,如拨云见日一般,郁飞尘彻底想通了。

除了每天的学习任务,学院还给了他们每人一样东西——校徽。

他指了指自己身上佩戴的金属齿轮校徽:"我们不仅按次序登记了姓名,还按次序取走了校徽。校徽一直在我们身上。"

白松大吃一惊,其余人也都是一副震惊到空白的样子,只有陈桐还在状况外:"说什么……你们说什么是?怎么都懂了?"

"监视器——"文森特先是下意识念出了个科学名词,随即又改口叫"喇叭",来照顾陈桐大哥的文化水平,"喇叭一直跟在我们旁边。你在莎草纸上登记姓名的次序号、你的姓名、你的校徽……这三者可能通过某种魔法联系在了一起。喇叭认出你是陈桐,不是因为感应到了你的存在,而是因为感应到了你身上的校徽。它判定妮妮死亡,可能是由于校徽……嗯……随着妮妮的身体一起丢失或损坏了。"

"这什么傻东西。"陈桐嘴角抽动几下,"那我不戴校徽,就不算个人呗。"

说完这句话,他脸上终于出现了迟到的震惊:"那我摘了校徽,这破学校就没法管我了?我不就自由了吗?我说什么来着,校规就是用来违反的!"

白松不得不提醒他:"但你也就没东西吃、没地方睡了。"

陈桐蔫了。

画家柯安则喃喃道:"校徽是一个齿轮,齿轮标记了我们。隐喻意味太浓了。这是否也在暗示,我们这些人的存在对于整座堡垒来说,也只是一些用于维持运转的齿轮零件?真美,一个解构的世界。"

自动过滤了艺术家的言论,郁飞尘道:"今晚测试这个机制。"

过去两堂课,机械在测试他们,现在,他们要开始测试机械了。如果成功,他们将占据绝对的主动权。

测试方法很简单,每两间宿舍的人相互交换校徽。如果前面的推测没错，接下来的睡眠时间里，第二次"课堂测试"将悄无声息地出现。每人工作的传送带因为近距离、长时间的接触，极有可能已经被自己的校徽标记，也就相当于传送带打上了名字的烙印，又对应到了这人所在的宿舍——否则一板一眼的副本不会在上课前要求他们在莎草纸上登记宿舍号。

副本不能识别具体的人，只是操纵已有机械，就像第一堂课里大家坐上自制"过山车"一样，每人放到传送带上的两色晶石都被送至自己宿舍做能源，所以测试是以宿舍为单位降临的。一人犯错，会连累自己的室友。

课堂上一旦有人弄错了石头，就意味着今夜可能有人会死，而喇叭会播报死者的姓名，但今夜每个人佩戴的校徽都不是自己的，死人之后，只需要观察喇叭播报的名字是对是错，整个监视机制就水落石出了。

"还有，它至今没播报八条腿的死亡。"郁飞尘看向了陈桐。

陈桐一愣，接着反应过来了郁飞尘的意思，从口袋里掏出了八条腿的校徽。八条腿死的时候，留下了一条胳膊被陈桐拽在手里，胳膊上连接着前胸的布料。陈桐那时候喃喃叹息了一声"可怜兄弟没有遗体"，把前胸布料上的校徽当成唯一的遗物收起来了，还说要给它入土为安。

他神情顿时有些不对："合着现在喇叭觉得八条腿还没死，看我是两个人？"

郁飞尘没否认。

叽里咕噜先生忽然发出一声惊叫："###&！！！"

白松："叽里咕噜先生的句末词变了，他今晚可能不是很想住自己的宿舍。"

叽里咕噜先生是和八条腿住在一起的，不论副本觉得八条腿死没死，他那条传送带上都出错了，不仅进了颗坏石头，还多了人体组织。惩罚以宿舍为单位降临……叽里咕噜先生住在那里有危险。

却见文森特看着叽里咕噜先生，开口："你今晚住我那里吧。"

叽里咕噜先生反应迅速："@！"

郁飞尘也对陈桐说："把八条腿的校徽放在他宿舍里。"

陈桐照做了，接着就是换校徽。校规只说了每个人必须佩戴校徽，没说必须佩戴自己领的那枚。

郁飞尘、安菲尔与白松、灵微交换了校徽。对副本进行反测试的兴奋和对课堂测试的恐惧交织在一起，弥漫在他们之间。又讨论许久后，大家这才散去。

郁飞尘却没和安菲尔一起回去。

"你先去，"他说，"我有事问白松。"

安菲尔点头，离开。独留白松面对郁飞尘，眼神中流露出被老师点名去办公室时特有的忐忑："郁哥……怎么了？"

郁飞尘倒不是要找白松的事，也不是要和他谈副本。关于副本，能谈的已经公开谈完了。

这个副本有一个特点，危险时人力完全无法抗拒，安全时也是真的风平浪静。这让他能分出一部分精力思索副本之外的问题。

譬如他和安菲尔的关系。他觉得自己不该这么轻易就原谅长官，可他事实上又已经原谅了。并且和安菲尔相处一天下来，他还对这人不错，没有怀恨在心。

这让他感到非常不适——这件事背离了他的一些原则。这种超出控制的背离让他如鲠在喉。他清醒地意识到自己永远解决不了这个矛盾，而白松却能帮忙厘清思路。

他思索了一下措辞。

"有个人做了一件我无法原谅的事，但我接受了，还和他继续相处。"郁飞尘道，"我为什么会这样做？合理吗？"

白松陡然一惊，原来是郁哥遇到了烦恼！他这下就来劲了，这是他最擅长的领域，他当即认真思索一番。

"这很合理啊，郁哥。因为虽然你很生气，不能接受他做的那件事，可是你更不能接受'和他彻底分道扬镳'这件事，所以你权衡利弊，决定凑合下去。这种事情在人与人之间经常发生，很合理。"

白松看着他郁哥，叹息一声，结合这些天对郁飞尘的了解，终于斗胆说出了肺腑之言："人的感情是很复杂的，不是非黑即白的。郁哥，你不要像分析副本那样分析它。你不觉得有时候你也很……很像机械吗？"

郁飞尘若有所思。他确实不是个凑合的人，但偶尔迁就一下事实也未尝不可。他接受了自己原谅安菲尔这件事，并且想要尽快回宿舍。白松果然有特殊的功用。

推开宿舍门后，郁飞尘看见安菲尔在书桌前敲零件。有了白松的肯定，他不再思索整件事的合理性，而是根据直觉的倾向对待安菲尔。于是他在旁边转椅上坐下，看见这人还在捣鼓昨天那只瘸腿兔子，试图把瘸掉的腿修复。

桌面上还摞着一沓空白莎草纸，旁边是鹅毛笔和墨水。

在一个完全由机械组成的世界里，只有纸和笔的存在还能让人感受到"人"存在的痕迹，但"莎草纸"也只是一个近似的称呼。仔细拿在灯光下观察的时候，连纸页的纤维上也散发着微微的金属光泽，鹅毛笔的笔尖材质则与传送带表面相同，滑过纸的时候会留下擦痕。

郁飞尘未蘸墨水，在莎草纸上比画了几下，虚空画了只简笔画兔子。

就听安菲尔道："小心。"

郁飞尘："我知道。"

机械可以随便组，但文字不能轻易写。他们在这种莎草纸上登记了两次：一次是姓名对应序号和校徽；另一次是姓名对应宿舍号。莎草纸和鹅毛笔的组合一定有特殊的功效。

这也是他能放心地提议让两个宿舍的人交换校徽的理由。需要人员主动登记宿舍号，说明这间宿舍无法自动对应校徽。

"这个机制有漏洞。如果是我设计，就让每人先领序号，宿舍和传送带也进行编号，必须按号进入。一次登记后，三个对应全部完成，流程就会简化。"说到这里郁飞尘微微一忖，"但第一次测试后死亡人数不定，会出现空宿舍，浪费资源，现在的设计也有合理的地方。"

安菲尔说话声音不大，但总能轻描淡写地指出问题所在，他道："你已经开始主动为剥削者优化流程了。"

确实。

"你想说，现在的机制也可能有以前被吞噬的外来者的改进痕迹？"

安菲尔点头："随着课程进展，我们会接触到堡垒更深层的结构。"

没错，机械工厂以流程制度压榨活人，活人又会为了生存而贡献出体力、智慧来反哺工厂，但为了得到想要的东西，工厂又必须将那些关乎自身的知识教给外来者。人和副本的关系不是单方面的屠杀，而是公平的博弈。那位女画家说得也没错，作为一些完整世界的碎片，副本总是有隐喻含义。

安菲尔的尝试失败了,瘸腿兔子依旧瘸着,只是不那么明显而已。他把兔子放下,去洗漱了。郁飞尘研究了一会儿校徽的构造后,也把精力放在了兔子身上,但那条腿,他也无能为力。

等郁飞尘洗漱完回到起居室,安菲尔的金发已经由刚洗漱完的湿漉漉恢复到了光滑的状态。半干的末梢小卷软绵绵地搭在胸前,额前两侧也分别垂落一缕,令郁飞尘不得不生出揪弹簧的想法。

安菲尔在下铺,没睡。他背靠墙壁坐着,像在想什么。高低床由深红和黄铜色金属制成,栏杆饰以雕花。安菲尔坐在内侧,像金丝笼里无处可逃的雀鸟。

但并不是。见郁飞尘出来,安菲尔抬头,问了他一句话:"你认识文森特?"

安菲尔果然发现了他们间的不寻常。郁飞尘想了想,道:"或许。"

安菲尔目光微沉:"他是什么人?"

郁飞尘把兔子放在上铺,盖好被子,在下铺落座,回答:"一个算命的。"

从一开始感觉到来自文森特的敌意,他就对这人的身份有所怀疑,毕竟这世界上莫名其妙和他结了仇的只有一个人——时间之神墨菲。而且这人还和永夜之门的守门人克拉罗斯有关,如果克拉罗斯帮他一把,这位神说不定真能追到副本里来。

今天文森特对副本力量水准的笃定更让他确信了这一点,但这没必要告诉安菲尔。这场追杀和他没关系。

就见安菲尔微微蹙起了眉:"他想对你做什么?"

少年蹙眉的神情挺难得,郁飞尘多看了一眼,道:"他做不了什么。"

至少在这个副本里是这样,在这里,人与神的力量差距不像乐园里那样明显,但是副本结束之后……

郁飞尘看着上铺的金属板,感到自己的命运确实希望渺茫。

身边传来动静,是安菲尔倾身朝向他这边。上铺挡了光,这地方环境昏暗,那双安静的霜绿色眼睛里居然微含担忧:"需要我帮忙吗?"

郁飞尘想了想,说:"不用。"

进入副本以来发生了太多事,关于墨菲、克拉罗斯和他之间的那些事情,他暂时还没想清。真理之箭几近不可抵挡,他想:安菲尔在副本里都怪病缠身,在乐园也未必有多少力量。

但如果离开副本之后他确实被时间之神杀死,对于答应了复活日后来找他的安菲尔来说,又是不是一种失约?

或者直接在这个副本里先发制人,把文森特……

他想远了。安菲尔在他眼前挥了挥手,郁飞尘说:"睡吧。"

"你先睡。"安菲尔说,"我守前半夜。"

这人转性了,郁飞尘心想。安菲尔主动守夜,无异于一只饭来张口的卷耳猫忽然主动给他叼了只小鸟献上。

他平静闭眼,在脑海里过了一遍"克拉罗斯对他不善,而后被所谓的'主神'处罚"的那件事,他隐隐有些想法后才渐渐睡了。

安菲尔没睡。他坐在床侧,看着郁飞尘的脸。煤油灯光芒昏暗,房间里夜渐深沉,睡着的郁飞尘五官轮廓挺拔,像静立在暮色里的远山。

像是忽然不认识了,又像是事隔经年,他迟疑地伸出手,指尖悬在那张年轻的脸庞上方,将落未落,最终还是在枕侧轻轻放下,恍如一只未去栖花的蝴蝶。

没睡多久,郁飞尘就醒了过来。坐在一旁假寐的安菲尔也睁开了眼睛。他们都感到了整个房间的机械在震颤,有东西缓慢地碾过房间四周,房间也在规律地左右移动。昨天的猜测没错,到了休息时间,这个地方会作为一个机械部件,参与到整个堡垒的运转,去承担宿舍之外的其他功能,但今晚的震颤明显比昨晚强,远处传来一些不祥的"嘎吱"声。

而且……房间的温度下降了一点。

意外随时会发生,他们两个转移到了金属床角落里,两床被子叠在一起披在身上。

两人轮流休息,房间墙壁的金属板一直在不自然地移动和突出,但没有大事发生,温度也维持在不高不低的状态。

就在动荡渐渐平息,他们以为一夜即将过去时,隔着一扇门,外面忽然响起了模糊的播报声:"第三号,文森特同学,课堂测试……不及格哦。"

短短几秒过后,又是一声:"第八号,查拉斯特拉斯同学,课堂测试……不及格哦。"

查拉斯特拉斯是八条腿。而文森特……郁飞尘记得他把校徽主动给了女画家柯安,这更佐证了他对文森特身份的猜测。毕竟根据导游的八卦，时间之神和艺术之神是好朋友，这人对画家这个职业有天然好感。

动荡彻底平息之后，钟表指针接近了早餐时间，他们披上外套来到外面大厅。

被播报死亡的文森特毫发无损地和叽里咕噜先生一起出来了，灵微和白松随即也打开门出来，又过了一会儿，陈桐和薛辛的房门才打开了。

一道颤抖的声音传来，只见陈桐大哥双手抱臂，哆嗦着出来了，不仅声音嘶哑，还脸色煞白，嘴唇青紫。一直以来富有活力的大哥竟然变成了这样，不知在房间里遭遇了什么。

"冻死我了，我要喝汽油。"走到大厅里，陈桐才像是缓过来了几口气，看向大家，叹息，"你们也活着，不错。"

和陈桐状态差不多的薛辛同样冻得发抖。

白松询问情况，薛辛声音虚弱，叙述了他们的遭遇。

昨晚他们谈了一会儿副本，各自入睡。才睡下没多久，屋内的气温就降了下来，墙壁也出现异常，裂开数条大缝，露出内部的钢铁和红、黑管道。他和陈桐惊恐地抱团，温度却越来越低，两人在几乎冻僵的状态下挨过了一夜，终于，快要冻死的时候，一切平静下来。

文森特道："你的工作量没被计算在内，所以送往房间的能源少了。昨晚我房间的气温也很低。"

陈桐穿梭在各条传送带之间，做的是提高整体效率的工作，但他个人并没有往传送带上放多少石头，整间宿舍相当于只有薛辛在供能。文森特情况类似，因为莎草纸登记表上他一个人单独对应一间宿舍。

整个测试机制也逐渐浮出水面。副本没有人的思维，不会判定对错，不会主动杀人，只是每人所做的工作都要后果自负而已，上次是自己为自己制作"过山车"，这次是自行为房间供能。死亡即为不合格。

陈桐叹气："就像空调没电了一样，我们也想到是能源不足了，但是没办法，那活儿我不干也得有别人干。不过能活下来就不错。"

他看了看表："妹子怎么还没出来？"

说到这里，大家都一致看向那扇紧闭的宿舍门。三个女孩居住的房间里依然没传出任何动静。

"我们进去？"

又等了几分钟，还不见开门，他们达成一致，往那边走去。按下开门按钮后，房门打开，却见床上没有人，两个人靠在墙上。莉莉娅白着一张小脸，正缩在角落里喃喃念着咒语，身上披着被子，怀里抱着昏睡的郑媛。听见门响，她猛地往那边看，见是同伴过来了，眼睛里流下泪水。

薛辛喊了一声"媛媛"，快步上前把郑媛接了过去。灵微道长给她把了把脉，道："消耗过度，无碍。"

文森特看向莉莉娅："柯安怎么了？"

莉莉娅眼泪再次簌簌而下，哽咽着告诉了他们昨晚发生的事情。

和薛新、陈桐还有文森特那边的寒冷不同，她们这边简直像火炉一样热。热尚能忍受，房间的墙壁却彻底变形。变形从墙壁的一角开始，接着，一个巨大的机械从变形处缓缓碾过来，其他金属块也被推挤着移动，墙壁不断收拢，房间空间一再压缩。最后，她们被赶往了房门附近。

上下左右的方向全部颠倒了，整个房间都在缩小，最后她们三个只能抱成一团，紧紧挤在门口。

莉莉娅说到这里，抽了口气："像被夹在热面包里的火腿一样……我们的骨头和肉都变形了，但它还是在收拢，肯定是要把我们挤成肉酱……媛媛姐让我们不要碰到开门按钮，但身体实在没有办法动了……柯安压到了那里，门开了，她……掉出去了。"

郁飞尘："那时候门外是什么？"

"好像是……别的机械，看不清楚。我们听见柯安叫了几声……就再也没听见了。然后，我也被挤过去了，是媛媛姐拉住了我。她把我塞在角落里，自己撑着墙壁，抱着我不掉下去。我拼命念空间咒语，但是不知道有没有用……就这样撑了好久，房间慢慢变回原状，媛媛姐就昏过去了。"

薛辛叹了口气，道："热是因为你们三个人提供的能源过多，但空间压缩是因为房间BUG了，你们恐怕有人弄错石头了。"

郁飞尘道："去看八条腿的房间。"

八条腿的房间里寂静无声，寒气扑面而来，一枚微微变形的徽章静静躺在地板上。没人知道昨晚这枚徽章在房间里经历了什么，但从徽章上的挤压痕来看，应该和莉莉娅三人昨晚遭遇的情况差不多。

郁飞尘捡起侧面露出裂缝的金属校徽，从书桌抽屉里找出锤子，直接把它砸开了。

校徽拆开后，里面有碎屑状的红、黑晶石，夹层里还有一块指甲盖大小的莎草纸残片，上面用黑墨水绘制了一些难懂的符号——果然不简单。

他们猜对了。莎草纸是魔法物品，校徽则是副本监视他们的工具。

陈桐还是有些不明就里，问："到底咋回事？"

这次白松已经懂了，开始解释。郁飞尘觉得这两人的语言体系是相通的，沟通起来尤其迅速。

"首先，这学院里管我们的是机械，不是人。"

"是。"

"我们的校徽是身份证，看见这个身份证，喇叭就知道拿证的人是几号，叫什么了。"

"确实。喇叭只认校徽，不认人。咱们每天戴着校徽去上课，就相当于上班打卡了。"

"很对，但是不认识人，怎么能判断这个人死没死呢？"

"那只能看校徽破了，就觉得人死了呗。"陈桐恍然大悟，"这喇叭就是个傻子啊！看起来像个摄像头，其实就是个播音器。只能按时间播放'×××课开始了'，然后感应到哪个校徽破了，就播报'×××不合格'。其实它根本不会改'卷子'啊！"

恍然大悟的陈桐用力拍了拍白松的背："我还真让它给唬住了！我还觉得这世界多高级呢。"

白松被这一拍给弄去了半条命，虚弱地说："不是不高级，而是这才是机械的思维。一个产品在测试环节里出问题了，零件就会坏，零件坏了，就等于不合格。这是个给机械上的学院，不是给人上的。"

"在理。"陈桐深以为然地点点头，"所以说上课前我们登记了宿舍号，三个妹子是一间宿舍，晚上，三个妹子挑出来的能源就被传送带送到了这间宿舍里，但妹子里面有个人出错了，于是宿舍运行错乱，画家妹子死了。然后，妹子的校徽被挤坏，喇叭感应出来了，但这是文森特兄弟的校徽，所以破喇叭播报文森特不及格……我懂了，曲里拐弯的。"

没办法，用人的思路去理解机械的机制，就是这么……曲里拐弯。

陈桐叹气："接着怎么办？"

就在这时，郑媛转醒。薛辛给她灌下今日份的早餐："媛媛，你怎么样？"

郑媛虚弱地看了一眼大家，看见减员不太多，才露出稍微松懈的神情："我还好。"

薛辛紧紧握着她的手，眼里明明百感交集，却只能干涩地念出她的名字："媛媛……"

这次郑媛没把手抽出来。陈桐见状道："嘻，这不就好了吗？生命多珍贵，别浪费在吵架生气上嘛。"

确实，生命很珍贵，因为上课时间马上就要到了。蒸汽火车依然在门口等着他们，再次体验云霄飞车过后，抵达的地点和前两天不同。上次是一条高且宽的走廊，每个教室门口设有兽首雕塑；这次，从车窗向外望去，里面是条有扶梯的曲折回廊，回廊入口两侧各有一个人形机械偶雕塑。机械人偶穿长尾礼服，戴圆形礼帽，单手平放身前，手心里悬空托着一个精美的陀螺仪，构成陀螺仪的几个同心圆环缓缓旋转着，充满神秘的美感。

郁飞尘有种预感，今天的课可能和前两天的性质不同，但他没法亲身体验了。

前面的人纷纷起身离开座位，郁飞尘却没动，而是摘下自己的校徽，放在了安菲尔手中。安菲尔会意，收拢五指接过齿轮校徽，别在了自己的校徽附近。

郁飞尘道："你们去，我留在车上。"

不能被困在设计好的上课流程中，必须主动去探索整个堡垒，但堡垒结构错综复杂，并且随机械运转千变万化，还没有为人设计的通路，一旦贸然踏出脚步，可能就再也回不来了。

郁飞尘看着车窗上的一道划痕——这是昨天他用袖扣划出来的。今天还在，说明接大家上下课的是同一列火车。

符合预期，计划可以顺利进行了。他昨晚思考得出的唯一方法就是——留在这列火车上。火车去哪里，他就跟着车也抵达那地方。下课时间一到，这列火车会再次来到教室门口，把大家接回宿舍，这样，他依然能够安全回到宿舍。

当然也不排除一种情况——火车就停在这里等大家下课，他在车上待了个寂寞，但这不像堡垒的作风。连学生的宿舍都要在睡觉时间被投入另外的运转当中，想必它不舍得让一个运载量这么大的交通工具待在这里空耗时间。"

话一出口，大家纷纷恍然大悟，陈桐更是道："绝啦。这不就打入敌人内部了吗！郁同学你放心，我们就算是累死在流水线，也一定会帮你打卡完成今天的任务。"

灵微道长却眉头微锁："此地极为险恶，你孤身前去，未必妥当。"

郁飞尘也知道不妥，但是世上没有一个选择是能100%保证自己安全的。无非是一些胜算大，一些胜算小而已，甚至，有不同的路可以选，已经是最顺利的一种情况了。

而且这次还有安菲尔在教室里，他没有后顾之忧。

安菲尔对他点了点头，郁飞尘知道这人是在表示——我会让你的校徽顺利完成今天的课程任务。于是他也放心地把因头晕而虚弱的安菲尔交到了白松手里。

白松心惊胆战。

安菲尔回头看向郁飞尘，少年的眼睛是漂亮的杏核形，微垂眼睫的时候，仿佛有很多话要说。最后，他说："不要冒险。"

郁飞尘表示知道。

其余人也跟着叮嘱了他，而后依次下车，郁飞尘注意到有一个人始终没有说话，而且，从最开始就没有下车的打算——文森特。

终于，文森特起身，转身看向他，栗发青年五官俊秀，眼里却冷冷："一个人危险，我和你一起去。"

郁飞尘和他对视，唇角同样噙着一点冰冷的笑意："好。"

文森特的话过了他的耳朵，直接翻译成了"之前人多眼杂，今天月黑风高，正好动手"。不巧，郁飞尘也是这样想的。

看来时间之神还真是视他为眼中钉，不惜放弃自己的课程任务也要对他下手。

文森特淡淡地看着郁飞尘，犹如看向一个死人。

但这人回敬他的眼神并不是个死人该有的。既漫不经心，又胜券在握，像匹牙齿上沾了血的狼，只是披了一件温文尔雅的外套。不过文森特不在意，他心中已经划过千百个计划。

像是感觉到了两人之间的异常，车厢里突兀地死寂下来，汽笛声长鸣，格外空旷可怖。

就在这时，文森特的手腕忽然传来微微发凉的感觉。他呼吸一滞，古怪的感觉浮上心头，不由得垂首。

五根纤细修长的手指扣住了他的手腕，力度明明几近于无，却不容一丝悖逆。淡金长发松松垂下，看不清神色，只能看见一个寂静得惊心动魄的轮廓。

而这少年握住他的左手上，一枚漆黑的印记自华丽的宫廷式白缎袖口掩映下生长而出，刻入手背，线条极为锋利冰冷。

那是一座方尖塔。

郁飞尘抱臂看着文森特，不知道这人犯了什么病，为何突然变成了沉默的雕塑。

这时安菲尔恰巧与文森特错身而过，动作从容自然。下一刻，郁飞尘听见淡漠的少年道："去吧。"

明明是安菲尔的声音，却不像是在和他说话。

其余所有人都下车五分钟后，火车汽笛再响起，地面的金属板忽然打开，座椅尽数沉陷下去，消失无踪。所有车厢变成一截一截空旷的通道。

这种展开状态，郁飞尘很熟悉——煤车。脑海中划过这个词的下一秒，他立刻走向车最前方的动力室。当然他没有喊上文森特，而文森特也仍然在原地没有动身，这人望着窗外。他望着的地方，一行几个队友正走上精致典雅的金属楼梯，楼梯转角处亮着暖黄的灯，把一切金色的东西映得辉煌。

这堡垒不是为人建造的，没有可供人使用的便利设施，当然也就没有防止人进入的安全措施。车头最前面的动力室只有一扇最简单的栅栏滑轨门，栅栏的栏杆极为稀疏，成年男人侧身就可以进去。

郁飞尘进到里面后观察了一下动力室的设施。同样满是复杂精密的齿轮和轴组成的结构，但正中央有一个圆形的蒸汽锅炉状设施。锅炉最上方连接着一条管道，管道垂直通向天花板，然后在最上端逐渐延展出许多分支细管道，每条细管道尽头连接着金属活塞，活塞上是传动杆，传动杆连接着齿轮。

如果机械专业的薛辛在这里，一定又会向大家解释，这就是典型的高压蒸汽锅炉，炉里的煤烧锅里是水，而后水蒸气推动活塞往复做功，带动齿轮传送云云，但这地方的炉用的燃料不是煤，而是红色热晶石，被烧的也不是水，而是黑色动晶石。热晶石催化动晶石，动晶石再推动齿轮转动，倒也合情合理。

郁飞尘把锅炉看过一遍后，火车车身开始震颤，是准备出发的前兆。这时候文森特才进了动力室。

这人进来的时候有些精神涣散的样子，但郁飞尘没来得及仔细看，火车就开始了新一轮的颠簸。这地方没有安全锁，他们抓住金属机械借力，把自己牢牢贴在车壁上，才好险没被甩开。

火车停下的地点郁飞尘竟然认识，是当初他们来时的堡垒大门。

停车的那一刻堡垒大门轰然打开，火车上方的天窗也尽数滑开，灰蒙蒙的光从外界照来的同时，震耳欲聋的碰撞声也响了起来。

只见半空中矗立着数个巨大的斗状机械，金属斗向下倾斜，大块大块的灰色石头从天而降，落入车厢里。一系列变故发生得极为迅速，没有任何反应时间。如果刚才开车前没有转移到动力室，他们现在估计已经被天降巨石砸成了松饼。

由于金属栅栏的阻挡，动力室没有巨石滚落，在隔壁装填矿石的动静对比下，这地方甚至显得静默祥和。

同样静默的是文森特。栗发稍稍凌乱，他看着窗外灰雾弥漫的天空，眼眶微微发红。继而，栗金色的眼睛蒙上一层水雾，像是尽力压抑悲伤。

郁飞尘觉得费解。现在的情况像是两个人约架，课也逃了，天台也上了，结果对方不仅把打架这件事抛之脑后，而且甚至打算在天台哭一场。

他都要怀疑之前对文森特来意的判断和推测是否错到离谱了，没准这人真的只是个副本过客，一心只想破解谜题。

可是，那你又哭什么？

郁飞尘打破了静默。他看着那些从天而降的灰色石头，淡淡道："金属堡垒需要矿石，是从外面运来的。外面还有别的结构？"

换句话说，堡垒之外难道还有更大的世界，有完整自洽的运行规则？不太可能，因为这只是个碎片世界。

文森特的语调压得很低，声音也沙哑："或许没有。"他的眼睛缓慢地扫过天空、金属斗与车厢里的矿石，"物质是力量的表象……一切世界也只是不同结构的力量呈现出的表象。"

这神神道道的话一出,郁飞尘立刻再度确认这位就是墨菲。

只听墨菲继续道:"或许,大门就是这个碎片通往外界的裂缝。堡垒从外面捕获散碎的力量,力量以矿石的形态进入堡垒,维持堡垒的运行。"

"你的意思是,这扇大门是我们逃出去的可能路径之一。"

文森特点头。

郁飞尘继续:"外界散碎力量?"

"碎片世界彻底崩解时会化作散落的纯粹力量,被永夜中的其他世界或人捕获……你连这个都不知道吗?"

某个郁飞尘曾经历过的世界里有句话叫"交浅不必言深",而文森特刚才所说的是关乎这些世界本质的知识。他们两个有过节的陌路人之间能发生这种对话,只有两种可能的原因:第一种,文森特热爱传播知识,无可救药;第二种,他想施舍一些高级知识以彰显二人不同,获得优胜感。

第一种显然不像,第二种则更是毫无意义。郁飞尘再次觉得文森特今天极为古怪。

"克拉罗斯没告诉过我这些,"他淡淡道,"您要代他教我吗,墨菲神官?"

墨菲的目光微微一凝,继而变为更深的悲伤,配合那泛红的眼眶,郁飞尘觉得这位神官的精神已经在崩溃的边缘了。

"他告诉你的?"墨菲道。

"他?"墨菲前言不搭后语的言辞让郁飞尘不由得迷惑,"克拉罗斯?"

郁飞尘前言不搭后语的言辞也让墨菲蹙起了眉。就在这时,汽笛长鸣,车厢装满,火车再次开了。

教室里。

陀螺仪的细圆环遵循某种神秘的规则自发旋转。灯火明明灭灭,深色的金属墙壁接近温润细腻的木料,角落里静静摆着一个小书柜,显得这间不大的教室更加神秘优雅,像魔法师的课堂。

教室里一字排开十几张轻盈的细腿金属桌,桌上是纸、笔和墨水。一边的墙壁上则是几台复杂的机械装置,里面隐约有光芒流转。

"亲爱的同学，第三节课——咒语课，正式开始！

"前置知识：咒语需要用黑鹅毛笔蘸取墨水，写在莎草纸上，最后放入读咒机才有效哦。

"课程目标：读懂书柜中的全部咒语书籍，写出满足绿皮书第243~274页需求列表的咒语集，依次放入桌面上的读咒机中，不要写错哦。

"提示：每位同学需要将校徽放入读咒机的感应侧，读咒机才能正常开启哦。

"下课时间：时针下一次垂直于地面时。

"教学完毕，请同学认真完成学习任务。"

充满魔幻色彩，以至于和整个堡垒显得格格不入的课程名听得陈桐大挠其头："什么……咒语课？跳大神？咱们不是来给工厂打工的吗？"

等他翻开小书柜中二十几本大部头的其中一本，神色更是绝望："这是什么玩意？？"

只见书页上密密麻麻，全是复杂得像被打散的毛线团一样的鬼画符，一个个张牙舞爪，十分可怕。

"完了。"陈桐道，"咱们要死了，倒在了文化课上。郁兄弟、文森特兄弟，咱们要对不起你们了。"

薛辛和郑嫒对视一眼。薛辛开口："一小部分和我们学过的工图差不多，我们应该能懂，另外的……不太理解了。"

灵微却道："在下专精剑术，但也兼修符箓，这些图符看起来并不冗繁。"

莉莉娅看着看着，更是露出了然和笑意："好像不难，我来之前被老师罚抄的咒语图案比这些难多了。"

叽里咕噜先生的语言仍然难懂，神色却极其兴奋："&&%#@@！！！"

安菲尔声音也依然是一贯的矜贵优雅，道："开始学吧。"

教室里，陈桐和白松沉默地对视一眼。或许我们应该在车里，而不是在教室里。

车里的郁飞尘和墨菲过得并不好。

载满一车矿石后，火车的速度慢了很多。这导致经过一些弯道和陡坡的时候，它从一辆过山车变成了爬山虎。矿石撞击着栅栏轰隆作响，离心力不足以把人贴在车壁上，有些时候他们不得不转移到同一个角落，才能避免在动力室里栽倒。

第一次转移到同一个角落时,墨菲抿唇道:"离我远点。"

郁飞尘真诚回复:"这也是我想说的。"

第二次,他们因为相看两厌拉开了太大距离,错过最佳的平衡位置,墨菲在一根横杆上撞到了头,郁飞尘被炉子的热气烫到了手。

自第三次起,他们终于找到了合适的安全距离。火车在机械世界里缓慢翻转,最后终于回归平稳,进入了一条漆黑的水平隧道。

从隧道里出来,他们来到一个弥漫着浓烟的巨型空间。这地方的穹顶极高,由于弥漫着太多蒸汽烟雾,仿佛是一片连绵的雪白云海。天花板有上百个类似烟囱、风道的出口,烟雾涌出圆形风道,形成大大小小的浓白旋涡。整个天花板呈现出诡奇又壮丽的景象,与漆黑冷硬的机器形成鲜明对比。往下,中部和底端布满纵横交错的传送轨道。

放眼望去,这地方矗立着上千个他们在教室里见过的魔导炉。漆黑的炉子如同林立的墓碑静立在烟雾之中,周围的机器轰鸣则像是奇异的风声。

见到这场景后,郁飞尘才明白,那天他们在教室里所见仅仅是魔导炉的上半部分,也就是送出产品那部分装置。现在整列火车位于魔导炉底端,最下方是原材料进入的位置。

火车缓慢倾斜。第一节车厢的门开了,矿石滚到下方极近处的传送带上,传送带将它们往各个魔导炉内送去。

中部是魔导炉的产品出口,一声轰鸣过后,离他们很近的一个魔导炉吐出了新鲜出炉的红、黑晶石。

这声轰鸣引起了他们的注意,郁飞尘看着那里,忽然停住了目光。

隔着白色的烟雾,那个魔导炉的中部平台前有几个影子,像站起来几个隐隐绰绰的人。

那些影子像人,但又不是人,因为动作极为僵硬,肢体也异常奇怪。远远看去,他们每一个都穿着同样的长外套,有两只手和两条腿。

长外套的款式甚至……郁飞尘低头看了一眼自己的着装,确认是一样的。

那几个人在晶石堆前蹲下,开始一板一眼地从晶石堆里挑拣晶石,然后放到传送带上。巨大的空间内纵横交错着无数条传送带,它们将红、黑晶石传送到浓雾掩盖着的地方去了。

351

由于太多魔导炉的存在,这地方温度极高,一进这里,玻璃窗上就蒙了一层雾,太多东西看不清楚。

正好这时候第一节车厢里的矿石倾倒完了,火车回归水平位置,往前移动了一节车厢的距离,继续翻转,将第二节车厢里的矿石也倒到传送带上。

郁飞尘眉头紧蹙,从栅栏门中出去,从打开的第一节车厢的门往外望。

只见整片一望无际的魔导炉丛林中,无数个平台里隐现着无数个动作僵硬的人,每个人都穿着这所学院的校服,在炉子送出产品时麻木地挑拣晶石,将其分类。

他们也是外面世界的来客吗?或者换个问法,那些……是人吗?

墨菲也来到了这里,同样望着那些人。

郁飞尘说:"我打算过去看。"

墨菲:"我去,你留下。"

郁飞尘仿佛看见狗嘴里吐出了象牙。一个半小时前还要杀了他的人,现在主动要代替他去险境探察,碎片世界果然无奇不有。

"请问,"郁飞尘道,"你有这副身体以外的其他力量吗?"

"没有。我曾经在永夜中获得的所有力量都在成为神官的时候归还创生之塔了。"

"那我建议你留在这里。"

墨菲语气平淡,但显而易见地违心:"保护乐园的成员是我应履行的职责。"

郁飞尘也说出了真话:"我不想被你拖累。"

说罢他下了车。火车不知道什么时候去下一个地方,时间不能被浪费在扯皮上。从第一节车厢里出来,他立刻前往传送带,轻轻一跃,落在传送带的一颗矿石上。矿石被传送带拉扯着以极快的速度往前走,即将到达深渊一样的炉口时,郁飞尘向上攀住炉口围石,翻身来到围石上方,然后如鬼魅般沿着整个魔导炉炉身攀爬。炉身巨大,但可供借力的地方不多,墨菲也离开了火车,在下面给他简单指了方向。

郁飞尘很快来到中央平台,那几个人对他的到来没有任何反应,仍旧机械性地工作着。离近后,他终于看到了这些人的全貌。

校服仍然是校服,只是已经陈旧破烂,校服下露出的手掌和脖颈比正常人体细了许多，泛着金属的光泽，关节以齿轮连接，仿佛这身校服下活着一个金属骷髅。再看脸部，是一个长了灰白眼睛的金属椭球。

这当然不能称为"人"，而是几个机械人偶。

郁飞尘看到了想看的，没再浪费任何时间，迅速返回。

乍一落地，火车就发出了临走前才会响起的鸣笛声。

回程不能借助传送带的速度，郁飞尘深呼吸一口气，以这副身体能达到的极限速度往火车处疾奔。

火车前面已经隆隆地冒出烟雾，他离车门越来越近，这时候火车已经开始缓慢前移。意想不到的是墨菲竟然没有返回安全的动力室，而是站在第一节车厢的门的不远处，在他过来的那一刻将他往车内猛地一拽。

郁飞尘安全地回到了车上。回到动力室，他简单说了见到的东西。

"是一些永远留在碎片中的人。死者的生命崩解成为纯粹力量，久留者以合乎世界规则的方式被侵蚀、同化为这个世界的一部分，而这都是碎片获取力量的方式。"墨菲道，"如果我们长时间没有逃出，也会变成它们那样。"

说到这里，他自言自语道："复活日……时间不多了，必须在那之前出去。我不知道这个世界和乐园的时间比例。"

今天是他们在这个世界的第三天。时间在生死无常的碎片世界里似乎总是显得格外漫长。

赶上复活日，郁飞尘对这倒没什么强烈的愿望，毕竟复活日于他唯一的意义就是似乎能一睹那位所谓"主神"的真身。

接下来一段路火车仍然在漆黑的隧道中行进。他们两人仍然保持着陌生人应有的距离，只是多说了几句话。因为郁飞尘忽然发现，比起遮遮掩掩的克拉罗斯，墨菲简直称得上一台有问必答的科普机器。

郁飞尘问："解构这个世界后，它就归主神所有了吗？"

"是。"墨菲道，"碎片世界里白骨累累，一批又一批无辜之人被捕获，即使侥幸逃脱，也无法对这个世界造成根本的影响，除非借助更强大的力量解构它。被解构后，它再也不能在永夜攫取无辜之人的生命……这就是神建立乐园的意义之一。"

在所有人的讲述里，神都圣洁、善良、怜悯世人——无论是不是他治下的。

碎片世界捕获人，乐园则捕获碎片世界。二者似乎并没有什么高下之分，只是乐园的理由冠冕堂皇许多。

"神获取力量的方式，不也分为'杀死'和'同化'两种？"

解构碎片世界，占领完整世界。在解救的表象下，神从永夜得到无尽的力量。

"你是这样想他的吗？"一线微光照进来，流泪般的神情再次出现在了墨菲脸上，"那只是因为你不了解他……你永远不会知道。如果你见过最初时的神，就不会说出这种话，你是这种人……为什么……"

这人的话语再次和他的精神状况一样支离破碎起来。

接下来他们不再说话。魔导炉车间是第一个停留点，火车又带他们去了三个类似的，也能被称为"车间"的地方，因为它们也设立着奇异的机器，与魔导炉类似，而且同样以火车上的灰色矿石作为原料，有许多个麻木的机械人偶在工作。

第二个车间制造莎草纸。第三个车间制造传送带表面所用的强摩擦金属，下脚料为黑墨水。

第四个车间则异常古怪，这地方只有一个生产设施，是个漆黑的圆盘，但它用了整整半截火车的原料。两人在火车停留的时间里直勾勾地看着圆盘最下方，直到所有矿石都卸完，才看见圆盘下端的细管滴落了一滴雪白的液体，落在地面一个绘制着奇异纹路的托盘上。

四个车间逛完，火车就带他们回到了教室的入口。看来这列火车今天的工作已经完成了。

而教室里的人今天的课程还没有完成，于是留给郁飞尘和墨菲的只剩下无尽的沉默和尴尬，以至于当安菲尔和其他人的身影终于出现在回廊的时候，郁飞尘感到了一种被解救的心情。

从教室里出来的人数没有减少，而且他们的步态很是轻松，尤以陈桐和白松为最。这两人走在最前，见到火车厢里的郁飞尘，快乐地挥起手，并过来报信。

白松讲了他们今天的咒语课。他们必须在上课时间内研读完一整个书柜的书籍，将其融会贯通，然后按课程要求进行应用，也就是写出一本咒语集。本以为会阴沟里翻船，倒在这些鬼画符上，没想到其他人写起咒语来竟然像喝凉水一样容易。

会写咒语的人讨论学习一番后,不仅在规定时间内完成了自己的咒语集,还顺利地帮别人完成了作业。

其中,郁飞尘和文森特两个人的咒语集是安菲尔一个人完成的,陈桐、白松的咒语集则由灵微、莉莉娅、叽里咕噜先生、薛辛、郑媛五个人一起完成。

说到这里,白松的神情中浮现诡异的兴奋,在郁飞尘耳边说:"郁哥,安菲弟弟真不错。"

说着话,其他人也来了,薛辛和郑媛正讨论"图案"相关的理论。灵微和莉莉娅神态认真,也在沟通交流。两人一个是修仙,另一个是修魔法,但竟然把对话进行得很顺利。

有这些人对比,更显得陈桐和白松的快乐极为纯粹。就好像从考场中出来,会的人牵挂着自己的成绩,不停对答案,不会的人则因为抄了学霸的卷子,对自己的分数异常放心,毫无牵挂,远胜于前两天自己做题的时候。

对此,陈桐的评价只有一个字,"爽"。

安菲尔在过道内经过,把墨菲的校徽还给了他。郁飞尘冷冷睨着那一幕,墨菲似乎仍在支离破碎的状态,接过校徽时连一声"谢谢"都没说,只是垂下眼,望着安菲尔递过徽章的左手。

这让郁飞尘想起今天和墨菲单独相处的时候,这人也有一次若有所思地看向了自己的左手背。他四肢俱全,手背上也没什么异常的东西,这人很快移开了目光。

安菲尔在他身边落座,火车很快启动。

一下车,陈桐就扑到了桌前:"我要喝汽油。"

他付出的劳动不多,吃饭的时候倒是很积极,一副饿了很久的样子。

郁飞尘说:"你们做了什么?"

安菲尔指了指自己的校徽,声音因头晕而有些飘忽:"我们将校徽放入读咒机的感应侧,将咒语集放入读取侧,用咒语加工了校徽。"

郁飞尘把自己的校徽拿在手里,问:"多了什么功能?"

安菲尔没说话,把徽章从他手里拿走了。这时他们正走到餐桌前,郁飞尘会意,在自己的餐椅上落座。如果是以往,人坐下的一瞬间,桌面上的锡兽喷泉就会往杯子里注入晚餐液体,但这次他坐下后,锡兽毫无动静，直到安菲尔把校徽放在近处，锡兽才喷出了液体。

郑媛道："根据我们的讨论，现在校徽能够和更多机械相互感应了。安菲说，如果写入的咒语出错，根据出错位置的不同，我们可能会无法领取晚餐、无法走入宿舍门、无法拉开火车安全锁或者无法领取接下来任务所需的材料。"

郁飞尘："原理？"

这次出口解释的是魔法少女莉莉娅："根据我们从书上了解的知识，咒语分为'等待咒语'和'触发咒语'。不同的咒语对应着机械的不同状态，当一个等待咒语遇到属于它的触发咒语，就会触发那个状态。嗯……我打个比方——现在我们面前的锡兽身上有个'锡兽等待开启'的咒语，校徽中有一个'开启锡兽'的咒语，当它们两个的距离足够近，咒语生效，锡兽就会吐出我们今天的晚餐，但是如果有人的'开启锡兽'咒语写错了，他就不会有晚餐。"

莉莉娅说到这里，薛辛微笑道："这个世界的魔法还真不是什么怪力乱神的东西，太科学了，这不就是信号发射和接收吗？"

郁飞尘："没上这节课前我们也可以开启锡兽。"

莉莉娅摇摇头："原本徽章中可能是有这个咒语的，但书上说，机械被读咒机感应后，原有咒语会被清空，再写入新的咒语，所以现在生效的是我们写进去的那个。我问安菲，'如果不对校徽做任何事，我们是不是就能逃脱测试'。安菲说，'如果你还想上明天的课的话，就不要这样做'。我想了想，确实是这样。"

少女的语气里已经满是对安菲尔的信任和依恋。

课堂内容说完，墨菲终于恢复到了文森特的状态。栗发青年用冷静的语调讲述了他们今天在教室外的所见所闻。

火车满载着外界的矿石，将它们送往四个车间。车间里，矿石被加工制作为堡垒需要的材料。在那些单纯机械无法胜任的工序中，无数曾有着人的灵魂的机械人偶麻木地工作着。

"前三个车间里生产的晶石、莎草纸和金属，都是我们见过的，但你们说的第四个车间里生产的白色东西，我们还没有见过。"薛辛说。

只听安菲尔轻声道："见过。"

薛新疑惑地转头，见安菲尔正看着杯子中的晚餐。这时候，大口大口吃饭的陈桐也忽然愣住了。

白色，杯子里不就有吗？

郁飞尘看向自己那杯黑、红、白三色的晚餐。很巧，代表"动"和"热"的两种晶石恰恰是黑色和红色的。

黑色是"动"，红色是"热"，蒸汽世界的核心原理就是热能转化为动能，这样说来，白色又会代表什么？

专业人士薛辛表示无能为力。

不过，有一点几乎可以确定了。他们对这个世界的了解是逐渐由浅入深的，那么至今未被了解的白色在这个世界里一定起着关键作用。

"热能、动能，还有白色的不知道什么能……"陈桐打量着自己的晚饭，"那我吃饭还真就等于机器人充能呗？"

确实如此，但没人理他。饭后，安菲尔和叽里咕噜先生从宿舍里拿了一沓莎草纸，就地开始画画了，两人没有语言交流，只是在纸上不停地绘制着复杂图案。

郁飞尘问："你们在做什么？"

"我和叽里咕噜先生认为，我们已经通过书籍上的现有咒语明白了这个世界的整个咒语体系。"安菲尔说，"现在想尝试创造一个……能开启所有咒语的万能咒语。"

其他人闻言震惊。郁飞尘逃课了，不会写任何咒语，但他也知道等待咒语和触发咒语就好比锁和钥匙的关系，一把钥匙开一把锁，今天的课程就是教大家怎样照猫画虎配钥匙。然而安菲尔学完这节课后，已经在琢磨怎样发明一把万能钥匙了。

郁飞尘坐在安菲尔旁边，看着他专心画图的安静侧脸，觉得这人确实很好玩。

回到宿舍之后，安菲尔继续研究咒语图案，郁飞尘则理了理目前的思路。

今天已经是他们在这里度过的第三天了，堡垒对他们的约束力逐渐变强，每天的早、晚餐不是人的食物，更像机械的能源。宿舍墙上正对着他的地方就挂着一幅机械人偶装饰画，不能不说是一种暗示。他怀疑再这样喝下去，他们几个真的会在物理上变成机械人偶，但如果不喝，失去能源的机器会死机,他们不会有好结果。

生存的关键不在于如何绞尽脑汁地通过每天的课程,而是要尽快离开这里。

目前唯一能离开这地方的通道是堡垒大门……难道要大家一起坐火车,趁门开的时候冲出去?但是今天堡垒大门打开的时候,巨型矿石滚滚而入,没有逃出去的空隙。难道要一起做个有杀伤力的机械,直接物理上把这地方打破吗?

还不如指望安菲尔创造出一个直接把堡垒大门打开的咒语图案,他也像今天的陈桐和白松一样,简单纯粹地通关。

他的视线被安菲尔察觉了。

昏暗的灯光下,安菲尔手中的鹅毛笔顿住,看向他:"你在想什么?"

"你经历过很多个副本,"郁飞尘道,"有什么诀窍吗?"

安菲尔眨了眨眼睛。"有。"他说。

"是什么?"

"第一种方法是了解这个世界的成因;第二种,寻找它和完整的世界相比缺少了什么。缺少之物往往暗示着这个世界的破损之处,也指示逃生的路径。"

他说得似乎很有道理。先前郁飞尘正是通过"堡垒里没有人"这一情况,了解这个世界的运行机制。

除了缺少人,这个世界还缺少什么吗?

郁飞尘:"我总觉得……"

"什么?"

"你其实知道怎么逃出去,只是想看戏。"

安菲尔微微笑了一下:"没有这种事。"

"那就是你知道一些线索,但没有说。"

这种感觉由来已久,在上个副本里的时候就出现过。路德维希看似"自动跟随"在他身边安然划水,却对局势了如指掌。这人好像不是来过副本的,而是来……观察什么东西的。

这个念头闪现的下一刻,郁飞尘直勾勾地看着安菲尔。金发少年在灯下看着他,霜绿的眼睛沉着安静,离远些看,又似乎笼着轻烟一般的笑意。

被观察的感觉越发强烈。

"如果我能发现一个线索,那你也可以。"只听安菲尔说。

这句不知道该被定义为"鼓励"还是"挑衅"的话导致郁飞尘晚上没有睡好。他很少做梦,这天却梦见自己置身一个光怪陆离的巨大迷局中,周围很多人都或多或少知道一些真相,他却一无所知,执着翻找答案,但屡屡无疾而终。这是那种会令人疲累的梦境。醒来的时候,郁飞尘不由得情绪恶劣地揉搓了一下安菲尔的鬓发。

安菲尔没有理会他的揉搓,安然起身洗漱,出门和叽里咕噜先生交流图案。

上车前,灵微道:"郁道友今日也要随车探访堡垒吗?"

"今天不去,四个车间我已经了解。"郁飞尘道,"如果这次课程没带来新线索,我打算跟晚上那趟火车走,早晨回来。"

陈桐拍了拍脑门,继而竖起大拇指:"忘了,晚上还有一趟车呢。"

车上,郁飞尘望着外面的堡垒。

一个圆形的机械堡垒,内部机械无数,错综复杂。而他们这些外来者沿着一条被设计好的加工路线不停地学习技能。教室、宿舍、火车都有它们存在的意义,可是堡垒中的其他机械呢?难道偌大一个堡垒的存在,就是为了辛辛苦苦地给自己培养合格的维护工人吗?

"这是一条悖论。"他道。

白松从前面回过头:"什么?"

"工厂培养选拔工人,合格的工人进入工作,维护堡垒运转。"郁飞尘的语气近于自言自语,"可是整座堡垒的运转是为了什么?培养合格的工人吗?"

这俨然是一个无限循环。

"对啊!"陈桐一拍大腿,"哪怕是最小的工厂,也得有产品吧?"

白松小声说:"产品不就是咱们这些人吗?我们现在是半成品,毕业就是成品了。"

陈桐:"那这工厂自产自销,能从中得到啥?再说训练咱们这些人,也用不着这么大一个堡垒吧?"

他说的话是真知灼见。一个工厂有工人、有设备,但竟然没见到产品,这就是最大的反常之处。

这就是昨晚安菲尔所说的"破损之处"吗？

郁飞尘看向安菲尔，安菲尔仍和往日一样安静，不见有任何表示，但心中一旦有了"这人隔岸观火"的想法，见他眨个眼睛都像在故作无辜。

来到上课地点，喇叭照旧发出播报："同学，又见面啦！接下来请进入十四号教室，开启第四天的课程。提示，这是很——难的历史课哦。"

"很难？"

"历史？"

文森特："它对咒语课的形容是什么？"

莉莉娅模仿着喇叭的语气："这是不——简单的咒语课哦。"

超简单的传动课、很简单的动力课、不简单的咒语课，现在到了很难的历史课。

莉莉娅喃喃道："可我怎么觉得，它说很简单的，对我们来说反而是最难的……它说难的，反而很简单。"

"老子偏要看看这破喇叭葫芦里到底卖的什么药。"陈桐说着，跨入了教室。

跨进去以后，就听见他气急败坏的声音："这次真回到课堂了。"

教室里摆着十几套金属桌椅，桌子上有纸有笔，原本该是黑板的地方是一块光滑的金属板，黑板下方竟然还垒高了二十厘米，相当于有了一个像模像样的讲台。讲台旁边立着一个捧托盘的机械人偶，机械人偶一动不动，托盘里什么都没有。

"亲爱的同学，第四节课——历史课正式开始！

"课程目标：聆听老师的讲述，完成随堂笔记。

"提示：下课后，记得在随堂笔记上写自己的名字，一起交哦。

"下课时间：时针下一次垂直于地面时。

"教学完毕，请同学认真完成学习任务。"

郁飞尘觉得这个堡垒不错。之前以为它在单纯地培养流水线操作工，但现在竟然有了历史课堂。当他以为摸清了规律时，这地方总会有意想不到的展开。

喇叭话音落下，教室最前方那块金属板颤了颤，缓缓往上收缩，没入机械装置中，取而代之的是一块新的金属板，上面用略显笨拙呆板的笔法绘制了几个简单的图案。

第一个，是把锤子；第二个，看起来像把斧子。

薛辛一一说出了它们的名字："锤子、斧子、铲、钻孔凿……这是工具大全吗？"

莉莉娅："我好像没见过这些东西。"

陈桐："等等吧，喇叭不是说了，得聆听老师的讲述。"

然而教室里寂静无声，并没有响起任何讲述的声音，只是一个个图案静静悬挂在最前方。

灵微语气沉静："你我乃活人，以言语讲述；堡垒乃器物，以图案默示你我，即为讲述。"

莉莉娅托腮，道："那随堂笔记呢？"她一边说着，一边用期待回答的眼神看向安菲尔。

安菲尔没有说话，郁飞尘说："看图总结。"

除此之外，也没有别的能完成随堂笔记的方法了。

他在纸上标了个"序号一"，然后依次写下了那些工具的名字，另起一行，写下总结："简单工具。"

之前的课堂都有实物产品作为测试依据，但这次只有文字笔记。堡垒能读懂文字，起码当时他们写下了自己的名字，喇叭就能念出来。可是这个机械世界真的理解人的语言吗？它批改他们的笔记是通过判断含义还是捕捉关键字？

图案迟迟不换，郁飞尘决定多写一点，于是他把各个工具的用途也概括了一下。其他人过来看了一眼，开始依葫芦画瓢。灵微道长写了一句端正飘逸的"工欲善其事，必先利其器"，也被抄走。叽里咕噜先生在众人之间游走，艰难地对着文字照抄，由于对语言的陌生，他的笔画极为僵硬。

等一群人搬空了肚子里的墨水，相互抄无可抄，甚至对着黑板开始发愣后，那块金属板终于上升离开，新的金属板出现。

陈桐"嘿"笑了一声："这'幻灯片'不错。"

新的金属板上也是几个图案，但比先前复杂了一些。第一个图案是根横杠，横杠两头各放着一团什么东西。

郑媛："这是杠杆？"

"第一个是杠杆，用来撬动重物，第二个是斜面，然后是滑轮、轮轴、螺旋……这是五种最原始的简单机械！"

有专业人士解释名字与功能,随堂笔记很顺利。

第二张"幻灯片"停留许久之后,第三张出现了。这次,图案上的机械复杂了许多,出现了齿轮和齿轮之间的传动,而且……这个图案上出现了人。

一个简笔画的人站在机械臂的一端,手里是一根摇杆,摇杆连着转动轴,带动最初的齿轮转动,继而带动整条机械臂摇动。复杂机械初现雏形。

第四个图案上的机械果然更加复杂庞大,薛新辨认出这是个大型鼓风机,用于催动大量的燃料燃烧,帮助金属冶炼或者其他工作。这个图案的人也变多了,二十几个简笔画的人拉着牵引摇杆的绳子,为鼓风机提供动力。

也就是说,这个世界最初的机器是由人力催动的。那么根据他们现在了解的知识,很快就会有红、黑晶石出现,取代人力为机器提供动力了。奇怪的是,在这些图案中,关于机器的部分都很精细具体,人的部分却只是寥寥几笔。

所有人围成一圈,引颈观察别人的答案,不停说话。这是进入这个世界以来最像课堂的一节课,也是最热闹的一节课,只有金属黑板和黑板前的机械人偶静静站立着,如同雕塑。

莉莉娅托腮看着黑板,道:"历史课……所以,我们是在听一台大机器给我们讲它逐渐长大的历史吗?它认为这是很难理解的事情,所以上课前才会提前告诉我们这节课不简单。"

是,这就是机器所理解的历史。它或许花费了很多工夫才构造出这些图案,并努力地把它们"讲述"给来上课的人。

但是对于听课的人来说,这节课比之前的所有课都简单,那些被评价为"简单"的精密齿轮传动、流水线完美分拣却很难。这个碎片世界最大的反常之处是这里由机器本身所主导。

郁飞尘看着图案上那些与机器相比无比渺小、简单的简笔画小人,心中浮现一个问题——机器本身知道是这些人创造了它吗?

"幻灯片"继续,下一个图案里果然出现了晶石的影子。

画面主体依然是一台复杂的大型机器,这次提供能源的却不是人力,原本的动力摇杆处变成了两色晶石的抽象图。黑色用空心圆表示,红色用实心圆表示。上一个图案里奋力推动摇杆的小人则散落在机器的各个部件上,摆出一些扭曲怪异的姿态。

郑媛:"红、黑晶石成为动力源,彻底解放了人力。那这些人又在做什么?"

莉莉娅小声道:"他们好像在跳舞。"

灵微:"群魔乱舞。"

陈桐大哥用几乎贴在上面的姿势琢磨了很久,指着一个向上伸手的小人道:"这人好像在擦机器。连个放大镜都不给,我怎么看懂你这'幻灯片'。"

他们围过去看陈桐指出的地方,那个小人果然是一副擦拭机器的样子。确认了一处后再看其他小人的动作,顿时容易理解了。

"这个在换零件。"

"这个抬着头,可能在读表。"

"这个在往机器上倒水。"

"倒水吗?可能是冷却液。"

"这几个人把一样东西扛起来跑了,代表把产品运走了?"

随着你一言我一语地分析,一个繁忙的生产车间逐渐成形,只是人的数量实在太多,估计是机器把记得的所有人对它的举动都呈现出来了。

"郁哥,你不是说要用机器的思维想吗?如果从机器的角度看,一群小人对自己擦来擦去、摸来摸去、看来看去,还给自己倒东西,再拿走自己的产物……"白松托腮,若有所思,"好变态啊。怪不得一开始看起来像是群魔乱舞。"

陈桐咂舌,感同身受得仿佛自己已经被这样对待了:"真变态。"

薛辛、郑媛二人像看傻瓜一样看着他们两个。

接下来的第六个图案上,机器又大了,几乎铺满整个黑板,机器上活动的人却少了。想必是又有什么进展发生,解放了更多人力。

郁飞尘在图案的最右下角找到了那个变化。右下角一个怪模怪样的装置附近,多了几个小图案。第一个图案是个简单的矩形,第二个是条倾斜的短线段,第三个则是个水滴状的东西。

薛辛:"莎草纸、鹅毛笔……这说的应该就是咒语体系的出现,旁边的装置和我们那天见到的读咒机差不多。那这个水滴状的东西……"

郁飞尘道："白色。"

昨天他和墨菲见到的最后一个车间里生产的就是一种白色液滴。这东西消耗矿石很多，产量却很少。用墨菲那套物质和力量的理论来说，就是蕴含的力量很多。

昨天，他们无从猜测餐食里的白色究竟象征着什么，这张图一出来却有了眉目。显然，这东西是和魔法联系在一起的。

"我知道了！"来自魔法世界的莉莉娅下笔如飞，边写边对他们解释，"莎草纸是咒语载体，鹅毛笔是写咒语的工具，但咒语只是契约符号，最终起效是因为符号引动了魔法力量，我在魔法原理课上学过的！所以这个白色的东西要么是魔法力量，要么就是连接魔法力量与咒语的介质！"

灵微微蹙眉头，少年道长眉目如画，认真思索的样子仙气飘飘，思索完，他说道："不错，虽有符箓图案，但仍需天地间的灵气方能起效。"

薛辛揉了揉脑壳："什么咒语魔法，最后不就是起到了信号的作用吗？有了各种信号，机器就变得灵活起来了，生产力飞跃。我看这东西就是电磁波。"

三个人的理论建立在完全不同的体系上，但竟然没有鸡同鸭讲，而是殊途同归。他们说的确实是同一件事——咒语引动了一种特殊的魔法力量，能够在机械间传递开启、关闭其他各种各样的信号，机械于是能够灵活转变功能，应对种种变化，也便于操作和使用。

但是这个世界的咒语只在两个机械部件离得极近的时候才起效，没办法像薛辛说的信号那样远距离隔空传送。所以堡垒虽然有了魔法的加持，却仍然停留在蒸汽金属时代那种巨大、精确、齿轮严密咬合的状态，没能跨越到另一个阶段。

到这个时候，上课时间已经过去大半。写完分析后，陈桐盯着黑板："老子倒要看看你接下来还有什么幺蛾子。"

郁飞尘也想看看它还有什么幺蛾子。只不过陈桐的心态犹如看一部电影，他则在想：之前所有图案都在描述机械一步步发展的过程，那么堡垒之外必然有相应的原材料输入和理论进展，属于一个世界的正常流变，也就是说，截止到目前，它还和外界有沟通，不是个破碎的世界。

他去过完整的世界，也去过碎片世界，却没见证过一个碎片世界的成形过程。

就在这时,"幻灯片"变了,第七个图案。

新的图案上,机器还是那台机器,人却不是那些群魔乱舞的小人了。简笔画小人不仅数量极少,还七零八落地倒在机器下方。

"死了?"

"死了吧。"

"是死了。机器也坏了,这里还冒着火花呢。"

工厂里的人死了,因为无人维护,机器出现了故障,但图案所展示的还不止于此。

"看这里。"郁飞尘道。

右下角的地方有个门状图案,看起来和堡垒大门形状差不多。然而这扇门上却画了一个大大的"×",甚至画上了一个工业中常见的骷髅头图案,示意"极度危险"。

它是想说出门很危险吗?

郁飞尘道:"世界破碎了。"说完他看向文森特。根据以往经验,文森特的科普态度远好于守门人,略好于划水看戏的安菲尔。

下一刻他却注意到,文森特不动声色地看了一眼安菲尔。这一眼过后,文森特才又看向黑板图案,接上了他方才的话:"原本的世界破碎了,堡垒开始作为一个碎片独立存在。"

教室中静了静,大家都开始听他上课。

文森特缓缓道:"失去与外界的联系后,堡垒中原本的工人逐渐死去,想从门口出去的人也没再回来,所以它给大门打上了危险标记。碎片世界在最初形成的时候都会遇到一场灾难。灾难过后,世界的生存意志会逐渐学会从外界捕捉力量和人,建立新秩序,变成现在的样子。"

果然,下一个图案上,门口出现了源源不断的矿石,机器的形态变得更加张牙舞爪,原本破损的地方也不见了。门口还进来了一批整齐站着的小人。

"一个世界并不具有人的智力,它的认知是模糊的,几乎只有生存本能。它渴望得到力量,也记得死去的工人,于是借助缝隙捕捉到了流落在永夜里的人。"

薛辛开口:"它把人捕捉过来,一定是以为大家会像原来的工人一样工作,但是按照你们的说法,我们这些外来人来自各种各样的世界,所以事实是这些人什么都不会。"

陈桐复读:"什么都不会。"

白松:"什么都不会。"

第八个图案上,小人的身边出现了一个铜喇叭。

什么都不会,那就只有教了。一个机械世界笨拙地用机械的方式教育、测试人,试图找回当初那些它熟悉的工人。这才诞生了所谓的"爱丽丝魔法学院"。

陈桐不由得抽了抽嘴角:"还挺感人。"

但是死去的人已经不会再回来,单调的机器也培养不出真正的工程师。同时,堡垒中没有人的维生原料,只能用机器的热能、动能、魔法力量来饲养人。久而久之,鲜活的人也被这个钢铁堡垒同化为僵硬的机械人偶。

"幻灯片"来到下一张,时针也即将再次垂直于地面,看来这是最后一个图案了,历史课走到尽头,往往会讲述现在。

在这个图案里,机器依然运转,人依然受教,唯独有一个地方不同——画面的左边偏下部分,用印刷体刻下了一个不大不小的问号。

"这是什么意思?"

郁飞尘心中微动。他把笔记翻到前几页,回看之前简单记下的第五张草图。

在第五张图上分毫不差的左下位置,是小人搬动产品的图案。

他把那个位置指给安菲尔看。安菲尔看向"幻灯片",又看回草图,伸出右手,指尖轻轻触在那个问号的位置。如果郁飞尘没看错,少年的脸上流露出黯然神伤的情绪。

安菲尔轻声道:"它用尽所有力量维持机器运转,不断培养人,却忘记了……自己最初是为何而存在。"

于是机器夜以继日地徒劳空转,于是一代代外来者永留堡垒。可纵然从外界汲取再多力量,它也早已回不到最初的模样,制作不出原本该有的产品。

它没有情绪、没有情感,甚至组织不出人能读懂的语言。对于这一切,它只能在金属板上留下一个茫然的问号。

它希冀有人能解答这个疑惑吗?

永夜中的碎片世界永远无法再回归当初的完整，只能为了生存变得愈加畸形。就像那些同样迷失在永夜里、无法归乡的人一样。

郁飞尘恍然明白了上个副本里路德维希对茉莉说的那句话。他说它们是一些孤独的碎片，不要怕。

莉莉娅的笔尖顿住了，少女抬起头来，纯净的目光穿过历史教室的透明玻璃窗，久久停在那些转动不息的齿轮上。

"真寂寞……"她说。

时针垂直地面的时候，下课了。他们把自己的笔记交到了托盘上，一起往外走。一旦离开这间唯一算得上正常的有课桌、有黑板的教室，机械世界的冰冷与寂静又笼罩了一切。

喇叭用甜美的声音说着欢送语。

"今天不喊你破喇叭了，"陈桐嘀咕，"前提是你让我们都及格。"

没人知道今天的笔记会被判定为合格还是不合格，它或许很寂寞，但对于他们这些外来者来说，它绝不仁慈。不过他们已经写了所有能写上的东西，心态还算坦然。

郁飞尘则在想另一个问题。这节课后，他已经了解整个副本的机制和来龙去脉，即使现在就被拉到系统空间里，也能把它解构个差不多。然而，他还没想到离开的方式。

按理说，从碎片副本逃生，存在误打误撞找到了离开路径却没解构成功的情形，不应像现在这样，已经明白怎么解构了，却还不知道该怎样离开。

莉莉娅在自己的位子上坐下，满眼迷惘，道："难道我们要替堡垒找到它的产品，帮它实现愿望吗？可是这怎么找？"

车厢里的人都陷入思索，短暂的寂静后，郁飞尘道："不是。"

所谓的"产品"，其实找不到，也不必去找。

机械堡垒没有清醒的神志。对于一个这样的碎片世界，消失的产品就像永远无法回去的故乡，甚至，即使他们将产品双手奉上，它也辨认不出了。它失去了原料供应，也失去了制作流程，也明白"维持运转"才是自己唯一的生存之路，还存在着的只是那种怅然若失的落寞。

扣好安全锁，将自己锁在座椅上的时候，郁飞尘抬眼看了看窗外茫然空转的机械回廊。

碎片世界是这样，人也是这样，譬如他自己。很多时候他不知道自己辗转在这些世界里是在追寻什么，或许那种东西根本不存在，他有的只是一种想去追寻某种事物的愿望，就像在海洋的惊涛骇浪中漂流的舰船想要一条航路那样。

唯一有所不同的是他又遇到了安菲尔，也就近似寻回了故乡。这种感觉难以形容，虚飘的心脏忽然落在实处，在这个寂静到诡异的非人副本里，他反而觉得安稳。

安菲尔注意到他的目光，转过头来。郁飞尘觉得这人或许是误以为自己在担心他的晕车，不然何以轻轻用右手拍了拍自己的左手背以示安抚。

其实没有，他对安菲尔的标准已经降低到了"不死就行"。

他的思绪回到副本上。一定还有什么没注意到的地方。

火车停在走廊口，郁飞尘思索片刻，决定不回去，继续跟着火车去往堡垒其他地方。

"但你没吃晚餐。"安菲尔因为头晕，眼神已经有些涣散了，但还是认真道。

晚餐注定吃不上了，在宿舍走廊一来一回的时间，火车已经开走了，但是不进食那些能源，后果又难以预测。郁飞尘权衡一番，还是决定留在火车上。

课程的难易程度已经从"超简单"变成了"很难"，留给他们的时间不多了。他拒绝了其他人一起去的要求。这举动是在冒险，没必要多一个人。

临走前他摘下校徽想交给安菲尔。安菲尔却没接。

"不要摘下。"他对郁飞尘道，"里面写了几个能保护你的咒语。"

郁飞尘有些意外，之后他戴回校徽，觉得这待遇很不错。

告别环节很短暂，郁飞尘提前去了动力室。没多久，同伴的身影消失在走廊里，火车汽笛长鸣一声，车身颤动，离开了走廊口。

郁飞尘轻车熟路地找到了位置固定自己，望向窗外，等火车带他去些新地方。

然而，外面掠过的景物却越来越熟悉，直到一个令人记忆深刻的钢铁长轮吊与车窗擦肩而过，郁飞尘确认，这还是那条走过的老路。

老路走到尽头，火车减速继而停下，来到熟悉的堡垒大门前。大门打开，巨石滚滚而下倒满车厢。震耳欲聋的巨响声里，郁飞尘面无表情地看着它们。

此情此景与昨天他和墨菲一起经历的，又有什么区别？

故地重游很快结束，火车装满矿石，驶向同样熟悉的道路。可想而知，新一轮故地重游即将开始——他首先会到达生产红、黑晶石的第一车间，然后是第二、第三、第四车间，最后回到宿舍门口，任何新事物都不会看见。

机车轰鸣着在第一车间的魔导炉丛林里停下时，郁飞尘难得一见地回顾了自己的经历。

他不是个谨小慎微的人，甚至是个从不介意铤而走险的人。在过去，他冒了很多次险，但这些冒险都收获了超出预期的结果，是有价值的。这次，他的冒险却好像……是一场寂寞。

车身倾斜，矿石自车厢门滚落到传送带上。郁飞尘看着缓缓前移的传送带，它们会去往不同的魔导炉，来自外界的力量被堡垒同化成自己能够掌控的结构——红、黑晶石。而后成为整个堡垒的动力。这些红、黑晶石被消耗完之后，新的外界矿石又被投入。如同人被消耗完后，新的外界来客继续补上。

没有新的道路，也没有新的事物。火车就这样行驶在固定的轨道上，日复一日，周而复始。

"周而复始"一词出现在郁飞尘脑海里的时候，安菲尔的话语忽然如鬼魅一般在他耳畔浮现——"第二种，寻找它和完整的世界相比缺少了什么。"

暗示着逃生之路的是缺少之物。

郁飞尘愣了愣，呼吸和心跳仿佛刹那间停滞。一个念头如同雪亮的闪电陡然撕破阴霾的夜幕，他忽然什么都明白了。

火车的路线只有一条，它在大门、车间、宿舍、课堂间往复，控制着一切的只是一个循环。

为什么他会觉得夜晚的火车会驶向一条新的路线？

为什么会有夜晚？

堡垒永远封闭，灯火永远长明，这个地方没有昼夜的分别。所谓"夜晚"只是他们这些人睡眠的时间段而已。人的一天是一昼一夜，对于堡垒，却已经度过了两个周期。

没有的不是夜晚，而是时间。

在黄铜喇叭的广播里，上下课的标志不是某个时间点，而是表盘唯一的指针走到了垂直于地面的位置；魔导炉生产一批产品的度量不是两个小时，是时针走过了 30°。机械堡垒里没有时间的刻度，甚至，对机械来说，世界上根本不存在时间——它们只在意一个周期进行到了几分之几。

火车载满矿石，是一个小周期的开始。

新一批外来人进入堡垒，是一个大周期的开始。

人在时间里行走，每一刻与上一刻相比都有变化，所谓"时间"就是推动这些变化发生的无形之物。

可机械认不得时间。推动着它们进展变化，在一个又一个周期间往复运转的是有形之物，那东西就藏在数以亿计精密咬合的齿轮之间。

所谓"时针"只是浮于表盘之上的假象……机械表的表盘之下，左右着指针转动的是同样匀速运转的齿轮。

一个充满未知、铤而走险的计划在郁飞尘脑海中逐渐成形。

与此同时，失重与麻木却渐渐浮上他的身体。

那是一种奇异的感觉，谈不上饥饿，也不像乏力，像是生命变成了有形的物体，正从身体里缓慢流失——能量不足了。

这就是不吃晚饭的后果。

火车的旅程还在继续，没"电"的感觉也越来越剧烈。郁飞尘退到了动力室安全的一角，刻意放缓呼吸保存体力，然而抓住固定物，控制着自己不被火车甩下去这一举动仍然剧烈消耗着他所剩无几的"电量"。到最后，能让他抓住把手的几乎只有意志了。

四肢冰冷僵硬，眼前一切变得模糊。不过还算可以接受，郁飞尘对自己的标准也只有一个——不死就行。

火车缓缓停在宿舍走廊前。郁飞尘下车，走廊并不是熟悉的模样，甚至与以往大相径庭——齿轮与金属板交错，走廊只剩一条昏暗的狭缝。

如果面前有镜子，郁飞尘毫不怀疑自己会和眩晕时的安菲尔状况一模一样。濒临没电的时候，大脑也临近停摆。他缓慢地想起，在人的睡眠时间，宿舍所在的模块已经作为机械整体的一部分，被投入了其他功能的运转中。

但是……这个时候，必定快要转回来了。

剧烈流失的体力和昏黑一片的视野时刻提醒着郁飞尘——他离死不远。晶莹剔透的蜥蜴泪晶悄然浮现，被他握在手心，这东西变成奖励道具后体积小了很多。

一旦有意外发生，他会选择恢复到完美状态。好在他运气不错，走廊虽然成了一条险恶的狭缝，但也确实到了即将全部归位的时候，沿着狭缝走回去，他来到了半成形的大厅，也顺利地找到了自己的宿舍门。

校徽靠近宿舍门，机械门无声滑开。眼前一切蒙眬模糊得像幻觉，从门口的角度，郁飞尘第一眼看到了书桌，桌上放了半杯能源液体，想来是安菲尔留的，这时他觉得心脏处浮现了一种很奇妙的愉快知觉。

目光往房间中间移，不甚清晰的视野里却出现了一个不该待在这间宿舍里的人。

墨菲。

甚至不是站着的墨菲。

栗发青年半跪半伏在高背椅前。郁飞尘想起某些世界里的礼仪，若椅上坐了人，这样的姿势正好可以低头亲吻那个人手指上的权戒。

察觉到门口的动静，墨菲抬起头来。那张俊秀漂亮的面孔来不及收拾情绪，犹自笼着像雾一样的眷恋忧伤，眼角微红，犹带泪迹。

郁飞尘不动声色地把目光从墨菲脸上移开，看向背对着他的高背椅。万籁俱静，视线的焦点逐渐向上，周围一切都很模糊。

唯一清晰的，只有几缕微卷的长发。

身后，机械大厅仍在缓缓复位，"咔嗒"声规律响起，但郁飞尘的所有感知都已经在渐渐消失，一切都遥远得像梦境。看着背对自己的高椅，他缓缓眨了一下眼睛，像是努力想要让视野清晰一些。

这一闭，就再没睁开。黑暗铺天盖地，他微蹙眉，往前走了两步，神志就蓦然飞出天外了，像台突然关机的电器。

郁飞尘再醒来的时候，一睁眼就看到了上铺的金属板，他在下铺的床上。他再一抬眼，床边的安菲尔就倾身过来了。

"你感觉怎么样？"安菲尔用手心贴了贴他的额头，"我先扶你起来？"

这个年纪的少年的音色该是清亮的，实际上也是这样，但因为安菲尔惯有的、过于平静温和的语调,往往带了点淡淡的疏远。

不过眼神里的关切是真的。

郁飞尘起身,回忆了一下昏倒前发生的事情,道:"现在没事了。"

就像没电的机器充电后会恢复运转一样,他现在完全正常。

"我给你喝了半杯能源液,晚餐时候留的。"安菲尔往他背后垫了个枕头,然后把蜥蜴泪晶放在他面前,轻声道,"你昏过去时手里拿着这个,我担心你无法醒来,于是也喂给你了。"

这东西原本就被敲掉了一个角,现在则又缺了一个角。他一直不用它的原因之一就是觉得安菲尔靠谱,可以节约目前唯一的道具,没想到这人干脆利落地替他用掉了一次。

郁飞尘伸手按了一下太阳穴,听见细细碎碎的人声,抬头往安菲尔身后看去。

文森特站在近处,旁边是白松。白松看到他时开心地挥了挥手:"郁哥,你醒啦!"再往旁边看是陈桐和莉莉娅几个人,这么小的宿舍,竟然能装下这么多人。郁飞尘的目光平平淡淡地扫过所有人,并未在任何一个人身上多作停留。

"你们怎么都在?"他看了一眼钟表,还早。

"你小弟号丧被我们听到了。"陈桐指了指白松。白松承认:"我早起过来敲门,没想到你不清醒了,郁哥。"

"以后你们记得按时吃饭。"郁飞尘道,"我和安菲尔单独说几句话。"

众人乖巧散去,还把门给关了,宿舍里又剩他们两个。

安菲尔的外套搭在椅背上。他还是寝时打扮,上身只穿了白绸衬衫,金发披了满肩,让他的外表看起来更加脆弱易碎。

"你要说什么?"安菲尔看着他,轻声道。少年的眼神依然平静,但主动发问这件事本身就暴露了一定程度的不安。

"没什么。"郁飞尘道,"晚饭,谢谢。"

顿了顿,他道:"你少了半杯,没问题?"

安菲尔眨了眨眼睛,像是在思考什么,过几秒钟才说:"有点不舒服,但现在要到早餐时间了。"

"那就好。"

安菲尔朝他的床头走近了一步。距离的拉近让郁飞尘不得不微微抬头才能与他对视。

"为什么之前不吃蜥蜴泪晶？"这人精致漂亮的眉头这时候才微微蹙起，目露不悦，似乎在质问。

"没电了，脑子不好用。"

"那你还能回到这里？"

郁飞尘道："只记得这个了，感觉你会给我留饭……谢谢。"

安菲尔眉眼微微弯起，是个明显的笑，或许是在回应他的"谢谢"。郁飞尘道："视觉、听觉、触觉依次失去……我进门的时候已经看不见东西了。行动能力失去得最晚，但也可能是我的特殊情况。"

安菲尔淡淡道："希望只有你知道这种知识。"

这话让郁飞尘笑了笑。

"该出去了。"他道，"我也收拾。"

安菲尔轻轻"嗯"了一声，转身去盥洗室洗漱。郁飞尘望着磨砂玻璃后淡淡的人影，方才那一点残存的笑意渐至冰冷，最后完全消失。

他从下铺起身，先看到了书桌上的机械兔子。拿到手里后，他发现兔子的那条瘸腿被完全修好了。郁飞尘静静望着那条腿，回想当初之所以瘸了一条腿，是因为这间宿舍工具箱里的零件实在不够了。

隔着磨砂玻璃，安菲尔淡金的发色依稀可辨。郁飞尘拿起螺丝刀，把曾经瘸过的左前腿的关节螺丝卸掉了。他卸的地方很精准，"啪嗒"一声，整条前腿掉进了空无一物的金属垃圾桶。

再接着，整只兔子也被他从上方丢了进去。兔子的身体和桶底的残肢相撞，发出了一声金属脆响，一红一黑两只晶石眼睛从下往上静静地看着他，郁飞尘与它对视几秒，从椅背上拿起了安菲尔的外套，直接打开了盥洗室的门。盥洗室的镜子前面，安菲尔又在和自己发尾的小卷做斗争。

安菲尔收拾完，一边扣好外套的领扣，一边看着镜子里专心洗漱的郁飞尘，直到他也收拾好。霜绿眼睛里很柔软。

收拾好后，郁飞尘把人带出宿舍门，外套和所有用具都带好了，自始至终，安菲尔的目光没有触及书桌与垃圾桶。有时候，郁飞尘也会怀疑这个人是否真的经历了无数危险副本历练。至少，他自己不会别人说什么就信什么，无论对方是谁。

餐桌旁,大家都等着。还没到早餐时间,郁飞尘一出来陈桐就问:"这次看到了什么?"郁飞尘如实相告,说和昨天没什么区别。

文森特一言不发,不知道是平静接受还是早有准备。陈桐则问:"那怎么办?"

倒是白松表现不错,道:"那这样说来,我们已知的东西就是所有条件了,应该足够逃生,只是还没想到关键。"

"没错,"郁飞尘淡淡道,"我有一个想法。"

数道热切的目光顿时投向了他,这种情况郁飞尘并不陌生,是雇主的惯有表现。而他也在频繁的投诉中积累了不少经验,知道什么样的措辞最适合雇主理解。

"你们应该知道……"他想了想,道,"发条。"

那是一种简单的发动装置。有些机械手表使用发条上弦,拧动几圈后,手表能走很久。他的意思当然不是这个世界有发条存在,而是想说,或许这个世界也有那种牵一发而动全身的能源装置。

一时间众人若有所思,但时间有限,郁飞尘只能多说几句。

他把自己关于时间的推测简单说了一下,然后道:"我们在这个堡垒的上课经历是机械设置好的程序,之前有很多人也来过,所以这个程序不断循环运转。循环条件可能是经过一个学期的时长,也可能是所有人死亡。"

薛辛和白松的脸上首先浮现了恍然大悟。

郁飞尘:"目前已知的堡垒和外界唯一的连接点是大门。第一种方法,所有人销毁校徽,堡垒判定全员死亡,开启新一轮循环,大门打开迎接新生,他们进来,我们出去。"

其他人还没说话,灵微先道:"不妥。"

陈桐大哥更是脱口而出:"多损哪。"

看起来没人同意,郁飞尘也没打算用这种——他要解构。

"第二种方法。"说到这里他顿了顿,开始解释前置知识,"咒语只在极短距离内生效,无法隔空使用,所以,这里的机械仍然是传动的。"

"牵一发而动全身,我知道了。"灵微忽然松开眉头,道,"原来如此。"

薛辛更是拍案而起:"发条!"

连陈桐都跟着号了一嗓子。郁飞尘继续道:"跟着红、黑晶石或白色液滴的运送轨迹,我可以找到整个堡垒里消耗能源最多的地点,那里是整个堡垒的总动力室,连接着绝大部分的装置。"

"然后找到最初的核心蒸汽机带动的那个齿轮,那就是总控!"薛辛道,"没有电信号,蒸汽机的机械是一个带着一个传动的,所以我们只需要加速那个核心齿轮的运转,就相当于拨快了整个堡垒的钟表,迎来新循环!我的天,我之前想到了会有总控,但没想到时间循环!"

他说着说着声音又小了点:"那……会不会又引新人进来?"

"会。"郁飞尘道。

白松睁大了眼睛:"既然可以正转,那也可以倒转。"

"真有你的。"陈桐重重拍了白松的肩膀,把人直接拍矮了三寸。

薛辛:"可是能量损耗问题,还有——"

"管他的,"陈桐道,"咱们就想办法倒转。你们如果有办法,尽管喊我来打工。"

薛辛:"技术问题——"

"即使是最乐观的推测,我们至少也需要一条足够强的机械臂和……"郁飞尘看向安菲尔,"咒语改变。"

安菲尔点头:"我知道需要什么。"

白松:"什……怎么就知道了?"

薛辛像一个被无理需求支配的程序员一样垂头丧气:"机械臂我试试,如果有原材料就好了。仔细一想,问题太多了,这——"

郁飞尘简单道:"走一步看一步。"

陈桐嘿嘿一笑:"这句话我喜欢。"

接下来的话郁飞尘是对安菲尔说的:"你应该给我们的校徽写了任意开门的咒语。"

安菲尔眼里带笑:"你知道?"

郁飞尘:"猜的。"

然后他又对所有人交代:"安菲他们两个人去研究咒语。如果今天任务简单,留两三个人写作业,薛辛带其余人按我的要求做几样机械,打开所有教室门去找原材料。如果不简单,再说。"

世界上有很多能让人安心的话,但"再说"无疑是效力强大的一种,约等于由"死刑"变成了"死缓"。

这时候早餐时间到了，其余人匆匆进食，但郁飞尘刚喝了半杯，又用了蜥蜴泪晶，不必再补充能源，于是把自己的早餐留了下来，倒进一个密封金属盒里给了白松带着，以防万一。

接着就是例行的云霄飞车，下车后，喇叭欢快地播放课程预告："同学，又见面啦！接下来请进入二十一号教室，开启第五天的课程。提示，这是超——难的习作课哦。"

果然，课程的难度来到了"超难"，即使不采取措施，他们的课程也要走到尽头了。

不知不觉，他们竟然已经在这个世界里度过了五天。郁飞尘把能源液体给安菲尔喂了一点，安菲尔状况好了很多。找二十一号教室的过程中先途经了有读咒机的咒语课教室，经过违规改造的校徽果然顺利地把门刷开，郁飞尘把安菲尔送了进去，叽里咕噜先生也跟着进去了。

"注意安全，有事找我们。"郁飞尘站在门口对安菲尔道。

安菲尔对他点了点头，等郁飞尘转身，才退后几步。机械门自动关闭。

门关上的时候，白松忽然怪笑一声："郁哥啊，你今天对安菲弟弟真好，真的。是不是昏倒后他那么细心照顾你，你感动了？"

郁飞尘的脚步顿住了。"有吗？"他淡淡道。

"绝对有。郁哥，这次你是真的。"

"我以前对他不好？"

"那不能够，郁哥。你以前那么敷衍。"

"敷衍？"

白松道："我感觉你好像今天才把安菲弟弟当自己人了。郁哥，你今天一直注意他，我的天，郁哥竟然也有那么温柔的时候。"

郁飞尘觉得好笑。有时候，即使白松那弯曲的思路也无法抵达真相。他真想对安菲尔好的时候，别人觉得敷衍。不想了，反而成了真心。

他面前是寥无一人的冰冷走廊，身侧就是一个目光空洞的机械人偶。

"我带你来乐园，但没教过你东西。"他一开口，白松吓了一跳，因为那声音并不比机械人偶的目光鲜活。

"一件事——"他淡淡道，"不要听会说谎的人说话。"

白松没明白郁飞尘想表达什么，但他干脆利落地得出了结论："郁哥,你被骗啦?"

郁飞尘静静地看了他一眼:"没有。"

这时候其他人从另一侧的楼梯上去了,走廊里只有他们两个。白松又道:"展开说说。"

郁飞尘并没有展开说,白松自己去琢磨那句话了:"可是不去听人说谎,又怎么去拆穿他呢?"

郁飞尘淡淡道:"为什么要拆穿?"

白松疑惑:"不拆穿怎么知道真相?"

"只有你自己眼见为实。"自从有了白松,郁飞尘发现自己说话的频率升高了。

"郁哥,那你对别人也太缺乏信任了。"

"不然?"

他们继续往前走,白松不再纠结他郁哥的话,而是找到了更本质的话题:"可你为什么忽然想起说这个?"

为什么忽然想起说这个?郁飞尘也不知道。

他只知道一贯以来,在真相大白前他不会让第二个人知道自己想弄明白什么。因为对方知道后就有了辩白遮掩的余地,而他不爱给人留余地。

这种事情就像审讯犯人,不到最后一刻,审讯者不会让对方知道自己掌握了哪种程度的证据,只是装作什么事情都没有发生。

二十一号教室在回廊的最上方尽头,机械大门打开后,里面是个轰鸣着的巨型车间。密密麻麻、交错纵横的管道和传送带外,至少有十个说不清作用的巨型机械。

"亲爱的同学,第五节课——习作课正式开始!

"课程目标:分组完成机械检修任务,每组需完成一个机械的检修哦。

"提示一:每个机械都有至少三处影响运转的问题哦。

"提示二:请将分组结果与机械号登记在莎草纸上。

"下课时间:时针下一次垂直于地面时。

"教学完毕,请同学认真完成学习任务。"

郑媛环视着整个车间,又看向队伍里的人,喃喃道:"才五天就开始……大作业了?"

托着托盘的机械人偶侍立在他们身边。郁飞尘一直没什么表示,文森特拿起鹅毛笔，道："分组吧，规则没有约束每组的人数。"

整个教育流程是普适的，不随他们的人数变动改变——这次有十个人活着，但说不定下次另一批学员里只有两三个活到第五节课，所以每组的人数未作要求，显得宽松许多。

陈桐提议："那咱们一起呗。"

这个提议得到了一致的认可，所有人的名字都落在莎草纸上后，陈桐还道："傻子都知道人多力量大吧。"

他说得没错，但很多时候，碎片世界里的人并不同心协力，这次简直可以称得上"偶然"。

分完组，就开始选择修哪个机械。文森特带人在机械之间穿梭观察，讨论哪个看起来可以搞定。郁飞尘全程没说什么有价值的话，随波逐流地跟着队伍绕来绕去，自觉这划水技艺可以与路德维希的相媲美。

并不是他没什么观点，而是在这队里有个比他更想通关的人。

时间之神被副本缠身以至于错过出席复活日，倒不是什么大事，只怕文森特的焦虑另有出处。既然如此，郁飞尘也就不想动弹了。

他划水一段时间后，那边几个人选定了五号机械，开始仔细研究每个模块的功能。他们态度端正，队伍中有什么都会一些的文森特，有擅长机械的薛辛和郑媛，有熟悉咒语的灵微和莉莉娅，还有工具人白松和陈桐，检修不算难事。

郁飞尘一个人去了零件堆的最高处画图，先画了几张或许用得上的机械简图给薛辛，再画的是凭借几天来的记忆得出的堡垒示意图。

画完后，郁飞尘把莎草纸放在一边。下去帮忙检修前，他把右肘枕在脑后，仰躺在最高处，看了一会儿穹顶般的金属天花板。像个逃学出去发呆的高中生。

他说不清自己在想什么，或许想了很多，或许什么都没有放在心上。

一夜未睡，但他很清醒，毫无困倦的征兆。随着在堡垒中待的时间越来越长，睡眠好像也渐渐不需要了。

一节课在忙碌中过去，检修完毕，要做的东西也都做好了。

"生死有命，分数在天，要死一起死。"陈桐走出教室，叹息。

去走廊口的时候途经咒语课教室，教室门开着，但没见人出来。郁飞尘走近，才发现安菲尔和叽里咕噜先生两个人各抱着一沓莎草纸站在门内等他们。

"你来了。"看见他来，安菲尔朝门内示意，"我们搬不动。"

郁飞尘第一个念头是"他们到底写了多少张纸，以至于搬都搬不动"，转念一想写那么多咒语不太现实，可是这两个人难道还能创造出什么机械吗？

然后，他的目光就落在了教室中央摆着的三台读咒机上。

"我们用读咒机改造了读咒机。第一台读咒机现在可以反读机械上原有的咒语；第二台改变了一些功能，用它写咒语可以直接对原有咒语进行改变，譬如反转和失效之类；第三台是普通读咒机。"安菲尔一边跟着他走进去，一边道。

叽里咕噜先生在一旁附和："&###@，我 */////，安菲%……@！"

薛辛震惊地看向读咒机："还有这种操作？？"

陈桐："这就是开挂吗？我可以举报吗？"

不划水的安菲尔原来能做到这种地步，连郁飞尘都觉得微微意外，其他人更是无法维持冷静，似乎只有文森特一人不觉得惊讶。

一行人抱着读咒机上了火车，抵达宿舍位置后，文森特看了郁飞尘一眼，问："你去找总控？需要我吗？"

"不需要。"

文森特并不认同："一个人无法保证正确。"

郁飞尘语气平平淡淡，道："他和我一起去。"

"他"自然指还在晕车状态的安菲尔。郁飞尘没征求安菲尔的意见，但笃定的语气就像他们两个已经达成了共识或者干脆是在命令安菲尔一般。

安菲尔迷茫地眨了一下眼睛，显然也没有预料到郁飞尘会这样说，但他随即点了点头表示同意。

文森特一言不发地转身走了，郁飞尘冷冷睨着他的动作，见这人的脚步看似平静，紧锁的眉头却暴露了隐约的担忧与气急败坏的情绪。

火车再次启动。高速的"过山车"是一种折磨，慢速状态则又是另一种酷刑。当火车在魔导炉丛林中停下的时候，安菲尔闭眼靠在动力室墙上，已经只有虚弱喘气的份了。他自己没办法稳住身体，全程都靠郁飞尘撑着。

火车停稳，郁飞尘给安菲尔灌了一口能源液。绿色眼睛茫然睁开，许久才恢复了原本的温和与安静。

他把安菲尔送下火车："从炉子上去，能看到红、黑晶体运输的轨迹。跟着晶体最多的路线走，就能找到一个地点。"

安菲尔点头："我知道。你去找白色？"

"嗯。"

安菲尔沿着能源晶体的运输路线走，他则去往第四车间，随白色魔法液滴流动的方向前进。两人从不同的地点出发，沿着相异的轨迹前行，如果最后能够殊途同归，就证明那地方是正确的目的地。

如果不是，再各找方法。

这也是文森特说"一个人不准确"的原因。

郁飞尘发觉安菲尔在看他，准确地说，是打量他。

"你在看什么？"

漆黑浓灰的魔导炉丛林里，安菲尔的长发和温柔的眼睫似乎是唯一亮眼的色泽，这人眼里晃晃悠悠地挂着一点安静的笑意，他道："你好像变了一些。"

"变了什么？"

安菲尔沿着传送带向前走去，边离开，边轻声说："我以为你不会喊我一起。你好像终于学会了信任自己的队友。"

他说完很久后，郁飞尘才道："如果你非要这样想，也可以。"

安菲尔回头看了他一眼，似乎在等待进一步的回答，但堡垒没留给他们说更多话的时间，火车汽笛长鸣，要离开了。

郁飞尘退回火车动力室，任由它把自己带往下一个车间。

安菲尔有一点没说错，如果是以前，他不会带安菲尔一起找总控。他确实不怎么信任墨菲，但并没有不信任安菲尔。他不愿让安菲尔忍受多余的晕车或遇到危险，所以会选择一个人在堡垒中穿行冒险，尽力寻找总控的位置。

现在则不是。安菲尔会遇到多少危险，似乎已经和他无关了。他只是和一个彼此信任的队友合作经历副本，生死不论。

其实，如果是单纯为了通关，这种感觉也不错。

动力室墙壁冰冷，郁飞尘背倚着墙壁，望向车窗外，但此时安菲尔的背影已经逐渐后退，彻底消失在了他的视野。

来到第四车间后，郁飞尘下车。上次来这里时他只是在火车上远远观光，这次则可以仔细查看。只见如山的灰矿石被魔法装置吞入腹中，奇异的嗡鸣声回荡不绝。过了一会儿，雪白的魔法液体才滴落在有纹路的金属盘上。

这东西不是传送带，积累到了一定数量，液滴一定会被用别的方式运到该去的地方。

按照一个工业世界应有的逻辑，产量越少的东西越珍贵，运输过程也更会谨慎小心。如果魔法液滴的目的地真如推测一样是总控室的话，那地方一定不会离第四车间太远。

郁飞尘就静静等着它滴满。

时间缓缓流逝，如果是暴躁的陈桐大哥，这时候估计已经骂起来了，但郁飞尘一向不怎么缺乏耐心。终于，他平静地等到了盘子被装满的时候。

机械声"咔咔"响起，金属盘向外平移，最后停在一个光滑的铁台面上。郁飞尘站在旁边注视着这个平平无奇的台面，这东西能起到运输作用的可能性与叽里咕噜先生学会说人话的可能性相差无几。

正想着，机械转动声忽然从他头顶处传来，只见四根钢索带着一个金属托板垂坠下来，俨然是个简易的升降梯。

托板落下后，盘子再度平移，它把自己严丝合缝地卡进了托板里，乘上了"电梯"。

机械声继续响，这时郁飞尘听出是绞轮的声音。说时迟，那时快，他迅速目测了钢索的承重能力，把盘子捞起端在手中，自己迤迤然上了升降梯。

蒸汽时代的升降梯自然没有辨别乘客的能力，就那样带着他缓缓上升，穿过了第四车间的天花板。说是天花板也不恰当，只是许多密密麻麻的传动机械齿轮组成的壁垒而已。不同的机械间有缝隙，缝隙有大有小。

上升的过程持续了很久。第四车间的位置原本就在堡垒上方，按照这个速度，这时候已经接近顶端了。

与此同时，周身越来越热，澎湃的热度与魔法力量从上方朝他压来。

郁飞尘垂眼思索，魔法液作为一种原料，自然会被送进生产装置里。如果再跟着升降台往上，他可能直接把自己送进了炉子。

温度持续升高，到几乎超出身体所能承受的限度时，郁飞尘俯身把盘子放回原处，双手撑住旁边的齿轮装置，借力爬进了机械缝隙里，离开升降梯。

升降梯带着盘子继续向上，郁飞尘则在密集、复杂的机械装置里向上攀爬。金属特有的阴冷气味充斥着他的鼻腔，齿轮运转的震颤感从手心传到后背，这种地方就像一台绞肉机的刀口，他稍有不慎就会葬身其中，被碾成碎末。

斜着移动一段距离后，热度渐渐消失了，郁飞尘开始尽力保持垂直向上爬，大约往上五十米后，他从地板爬出来了。上方不再是无穷无尽的机械装置，空旷了起来。

这是个明亮开阔的空间，举目四望，东南西北、上下左右全是错落有致的黄铜色链杆和齿轮，就连地板都由大大小小的齿轮咬合而成，每一个都在转，是安菲尔看到后可能会直接昏倒的程度。齿轮中最大的一个直径有数百米，衬得他这个人的存在无比渺小。郁飞尘看着它，想起他们仰视堡垒顶端时见到的那个巨型齿轮。

所以说，他现在在堡垒的顶端没错。

由于地板上也是齿轮，他有时候必须站在齿轮边缘让它带自己走，并且在合适的位置转到下一个齿轮上，才能逐渐接近中央的机器。

这时已经过了大半夜，郁飞尘的电量耗得七七八八，站到中央疑似巨型蒸汽机的装置之一前的时候，他不是很想动脑了，只是想：这地方就是总控没错了。

"咔嗒"声由远及近，一个机械人偶路过了他，灰白的眼球泛着金属色泽。它动作僵硬地往蒸汽机的缝隙涂抹润滑油膏。

另一个机械人偶趴在蒸汽机顶端读表，还有一个正对着一个绞轮敲敲打打。这动作看起来有些眼熟，今天的大作业课上，文森特带人维修机械的时候，也是类似的状态。

郁飞尘对离他最近的机械人偶说了一声："你好。"

机械人偶没有搭理他。

它曾经是个人，但现在已经听不懂人的语言，看起来也失去了人的意识。那此刻驱动它的是什么？活着的本能吗？

郁飞尘爬上了最高的那台蒸汽机的顶端，他得找个能安静待着的地方保存体力。为了最大限度保存体力，他的思维也开始放缓，渐渐变得漫无边际。

放眼望去，上百个机械人偶在机器间麻木穿行，做着永不会停止的工作。四周齿轮相互带动，缓缓运转，如同流逝的时间。

齿轮推动整个堡垒按照既定规律运行，对堡垒来说，那个规律就是注定的命运。

郁飞尘眼前又浮现在墨菲那里抽出的三张占卜牌。他好像也有个注定的命运，不可预知的未来里，有什么东西推动他的命运行走转折，直至一片漆黑。

想到这里他的心脏缓而重地跳动了一下，仿佛隐约窥见了那东西一般。他忽然意识到自己已经变了。

之前的生活向来单调乏味、一成不变，他从没想象过自己的未来，更别提期待或恐惧，但从今天早上看到墨菲向安菲尔虔诚跪伏开始，他好像变成了两部分：一部分如常应对副本；另一部分则变得奇怪，说不清是在期待还是恐惧，总之失去了控制。

郁飞尘闭上眼睛，摒弃掉奇怪的那部分。

再度睁眼时，他看向了不远处一台死寂不动的大型炉状机器，繁忙的蒸汽车间里，在忙碌的机械人偶之间，它的外观格格不入，它的静止也显得很奇怪。奇怪的东西往往令人不顺眼，郁飞尘决定下去找它的事。

然而，还没等他往那个方向去，机器忽然动了动，接着竟主动朝他的方向驶来，并发出一道单调且冷漠的声音："开始废品回收。"

话音落下的那一刻，三人高的重型机器中央陡然燃烧起一簇刺眼的火焰，因过于灼烫几乎变成纯粹的白色，这种温度，轻易就能把大多数金属熔为铁水，更何况人体。

确认它是冲自己来的时候，郁飞尘心想：我不过是在这里躺了一会儿，怎么就变成了废品？下一秒转头看了看周围各司其职、忙碌工作的机械人偶，他又觉得自己确实称得上是一件工业垃圾，应被销毁。

这时候，那东西已经慢慢靠近了他，一连串的机械咬合声在四面八方响起，一台机器在动，背后却是大量辅助零件的组合传动。它正中央一个炮筒状装置缓缓转动,将火焰的焰心对准郁飞尘的位置。

郁飞尘起身下机,机器却没有追赶他,而是原地立着,仿佛在重新确认废品所在位置。他在机械缝隙里穿行一会儿之后,抢过一个机械人偶手里的清洁抹布,找了个地方开始装模作样地来回擦起了机器。那个被他抢了工具的机械人偶浑然不觉,仍然一下下机械性地做着擦拭动作。

透过缝隙,郁飞尘眼睛一眨不眨地看着那个"回收站",见它在原地站立一会儿之后,机心火焰渐渐熄灭,按照来时的轨迹移回了原本的位置,像个失去了目标、只能回航的歼击机。

郁飞尘回想刚才发生的事情,被当作废品的条件之一是长久不动。那么"回收站"凭借什么迹象来判断一个机械人偶没动弹?

极有可能是重力。不能长期停在同一个地点。

郁飞尘想明白后,故意又在几个地方静止停留了一会儿,果然,只要超过三分钟没动,就会引来"回收站"的追击。他像逗狗一样带着"回收站"在机械人偶里来回走了几趟后,逐渐生出更危险的想法。

他取下自己的校徽,放在一个稳固的地方,自己则踩在齿轮地面上往空旷处去。如果有重力的传感体系,堡垒应该能判断,有个东西在这里。

这次,"回收站"燃烧着熊熊火焰朝他移来的时候,发出的声音是:"开始垃圾清理。"

戴着校徽就是机械人偶,工作就能存活,不工作的人偶等于废品。不戴校徽的人则不被堡垒承认,等同垃圾。郁飞尘折身捞回校徽保命,趁"回收站"还没回过神来,他在齿轮间迅速挪动,来到了"回收站"的停靠处。

原本以为这里会有充能装置或感应装置的核心,却没想到是条斜着向下的漆黑隧道。难道说这东西不仅可以在这一层平移,还有在堡垒上下移动的能力?

郁飞尘微蹙眉,把校徽放在一旁,找了个绞轮借力,直接把自己吊上了高处的天花板。机械世界的好处就是哪里都有钢铁组件借力,他很容易就用较为美观的姿势把自己挂在了上面,高高俯视着"回收站"。

那东西果然感应到了他这件"垃圾"的存在,在地面上移动,到他正下方的位置后却停住了。炮筒直直向上对准他的方向,却迟迟没有喷出火焰——它需要足够近的距离。

当郁飞尘以为自己找到了"回收站"的一个缺陷,正在静静观看时,却见它的零件重新移动组合,下部基座里缓缓升起支撑杆,将焰心位置向上抬送。

堡垒清理垃圾的决心,竟然如此坚定。

"回收站"的主体部分离郁飞尘越来越近,火焰温度扑面而来,他看向四周的齿轮地面,计算着最佳的落地位置和方式。

就在这时,耳朵所能捕捉的机械声里隐隐多了一种不同的声响。郁飞尘戒备起来,闭眼听了三秒,蓦然望向之前看见的那条漆黑隧道。动静是从那里传来的。

就在他看向那里的时候,五根纤细的手指从里面伸出,搭在隧道沿上。

再下一秒,一个淡金色的脑袋从隧道里冒了出来。

是安菲尔。

郁飞尘在从高处往下俯视,而且正好全神贯注地望着隧道口,因此可以确定,安菲尔在看到这地方的那一刻,完完全全蒙了。

不是精神上的蒙,是物理上的蒙,高低错落、不同转速、不同直径的数以亿计的齿轮,无异于直接轰炸了那脆弱的脑子。

果然,几乎是蒙掉的那一瞬间,安菲尔迅速闭上了眼睛。

遇到齿轮的安菲尔竟然像个从兔子洞里钻出来的、惊慌失措的动物。

郁飞尘计算了一下他和安菲尔之间的角度,又回忆了隧道的斜角。他一眼看见了安菲尔,而安菲尔从隧道里钻出,抬起头看向周围的第一眼也正好会看见他。

果然,过了几秒,安菲尔的睫毛颤了颤,艰难地睁开已然涣散的眼睛,和他对视了一眼。

郁飞尘面无表情,用眼神示意了一下那个几乎已经伸到他脸上的"回收站"火焰筒,就在他被安菲尔吸引去注意力的十几秒内,他已经进入火焰射程内,也错过了最佳的逃离时间。

安菲尔微蹙眉,铺天盖地的眩晕里,他余光看见了郁飞尘放在不远处的齿轮校徽,刹那间明白了现在的局势。他爬出隧道口将校徽握在手中,然后再度抬头:"我扔给你。"

安菲尔面色苍白,身体颤抖,眼里雾气重重。明眼人都能看出来他为抗拒齿轮带来的压迫付出了怎样的努力,也知道在这种情况下完成精准的抛掷有多难,但郁飞尘没说话。他没同意,也没拒绝,就那样直勾勾地看着,直到安菲尔抬手,将校徽朝他高高抛过来。

黄铜色齿轮在空中划出一条耀眼的流线,安菲尔抛得有准头,郁飞尘接的时候也没失手。

"回收站"失去目标,静止了一会儿,然后缓缓回落到原本的状态。郁飞尘依然在天花板上,将校徽缓缓握入手心。

刚刚安菲尔拿到他的校徽,就相当于把持住了他的性命。白松有句话没说错,他对自己以外的其他事物都缺乏信任,不大相信别人的说辞,有时也不是真正相信自己心中所想,他更相信眼见为实。就像理论上,他确实信任安菲尔,但非要安菲尔毫不犹豫地冒着晕死的危险给他扔来校徽才觉得满意。

不过这种满意是因为看到安菲尔救他,还是纯粹因为看到这人虚弱至极、摇摇欲坠的样子,就不得而知了。

郁飞尘落回地面上的中央蒸汽机,安菲尔则站在场地边缘,再度闭上了眼。他气还没喘匀,微微汗湿的鬓发贴在额前,整个人透着脆弱的狼狈,像被放在窗外风吹雨打了半天的人偶。

地面上,齿轮参差交错,稍一踏错就会被送往其他方向,踩空后更是会掉下万丈深渊。郁飞尘知道他已经没法自己走过来,但也没打算过去接人。

他道:"按我说的走。"

安菲尔点头。

接下来的路,郁飞尘在蒸汽机高处看着地面上的安菲尔,淡淡说着"走"或"停",该转多少度角,走几步,停多久。

安菲尔就那样跟着只言片语的指示穿过齿轮地面和机械丛林,一步一步走向郁飞尘,由于毫无迟疑与异议,像个提线木偶。

现在他所处的地方危险重重,往左一步,是另一个转动的齿轮,往右一步,是一步踏空,从堡垒最高处摔到底部。

如果说拿住徽章的那一刻他掌握了郁飞尘的生命,那现在,他的生命也在郁飞尘的一念之间。

"咚咚",郁飞尘的心脏重重跳了两下。过往记忆忽然浮现在眼前。

从路德维希变成安菲尔,准确地说,自从意识到这个人是他的长官后，他的情绪已经安定了很久，直到今天早上才一脚踩空，茫然到不知该落向何处。然而就在安菲尔顺从地被他引导，走到危险边缘的此时，他空荡荡的情绪里，一种似曾相识的感觉忽然如惊蛰复生，一发不可收拾。

把人推下去的愿望既冰冷，又强烈。

很虚幻，很快乐。

直到确认自己已经被蒸汽机挡住视野的时候，安菲尔才睁开了眼睛。一睁开，他就看见郁飞尘用散漫的姿势靠在烟道旁，正目光沉沉地看着自己。

郁飞尘的情绪似乎有些异样，或许该归结于一成不变的机械世界令这个人厌倦了，印象里，他喜欢新鲜多变的环境。

安菲尔问："这里怎么了？"

"没事。"郁飞尘用目光示意了一下蒸汽机丛林，道，"总控。"

既然两个人都找到了这里来，那它就是堡垒的核心无疑。现在的问题是，一模一样的十几台蒸汽机里，哪台才是最核心的那个。

安菲尔道："最大的。"

郁飞尘仿佛早料到他的答案，道："是那边第三台。"

"最大的"指的不是在蒸汽机中最大的，而是有最大齿轮的。那东西他们来这里的第一天就在天花板上见过，他们现在站在顶层，更是容易找到。

蒸汽机带动齿轮依次传动，传动结构千差万别，但无论怎样传，都有一个注定的规则——损耗。

无论是热、动，还是那股神秘的魔法能量，在真实的世界里，它们从一个物体传递到另一个物体，途中必然会有损耗。传送链越到末端，剩下的能量越少。所以大齿轮可以轻松带动小齿轮，小齿轮却难以层层撬动大型齿轮，但凡脑子里没有坑洞的人都能想明白这个道理。

所以，只需要找到是哪台蒸汽机连动着直径最大的初始齿轮，一切都迎刃而解。在天花板上游走的时候，郁飞尘已经找到了它。

但是即使知道了关键所在，也没法立刻破解副本。他们两人为了探路方便，一无工具，二无咒语，甚至能源液都只剩四分之一杯——安菲尔喝了一部分，郁飞尘自己濒临"没电"，在安菲尔走到近前后拿来也喝掉了一些。

也就是说，必须等读咒机和机械臂来后才能做些什么。而要拿到这些，只有"等队友送来"和"自己回去"两条路可以走。然而，队友并不知道他们两个现在到底在什么地方，他们回去，又要空耗漫长的时间。

郁飞尘："第四车间到这里的路不好走，我们沿你的隧道回第一车间。一晚上没回去，文森特或者灵微能想到我们的处境。课程难度又已经封顶，他们如果贸然跟车上课，应付不来，会主动来找我们。"

安菲尔"嗯"了一声后，静静看着左边第三台蒸汽机。他的神色和他这个人一样平静。郁飞尘看在眼里，但说来奇怪，他曾经因为没有理解雇主的情绪收到许多次无理投诉，却总能在一句话不说的情况下读懂安菲尔的心理。他打量着眼前这一幕，硬是从安菲尔的平静里咂摸出了一点疑问的味道。

这人在想：既然你全都可以，我为什么还要来呢？

至于为什么生出迷惑，可能是"兔子洞"太难爬了。

能让安菲尔也感同身受一下这种滋味，郁飞尘感到一种报复成功的舒适。

把最后四分之一能源液也分喝掉补充体力后，他们就沿那条隧道下去了。时间紧迫，不容犹豫，当他们原路返回第一车间的时候，运送矿物的火车也轰隆隆地抵达此地，开始卸货。好险没有错过。

郁飞尘数了数，人齐了。不仅齐了，东西也拿齐了。这是一次集体逃课。

他问："今天该上什么课？"

白松："喇叭说是'毕业典礼'。"

"毕业典礼"这名字如果放到正常的世界里，称得上一件好事，但在碎片世界里，明显不怀好意。

陈桐道："毕业完，那不就升级文凭了嘛，从初中生变成高中生那样。我们寻思着——完蛋，可能毕业完就直接从人'升级'成机器了。一合计，大家就一起跑路了。我说什么，校规那就是用来违背的嘛！"

白松指了指肩头不远处静静悬浮的螺旋桨喇叭，道："希望不会有惩罚，毕竟那个鬼喇叭跟着我们来了。昨晚你俩不在的时候我们试验了，它是哪里校徽多就跟着走到哪里的,可我们实在不敢不戴校徽。"

究竟有没有惩罚,谁都不能保证,只能走一步看一步。安菲尔带人下车,继续钻"兔子洞"往总控室走,把那些重要的东西也都带走了。郁飞尘则留下了灵微和陈桐两个,要他们跟着自己走第四车间的夹缝小路。

陈桐:"为什么?"

灵微却似乎了然于心,没问什么。

郁飞尘像对待无知却好问的雇主一样,用"稍等"二字打发了陈桐。

"稍等"后,火车在第二车间停留,这是制造莎草纸的地方。看到郁飞尘把车间制造的莎草纸一沓又一沓打包起来的时候,陈桐才恍然大悟:"懂了,咱们是来当贼的。"

"当贼"二字很不悦耳,郁飞尘将其"美化":"抢劫。"

陈桐嘿嘿一笑:"管他呢,这我不就来劲了吗?"

陈桐开始动手,而旁边的灵微道长动作风流儒雅,但拿起东西来毫不手软,三人加起来拿了几千张,到了第三车间后,又把墨水和鹅毛笔洗劫一番。接着,他们又在第四车间顺手牵羊了一盘魔法液,开始在夹缝里往上爬行。

"这些玩意也太沉了。"陈桐一边艰难爬行,一边道,"虽然不拿白不拿……"

灵微淡淡道:"道友不通咒语,是以不知此道耗纸甚巨。"

"什么'耗子身体'……文绉绉的。"

郁飞尘往下看了一眼,这两人虽然有语言隔离,但爬得都不慢。陈桐是运动员出身,四肢比脑子协调很多;而灵微道长看似年少纤弱、文质彬彬,实际上却是修仙习武的人,竟然比陈桐还显得轻松几分。

一路无事,他们抵达总控室,在"兔子洞"前就地休息,等那些人也来了之后,被挨个拉了上来。

郁飞尘先拉了安菲尔,然后是郑嫒。

郑嫒的脸色异常苍白,右手紧紧握着胸口校服布料。

郁飞尘问:"你怎么了?"

"我……"郑嫒微颤声道,"刚才我被卡在一个地方,被拉出来后,我的校徽被……卡坏了。"

"播报死亡了?"

郑媛艰难地点点头，这时候薛辛也来了，揽住郑媛的肩膀，安慰道："没事——"

话音还没落，空气中就响起一道单调的声音："开始垃圾清理。"

巨大的黑铁机器中央冒出雪白色高温火焰指向郑媛，朝她的方向平缓移动，如同注定降临的审判刑罚一般。

它的速度看起来慢，但那是因为体形大，实际上比正常人的跑速还快，几近无法抵抗。

饶是一直以来都表现得冷静专业的郑媛，在这种凶相毕露的杀人机器面前，也面色苍白，瑟瑟发抖："这是什么？"

安菲尔轻声解释了一下"回收站"的机制。

郁飞尘微蹙眉，思索片刻后看向陈桐。

"这……我……"陈桐迎着他的目光困惑地吐了两个字，然后豁然开朗。

"妹儿，我的校徽给你，你放心去研究机器。"他大咧咧地摘下自己的校徽，"我跑得快，我去遛它。"

郑媛迟疑着接过校徽后，"回收站"果然转移了目标追向陈桐，而陈桐也原地开溜，在复杂的齿轮地面上跑起了马拉松。他果然很快控制住了和机器一模一样的跑速，把"回收站"不远不近地吊在身后，引着它开始绕圈。

不愧是个跑着跑着忽然跑到了副本门口的人。

郑媛回头看了一眼引着"回收站"四处乱窜、如同遛一条疯狗的陈桐，咬咬牙抬起准备好的机械臂，卡在了核心蒸汽机连动齿轮的第一根轴上。

薛辛盯着整台机器左看右看，他之前一直表现得很有主意，这时却狐疑起来："这不能够，这不行，理论上——"

郑媛头上冒了冷汗，用力把卡扣往里推，薛辛虽然情绪是迟疑的，但看到她吃力，还是把她架开，自己上去推好了卡扣。

其他几个人在另一边捣鼓读咒机，现在这边只有他们两个。

薛辛："如果一开始内部就没设置'倒转'的程序，光靠蛮力就想翻转，这是不行的，违背了原理。"

郑媛："这件事我昨天想了一夜。我们做大作业的时候，每一个机械都有错。按理说,每一个都是个测试,修不好都会导致某个机械出问题,将我们间接处死。可是我们安全度过了昨夜,说明……昨天那些我们没修的机械,在上完课后恢复如初了,这说明机械内部是有回滚机制的。"

薛辛:"你这是在强行找理由,这很牵强。即使别的机械能回滚,也不证明核心装置可以。"

"你怎么还没想明白?"郑媛看着他,"这不是现实问题!虽然这里还算有逻辑,可你没听见他们是怎么称呼的吗?这是个副本。是这个世界给我们出了一道题,就像我们做卷子一样。它设计好了问题,也就设计好了答案,给我们布置了死路,也会留下生路。我们是来找那条路的,不是让你来踏踏实实当救世主的!"

薛辛起先还想反驳,但听着听着忽然睁大了眼睛,先是愣住,然后声音带颤道:"你说得对。媛媛,你怎么想到的?"

郑媛低下头检视机械臂状态,边检查,边道:"我只是……昨天晚上一直在想机械原理,想着想着,就想起我们分手的原因了,道理和现在差不多。"

薛辛接过她手里的活儿,没让她碰到黏手的机油,一言不发。

他们分手的导火索是一次学期的大作业,两人一起带了一个小组。没想到做着做着,他们两个之间有了很大分歧。他觉得郑媛的设计太不落地,能做好这个题,却解决不了复杂的现实问题;郑媛觉得他认死理,为了多余的功能拖慢了整个组的进度。一场架吵下来又翻出无数八百年前的"鸡毛蒜皮",最后两人在食堂门口一拍两散,刚要各回各宿舍,就一脚踏进了这地方。

薛辛满手机油,默默干了十来分钟活儿,正要憋出一句"我以后听你的",又觉得不现实,话到嘴边变成了:"我们……以后好好说话。"

他说完,正觉得郑媛又要刺他几句,一转头,却见郑媛只是静静地看着他,眼睛里有点湿润。

四周机械轰鸣,时光流逝。曾经觉得咬牙切齿的琐碎曲折,在这生死攸关的副本里,忽然就什么都不算了。在这种时候,他们两个却都说不出什么话来,只是各自收回目光,埋头敲打机器,安装反转装置。

一直静静悬浮的黄铜喇叭忽然开了口:"毕业典礼开始啦!请同学依次入座哦。"

人都没去，只剩一个喇叭按照内置程序播报进度。那边的白松忽然笑了出来，跟他郁哥说："现在的情况就像学校操场一头在举行毕业典礼，我们却集体跑到另一头炸学校。"

郁飞尘静静注视着他，用眼神示意了一下各自忙碌的队友："你不觉得自己有点多余吗？"

白松说："郁哥，我刚想到一个好主意，能救陈桐大哥。"

郁飞尘静静看着他追到陈桐那边，引着陈桐往另一边跑。那地方有个轮轴奇大的齿轮，齿轮在转圈，但轮轴不动。陈桐在白松的带领下把"回收站"引到轮轴正中，自己站在齿轮边缘不动，被带着转圈。对"回收站"来说，他就在时刻匀速改变方向，它无法瞄准。

于是这玩意为了瞄准陈桐，开始永无止境在原地转圈了。情形在诡异中还带有一丝滑稽，不过，至少陈桐剩余的体力保住了。

郁飞尘正觉得白松还算开窍，背后就传来莉莉娅的一声惊呼："创神在上——"

白松从那边赶回来的时候，就看见漫天的莎草纸以喷泉一样的速度从那台能反读咒语的读咒机里疯狂喷出来，密集的"唰唰"声里，纸页如大雪纷飞一样往下掉，读咒机前的安菲尔首当其冲，几乎被埋在了纸堆里。

谁都没想到咒语读得那么快，数量还那么多。旁边人荒马乱，灵微和叽里咕噜先生抢救咒语纸，莉莉娅和文森特解救安菲尔，只有郁飞尘袖手旁观，在旁边给读咒机添纸加墨、煽风点火，仔细一看，面上还带着点狼心狗肺的笑。

直到一张纸角度不巧，冲着安菲尔的脸飞过去，郁飞尘才伸了手，恰在纸张要剐着皮肤的那一刻拿到了它。

白松："真热闹啊……"

郁飞尘把那张纸往安菲尔怀里一塞，道："确实。"

一个纪元都过去了，还能在危险的副本里扮演半大少年，玩机械游戏，顺便上演一场学院里的魔法事故，的确是难得的热闹。尤其是当事故中心是安菲尔的时候。

等这场热闹终于结束，全部咒语纸也终于被喷了出来，几个会咒语的人聚在一起整理，薛辛、郑嫒那边也一切顺利。郁飞尘又游荡去了蒸汽机的最高处，和半空中的黄铜喇叭静静对视。

比起他和安菲尔第一次来探察的时候，这地方不仅多了喇叭，还少了很多机械人偶。此时在机器间忙碌的机械人偶比起之前来，减了至少三分之二。

或许是这个工作周期不需要那么多工人，又或许那些机械人偶去出席典礼了——毕竟校友去观看母校的毕业典礼，是一件顺理成章的事情。

过了半晌，喇叭传出了新声音："致辞时间结束。现在请各位同学上台领取自己的合格证和毕业礼物！"

这一声落下，他们手里的动作都顿了顿。

致辞没人听不要紧，可现在这个领取环节是需要他们亲自去的。如果堡垒察觉到人都逃了，会不会有对应的措施？

他们这几天下来都一直在钻规则的空子没错，可是在这种重要的环节，堡垒还会没什么防备吗？

郁飞尘向下看，乌沉沉的眼睛扫了一眼停手的队友，淡淡道了一声："继续。"

人在慌乱的时候最需要的或许不是解决问题的办法，而是看起来心里有数的一个人。几个人都默契地继续工作了，郁飞尘继续看着喇叭。

五分钟过去，喇叭又用甜美的声音重新播报了一遍："请各位同学上台领取自己的合格证和毕业礼物！"

这次没人停下手里的工作，更不会有人瞬移到典礼现场领取证书和礼物。

又过五分钟后，喇叭再次重复了一遍。依旧没人理它。

时间静静过去，十分钟后，喇叭重新开口，这一次，那种甜美可爱的语调荡然无存了。机械声平平淡淡、一板一眼地重复："请各位同学上台领取自己的合格证。"

"完了，"白松嘀咕，"连礼物都没了。"

而这次广播落下后，那些忙碌工作的机械人偶忽然停止了动作，钢铁头颅缓缓转动，灰白的眼珠空洞地盯向他们的方向。

莉莉娅："它们怎么知道我们——"

还没说完她就自己闭了嘴，校徽和喇叭都聚集在这地方，堡垒怎么不能知道他们在这里。

郁飞尘也不再在高处晃了,他落回地面上,看了一眼已经读完蒸汽机的咒语,开始坐在地面上唰唰唰写咒语的几人,对安菲尔道:"还有多久?"

安菲尔头也不抬,写完一张又换一张,说:"半小时。"

那边薛辛和郑媛道:"我们也快了。"

郁飞尘:"好。"

就在几人说话间,喇叭重复了一遍命令。这次命令落下后,四面八方的机械人偶忽然一跃而下,四肢着地,用极其僵硬的姿势快速冲了上来。

安菲尔抬左臂,把莉莉娅护在背后,继续专心写咒语,仿佛没看到发生了什么一般。

这次是来自堡垒的违规惩罚,瞄准的是标定每个人身份的校徽,郁飞尘语速极快,道:"摘校徽。"

说完,他低声对白松道:"喊陈桐回来。"

白松往那边跑,边跑边大声喊陈桐的名字。陈桐会意,带着"回收站"往这边冲刺过来。

密密麻麻的机械人偶从前方和背后蒸汽机上袭击,他们只能靠拢在一处,然而这样一来,目标也牢牢聚在了一起。

离这里最近的机械人偶从右上方直接一个蹿跳下来,扑向人群。

郁飞尘却早有准备,伸臂挡了一下,扣住机械人偶的胳膊,把它拉到自己身前。人的血肉之躯对付金属机械终归会落下风,但他的身体经过强化,又喝了那么多天能源液,也不算是个纯粹的人了。机械人偶被他牢牢制住。

灵微:"此物如何杀死?"

郁飞尘:"不知道。"说时迟,那时快,他从口袋里掏出一个什么东西,猛地掰开机械人偶的嘴巴,按了进去。

这样的操作,连一向冷静的灵微眼里都出现了微微的诧异,道:"这是什么?"

郁飞尘来不及说话,抬腿把这东西踹向其余机械人偶拥来的方向。

齿轮地面还算光滑,他又算好了方向,有齿轮带着那个机械人偶往前运动,还没等第二个机械人偶扑上来,被强行按了东西的那个忽然动作扭曲错乱,在地上扑腾几下后,就在密密麻麻的机械人偶里爆炸了。

炸响声惊天动地,金属零件被高高抛出来,不仅炸碎了最初那个,还波及了它周围的一大片同类。

爆炸过后,这边短暂消停了一会儿,郁飞尘分出一半刚才塞进机械人偶嘴里的东西给灵微道长。

灵微将其拿在手中,见俨然是几颗熟悉的红、黑晶石,忽道:"原来如此。"

郁飞尘:"那天广播说'废品有害',我就留着了。"

这是那天动力课上,挑拣晶石的时候发生的事情了。

来这儿的第一天他就嫌弃这地方没刀没枪,终于得知了有害品,自然是留给自己随身带着,以防万一。没想到真能用上,效果还出类拔萃。

灵微会意起身,文森特则接替他画咒。

机械人偶在爆炸后混乱了一会儿,重新冲过来,但他们这边有两个能打的人,还携带了爆炸物,一时间竟然把它们拦在了安全范围外。

莉莉娅看着那些意想不到的红、黑晶石,又看了看郁飞尘的背影。她实在想不出怎么能在刚进副本的第二天就开始收集物资,为最后的恶战做准备,难道是从一开始就居心不良,故意囤积危险物品吗?

她悄悄凑到安菲尔的耳朵旁,小声道:"他好可怕哦,还好是队友。"

安菲尔笔锋稍顿,微微笑了一下,道:"不可怕。"

莉莉娅笔下没停,又看了一眼灵微道长飘逸起落的背影:"道长有点像我们那边的白袍大魔法师。"

"另一个呢?"

这个问题难住了莉莉娅,她顿笔,托腮思考了一会儿,最后道:"亡灵骑士。"

安菲尔原本的笑意忽顿住了,过一会儿,才道:"嗯。"

另一边,郁飞尘和灵微暂时抵抗住了机械人偶没错,但废弃晶石的数目有限,即将用尽,机械人偶的攻势也越发咄咄逼人起来。

好在这时候,白松带着陈桐赶回来了,陈桐跑得急,身后还缀着一个阴魂不散的"回收站"。不过看方向,那"回收站"现在已经不追陈桐了,是冲着他们来的。

郁飞尘把所有人的校徽一起塞到他手里,道:"跑!"

有了之前的经验,陈桐这次倒是立马领会了郁飞尘的意思,徽章往兜里一揣,大口喘气调整着呼吸,道:"还好之前休息了,破机械人偶,我今天就带你们操练一整天。"

说完他一个箭步往远处冲了上去，机械人偶只认徽章，立马改变方向，轰隆隆地追着陈桐蹿了上去。齿轮地面微微震动，简直像是要散架一般。

郁飞尘对着陈桐的背影大声补了一句："往缝隙里带！"

陈桐遥遥回话："懂——"

只见陈桐跑在前面，身后跟了密密麻麻一大群机械人偶，混杂一个沉重的巨型"回收站"，在紧张和壮观中，这场景还有了一些喜剧效果。更别提这人听了郁飞尘的话，一心把机械人偶往缝多、齿轮复杂的地方带。他自己行动敏捷，机器却不会灵活转向，时不时卡在缝隙里，或像下饺子一般直接从空隙处掉下去。

薛辛边拧螺丝，边学着陈桐的语气道："多损哪。"

郑媛也笑笑，道："希望别把地板弄塌，那就真的炸学校了。"

火力全被陈桐引走，他们这边彻底清静下来，白松去机械那边帮忙，灵微道长继续写咒语。郁飞尘则走到了"兔子洞"旁边。

当然，也只有在安菲尔爬出来的那一刻它才像个童话里的兔子洞，现在只是个漆黑的隧道口，里面勉强算得上平整，四壁有类似滑轨的装置。

安菲尔说，红、黑晶石的传送带没入金属装置后，他就只能寻着传送的声音去追踪，隧道是他追踪过程中意外在角落发现的。同样的隧道不止一条，都通往这里。

而郁飞尘发现这条隧道，是因为……它就在"回收站"最初停留的地方附近。他忽然有种不太好的预感。

全部校徽被陈桐揣走，黄铜喇叭自然跟着飞走了，但冰冷的催促声还是穿透了"轰隆"的脚步声，遥遥传来。

"请领取合格证。"

"请领取合格证。"

"请领取合格证。"

一声比一声之间的间隙小，最后连成了一片，像催命的符咒。

就在这令人头大的机械声里，白松忽然道："你们……有没有听到什么声音？"

"声音？"郑媛道，"那边不是一直很吵吗？"

"不是。"白松蹙眉,俯身将耳朵贴近地面,"很奇怪的那种……声音。"

薛辛一开始也像郑媛一样不明就里,可是目光扫过一个零件的时候,忽然愣住了。只见零件堆里,所有机械都一动不动,顶上的一枚小弹簧片却微微颤抖着,毫无规律地抖动伸缩,诡异极了。

"不好。"薛辛道,"像地震——真把地板弄塌了?"

此时此刻,隧道旁的郁飞尘也猛地后退几步,陡然戒备。

地面的震动起先不易察觉,只能通过零件的晃动察觉端倪,然而短短半分钟过后,变得所有人都能感觉到了。与此同时,机械的摩擦声、沉重的碰撞声也从下往上传来,仿佛有深渊巨兽要从地下破土而出。

陈桐正带着一大群机械人偶轰轰烈烈地长跑,路过一个大的隧道口,他正想着这次又能陷进去十来个,却觉得这个隧道口有点眼熟,像他们之前钻过的那个,可位置又不对。

于是他倒着往回跑了几步,可是前后不过两三秒,那个隧道口却完全变了模样,里面是一台漆黑色的圆柱状巨型机器,正从隧道口里缓缓往上爬升,已经露出头来。

认出那东西的形状后,陈桐一身冷汗,连忙朝队友的方向招手大喊:"这地方又冒出来一个'回收站'!"

却见那边的白松也正在朝他疯狂招手,嘴里喊着什么,听不清。

再往四周看,他愣住了。

地面的许多条缝隙里,原来隐藏着至少十条黑隧道,此时此刻,如幽灵一样的漆黑"回收站"缓缓从地面下冒出来,每个都有几人高,在地面投下深深的阴影,像是钢铁坟地里陡然升起的墓碑。

"回收站"全部到了地面上,开始向他的方向靠拢,它们的发声装置异口同声道:"请领取合格证。"

我天……陈桐心里只剩下这两个字,站在原地呆了一会儿后忽然回过味来,往前夺命狂奔。

"原来那是给机器留的路,可是这也太多了。"白松道,"不好!这么多机器都来了,不会其他援兵也来了吧?"

说完郁飞尘就冷冷地看了他一眼,白松忽然意识到,自己可能说对了。

那些"回收站"从地面冒出来后,震动却仍未停止,只是细微了许多,接着,密密麻麻的黄铜色机械人偶像蝗虫一样从隧道里拥了出来。

郁飞尘问:"还有多久?"

安菲尔道:"十分钟。"

他说完时间,郁飞尘扫了一眼场中局势,活动了一下筋骨,直直朝着陈桐的方向去了。

陈桐再也没办法带着一群机械人偶狂奔了,四面八方都是机器,他不管往哪里跑都有迎面扑上来的敌人,还有火焰熊熊的"回收站",他只能像只秋后的蚂蚱一样四处乱窜,最终还是不敌,被一个机械人偶扑倒在地。

就在闭眼等死的时候,机械人偶忽然被什么东西掀开,他耳边响起一道声音:"给我。"

陈桐霍然睁眼,见是郁飞尘,什么话都没来得及说,把那些徽章全部塞进了郁飞尘手里。

郁飞尘一手握徽章,横肘击飞一个扑过来的机械人偶,侧身躲过另一个。他踹开一个,又和另一个擦肩而过。

这些机械人偶身上还穿着学院制式的校服,和他们身上的衣服一模一样,只是全都在日复一日的工作中磨损,褴褛破旧。它们胸前没有徽章。金属徽章是活人学生在堡垒的通行证,毕业生已经成为金属机械,自然不再需要了。

虽然没有徽章,但起码还残存了一些布料。郁飞尘抓住和自己擦肩而过的那个人偶的肩膀,将校徽中的一枚别在了它身上。

陈桐带着校徽拖住了敌人二十分钟,他得再拖住十分钟。校徽的使命已经结束,可以放弃了。

四面八方的追击人偶和"回收站"中,果然有一部分的注意力转移到了那个人偶身上,然而它本身浑然不觉,还在锲而不舍地追逐郁飞尘。

郁飞尘丢了一枚徽章后就没再管它,在机械人偶里穿梭绕行,等机械人偶再度密密麻麻压上来,他顶不住压力的时候再放另一枚。要是其他人,这时候估计已经被撕成碎片了,但他竟然就这样硬生生撑住了。

"我们这边好了!"薛辛道。

与此同时,喇叭"请领取合格证"的播报声里,忽然插进来一句甜美的声音:"第九号,莉莉娅同学,课堂测试……不及格哦。"

她的人还好好坐在安菲尔旁边,但是校徽已经被"回收站"的火焰焚烧殆尽了。

接下来,死亡播报接二连三响起。所有人的徽章都混在一起,郁飞尘也分不清哪枚是谁的,于是"死亡"顺序异常混乱,连他自己也"死"了。

听见自己被播报死亡的时候,他忽然觉得有点可惜,安菲尔说给他的徽章里写了保护咒语,还没来得及生效就没了。

然而短暂的可惜过后他迅速冷漠起来,觉得这人的咒语也并不稀罕,更何况他不需要任何人保护。

倒数第三枚徽章被毁掉的时候,播报声照常响起:"第六号,柯安同学,课堂测试……不及格哦。"

气氛忽地沉寂冷淡了一瞬,柯安早就死在了机械的重重挤压之中,但因为徽章没毁,在堡垒眼中她刚刚死亡。在这里,人的存在被划分为学生、垃圾和废品,人的标志也只是一枚小小的徽章。然而,并没有办法说谁对谁错,只是他们和堡垒不是同类而已。

郁飞尘就地一滚,躲过一个机械人偶的伏击,现在流落在外的有一枚徽章,他手里还有一枚,绝大部分压力都压在了他身上。他快速用余光规划了"回收站"最少的一条路线,遥遥看见白松朝他挥手,比画了一个"1"的手势。

还有1分钟,比预计的2分钟快,是安菲尔那边的进度加快了。

郁飞尘心中稍微放松了一些,刚想着"安菲尔还算靠谱",就见白松又用手势给他加了0.5,原来刚才只比画了一半。

1.5分钟比不上1分钟,但勉强也算可以。

他正打算往计划好的方向去,耳边,黄铜喇叭忽然道:"第四号,安菲尔同学,课堂测试……不及格哦。"

明知安菲尔安全地待在别处,可他还是忽然一怔。

就在这一个恍神之间,一个机械人偶从同伴的肩头跃下,把原本就在地上的他死死按住。郁飞尘迅速回神闪躲,避开了致命的一击,那个机械人偶的手臂却从他左臂上重重地压了下去。

机械人偶的手臂已经不是人体,也不是骨骼的形状,少数机械人偶的胳膊最外侧收拢成了一片极其锋利的薄刃。不幸的是,攻击他的这个,就是那种人偶。

这一压,他的大半条左手臂直接被截断了,钝痛刹那间遍布全身,郁飞尘喘了一口气,迅速后退几步。

他的左手正是握住徽章的那只手,手臂一断,那枚徽章就落到了"回收站"和机械人偶手里。那是最后一枚徽章了,丢掉后就没了可以牵制敌人的东西。它们将全部校徽销毁,完成清理违规学生的任务后,就要开始回收垃圾了,所有人都是靶子,他得回去。

机械人偶暂时顾不上他,郁飞尘往回转。

那边的人也看到了这里的情况,白松惨叫一声,安菲尔蓦然抬起了头。

"完蛋、完蛋。还有一分钟呢,怎么顶?"陈桐来回踱步,已经语无伦次,众人都沉默戒备,气氛一片死寂,他想说点什么活跃氛围激起斗志,却只找到一个话题,"最后一个该谁'死'?"

薛辛指了指一直在专心画图的叽里咕噜先生。

郁飞尘的伤口有痛感,但没流血,断口在他看惯的血肉之外还多了金属光泽。他右手握着半边左胳膊保持平衡,回头看了一眼。机械人偶如同饿兽扑食一般围在那半条手臂周围,"回收站"也不在意那里还聚拢着无数机械同类,瞄准靠近后就喷出了刺眼的火焰。

他转回头,对上同伴的眼神,彼此都是戒备的神态。刚才那一恍神是他根本没想过的失误,现在局面千钧一发,能用来拖延时间的招数都已经用尽了。一旦所有机器都来清扫垃圾,他们挡不住,只能寄希望于那枚徽章不要被毁得太快。

偏偏就在这一刻,催命般的播报声响了起来。声音甜美无比,说的却是最令人毛骨悚然的内容:"第十号——"

却忽然顿住了。

下一秒,播报重新响起:"第十号——"

又停了。

反常的播报听愣了一群人,连郁飞尘脑中都浮现迷惑。

下一秒,不仅喇叭的播报卡了,场里所有的人偶和"回收站"都停止了动作,接着不自然地抽动了几下。

陈桐:"这怎么了,卡带了?"

短暂的静止后,只听喇叭依旧顽强地播报死亡消息:"第十号……%。

"第s……

"第——

"第十号，%￥#&&——"

卡顿的播报声止于一声"嘀"的长鸣，再没了声响。人偶的动作逐渐疯狂扭曲，在地上不住抽动着四肢，"回收站"漫无目地乱窜。

场面仿佛梦境，他们陷入沉默，沉默中还透露着一丝尴尬。

叽里咕噜先生不叫"叽里咕噜"，这只是他们为了方便起的外号，他真正的名字写在纸上时是个谁都认不出的鬼画符。不仅不能翻译为语言，连图形都无法概括。

不会就是……这个名字把整个系统卡住了吧？

白松一个激灵，转身疯狂摇晃起了叽里咕噜先生的肩膀："&##%，@！！！"

"@？"叽里咕噜先生迷惑地看了一眼吱哇乱叫的白松，仿佛看一个神经病一般，他拍开白松的手，继续埋头沉浸在最后一个咒语之中。

白松发出了一声有生以来最真诚的感叹："这，才是真正的高手。"

郁飞尘环顾四周，又看了一眼自己断掉的胳膊，感到索然无味，返回原处，正看见一切的罪魁祸首安菲尔抬起头来，道："写好了。"

"这几沓的作用分别是反转关键、抽取其他几台蒸汽机的能源和平衡魔法力量。"莉莉娅收回在叽里咕噜先生身上的目光，忍着笑补充，"都要通过第三台读咒机来完成，用时很短，立刻可以生效。"

"我们也把机械臂和轴安装测试好了。"薛辛指了指刚装好的机械装置，道，"用这条替换了原来的机械臂，这里有个扳扣，往前推是正转，后拉是反转，中间是停转。"

他说话的尾音透露着一丝不自然的飘忽，显然也是在忍笑，还没说完，郑媛先替他笑了出来。

陈桐的表现最为夸张，他不仅在狂笑，还一下下捶着叽里咕噜先生的肩膀，叽里咕噜先生清秀的脸上浮现出无限的困惑，直到安菲尔在纸上给他画了几个符号，他的神色才逐渐由困惑转为空白。

白松笑完后，道："我还有一个问题。"

安菲尔正托起郁飞尘手臂的伤口查看，道："说。"

"成功倒转，然后打开大门之后，我们怎么去门口呢？"

好问题，这也是郁飞尘想过很多次的。没有火车可以搭，从这地方到门口的路无疑非常漫长危险。现在追杀他们的这些机械人偶在卡着没错,但说不定什么时候就恢复了。

不过安菲尔发现的那个"兔子洞"不论角度还是大小倒是都很适合,落地处也很平缓。

第一个被作为实验品的人是陈桐。

"回收站"到处喷火,弄坏了不少地面装置,他们轻易就从地板撬下几个材质厚重、直径有两人长的大齿轮,用零件做出固定杆和把手。这是第一天组装过山车时就干过的活儿了,现在做起来异常熟练。陈桐还没从狂笑中恢复就被抬了起来,被固定在齿轮的正中央。

"这……怎么了这是,你们要过河拆桥吗?"陈桐被推往"兔子洞",面对漆黑一片的隧道的时候,异常不情愿。

莉莉娅拍拍手,说:"我听过拇指姑娘的童话故事,今天你就是齿轮姑娘,坐着齿轮旅游。"

"妹儿,话不能这样说——"

陈桐的抗议还没有说完,郁飞尘道:"回第一车间后,看到火车来就上去,在大门下车,动作快点。"说完,他就在齿轮边缘踹了一脚。

"啊——"表面平滑的齿轮被原本给"回收站"设计的轨道承托着,一路滑冲了下去,陈桐带着杀猪般的号叫声消失在了隧道的深处。

莉莉娅回头看了一眼工作中的读咒机,道:"读完了!"

安菲尔温声道:"你也下去吧。"

莉莉娅的反抗也像陈桐一样无效,并且捎带上了郑媛,两个穿蓬蓬裙的纤细少女被安装在同一个齿轮上,也被毫不留情地推了下去。

然后,薛辛和终于开始延迟狂喜的叽里咕噜先生也被送走。他们两个消失后,安菲尔静静地看着白松和灵微。

灵微道长向他们一礼,道:"多谢诸位道友高义,灵微来日必会报答。"他说罢从容地上了齿轮。

剩下白松茫然询问:"啊?"

郁飞尘倒难得地想和他稍微解释一下。

送人先走不是因为用不上他们了,而是现在这鬼地方的系统疑似卡顿,"回收站"烧穿了半边地面,蒸汽机无人维护,倒转齿轮又不是能保证成功的东西,安菲尔不想带所有人一起冒险,要把他们都先转移到大门口。至少,只要大门能打开一条缝,他们就都能离开了。既然可以避

402

免,这人不想看到节外生枝的伤亡。

毕竟或许以后再经历很多副本,也难以遇到像这次一样能齐心协力的队友了。

自从他在机械人偶的追杀里断了半条手臂,安菲尔就一直默默尾随在他身后没离开过。他对这人说了一声"有话和白松说"之后,安菲尔才安静地后退了几步。

郁飞尘上前,在白松耳边低声说了一句话,说完不顾白松诧异的神情,立刻把人推了下去。

现在只剩他、安菲尔和文森特三人了。

郁飞尘对文森特道:"你也走吧。"

文森特:"我留在这里。"

郁飞尘:"那你带他一起走。"

听到这句话,安菲尔睁大了眼睛。

然而就算郁飞尘只有一只手,安菲尔也挣扎不过他,甚至连拒绝的话都没说出口,就直接被拎起来按在了齿轮上。

文森特蹙眉,大步上前:"你在做什么?"

郁飞尘懒得理他,俯身在安菲尔耳畔平淡地说了一句:"记得复活日过后找我。"然后他就把人推了下去。

安菲尔在齿轮上猝然回头看,但那一点光亮的色泽很快消失在漆黑的隧道之中,只在郁飞尘记忆里留下一个模糊的影子。

安菲尔走后文森特不再强留,自发走了。

郁飞尘一个人回到蒸汽机前。这时候总控室已经摇摇欲坠,到处是机械倒地的"乒乓"声,空气里全是烧焦的味道。

剩下的操作很简单,先用安菲尔留下的一个停止咒语把中央齿轮停掉,再把薛辛、郑媛的机械臂卡到正确位置,最后将控制扳扣后拉,所有操作就都结束了。

安菲尔读出蒸汽机的全部内置咒语后,用他自己的咒语停掉了所有不相关的设施运转来节约能源,又将整个堡垒的能源集中在了眼前这台机器上,倒转一旦开始,会比正常的时间快上十几倍。

郁飞尘就站在那台巨型蒸汽机前,看它在重新开启后,陡然冒出浓郁的、像烟一样的白雾,几乎布满了整个空间。接着,机器滞涩的转动声响起来，雪白的、幻境一样的烟雾里，黄铜齿轮泛着古老的光泽，它先是静止，然后缓缓朝逆时针方向转动起来。

随之而来的是整个堡垒的运转动静，单调的声音汇聚成无处不在的海洋。机械组成的世界，刚来到时觉得陌生、不适，但短短几天过后就完全习惯了这里的景色和声音。待在这种地方，他反而觉得很安宁。不知道是自己独有的感受还是别人也这样想。

蒸汽机的运转迈入正轨，虽然这地方越来越摇摇欲坠，但齿轮的速度逐渐加快，所有齿轮都开始按照与原来相反的方向运转，某一刻过后，那些癫狂的"回收站"和机械人偶也猝然静止。

成功了。

整个堡垒，开始在时间中倒转。

火车声隐隐传来，郁飞尘透过地板的缝隙破裂处寻着声音往下看，果然看到那列熟悉的火车正从右侧走到左侧。

按照正常的顺序，它会从第一车间走到第四车间，但现在一切倒转，火车头朝后，用比以前快得多的速度倒走，从第四车间走到了第一车间。

队友必然已经身处第一车间了，他交代过陈桐，火车一来立即上去。不过，让安菲尔和文森特也离开倒不是为了舍己为人。不论会不会发生意外，这两个人想必都不至于死在副本的最后关头。

齿轮继续倒转，火车在第一车间短暂停留后，开始倒着驶向堡垒大门。

这时候大门正开着，一切都如之前所料。这个副本有过伤亡，但最终结局也不算太差。

白松看着外面零零星星被送进来的矿石，道："不是说送进来的矿石会把大门堵住，咱们得等到整个周期结束吗？"

文森特道："它在永夜中游荡，固定时间内能捕获的力量有限。现在不算正常运转，不会得到太多矿石，我们现在就可以离开。"

"那……"莉莉娅看向上面，"他呢？"

"他自己会走。"文森特道，"你们先走。"

郑媛："可是出去之后，我们还能去哪儿？"

文森特不和郁飞尘说话，谈话内容也不涉及郁飞尘的时候，语气变得温润很多："出去后说。"

而安菲尔还没从眩晕中恢复，白松按照他郁哥的指示，寸步不离地扶着。

文森特确认了一眼安菲尔的状态,看向大家,道:"先一起出去,否则还要再等一个周期。"

白松扶着安菲尔,心跳如擂鼓,眼睛一刻不停地看着文森特和周围其他人,继而时不时瞅一眼安菲尔的状态——安菲尔弟弟现在完全不清醒,拉他去哪里,他就会跟着去哪里。

莉莉娅还在犹豫:"那我们就抛下他先走了吗?"

低着头的安菲尔忽然轻轻出声了:"你们先走。"

顿了顿,他又道:"我在这里等他。"

白松再次感叹,安菲尔弟弟真是一个好人,尤其是对待他郁哥的时候。而郁哥的指示相比起来,又是多么……

正在这时,文森特转向安菲尔,轻声问:"您……"

文森特一开腔,彻底绷断了白松的最后一根神经,他根本没听见文森特又说了什么,拽起安菲尔的胳膊就朝洞开的大门狂奔。

"我真的是被迫的!安菲尔弟弟,对不住!"

声音飘散在蒸汽烟雾里。

也逐渐消失在文森特耳畔。

顶层。

透过被烧穿的缝隙向下看,大门旁边的景象很清晰。

郁飞尘居高临下地看着那里发生的一切,也看见白松紧闭双眼,念念有词地拉着安菲尔冲出了大门。速度之快,恐怕连全速状态的陈桐都望尘莫及。

虽然隔得太远,看不清文森特的五官,但从他僵硬的姿态来看,这人恐怕脸都绿了。

脸都绿了的文森特深吸一口气,安排所有人依次从大门离开。其他人离开后,文森特回望整个堡垒,又看向安菲尔消失的方向,抉择之下,还是离开了大门。

郁飞尘目送他们离开。

如果他是文森特,不会选择走掉,但是文森特太在意安菲尔。

他回到核心蒸汽机前,什么都没做,只是看着它一圈又一圈运转。

齿轮传动就是这个世界运行、演变的唯一方式，初始齿轮是一切的发端，所以往前转是继续，往后转是倒回，就像一盘能够来回播放的磁带。

就这样无限向后倒带，或许总有一天，它会回到自己最初始的状态，而他也能目睹一个世界究竟是怎样演变发展的。

文森特说一个世界并没有如同人一样的意志，只有求生的本能，但是既然会从外界吸取力量，会运用那些力量壮大自身，会设计种种结构和关卡，那郁飞尘觉得它起码也不能算是一张白纸。或许在他观看倒带场景的时候，这个世界的意志也正在俯视地观察着他。

齿轮的转速越来越快。

就这样过了很久。久到郁飞尘没耐心计算过了多少个周期，久到整个堡垒的结构和摆设与以前相比都有所移位，建筑规模也缩小很多。

堡垒忘记了自己曾经的产品，用了一整节历史课的时间来让他们理解自己的寂寞。没准，它很快就能找回初心了。

郁飞尘伸手，轻飘飘地将扳扣扳到静止位置。

这时候他快"没电"了，视野逐渐模糊，啃了一块蜥蜴泪晶来恢复体力。

齿轮静止了很长时间。郁飞尘再扳，让它前转。转了不短的时间他又扳，让它后转。

他来来回回，仿佛扳着玩一样。而堡垒的核心被他握在手里，也只能随着他的动作来回变化，像个无奈被搓圆揉扁的沙包。

郁飞尘最后按下了"停止"，他感觉自己玩弄得已经够了。如果有人这么对他，他不会想让那人活着。

而自己玩弄了堡垒那么久，竟然还没被弄死，只有两种可能：第一种，他没触犯规则，堡垒没办法杀他；第二种，它不介意被这样对待。

郁飞尘转身离开顶层，在机械丛林里穿行，走向历史课教室的方向。所有课程都有严格的测试标准，只有历史课是每个人交上了一沓笔记，这件事很特殊，而特殊的事情往往有非同一般的意义。

他那时候就在想，难道有什么会思考的东西在背后批改他们的笔记？如果是，那上交笔记会不会是堡垒特意留下来的一种沟通方式？

而现在，堡垒没杀他，会不会是因为它想和他谈谈？

这种事郁飞尘没把握，他自己倒确实想和堡垒谈谈。他挺喜欢这个世界。

他走到历史教室门口,门是开着的,像在等人。

金属板"幻灯片"上一片空白,教室正中央的课桌上摆着一张纸、一支笔。郁飞尘坐下,拿起笔,毫不客气地在莎草纸上写下了一句话:"你能解构自己吗?"

长久的沉默后,"幻灯片"滚动,新金属板上什么图案都没有,只有一个硕大的问号。

郁飞尘:"然后把力量送给我。"

两个问号。

"或者直接把整个堡垒送给我。"

三个问号。

随着三个问号浮现在幻灯片上,整间教室里忽然泛起刺骨的冰冷寒意,走廊里原本作为装饰雕塑的几个机械人偶如幽灵般移到了教室门口,死死注视着郁飞尘。

郁飞尘写:"开个条件。"

长久的静止。久到又一个周期过去,郁飞尘的身体再次濒临"停机"。

图案又变,熟悉的图案出现在上面,还是那张忙碌的车间图,原本该是产品的地方打了个问号。

那个图案的蕴意他们早就懂了,这个堡垒想寻回自己最初的产品。

郁飞尘神色冷淡,一笔一画写字:"别装了。"

写完后,"幻灯片"上的图案久久没变。

"我不会帮你找它。"

仍旧未变。

"你也不想回到过去。"

还是没变,时间就这样流逝,郁飞尘的身体也逐渐冰冷僵硬。堡垒是想耗死他。

他从容地拿出最后一块蜥蜴泪晶给自己补充了体力,在纸上写下:"我不会死。"

对方还是没动静,郁飞尘继续空手套白狼:"跟我走或继续挣扎。"

这次,新的"幻灯片"终于来了。左侧是一个简笔画小人,右侧是个精细的堡垒缩影,二者之间是个巨大的问号。

仿佛不存在任何语言的隔阂，郁飞尘在看到这图案的那一刻就读懂了它的意思——你会怎样对待我？

此前郁飞尘说所有话都不假思索，这次他却想了很长时间。最终，他在纸上落下一句简短的陈述："我想做你的主人。"

长久的寂静里，寒意不知什么时候悄然散去了。

新的"幻灯片"浮现。笨拙生疏的人类文字，只有寥寥几画："好。"

整个堡垒，忽然虚化成闪光的幻影。

郁飞尘蓦然抬头，幻影却从他身旁如流云一样掠过。眼前一切都收缩变小，整个视野忽然拔高，眩晕里，当周围景象重新清晰，他看见自己置身一片漆黑之中。

浓黑的长夜里，他身旁远远近近地散落着无数闪烁微光的碎屑。而他自己，只是碎屑中尤其渺小的一个。

当他的视线集中在离自己最近的那个光点上时，它缓缓放大展开，是那个钢铁堡垒的虚影。然后，堡垒化作无数散碎的流光，飞舞着融入他的身体之中。仿佛是每次解构完成后，领取奖励的景象。

而这次他没有借助主神的任何力量，整个过程里只有他和堡垒两方。

这是他想得到的。永夜之门有个固定的流程，信徒进入碎片，得到线索，逃出碎片。逃出一个碎片后，主神的力量恢复了和信徒的联系，借助线索解构这个碎片，将力量收归自身，然后从中分出一部分作为对信徒的奖赏。

但如果他能自己解构呢？

以前纵然有这种念头，他也不知道该怎么做。因为他既不懂得怎样真正解构一个碎片，也不知道怎样获取那些力量。

他不知道，那些会捕获人、捕获外界力量的碎片世界难道也不知道吗？

而这个堡垒的存在又那么特殊，让郁飞尘想冒险尝试一次。这也是他让其他人，尤其是文森特和安菲尔先走的原因。

堡垒固然怀念已经消逝的过去，但作为被人创造的机械，它更想要一个能够控制自己的主人。没有主人，它永远不知道该去往何方。

事实证明他没猜错。

至于为什么会做出这样的猜想，不是因为堡垒露出了马脚，而是因为郁飞尘觉得自己和它挺像。既回不到过去，也不期待未来。

以至于一个陌生人忽然伸出手,它就跟上了。

我会好好对你,他心想。

那些力量他还不会用,但不会一直如此。

收回思绪,郁飞尘继续看四周,那些微光如此薄弱,像飘零的残屑,而在这漆黑永夜的中央,竟然有一片光亮绵延的海洋,灼灼如太阳。

它疆域如此广阔,占据了视野的大半,望不到尽头,在正中央灿若白昼的纯粹光亮外,又散落着无数光芒耀眼的光点,如千万条璀璨的纱带。

他正看着那里,系统的播报声响起:"逃生成功。

"未找到可解构世界。

"回归通道开启,10、9、8、7……3、2、1。

"本次历险结束,期待下次历险与您再见!"

不可抗拒的力量拉扯着他去往那太阳的正中央。

光明扑面而来。

下一秒,郁飞尘站在了辉冰石广场的地面。

站在那里,他想了很久,想乐园与永夜,想人、神、碎片与力量,也想被白松强行拽出门外的安菲尔。

直到一只鸽子飞过他眼前。郁飞尘伸手,抓住了它。

离开碎片的时候,白松必然被拉回乐园了,只是不知道现在在哪儿。郁飞尘打算过会儿再联系白松,现在他要找另一个人。

他对鸽子道:"我找夏森。"

郁飞尘很少使用通信工具,因此鸽子不大认得他,歪了歪头思考后才"咕"了一声表示"在联系了"。

还没联系上,鸽子喉咙里忽然发出一声:"咕——"

郁飞尘蹙眉,有人在找他。

鸽子开口:"克拉罗斯先生请求通话。"

郁飞尘:"不接。"

"咕——克拉罗斯先生请求通话。"

"咕——克拉罗斯先生请求通话。"

"接。"

"请选择'通话'或'文字'。"

"文字。"

"咕咕咕咕咕咕——"

"咕"完之后，鸽子面前浮现文字。

"复活日要到了，今天他们要开会，你陪我去。"

郁飞尘觉得迷惑，他和克拉罗斯真的不熟。他回复："做什么？"

"墨菲不理我了。乐园的神官里，一向只有他理我。我一个人去，很尴尬。"

郁飞尘："我没空。"

克拉罗斯："你跟我去，你这次做的事情，就不会被主神知道。"

郁飞尘思忖片刻，回复了一句："我做什么了？"

克拉罗斯："嘻嘻。"

郁飞尘把鸽子放走，往创生之塔走去。

他一路走，一路接收了很多意义不明的目光。很多人看着他，然后聚在一起窃窃私语着什么。上一次有这种待遇还是在莫格罗什挂横幅庆祝他终于去了永夜之门的时候。

郁飞尘无视那些目光，冷漠地上了电梯后，忽然发现创生之塔的电梯按键上多了点什么。

那是一行注释。

以前，只有戒律之神在的第十二层按键旁有注释，写着"萨瑟纳尔不得入内"。

现在墨菲在的那一层的按键旁也多了一行字："郁飞尘、克拉罗斯与狗不得入内。"

创生之四

郁飞尘原本不知道克拉罗斯为什么去开个会还要找人一起,进去之后才知道不算会议,更像场茶话会。主持聚会的人是仪式与庆典之神伊斯卡迪拉,这位神官的形象是个一团和气的老头,胡子和白发像圣诞使者那样卷曲着。

爬满白蔷薇的玻璃花廊里,神官三三两两在交谈。有些郁飞尘认识,有些则从未见过。

克拉罗斯说:"为了复活日,外面的神最近回来了一些。"

郁飞尘的目光从那些神身上扫过去。乐园的神分为三种:一是创生之塔内各司其职的驻守神;二是被外放出去、在一些重要领地或世界长住的守护神;三是行踪不定、在各处穿梭的巡游神。后两者都不常在乐园,但乐园里的诸多任务都由他们发布和核查。

在克拉罗斯走进花廊、经过他们身边的时候,没有一个神和他说话,甚至就像没有看到这个人的存在一样,偶有投过来的目光,也是看向郁飞尘的。

场景确实一度十分尴尬,直到他们两个在边缘处落座。

不巧,不远处就是画家和墨菲。

墨菲恢复了原本的形象,金栗色头发,魔法师长袍,左眼眶里是一簇灼灼燃烧的火,但他看起来不太开心,正倚着画家发呆。目光经过克拉罗斯的时候,他转过去背对着他们。

"每个纪元的今天,我都感到很尴尬,又不能不来。"克拉罗斯拿了一块甜点放进口中,兜帽遮盖下,他皮肤苍白,嘴唇薄而鲜红,噙着一点笑的时候,透着森森的诡异。他说完,又吃了一块。

郁飞尘看了一眼水晶茶桌上的甜点。永夜之神竟然爱吃这种甜得发腻的鬼东西。

他道:"你做了什么?"

能让这么多神都不搭理,也算是一件难事。郁飞尘自认不太做得到,起码这一路上,莫格罗什拍了拍他的肩膀,画家也对他笑了一下。

"我嘛,"克拉罗斯叹了口气,"什么都没做。每天恪尽职守,开门、关门,无微不至地教导新人。"

郁飞尘没接他的话。

或许是意识到如果连郁飞尘都不理他,他就只能去花园里捉一条狗来排解尴尬了,但乐园的狗可能都不会理他,克拉罗斯道:"因为我是外人。"

"你不是主神以下的最高位神吗?"

"那也……确实。"克拉罗斯又吃了一块甜点,忽然换了话题,道,"你在墨菲那里抽到了什么牌?我第一次看到传说中的真理之箭。"

郁飞尘反问:"那时候是你给我开了永夜之门?"

"那倒没有。"克拉罗斯道。

他说完又补了几句。原来永夜之门的开启要靠创生之塔积聚力量,力量足够的时候,才能打开乐园到碎片世界的通路,而力量的积累速度是一门玄学。

克拉罗斯作为守门人,控制的是门对谁开,而不是它在什么时候开。

这样说来,克拉罗斯仍然算是帮了他。

"你不想说?我猜猜。"说着,克拉罗斯的手上缓缓浮现了一张牌。这时不远处的墨菲敏锐地抬起头来看向这边,牌瞬间消失,克拉罗斯继续吃甜点,仿佛无事发生。

但即使是这一瞬间的闪现,也让郁飞尘看清了牌上的画面。

是一团漆黑狰狞的浓黑。和他的那张有点不同,但显然同属一个系列。

"没猜错?"克拉罗斯笑了笑,道,"墨菲说这是什么?"

"无意义预言。"

克拉罗斯的声音忽然变得更低,也更飘忽诡异:"这是一个预言,但他打定主意要杀了你。对死人来说,预言失去了意义,在那一刻他不算说了谎。"

"这张牌其实有意义?"

克拉罗斯在唇边竖起食指，比了一个"嚓声"手势："别告诉他我给你看了。这是我的第一张牌。剩下的你自己猜或者求我。"

郁飞尘冷冷地看他一眼，克拉罗斯觉得这像是看精神病人的目光。

他们没再说话，过了一会儿，郁飞尘忽然看见画家笑得温温和和，给他比了个"小心"的手势。

还没来得及警惕，他忽然被一个人从背后搂住了。一道分不清性别的软甜声音在他耳边响起："我没见过你，有兴趣和我玩玩吗？"

郁飞尘："没兴趣。"

"喊。"来人收了手。这人浅绿长发，银色眼睛，长一对精灵尖耳。郁飞尘觉得乐园的神的脸捏得很不错，花花绿绿的，各有千秋，根本用不上辨认五官。

精灵收了手没错，但目光还是在郁飞尘身上意味不明地转了几圈，带着点如妖精的笑。直到看见克拉罗斯，笑容才渐渐消失。

"那算了。"那人说完转身离开。

克拉罗斯拿着一碟点心，事不关己地吃着。直到那人走开才懒散道："那就是萨瑟，生命之神。"

原来是被禁止进入第十二层的那个。第十二层是戒律之神的地盘。

郁飞尘问："他又做了什么？"

其实郁飞尘觉得"他"这个人称代词可能不太适合那位精灵，不过乐园里，大家的种族和性别都很多样，也就随便喊了。

"他嘛，好像是每天去第十二层假哭。戒律请他走，萨瑟说'除非你在电梯键旁边写"萨瑟纳尔不得入内"，我才不来'。"说到这里，克拉罗斯惋惜地叹了口气，"戒律是新神，还太年轻。为了拒绝萨瑟，就真的在那里写上了。现在全乐园都知道他和萨瑟有不可告人的纠葛。"

说完，克拉罗斯拍了拍郁飞尘的肩膀："你看，如果不是我在你旁边，你和戒律就是同样的下场。"

郁飞尘拿起水晶杯，喝了来这里后的第一口水。神心险恶。

喝完，他说："你怎么知道的？"

克拉罗斯神态自若："刚到乐园的时候，认识了一个导游。"

这时仪式与庆典之神站到了中央，说："大家都来了，开始商议正事。"

接下来的环节十分枯燥无聊，无非是安排复活日仪式的种种流程与细节，精细到了主神会走过的路旁永眠花的摆放角度与花瓣上的露珠大小。

接下来是神国与各个世界里应当呈现的神迹。

直到最后克拉罗斯才被提起。

"永夜阁下，"伊斯卡迪拉说，"务必守卫永夜之门，有劳。"

克拉罗斯："不谢。"

散场的时候，萨瑟纳尔已经取代了墨菲的位置，靠着画家，望着白蔷薇中即将凋谢的一枝发呆，但墨菲这么小气的人竟然没有一丝不悦，相反，他站着靠在廊柱上，还伸手拂掉了画家发间的一片蔷薇花瓣。

克拉罗斯顺着郁飞尘的目光望过去。

"时间、生命和创造，他们三个是乐园的原初神，跟随你们主神的时间最久。"他说。

正说着，就见萨瑟纳尔往空中抛了个什么东西，道："明天就能见到他了。"

郁飞尘转身离开了花廊。临走前克拉罗斯说："以后如果无聊可以到十三层来找我。"

他终于离开创生之塔，一只羽毛蓬松的鸽子扑棱飞到了他面前，嚎叫着说"白松先生一直在请求通话"。郁飞尘留了言让白松自己玩，转头又拨了夏森的通信号码。他刚一回到乐园就想做这件事，但被克拉罗斯打断了。

夏森很快接起了："郁哥，你怎么想起要找我？"

郁飞尘问他："你在哪里？"

"在乐园，但很快要去兰登沃伦了，我们还要采最后一次永眠花。"

"我想去一趟兰登沃伦。"

夏森在通话那头笑了起来："为什么？"

"我要去暮日神殿。"

"主神在上，你要去瞻仰主神的殿堂吗？你在哪里？我立刻去接你。"语气之殷切，简直像是个看到浪子回头的慈祥父亲。

独角兽拉着马车来到乐园边缘，乐园的天空依旧是百年不变的日暮景象，雪白淡金远远近近连成一片，偶尔飘过几朵橘色的流云，算是点缀。

他们从边缘一跃而下，离开乐园的所在地后，景色却倏然变化。天空阴霾密布,云层黑沉沉地压在上方,仿佛下一刻就要刮起狂风,下起暴雨。

夏森望向下方的神国:"兰登沃伦的老人说,每次复活日都是阴雨天。"

谁都不知道兰登沃伦究竟经历过多少次复活日,它又在神国里存在了多少年,更不知道它为何被称为"圣赎之地"。

它只是一直在那里,就像暮日神殿一直矗立在中央的山巅一样。久而久之,人们都以为世界本来如此。或许最初不是这样的,但经历过最初的人已经不复存在,连传说都只留下了似是而非的几则。

"看,神殿就在那里,山脉的顶端。"夏森指了指云雾中逐渐显现轮廓的山脉。指完路,他给郁飞尘说起了暮日神殿的规矩。

神殿不拒绝任何人的进入。只是山路陡峭,三万级台阶不算好爬。生长在兰登沃伦的人或多或少地爬过几次,瞻仰过神殿的模样,长大后就不会频繁前去打扰山巅的清静。

常在神殿周围玩耍的就只有被神殿收养或被父母送来这里教养的孩子。偶尔也会有贪玩的少年在神殿中迷路,被神殿女使送回。

"主神喜欢孩子。"夏森说。

郁飞尘问:"他有名字吗?"

"名字?"夏森摇了摇头,"名字只是……我们为了有别于其他人的符号而已,主神不需要这种尘世的标记。"

倒显得问出这句话的郁飞尘是个尘世的俗人。

夏森看看郁飞尘,试探道:"你好像有点紧张。"

"我……"郁飞尘靠在车壁上,望向一望无际的天空。

他知道自己在逃避着什么,自从那天看到文森特跪伏在安菲尔面前就开始了。他在短暂的反应时间里规划好这次行程后,就不去主动地想这件事,并在潜意识里将其美化为——在事情水落石出之前,无须付出不必要的情绪。

夏森倒笑了:"第一次在郁哥身上感受到情绪波动,真难得。"

但夏森并没追根究底,"不探听他人私事"也是兰登沃伦人恪守的美德之一。他换了个话题:"说起名字,现在的名字是你最初的那个吗?"

郁飞尘:"不是。"

夏森眨了眨眼睛。

郁飞尘在遥远的记忆里找到了关于这个名字的片段。马车离下方的山脉越近，他逃避得越彻底，回忆往事都回忆得专心致志，仿佛再次身临其境。

印象里，那是一片昏黄的天空。尘烟弥漫，百兽嘶嚎。他离开十万黑甲兵士肃立的军阵，登上开阔陡峭的天梯。巨大的、漆黑的山脉顶端是巍峨的黑金色宫殿，他攀登台阶时，四肢伏地的枯枝状怪物爬动游开，发出窸窸窣窣的声音，为他让开道路。

殿门两侧各排列十二名提灯侍女。风声呼啸，她们身上的白衣与面上覆着的白纱随风漫卷，但每个人都垂首雅立，一动不动，像她们手里风灯的白色火焰一样。

当他来到门前时，首端的提灯侍女转身入殿，温声道："将军，随我来。"

大殿厚重，殿内无风。这地方到处燃着灯，被白色的骨爪托着，从穹顶烧到墙壁。

他微微摩挲了一下身侧的鹿皮刀鞘，冷眼看向殿内。

提灯侍女一边引路，一边道："将军自衍河谷一路至此，辛苦了。"

他漫不经心地"嗯"了一声。

"陛下听闻将军凯旋，已吩咐设宴款待。"

其实，他此次不是准备来接受嘉奖的。

他打算带兵叛乱，篡国夺位。

这是个鸿蒙乍开、天地洪荒的世界，他的任务是将王国的边境从衍河谷推进到千里外的支离山，而后封禁支离山天狱。不算是个简单的任务，他至少得在这个地方待三年。王国的主人没什么过失，但有时来自王山的命令和他的计划相左，让他有些不适。

如果是短期的任务，不爽也就算了，但是长期的任务，他不打算让自己受这个委屈。发动一场叛乱，换来三年任务顺利，很划算。他来乐园还没多久，但不是第一次这样做，任务完成的时候再把软禁的国君放出来就是。

脑海中过了最后一次计划，他抬起头，看到了王国的主人。

那人披一件黑金狐氅，懒懒地倚在白骨缠绕的王座上，眼帘下垂，半合的眉目里流露出散漫的威仪。

那天他没反,因为第一次直觉到危险,潜意识里乍了全身的毛。

动物遇到强敌时尚且会伏下身子试探较量一番,再伺机而动,他当然也会。这一试探,就到了再出征的时候。

他在这个世界的身份是衍河谷郁氏第七子,名字敷衍,按序叫了"郁七"。

临行时,忽来了个提灯女使,道:"君王为将军赠名'飞尘'二字,以盼凯旋。"

他回头看山巅王殿,见那位国君站在栏前,似在遥望天际弥漫不止的尘沙。

他就收下了。只是回到衍河谷的第三天,都城就传来国君故去的消息,三年后的凯旋之期,前来迎接的也果然是位新王。

这名字却一直留了下来。

"郁哥?"夏森的声音把郁飞尘从回忆里拉了出来,山巅已经近了,"再往上就是最后一段台阶了,如果复活日前你来不及回乐园,在山巅也可以看到的。"

郁飞尘站在了台阶前。永眠花和白月季沿途盛开,簇拥着最上方的神殿,神殿通体洁白,在阴霾密布的天空下格外圣洁庄严。

郁飞尘觉得熟悉,像是来过。

夏森说:"跟我来。"

登完台阶,面前是神殿的广场。正中央立着一座神像,这是郁飞尘第一次见到属于主神的雕像。

神像是灰色的,优美且栩栩如生。主神身着长袍,手持权杖,戴着庄严的冠冕,衣袖和袍角被雕刻出被风向前刮起的姿态,整个人似乎在凝望远方。只是,明明是座精细到连发丝都依稀可辨的塑像,脸上却没有五官。

"这就是无面神像。"夏森说。

一群孩子被牧师带着经过这里,欢笑声隐隐传来。

夏森:"我得走了。"

郁飞尘向夏森道了谢,朝殿堂的大门走去。他只在心里有所回避,行为上从不如此。

作为一座宏伟的神殿,这地方并没有什么特别之处,甚至有些地方年久失修,爬上了藤蔓和青苔。

如果非要说有什么不同,那就是规模格外大,楼梯格外多,结构格外复杂。

也格外冷清。

起初还有白衣使女对他微笑致意或询问"是否需要帮助",到后来,随着他穿过一条又一条走廊,使女的踪影也渐渐消失了。

郁飞尘一个人的脚步声回荡在空旷的殿堂里,他回望来时的方向,忽然发觉,自己已经迷路很久了。

他心中竟然毫无一点迷路的慌乱,却有归乡般的宁静。这殿堂里每一根青藤和每一根立柱他都确信自己从未见过,每一条裂缝都眼生,可站在这里,站在近乎冰冷的大理石地面上,郁飞尘却觉得不陌生。

冷风忽地灌进裂了缝的落地窗,低沉的呜咽声回荡在神殿里。外面暗了一些,走廊里自行亮起了一盏小灯。幽幽的灯火照在窗上,映出他的影子。

他的外观很多,一些来自画家,其余是雇主的礼物,不收下会被投诉的那种赠送方式。今天被拽去众神的聚会,外观是克拉罗斯挑选的结果,轻甲常服外覆漆黑带银的披风,带点鬼气森森的味道,影子映在玻璃上,像个神殿里的亡灵。

收回目光,他看向前面,但找不到路,甚至怀疑起了当初做出决定的自己。为什么仅仅听了个"主神居住在暮日神殿"的传言就来到了这里,而不是等到复活日,和千万人一起看着主神走下山巅。

因为有人送了一只瘸腿的兔子,就以为自己与那千万人有所不同吗?

而更加讽刺的是,一整个纪元里,他从没敬仰过这位神。

种种情绪回避未成而愈加剧烈,如山呼海啸一般朝他涌来,主神的居所却依然死寂无声。比起殿堂,更像坟场。

还不到时候,郁飞尘对自己说。没到最后关头,他未必是。

但心绪繁杂,再也无法生硬压下,他有些厌倦,闭上了眼睛。

眼前一切尽数消失,冷清的空气里,却有一缕先前没察觉到的宁静气息。是永眠花。这种花的香气淡到不能称为一种"味道",因此是最合适的装饰花。

他眼下没什么路可选,于是循着永眠花的指引走了起来。走得越久,走廊越宽阔古老,两边没有了窗户,永眠花气息越来越浓。

最后,他走到了一扇紧闭的大门前。门两侧有浮雕,左边长剑,右边权杖。

门一推就开了。光亮扑面而来,安谧的气息如最平静的海洋。

这地方很温暖,光源不知在哪里。半透明的穹顶上爬满蔷薇和青藤,柔软的藤蔓向下垂落。殿堂空旷宽阔,一尘不染,墙上壁龛里种满永眠花。

正中央摆了个晶莹剔透的物件,第一眼就能看到,而看到后,郁飞尘的目光就没再离开。

他脚步很轻,像是怕打扰了幽居的神,可走近了才看清,那是具水晶棺。

棺内堆满永眠花瓣,还有些别的,白玫瑰或白月季,分不清。花瓣边缘上还洒落着碎钻石一样璀璨的露水。它们甜美、鲜活、芬芳,就那样静静簇拥着一个恍若沉睡的人。

郁飞尘的手指搭在棺盖上,可它那么光滑,轻轻一推就移位到了侧方,沉闷地翻倒在柔软的地毯上。

有些时候,人会格外平静;有些时候,又会陷入极度疯狂。

郁飞尘平静地俯视着晶棺内的一切,他向那里伸出右手,手指却微微颤抖。没触到,他的身体僵硬得像是已经弯不下腰。

风声呜咽,他缓缓倾身,半跪棺前,轻轻拂去那几片遮住那人右边眼角的花瓣。

泪痣就像掉落了一点微光在眼下,平静又哀伤。

郁飞尘忽地笑了笑。"你,"他冷声道,"醒醒。"

没有人回答他。

他手指冰凉,碰了碰主神的额头,再是唇边。没有温度,也没有呼吸。

撞见墨菲那样对待安菲尔后,他本可以直接质问,但他没有。不仅没有,还要安菲尔以为他什么都没发现。

他被骗怕了,不想给安菲尔一丝辩解遮掩的空间。他要让安菲尔陷入再也无可辩驳、不能否认的局面,再揭开那层已经几近于无的面纱。

现在就是那个时候了。

可是……

"你现在就醒——"郁飞尘本想说——我就原谅你。

419

他道:"我也不会原谅你。"

殿堂里一片死寂。他喊了一声"安菲",然而这名字生涩、遥远、浮于表面,他甚至根本不知道这个人真正的名字。

郁飞尘的心脏剧烈跳动起来,手指紧紧抓住棺沿,指节泛白,茫然看向空无一人的四周。

揭开真相的一刻,他以为会是平生最愤怒、最难过的时候,却平生第一次知道了恐惧的滋味。

他的目光缓缓回到晶棺里。

"别睡了。"他道。

可无法控制的睡意逐渐蜿蜒爬上他的身体。郁飞尘忽然想起了永眠花的另一个作用——在密闭空间里大量放置,有非凡的致眠与镇痛效果。

郁飞尘身上没痛可镇,睡意也就越发深浓。他眨了眨眼,柔和的光线里,眼前一切都朦胧虚化,耳边似乎传来唱安眠曲的歌声。

向下栽倒的时候,郁飞尘觉得自己的额头磕在了晶棺边缘,但在永眠花的作用下,连碰撞时的钝痛都变成温柔的抚触。他的意识缓缓消散在若有若无的香气中。

不知过了多久,不远处忽然有压低了的少女气音传来。

"骑士长。"

"骑士长!"

"骑——士——长——"

郁飞尘睁开眼睛,永眠花气息还是飘浮在身边。他抬头,见门口走廊里,几个白衣的神殿使女正努力喊着他,见他醒了,心照不宣地笑起来。

一段不知从何而来的信息浮现在郁飞尘脑海里。

永眠花寓意"永恒的欢乐与宁静",使生者安睡,逝者长眠。神殿里的传统一向是用它作为装饰。这也导致每到永眠花盛开的季节,在神殿当值的人很容易睡过去。

年纪最小的那个女孩朝某个方向使了使眼色,继续悄声道:"学者要走过来啦。"

郁飞尘点了点头表示"知道了",那些女孩才说笑着走远。

他们走远后,郁飞尘看向自己所处的这个殿堂。

这是个庄严肃穆的殿堂,四壁浮雕无数,穹顶满是描述创世之时的彩绘。殿堂中央跪着一个身着白袍的少年，淡金色长发落在肩头，色泽柔和辉煌。他背对着郁飞尘，一动不动，怀里抱着一卷典籍。

郁飞尘依稀记得自己睡过去之前，这少年还对着这卷上古流传而来的典籍默祷、祈福，醒来的时候，怎么变成了抱着不放？

郁飞尘忽然觉得自己心情还不错。

他握住骑士长剑的剑鞘，借助冰凉凹凸的纹饰使自己彻底恢复清醒。这时有脚步声走近，是神殿的老学者带着几名使者路过。

郁飞尘站在自己该站的位置上，模样恪尽职守。

老学者看过了他，又看向殿堂中央那位白袍少年，问："小主人为何不看典籍？"

郁飞尘："他正在沉思。"

老学者满意点头，继续往前走。

郁飞尘则看见背对着他的那位小主人缓慢地动了动，重新拿起典籍。于是郁飞尘往侧面退了一步，见他眼睫低垂，犹带困倦。

刚才果然在睡觉。怪今年永眠花的香味格外浓烈。

已经走远的老学者忽然驻足回头。

"安息节将至，你要常伴他身旁，不可离开。"

郁飞尘淡淡应了一声，却隐约觉得哪里不对。

要到来的不是复活节吗，安息节又是什么？

复活节、乐园……他看向周围一切，惊觉这里既不是乐园，也和暮日神殿有所不同。连刚才从自己口中说出的语言都古老优雅，不是记忆中任何一种腔调。

他在做梦。

梦见的是谁？他又是谁？

郁飞尘看向殿堂中央跪着的白袍少年，想上前去看清他的脸，却无法掌控梦中这副躯壳。

歌唱声遥遥传来，外面的永眠花海里，采花少女哼着悠扬平缓的安睡曲，拉着他的精神越坠越深……郁飞尘猛地一个激灵，睁开了眼睛。

梦境瞬间远去，睡着前发生的一切再度清晰。郁飞尘坐起身，却发现自己已经不在晶棺前。

他在另一个宽阔的殿堂内的白石床上。这是个起居室。

落地窗从穹顶直接地面,外面的风刮起像雾一样的白纱帘幔。空旷的起居室内只摆着寥寥几件石雕器具,窗外青藤后,是一片雪白花海。

一位白衣使女站在落地窗边,正看着他。见他醒来,她道:"我叫'夏缇',是神殿使女。"

"我在哪儿?"郁飞尘道。

"暮日神殿。"

"我为什么会在这里?睡着的那个人呢?"

这句话出口的一瞬间,晶棺里那人沉睡的容颜又浮现在郁飞尘眼前,空落落的惶然再次抓住他的心脏。

"是他把您送到这里的。"

郁飞尘认真思索了她话里的意思。

在所有信徒、神官和神殿侍者的口中,"他"这个人称代词只指向一个人,那位仿佛只活在传说中的主神。

在暮日神殿的最深处,万千永眠花簇拥着的晶棺里躺着的那个人,也只有一种可能——他就是主神。

可对郁飞尘来说,万千个世界里,有那颗泪痣的,也只有一个人。

他记得自己在主神的眼下看到那颗泪痣后,就在晶棺旁失去了意识,再醒来就到了这里。而使女夏缇说,自己是他送来的。

初醒时的虚幻感尽去,郁飞尘的心绪渐渐沉稳空落下来,道:"他醒了?"

他问完,又想起即将到来的那个节日:"复活日到了吗?"

"就在今天。"说完,她指了指与起居室相连的露台,"您可以去那里观看。"

郁飞尘起身下床,他的披风和外衣都被卸除了,可能是女侍做的。他穿回去,径直往露台走去,看不出什么表情。

夏缇看着他的背影,平静的目光中流露出微微的困惑。

她是兰登沃伦的子民,在暮日神殿已有数十个纪元。乐园的所有神官她都不陌生,近几个纪元新有的戒律之神与永夜之神也都曾来过,但现在这个年轻俊美的青年并不是其中之一。他出现的场景甚至把她吓了一跳。

那时她准备好了主神在复活日穿戴的礼饰,又洒扫了起居的殿堂,正要去那个地方等待他从沉眠中苏醒，却见主神横抱着一个人，正缓缓行来。

她不明所以，但从不违逆主神，静静看着他为这个人除去妨碍睡眠的披风和轻甲，将对方安置在寝床上。

这里是主神起居之地，许多个纪元里，从未有外人踏足。神离开后，她看着这人睡着的容颜，心想：这既然不是已知的神官和侍者，就只能是偶得主神垂爱的年轻信徒。

但这人醒来以后，不仅没有流露出任何对主神的感激，反而冷漠得惊人。

她起身跟上，走到露台上。

郁飞尘站在露台的白石栏杆后，俯视下方。

从其他的窗户往外看，看到的都是暮日神殿外的景象，但从露台上看到的却是落日广场。角度正好，就像是从创生之塔的顶端向下望一样。

落日广场被装饰改造成了他不认识的样子，璀璨晶莹的辉冰石全不见了，换成古老而肃穆庄严的巨石。一道宽阔的台阶旁簇拥着永眠花，从遥不可知之处一路往上延伸，直抵中央高处的圆形祭坛。广场上雕像林立，四周无数阶梯和浮台环绕，千万人在那里驻足，没有一个人发出声音。他们全都望着中央的祭坛与台阶。

天空不复往日宁静。那里阴云密布，乌云与乌云之间全是漆黑裂痕，最远方的天际泛出日暮时独有的血红，来自旷古的风在落日广场上呼啸，像是世界行将毁灭时的模样。

只有那道宽阔的阶梯上，一个白色的身影缓缓上行，像是天地间仅有的一点光芒。

他穿着长袍，戴白金冠冕，淡金色的长发上环缀着雪银流苏。烈风呼啸，却连他的衣角都无法吹起半分。

遥遥看去，无法确切描述他的容颜或仪态，也无法得出所谓"神爱世人""仁慈悲悯"的结论，但肃杀的天与地之间，亘古而来的威势沉压在世界每一处，没有任何人会怀疑——那就是至高无上的主神，万千世界唯一的主人。所有信徒都誓死追随，一切敌人都畏葸不前。

暗淡的天光下，他影子淡薄，在台阶上被拉得很长，寂静十分。没有任何人或神跟随在他的身后或旁边。是该有的，郁飞尘觉得。

但主神只是独自一人走过向上的阶梯,唯有怀中抱着一个残破的骑士头盔,制式十分古老神秘。

郁飞尘问:"那是什么?"

"古老的礼具,"夏缇道,"象征主神怀念所有为他而死的信徒,并许诺必定使其归来。"

郁飞尘没再说话,就那样沉默地注视着中央的主神,直到他走完所有阶梯,来到祭坛前方。

这时夏缇才听到他又问了一句:"除了复活日,他一直在睡吗?"

"他一直与我们同在,沉睡的只是躯壳。"夏缇说。

呜咽的风忽然大了起来。

"每次复活日,都这样吗?"

"您是指天气吗?"通过方才的一问一答,她确信这个被主神带回的年轻人涉世未深,轻声解释,"复活日的时候,永夜里的所有敌人都来到乐园附近,试图打破这里,所以乐园与兰登沃伦会刮起狂风,但是您无须有任何担忧。"

她目光敬慕又平静,道:"神是不可战胜的。"

她忽然看见郁飞尘向远方祭坛的方向伸出手。

狂风将他的黑发和披风向后猎猎刮起。

郁飞尘触摸着自祭坛而来的风。主神的身影也落在他指间。

在海上、在橡谷、在灯城、在晶棺前,他曾觉得自己离那人很近。

但旷古的风吹过乐园,他从来都离那人很远。

创生之塔,第十三层。

克拉罗斯的面前也有一扇窗户,窗外是落日广场的复活日仪式。

但他没有看向那里,而是高坐在黑铁王座上,一条腿搭在另一条腿上,一手托腮,灰紫色的眼睛看向永夜之门。

永夜之门在颤抖。

来自外界的力量如同海水般汹涌澎湃,一下又一下地撞击着宏伟的漆黑巨门。丝丝缕缕的力量气息透过缝隙渗进来,在各色图腾上游走穿行,像一条又一条不怀好意的细蛇。

过了良久,克拉罗斯才开口,语气轻慢:"每个纪元都要来一次,你们烦不烦？"

说完，他用指节敲了敲铁扶手，自言自语道："不好，把自己也骂进去了。我以前每纪元也要来报到一次。"

外面的力量更加躁动疯狂，用十倍于之前的强度拍击着大门。天空猛地暗了下来。

"啧，"克拉罗斯的眼神扫过去，"都是老相识，少找几次麻烦，不好吗？"

混乱的低语从门外传来，似乎在回复他之前的话。

克拉罗斯一脸兴致缺缺："我真的从良了。"

回应他的是永夜之门继续被撞击、侵蚀的巨响。克拉罗斯看了一眼窗外，乌云低垂，暮色血红。

他叹一口气，起身走向那里："打不过他就算了……还打不过你们吗？"

暮日神殿。

下方，复活日仪式已经来到了最关键的阶段，主神站在了圆祭坛前。四周的人中，不乏第一次见到主神容颜的信徒，神情无一不充满敬畏。而那些经历过不止一次复活日的旧成员的脸上，敬畏有增无减。

天空近于漆黑，猎猎狂风中，主神站在那里，是这世间唯一的光亮。他将怀抱着的骑士头盔放在了祭坛中央，那东西呈现出一种斜向上的姿态，像是在注视着前方的主神，又像是在看向他背后的天空。

接着，主神抬起了右手，以骑士头盔残破的边缘刺破了指尖。

一滴鲜血滴落在祭坛上，很快消失了踪迹。古老的传说中，指尖连接着心脏，从这里流出的鲜血是最洁净的心头血。

主神竟然愿意为他的信徒落下一滴鲜血，简直是这世上最庄严的许诺，述说着"我将永远与你们同在"。

忽然，下雨了。

再看，从乌云中坠落的不是雨滴，而是星星点点的金色光芒。

众人抬头，不知何处传来一些喧哗声。

"在那里，尘沙之海！"

郁飞尘寻声抬头，乌云的缝隙中，尘沙之海若隐若现，每一粒闪光的尘沙都是一个世界，它们在天空流淌，像雾气组成的海洋一样，浩瀚又缥缈。而此时此刻,正有数以万计的光芒从那里飞舞着落下来,来到乐园的中央。

出现异象的不仅是上空,还有下方的神国。同样的光点从神国的各个角落升起来,也汇聚到了乐园的中央。

使女夏缇道:"那是牺牲者的魂灵。"

第一个光点落在了暮日广场的巨石地板上,逐渐化作一个人的模样。

第二个光点落下,同样缓慢拔高成一个人。

第三个、第四个……其他光点落地,也纷纷成形。

一颗光头在广场的一角反了一下光,郁飞尘看过去,见是曾经有过一个副本之缘的光头队长带着一众队友一起复活了,几个人搂着夏森又哭又笑。同样的事情在暮日广场的每一角发生。离去者重新归来,而等待他的人还在等待。在茫茫人海中,许愿牌会指引着他们重逢于乐园。

没有人会置身事外,因为茫茫的纪元里,人终究会死,但在乐园里,因为主神的仁慈,连死都不再可怕。

郁飞尘收回目光,重新看向主神。主神不知什么时候抱回了骑士头盔,静静地站在那里——站在尘沙之海与无尽神国之间,站在他的国度中央。

此情此景,连郁飞尘都不由自主觉得,这位主神确实值得被敬仰和信慕了。

当最后一个光点也化作真实的生命,乌云尽散,夕晖柔和明亮,再度遍洒乐园。一只鸽子停在了主神的肩膀上,啄了啄他的头发。

仪式结束,接下来是盛大的庆典。郁飞尘转身离开露台,此刻,整座神殿沐浴在温柔的光泽里,使女抱着鲜花穿梭其间,孩子在草地上玩耍,一切都与昨晚他所见到的那个凄清的坟场判若两地,仿佛那天晚上只是一场梦境。

郁飞尘抬头望向云霞绚烂的天空——他在乐园里度过的这个纪元又何尝不像一场光怪陆离的幻梦?

知道故乡不复存在后,他的过去就只有那位带自己来到乐园的长官,而他唯一想做的事就是逃离乐园,脱离主神。

那时他不相信真的存在深爱世人的强大主神,也不相信世上真有永恒宁静的乐园,认为是人有欲求却无法实现,才只能幻想神爱世人。

可现在，长官是一个镜花水月的倒影，而那样的主神与乐园都真实存在。

他茫然得彻彻底底，向后看是一片虚无，向前走是一片空白。他连唯一的方向都失去了，唯一想保护的人也不需要他。他竭力逃避的就是这样的结果，现在它千万倍地降临在了他的面前。

当如何去留？

郁飞尘喘不过气来，这一刻，只要随便哪个人上来告诉他现在该去做什么，他都会将它当成一生的追求——只要能把他从现在这种状态里解脱。

但是没有人这样做，只有使女夏缇像幽灵一样不远不近地跟着他。

最后他停在了一个规模宏大的半露天殿堂里。它很高，天花板满是彩绘，四壁有晶莹剔透的水晶窗。夕阳的光芒透过窗玻璃照进来，像散落的蜂蜜。

宽阔的阶梯是殿堂的主体，它平缓地向上延伸，铺满了这里，两旁是立柱和雕像，尽头是个璀璨的水晶神座，座下雕刻着永眠花。

夏缇不知在什么时候消失了，郁飞尘站在神座下的台阶上往下看，依稀能看到暮色里静立的无面神像，还有在水池旁玩耍的孩子。

乐园没有昼夜交替，但兰登沃伦有。外面吹来的风温暖中带有黄昏的凉意，鲜红的夕阳触碰到远方山巅的时候，一阵脚步声从郁飞尘背后响起。

郁飞尘回头。

夕晖透过水晶窗洒在来者身上，仿佛时间缓缓停住。

他还穿着仪式上那件雪白刺金的华袍，淡金长发的末梢微微打了卷。发卷的弧度依稀与安菲尔相似，但少年的稚气与脆弱早已荡然无存了。

很难形容主神的外貌。只能说，人们常常将所有美好的幻想加诸神明，将其视为完美的化身，而主神符合这一点。

郁飞尘在看他的眼睛。那是一种曦光一样的金色，质地如同水晶。在渐变的曦光间，郁飞尘看见了一层淡淡的金绿，但又像错觉。

寂静里，对视悄无声息。很陌生，像初次见面一样。

是郁飞尘先移开了目光，他在台阶上坐下了。

没多久，主神同他在一级台阶上坐下了。离得不远不近，但长袍迤逦,边缘处和郁飞尘的披风碰在了一起。

良久,郁飞尘看着外面那座无面神像,问:"你有名字吗?"

短暂的寂静后,他得到了回答。主神说:"没有。"

"最开始呢?"

"有,"主神道,"但我失去了它。"

"忘记?"

主神纠正:"是抛弃。"

于是郁飞尘没有再问。人确实会抛弃自己最初的名字,像抛弃一段过去,就像他现在也不叫"七"一样。神有比他漫长得多的生命,也理所当然有比他更跌宕起伏的开端。至于那开端是什么样子,和他没有什么太大的关系。

过一会儿,主神道:"他们习惯用第一次遇到我时的名字称呼我。"

郁飞尘没说话。

主神看着郁飞尘。他预想对方的心情不会太好,就像那次必须用一只机械兔子来平复一样,但这次没有,而是另一种淡淡的、不可捉摸的态度。

良久,郁飞尘才道:"你没有什么需要解释的吗?"

"就像你看到的。"

这人已经放弃解释,破罐子破摔了。或许不能说是放弃,是根本没有解释的必要。换成别的信徒遇到这种状况,大概已经在激动地亲吻他的手指。郁飞尘感到一种茫然的失落。

"那我没看到的,还有吗?"

主神微微蹙起了眉,似乎在思考什么。郁飞尘心想,看起来还真有。

"你的名字,"主神说,"是我取的。"

这句话说完,他看见郁飞尘忽然死死地看着自己,眼眶泛起薄红。

之前没有生气,为什么这一次反而生气了?

但他不知道现在该说什么了,郁飞尘的状态像个濒临破碎的玻璃偶。

郁飞尘闭上眼,剧烈地喘了几口气。

那个世界的场景浮现在他眼前,昏黄的天际,弥漫的尘烟,还有白骨王座上的君王。那时他来到乐园还没多久,后来再也没遇到过像那个君王一样让他感到威胁的人。

原来……原来……

原来连他的名字都是。

他的长官是主神的倒影，他的名字是主神的记号，主神一直在注视着他。

他怀念的正是他想逃离的，他以为拥有的是主神赐予的，原来乐园和主神的痕迹早已烙在了他身上。

他一整个纪元都在自相矛盾，只是今天才发现而已。他认了。

郁飞尘声音变得喑哑："你想要我做什么？"

问完，他见主神看着自己，神情微微错愕，像是没想到会有此一问。

看到这样的神情，郁飞尘什么都明白了。

主神根本不需要他做什么，就像主神爱世人并不需要世人的回报一样。

于是郁飞尘只说了一句话："我不想再看到你。"他说完起身，走了出去。

看着他离开的背影，主神心中浮现淡淡的困惑。提到那个名字，本意只是想告诉郁飞尘，自己从没有忘记过他，但似乎招致了异常恶劣的后果。

主神看向一旁默默侍立的夏缇，问："我……该怎样挽回他？"

夏缇彻彻底底地茫然了。

离开暮日神殿后，郁飞尘直接回了巨树旅馆。庆典还在持续，但他只觉得吵闹。

回去的路上他撞见了白松，白松还和那个八卦导游在一起厮混，但奇怪的是陈桐也在旁边。

"文森特……墨菲神官说'复活日将至'，反正创生之塔到时候要消耗很多力量，但已经攒了一整个纪元，现在不介意多付出一点，于是文森特把我们都带回来了。"陈桐说，"其他人都被留下给他打工，去研究什么时间魔咒。我帮不了忙，被轰出来了，他让我过几天自己去找什么……找守门人去领活儿。哦，就是那个和狗一起不得入内的那个，嘿——"

还没说完，他被白松和导游一起给捂上了嘴。

郁飞尘在旅馆房间直接睡过了整个复活日。醒来的时候已经是新的一天，也是新纪元的第一天。

纪元以复活日为终点，以许愿日为起点。也就是说，今天是许愿日。

在这一天，鸽子会给每个人送来一张许愿笺，所有人都可以写下一个自己的愿望，也就是所谓的"向主神许愿"。许完之后，许愿笺背面会出现一个数字，有大有小，代表这个愿望的价格，以辉冰石结算。

只要付出对应数量的辉冰石，这个愿望就会被兑现成真——无论是什么愿望。有些人想结束在乐园的历险，衣锦还乡，这种愿望通常只象征性地收几片辉冰石；还有人想成为主神的神官，但这个愿望对应的价格往往十分离谱。

郁飞尘也收到了他的那张许愿笺，但不想向主神许任何愿望。他把许愿笺压在了箱底，然后去了创生之塔第十三层。

克拉罗斯正萎靡不振地在铁王座上咳嗽，见他来，虚弱地打了个招呼。

郁飞尘问："你怎么了？"

"守门，太累了。"

郁飞尘想起夏缇说过的"外面的敌人"，反应很淡："哦。"

克拉罗斯抬起眉梢："你不好奇我做了什么吗？"

郁飞尘道："对付一些你以前的同伙。"

他这话说得太理所当然。克拉罗斯从铁王座上惊坐起："他告诉你了？"

"谁？"

"主神。"

"没有。"

对话隔了一阵才继续。

"那墨菲告诉你了？"克拉罗斯问。

"我猜的。"

克拉罗斯继续委顿，幽幽地叹了口气："那你也知道那张牌是什么意思了。"

其实，茶话会上克拉罗斯要他猜的时候，郁飞尘就知道了那张牌的意思。毕竟除了那种存在，也没有什么东西会让全部神官都避之不及了。

"外神。"郁飞尘道，"你的第一张牌是外神，最后一张是什么？"

"你接着猜？"

郁飞尘淡淡看着他："骑士？"

唯独墨菲不抵触克拉罗斯。所以，代表未来的占卜牌上，郁飞尘对主神不再有威胁。

克拉罗斯噎住。他看着郁飞尘："你今天到底想来找我做什么？最近不开门。"

郁飞尘伸出右手，一个黄铜色的堡垒虚影浮现在他手上。

"啧，"克拉罗斯眯了眯眼睛，"好东西。"

"教我用它。"

克拉罗斯唇角勾起，殷红的舌头舔了舔齿尖，露出了一种"唯恐天下不乱"的表情："好啊。"

"我不明白。"夏缇说，"为什么会有人说出'我不想再看到你'这种话？"

夜色降落在殿堂里，立柱的阴影像蝴蝶一般栖息在主神肩头。

主神道："他生性如此。"

"但您是整个宇宙纪元中最为冷静和强大的神，今天之前，我从未见您感到困扰的样子。"夏缇迟疑着说，"与信徒和睦相处，不应是一件比建立乐园还难的事情。"

她说完，等着主神的回答。主神的性情并不淡漠，甚至十分温柔，有时候，她会看到他牵着误闯进来的孩子在殿堂里玩耍，但见了今天那个年轻人以后，他似乎变得忧思重重。

许久后，她听到主神的声音，如叹息一般。

他低下头，轻轻抚触着骑士头盔上一道陈旧的划痕。

"我活得太久了，见到他，总是追忆往事，犹豫不决。"

夏缇点起一盏风灯，交到主神手中。烛火映着他的侧脸，那种她所熟悉的、温柔平静的神色回到了主神脸上。

"但你说得对，女孩。"

虽然不知道自己到底起到了什么作用，但夏缇还是抿唇笑了笑。

她希望主神这次醒来，不要太快就睡下。她希望这样陪伴在主神身边的时间长一点，再长一点。

"这种东西讲起来很简单。你获得一个世界，尝试支配其中的力量，你的意志就变成了这世界的规则。规则统治力量，以固定规则运转的力量呈现为拥有表象的世界。"克拉罗斯说。

"但做起来很难。就像……用同一盒颜料,画家能画出一件艺术品,而墨菲费尽心机,也只能涂出一幅很丑的风景画一样。很少有人能为自己的世界制定一套优美的规则。"

"而构造一个世界比绘画之于墨菲还要难,因为颜料要自己去永夜中获取。有时候,某些神空有一套如空中楼阁一样完善的规则,但没有相应的力量。他缺一棵草来使规则运转起来,就要去得到一个有草的世界,但这个世界不仅有草,还可能有树。树不在设定的规则内,他只能修改规则,而新的规则又需要一株花,他只能继续去永夜里捕猎,于是循环往复——"

克拉罗斯脸上的痛苦如此真实,仿佛这就是他的亲身经历一样。郁飞尘心中不由得生起了一丝同情。

"当然,这只是个比喻。"克拉罗斯弥补说,"总之,大家都是修修补补、漏洞百出,凑合着运转下去。"

"主神也是?"

"不。他领土辽阔,坚不可摧,被称为'永昼'。"

"那你呢?"

"我嘛……"克拉罗斯笑了笑,"最好的时候,没比他差多少。"

出于人与人之间应有的礼貌,郁飞尘没有问——那您现在为什么会在这里看门?但克拉罗斯仿佛看透了他心中所想。

"因为你还小,"他的眼神微微怅惘,"还不明白,有人愿意站在前面遮风挡雨,是多少人……求之不得的事情。"

叹了口气,他接着说:"那些混乱的力量不会甘心受到规则支配。我拥有力量最多的那段时间,感觉养了十亿条红眼疯狗,每天醒来,都担心我和我的子民被它们吃掉。"

他诡异地笑了一声:"现在我终于把疯狗转手了,每天都睡得很好。"

克拉罗斯说完,给郁飞尘展示了一堆两人高的书籍,说这是多年来他整理出的关于力量分类、组合、驯化与压制的经验。"慢慢看吧。"

郁飞尘就开始看了。

等克拉罗斯打盹醒来,打算观看郁飞尘看到昏昏欲睡的惨状时,却见这人早已经放下了书,面对着他自己的世界虚影。

那个世界正在郁飞尘的支配下变幻不定,力量脉络流畅简洁,称得上优美。

有些人是天生的主人。

克拉罗斯闭上眼继续入睡。他就不一样了,是个天生的废物。唯一的期待是主神多活几天,如果不能,那就期待他早点给乐园找个靠谱的下家,好让自己继续安静地开门、关门。

而郁飞尘就这样在第十三层待了下去。

一开始,有鸽子送来白松的消息,他漫无边际地扯了一大堆在乐园的所见所闻,迂回曲折地表达"我快没钱了"。

郁飞尘打完钱后,他又说:"郁哥,我积攒了一肚子的新八卦想给你说,比如守门人先生和墨菲神官更深层的故事。"郁飞尘给他挂了。

克拉罗斯听到了半句,若有所思,道:"如果墨菲来找我,你可以考虑藏起来。"

可惜的是十几天过去了,这里连墨菲的影子都没出现,清静无比。

直到终于有一天,克拉罗斯拉起了他的兜帽,回到铁王座上:"上班了。"

新的纪元里,永夜之门将再次开启。郁飞尘没多留,抱着没读完的几本书回了巨树旅馆。他和白松的树屋是相邻的,他还没走进房门,就见白松从窗户里探出头来,朝他疯狂地挤眉弄眼。

郁飞尘:"我不想听克拉罗斯和墨菲的故事。"

"可那真是个缠绵悱恻的故事,不是——我不是要和你说这个,你把我带偏了。"白松指了指郁飞尘的房门,"有个漂亮哥哥找你,在里面。"

郁飞尘回忆了一下曾经想进他房间的那些雇主,顿时觉得白松异常不顺眼:"你让他进去了?"

白松目光真诚,带有期待:"可他真的很漂亮,郁哥。就是……"白松比画一下,说,"安菲长官、路德维希,还有安菲尔弟弟混合起来那样的。"

他忽然知道白松说的"漂亮哥哥"是谁了。

郁飞尘:"什么时候来的?"

"好几天了,"白松脸上出现沉迷的神色,"他真好。"

郁飞尘面露疑惑。

"漂亮哥哥问我,你去了哪里,什么时候回来,我都不知道。他说

'那我就在这里等他吧'。"

"他一直在这里？"

"没有，白天的时候，漂亮哥哥会去日落街找个酒馆待一天，但他不点酒，就看着下面发呆。他还带我们去了几个很少有人知道的地方看风景。啊，还有，漂亮哥哥也会和我们一起听导游讲八卦，还纠正过两三次呢。可惜我们问他名字，他不说。导游说：'这必然是郁神以前带任务招来的，这种事情不是第一次发生。'"

郁飞尘不想知道导游眼中的自己是什么样的，只希望导游不要将这件事也发散成众多八卦中的一个，虽然这或许只能是个幻想。

白松说着，郁飞尘走到了自己树屋的门口。

他站在门前很久。

白松见他一直没动，忍不住催促："郁哥，开门了。"

但他郁哥似乎根本没听见这声催促，只是盯着树藤随便乱缠成的门把手，仿佛那是一幅杰出的抽象画一般。

他觉得郁飞尘这些天一定是忙什么至关重要的事情去了，不然何至于现在还在走神。导游都说了，他郁哥一路走来从无败绩，短短一个纪元就进了永夜之门，全乐园都知道。说不定创生之塔很快就会多一位新神。

郁飞尘确实在出神，但原因和白松的猜想毫不相干。

这些天来他在第十三层度过，沉浸在典籍和世界的构造中，偶尔想起暮日神殿的那位主神，心情已经十分平静。

可是就在刚刚，在即将要打开房门的一刻，他还是顿住了。

仿佛这间树屋里在等他的不是一位"漂亮哥哥"，而是吃人的妖魔，他要打开的不是藤萝木门，而是潘多拉的魔盒。

明确的情绪在他身上出现的次数有限，最近的几次都和门里的人有关。

郁飞尘说："你回去。"

白松的眼珠子持续黏在门把手上，依依不舍地退回去了。

郁飞尘站在原地，回忆了自己房间的布局，想象那位主神端庄地站在窗边的样子，将手指放在树藤把手上，打开了门。

房间里却没有他想象中的场景，甚至一眼望过去根本没有人。

他第二眼才看到床不平整，上面躺着什么东西，呼吸均匀，不见动弹，是睡着了。联想到此人在副本里的种种表现，郁飞尘竟觉得他睡觉在情理之中。

他走到近处，对方身上不再是仪式上那种冠冕华服，只穿了简单的白色长袍，睡在那里，淡金长发散在枕头上，容颜安静。二十三四岁的青年外表，看起来异常优雅无害。

克拉罗斯说："在外面，大家称呼你们的主神为'永昼的神''永昼里的那位'或者直接心照不宣地指称'那位'。不过除了'永昼'，他还常和另一个词一起出现，那个词是'永恒'。"

漫无边际的永夜中，但凡领悟了关窍、拥有了自己世界的人，都可以自称为"神"。当领域扩展到一定规模，有了可供自己驱使的子民后，也都会被他人尊称为"神"。所谓的"神"全都心知肚明——他们无一不是从人摸爬滚打而成的。

可他不一样。

克拉罗斯说，当他还是个初识永夜的无知少年时，就听闻那片辉煌的永昼中有一位不灭的神。那些生命比他悠久得多的、诞生在遥远纪元的神也说，"那位"从自己有记忆起就存在了。

所有人都有成为神之前的往事，但他没有。所有广阔的领土都由一个个碎片慢慢拼成，或大或小，所有人记忆里都有一轮太阳。

是因为时间太过久远，知晓他出处的人全都死去了，还是因为他真是这漫漫长夜中唯一名副其实的神？

郁飞尘垂眼看着在自己床上安然入睡的人。现在的模样，谁会相信你就是那位不可战胜的主神？他想。

可是真正永生不灭的神又该是什么模样的？他想了很久，最后还是归于空白。

人的情绪确实变化多端。面对着他，郁飞尘的心绪已经尘埃落定。构造世界的法则深奥复杂，但就像千万块拼图里有一块摆在了正确的位置，自己和神之间的距离遥远，但可知了。

这时，克拉罗斯曾说过的一句话如鬼魅般响在了他的耳畔："我知道你想做什么，但是所有远走他乡的人最终都会回头，所有不在永昼中的人都拼命想要加入其中，世人最深重的罪行是妄想成为神。"

他不断想着这句话，直到床上躺着的那位真正的神睁开了眼睛。金色的眼瞳里确实有一点淡水绿的底色，像曦光照在了平静的湖水上。

郁飞尘打了个没有感情的招呼:"中午好。"

"中午好……"神从郁飞尘的床上起身,望了望窗外,又看回他,"贸然造访,你还好吗?"

郁飞尘看了看摆设微有改动的四周,心想:您坦然入住他人房间,确实有些贸然。不过这也是白松有意促成的,这件事他和他的"漂亮哥哥"都有份。

"还好。"郁飞尘没说自己去了哪里,道,"你怎么来了?"

主神似乎在思考措辞。

"那天你忽然离开,我想或许有什么误会,"他说,"而且我答应过复活日之后会来。"

这间树屋结构简单,面积不大,走几步就是阳台。

郁飞尘抱臂背靠在围栏上,道:"如果我没有去暮日神殿,你就这样装作一个普通人前来吗?"

主神没有立刻回答。正如他不知道郁飞尘为什么能准确地在副本中认出自己,也不明白郁飞尘为什么笃定自己就是主神。唯一可能的原因是那天郁飞尘看见了他和墨菲相处的画面。

他平静道:"如果你那天早上没有装作一切正常,我也不会刻意隐瞒。"

这倒打一耙的态度着实让郁飞尘有些自叹不如了。

"不会刻意隐瞒?"郁飞尘笑了笑,"墨菲是你的信徒,乐园被你操控,如果我当时就质问你的身份,你难道不会谎称自己只是墨菲的一个旧相识?"

冷嘲热讽的态度近于咄咄逼人,话里的意思更使主神微微蹙起了眉。

落在郁飞尘眼中——主神不辩解,证明自己说对了,但他蹙眉的样子居然显得格外脆弱,仿佛连一句重话都无法经受。

过去已成定局,也没什么好再提的了,郁飞尘没再说话。

微风把辉冰石广场上的欢笑声遥遥送来,树影婆娑,一切都很安宁。

郁飞尘听见主神轻声道:"是因为我蓄意欺骗吗?"

"不是。"他说。

主神看向他。

郁飞尘却没看主神。他看着远方的天空:"我第一次被投诉,就是因为你。"

无论什么事情，第一次的发生总是使人印象深刻，何况他记性不错。

被取了"郁飞尘"这个名字后，没过几个副本，他觉得单纯做任务积累辉冰石的速度太慢了，于是开始做起了带人的活儿。

他的第一个雇主是一队主神的忠实信徒，每天早、中、晚定时面向太阳念念有词。

他们进行祷告活动，他就在一旁发呆。第一次祈祷过后，队长质问他："为什么不跟着队友一起祷告？"他说："不想祷告。"

第二次祷告后，副队长劝说他："为了保证队伍的虔诚与纯洁，希望你能和我们一起祷告，以使任务顺利完成。"他说："但现在决定你们能否完成任务的是我。"

他们祷告了多少次，郁飞尘就拒绝了多少次。出了副本，果然收到一封字字泣血的鲜红投诉信，附带莫格罗什的喝茶约谈通知。

现在回想，并不是因为说出那几句话是多么难以做到的事情，换成现在，他倒也不介意敷衍几声以免于被投诉。然而年少反骨，他偏偏不爱接受别人强加给自己的事物，从乐园，到主神。

"后来，我也一直这样。"

接下来的几句话他说得有些艰难。

"有人什么都不说，就把我带到这个地方。我没办法平白无故地信仰这里的神，又找不到他，就只想……离开乐园。因为来的时候不愉快，所以原来的名字也不要了，换成别人另起的。

"后来碰见你，我想，虽然还是不信仰主神，但是至少你在这里，如果以后可以一直下副本也……很好。我可以不介意你离开了那么长时间。"

郁飞尘喘口气，仍是望着远方，夕晖耀眼，他眼眶有点涩疼。

"现在忽然知道，原来你就是主神。我只是觉得很荒诞，什么都失去了，不是因为你做了什么，而是因为我自己。你又说，我的名字也是你取的……你能明白吗？"

身边的主神久久没有说话。

郁飞尘希望这位主神是个哑巴。因为刚才说出第一句话的时候，他就知道了自己想要什么。

直觉最深处浮现一个完全自暴自弃的、近乎绝望的认知——在这个时候，只需要这个人说一句"对不起"，一切又能一笔勾销了。

他希望对方永远不要说。

可他又是那么强烈地想听到那三个字。

他知道对方会说。他连那忧伤的、仿佛感同身受了他的痛苦的、符合世人对慈悯的主神一切期待的语调和神情都预想到了。

可主神迟迟没有说。

郁飞尘侧身看去。平静得令人心碎的神色里，神望着他，一滴新的眼泪正沿着未干的泪痕缓缓落下。雾气弥漫了湖泊。

就像是……他等那句话，等了多久，他的眼泪就流了多久。

主神是会流泪的，郁飞尘知道。他曾见过路德维希流泪的模样，也知道兰登沃伦的子民常在眼下点缀泪痣，以纪念主神的第一滴眼泪。

但他从没想过主神会因他而流泪。

主神就那样望着他，当郁飞尘看过来的时候，新的眼泪又悄无声息地盈在了眼眶里，缀在打湿了的眼睫上。

并不慈悲同情，反而安静脆弱。不像是高高在上的垂爱，更像是静默的、无声的悲哀难过，像是洞彻了一场注定发生的悲剧。

为什么？

郁飞尘觉得离谱。他没想到会是这样一幅情景，更没想到这人的眼泪说掉就掉了。对方先发制人了。

在他的预想中，如果主神能说一声"对不起"，他们之间就算扯平，可现在对方的反应比自己的还剧烈，反而占了上风。难道要对着哭吗？郁飞尘自问做不出这种事情。于是他语气生硬，说："别哭了。"

话说出口才记起，同样的"别哭了"三个字，他对路德维希说过，那时路德维希回复他说"不会了"。

现在又流了眼泪，可见当时也不过是随口敷衍。看着那颗泪痣，郁飞尘感到莫名的焦躁，他非得做点什么，不让对方继续哭才行。

和主神说话比下副本还消耗精力，郁飞尘选择在旁边的藤木高背椅上坐下。他换了个放松的姿态，一条腿搭在另一条上，双手抱臂，看上去竟然像是好整以暇地观看某人掉泪一样。

郁飞尘："不高兴的是我，你哭什么？"

主神微微垂眼，金绿的眼瞳里依旧寂静一片。

"我感到抱歉。"他说。

郁飞尘说:"没必要。"

主神的子民何其众多,如果他情绪如此敏感,也不用当神了,每天以泪洗面就行。

"有必要。"主神容色平静,道,"我在暮日神殿待得太久,习惯按照自己的意愿为乐园和他人规划一生的道路,对你也是如此。忽视你本身完整的存在,是我一直以来的过错。"

郁飞尘看着他。

莫名其妙地,他听见自己开口问道:"你在对每个信徒道歉吗?"

"他们并不像你这样。"

郁飞尘觉得自己受到了主神的批评,但主神的回答比"对不起"真诚了千万倍,甚至让他觉得有些欣悦。他终究还是想:就这样吧。他不再郁结,也不再自己和自己作对了。

但郁飞尘也没忘记主神之前说的话,难得起了好奇之心:"这么说,你当时带我回来的时候,为我规划了一条什么道路?"

主神的语声轻而温和:"起初,你会像乐园中的所有人一样历练成长。若意外身亡,就在下一个复活日归来,直到足以进入永夜,像现在……但这件事发生得太快。"

"初入永夜,难免遇到危险,于是我决定暗中陪伴,做出这个决定时并没有想到你会发觉。有时候,我也不知道该怎样对待你。你因此感到痛苦,也是我的过错。"

还有一句话,他选择了隐而不说——不知道该怎样对待,是因为你的性情并不在我最初的预料之中。

听完这些的郁飞尘不由得以另一种目光审视主神,短短几句话说下来,竟然让他觉得自己该受宠若惊,而不是现在这样无理取闹……不,他并不是无理的,从头到尾都不是。

理智虽然还在告诫自己警惕这裹着糖衣的言辞,但无法控制的情绪却已经偏向轻松愉悦。他弯了弯唇角,说:"那我相信了。"

淡淡的笑意也盈在了主神眼中。

郁飞尘又问:"我进了永夜之门,然后呢?"

主神没有说话,过了一会儿,才以问代答:"你想成为什么?"

郁飞尘答得很干脆利落:"我不知道。"

对面的主神像是没想到有人能破罐子破摔得如此理直气壮，缓缓眨了眨眼睛。无辜得仿佛这局面不是他一手造成的那样，郁飞尘心想。

外面的风大了一些，把主神的白袍吹向他的方向，触手可及的距离让郁飞尘恍了恍神。他想起初到乐园的时候，一个人在辉冰石广场上等待的那些天。

于他而言，那是毕生最漫长的一段时间，但对于永昼的主神，只是弹指一瞬。

"克拉罗斯说，"郁飞尘声音很轻，语气平淡，"世人最深重的罪行是妄想成为神。"

风里，主神却摇了摇头："乐园里有成为神官的方法，永夜中存在离开乐园的路径。谈不上妄想，更不是罪行。"

郁飞尘久久地看着他，不是在思索他话中的含义，是想看清传闻中那颗永恒慈悯的心。

"那真正的罪行是什么？"

温柔平静的眼睫上栖满夕晖，他像是在看郁飞尘，又像是看着他们之间无尽的虚空。

"世上只有一种真正的罪行，"他说，"不愿面对自己的内心。"

这句话触动郁飞尘，比克拉罗斯的那句来得多些。

他望着对方，忽然想：我初进屋时的想法是错的。

真正的神，确实该是他的模样。

而那个一直困着他自己的茫然困境，其实也很简单。一个人要活着，就要做些事情，或追随什么，或守护什么……或反抗什么。他始终面临着的就是这样一个选择，只是面前的人总是轻而易举地牵动很多非必要的情绪，使他眼前蔓生无数虚幻倒影，并深陷其中。

他确实不曾正视内心的倾向。

辉冰石广场上传来欢声笑语，打破了短暂的寂静，主神问："你在想什么？"

"没什么。"郁飞尘道，"我……知道该怎么做了。"

主神的语气略带试探："你……"

郁飞尘放缓了一点声音，说："我没事了。"

他没说"不生气了"，总觉得这样说有点奇怪。

但主神看起来领会了他的意思，眼里浮现笑意，说："如果未来还有困惑，我希望能为你解答。"

未来的困惑，是未来的事情了。郁飞尘今天说了些平时难以说出的话，本以为会后悔，却忽然觉得轻松明亮了。他站起来。枝叶掩映间他能看见远处的景象，有个熟悉的身影，是墨菲在晚霞河畔支了个画架正在涂涂抹抹。画家在他身边指导，有时候取而代之，拿笔改画。

移开目光，郁飞尘道："出去走走？"

他们之间能说的话已经说完了，再待下去就是各自无声地发呆，虽然他并不反感，但那场景也未免有些尴尬。

"你想去哪里？"主神没拒绝这个提议。

去哪里？这是个问题。

郁飞尘回想自己曾受过的邀约，辉冰石广场附近的结伴去处无非是三种：日落街喝酒、晚霞河散步、夕晖街购物。

去酒馆大概也是相对无话，而晚霞河畔有墨菲在写生。他不想看见墨菲，当然也不想看见墨菲的画，据克拉罗斯说那很丑。

"去夕晖街吧。"他说完又想起什么，道，"其他人会认出你吗？"

其他神官在乐园各处溜达也就罢了，大家都打过交道，看他们就像看游戏NPC，如果主神现身，想必不会这样。

却见主神看向了一旁的镜子，动作有些许犹疑。镜中照出了他的身影。

"我改变了容貌。"他缓缓说，"你没有看出吗？"

郁飞尘顿住。他好像……暴露了什么。

自己脸盲多年，一直和旁人相安无事，没想到竟然是这样露出了马脚。

但是他真的不觉得这人的容貌和先前有什么不同，甚至和安菲尔德、路德维希相差无几，只是颜色稍有改变。

他没在主神面前自曝己短，敷衍了一句："你的……给人的感觉很特别。"

主神似乎没打算在这个问题上过分纠结，微微莞尔，道："还好。"

出门前，他在镜前稍微理了一下头发。理顺长发后，一根精致的带叶细树藤自发从台子上爬出来，缀在他发间，然后继续蔓生。他从两侧各捞了些长发松松束在后面，前面只留下些长度不足的柔软小卷。

郁飞尘看着这一幕，巨树旅馆的房间确实带有全自动梳妆打理功能，广告语是:"树精灵巅峰审美,胜过画家,萨瑟最爱。"他在这地方住了这么多年,还没用过一次,这人看起来倒很熟练的样子。

不过这样一来,主神气质确实温柔近人了很多,像个人了。

离开的时候,白松的窗户里伸出三个脑袋——白松、陈桐和导游。

白松眼巴巴道:"郁哥,不考虑带上我吗?"

导游喃喃自语:"第一手的八卦,主角竟然还是郁神,我发达了……是啊,不考虑带上我吗?"

郁飞尘无情地为他们关上了这扇窗。当然,他也没为他们打开门。

夕晖街不是一条真正意义上的街,准确地说,它是很多街。

这条街可能是条真正的街道,也可能是一头鲸鱼的背部、一艘星舰或一片迷离的丛林。它们除了出售各式商品,还兼展示那些世界的风光和娱乐。来自相同类型世界的商品有时会聚集在同一条街上,有时混搭。买来的商品可以自行使用,可以带去任务世界,还可以在归乡节送回自己的故乡。简而言之,有最大限度的自由。

郁飞尘没怎么来过这里,主神打量夕晖街的目光也很陌生,他们就从第一条街开始逛起。这是座精致古典的魔法小城。小城里建筑错落、游人如织,来自不同种族的侍者甜美热情,但郁飞尘对这些花里胡哨的玩意向来没什么购物欲。

他想,主神经历过那么多世界,对这些东西的兴趣大概也不大。正怀着这样的想法继续往前走,他就发现身边没人了。

郁飞尘顿时不安了两秒钟,直到回头发现神还停在最初的商品前。夕晖街上没有货架或展台,任何见到的东西都是可售的。

他走回去。

红发侍者正在介绍:"来自堪灵纳精灵故乡的幻境蜡烛。露水在里面流动,每一秒都有不同的光泽,到冬天还会结冰。一只最美的精灵唱一年的歌才能制出它。在点燃它的夜晚,您将有15%的概率梦见你最想见的人,10%的概率梦见你最想去的地方,5%的概率梦见你最爱吃的食物,3%的概率听见……"

郁飞尘看了看那支蜡烛,诚然,颜色和形状很漂亮。有人看起来要被侍者的胡言乱语骗到了。

郁飞尘淡淡道："我不点蜡烛，也有概率梦到这些。"

侍者的目光在他身上停了停，顿时打起十二分精神应对："郁先生，您一定知道，主神制定法则，不允许我们的介绍词过分虚假。您可以不相信这些数值，但要相信它们是有可能的。"

主神听见了侍者对他的称呼，道："你经常来这里？"

郁飞尘："第一次。"

他也不知道从什么时候起，见到他的人都知道他的名字了。看回那支蜡烛，或许是出于转移话题的需要，郁飞尘道："你喜欢？"

"里面有一只精灵一年的歌声。"说着，主神看向这里的其他商品，目光在安静中流露出微微的欣悦，像蝴蝶见到冬天过后第一朵花开放那样。

他好像对所有的商品都感兴趣，郁飞尘察觉到了这一点。

郁飞尘在这一天内，第二次感到了离谱。

他说："我以为你见惯了。"

"我……很少真正去看它们。"主神用手指触碰着蜡烛的表面，水晶般的气泡亲昵地靠过来。

他长久以来打交道的是本质，而非表象，习惯于战争，而非和平。时间过了多久，他已经忘记了。仿佛只是一个转眼，乐园和神国就变成了现在熙攘宁静的模样，遥远疆域的子民制出美丽的造物，比一个世界的结构还要精巧。

郁飞尘就看着他略带不舍地放下幻境蜡烛，看向下一个。

"你喜欢的话就买。"

主神摇摇头。

郁飞尘认为这人要开口说"美好之物不必拥有"这类神神道道的话，他放空脑子，提前做好了左耳进右耳出的准备。

"我没有钱。"

在这一天，郁飞尘终于听到了有生以来最离谱的一句话，以至于短暂地丧失了说话的能力。

一个用辉冰石铺广场的人，说"我没有钱"。

郁飞尘望了望外面的广场。"你……"他说，"挖一块？"

"它们不属于我。"

郁飞尘静静地看着他。是，不属于主神，而属于乐园的大家。原来当主神还能当成这个样子，不愧是他。

一旁的侍者也静静地看着这一切，他早就准备好结束交易后立刻飞奔到同事群中，向他们转述郁飞尘陪人来逛街的旷世奇观，但现在似乎出现了一点小事，一个不太和谐的音符。

难道郁飞尘这次不是真诚地陪同，而是一次敷衍地陪同吗？听他们话中的意思，郁飞尘不仅不想出钱，而且在煽动他这位漂亮朋友去违法犯罪，挖取落日广场的辉冰石。上一个这样干的人被戒律之神带走，至今还没回来。

这听起来像个玩笑，但郁神说这话的时候毫无开玩笑的意思，而且他和"开玩笑"一词从来不可能产生任何联系……

难道其中有什么见不得人的交易？侍者已经走神天外。

郁飞尘没在开玩笑，只是发出单纯的疑问。他也不是真的要主神去想办法付钱。

"送到巨树旅馆，"郁飞尘道，"我结账。"

红发侍者从种种离奇的推测中回过神来，才恍然发觉情况回到了最正常的轨道上。

主神却微蹙眉头，仿佛这违反了他的道德准则一般。

郁飞尘只能用真诚的语气告诉他："我有很多辉冰石，你今天可以随意买。"

主神也认真道："但那都是你应得的。"

或许这位主神睡得太久，没空了解太多，还以为他的辉冰石真是每个世界辛苦做任务得来的，郁飞尘淡淡看了侍者一眼。

"是这样的……"侍者脑中浮现郁飞尘带过副本的标价，又看向商品的标价，不由得微微恍惚，"郁先生他……账面上最小的零头，可能都会对……对这个价格……"侍者努力思索措辞，"不屑一顾。"

主神眨了眨眼睛，看向郁飞尘，仿佛认识了一个新的他。

接下来郁飞尘要做的事情就简单了许多。

每到一条新街，他就在等待区坐下，看着不同的侍者带主神观看商品。他们往往相处得很融洽。偶尔，主神会提起一两句那个世界的风俗，侍者仿佛他乡遇故知一般主动打折。然后，商品被打包送去巨树旅馆，账单被送到郁飞尘面前。

诡异地，郁飞尘发现自己能从签账单的过程中得到快乐。

他看向站在一棵珊瑚树下和侍者说话的主神，他们好像在说一场人鱼变人的仪式。

"一切都和那个童话一样。"蔚蓝眼睛的女侍者说，"在那里，我们若想在陆地上行走，每一步都像走在刀尖上，并且永远不能说话。这就是做到本不可能做到之事必须付出的代价。"

主神又说了什么，侍者忽然从珊瑚树上取下一个洁白的花环头冠，在他的金发上比了比："您很适配这个。"她说着，又往郁飞尘那里看了看，神神秘秘地问，"您和郁先生是什么时候认识的？"

主神轻声道："很久以前。"他说这话的时候也望了过去，正对上郁飞尘看向这边的目光，他微微笑了一下。

郁飞尘收回目光。主神今天的心情很不错，他能感觉到。

既然这种事情能让他高兴，创生之塔的神官，还有神殿里的使官为什么不去做？暮日神殿就像坟场一样冷清。

可能是根本没人敢邀请主神一起逛街。

或许，在世人的期待里，主神不必拥有世俗的快乐，就像他也没有世俗的姓名。

漫长的签单停止在主神对他说"走累了"的时候。于是郁飞尘带他上了一辆独角兽拉的白马车回巨树旅馆。

唯一不愉快的事情是回去的时机太过不巧。墨菲已经结束了在晚霞河畔的写生，开始画巨树旅馆的这棵巨树了。马车在巨树的正面停下后，出于应有的礼仪，郁飞尘扶了一下主神的胳膊，护着他从脚踏上下来，迎面就看见墨菲死死盯着这边，眼眶里的火焰很不稳定。

郁飞尘面无表情地看向这人的画板。

不能说十分丑陋，只能说他的审美还没准备好。

画家可能是找不到可用的溢美之词了，轻声鼓励："这一笔的颜色调得不错。"

狭路相逢，无法再视而不见，郁飞尘象征性地和他们打了个招呼。主神则看向墨菲的画布："你还在画。"

墨菲点了点头，但还是看着郁飞尘，似乎有话想说。

主神往他手里塞了一杯奶茶："送给你。"另一杯给了画家。

445

郁飞尘冷眼旁观。这种饮料主神一共带了三杯回来，打算给白松他们三人，但主神提前遇到了别的熟人，白松自然也就失去了它。

三杯送出两杯，还剩一杯。主神看了一眼那个孤单的杯子，把它给了墨菲："带给克拉罗斯，我记得永夜之门就要开始运转了。"

接着，郁飞尘上前，就那样自然地把神带走了。

墨菲捏断了手里的画笔杆。

进旅馆后，树人侍者引路："郁先生，夕晖街的货物在这边。"

巨树旅馆为这些东西有偿提供了一间宽阔的空树屋，屋内有一群萤火虫在游荡，大大小小的物品都被放在精致的礼物盒中。

主神安静地看了一会儿，拿起手边一个长条形的盒子，似乎打算拆包装。

郁飞尘伸手按在了缎带蝴蝶结上。

主神看向他。

郁飞尘问："你打算怎么感谢我？"

主神思索。思索后，他说："你想要一个愿望吗？"

这次换成郁飞尘思索。

还没思索出什么结果，永夜之门开启的特殊直觉忽然就席卷了他的全身。

"门已打开，倒计时 10、9、8、7……"

"守门人温馨提示，亲爱的客人，此次您即将进入的世界强度 8，振幅 2，满分 10。"

看着对面下意识默默抱住盒子不想撒手的主神，郁飞尘忽然有种想叹气的冲动。他觉得克拉罗斯上班倒也不必这样积极。

远星倒影

郁飞尘也没什么时间来为无法拆开礼物盒的主神感到惋惜了，因为永夜之门的开启是个极其短暂的过程，被抛离乐园的感觉像是全身上下被抽成真空一般。

不过，这次和以前微有不同。

在永夜里，只有拥有力量的人才能看到力量。这一次，郁飞尘看到的不再是一片虚无，他清晰地感知到自己化成一个微小的光点离开永昼的疆域，像是太阳向外溅出了一簇火花。

接着，他被创生之塔的力量推着，穿过一些闪光的碎屑，抵达目的地——一个明亮的光团。比起主神的永昼，它像颗微不足道的星星，但比起其他碎屑，这个光团又大了些许。

郁飞尘看着自己进入了光团之中，一个模糊的人影被那股来自创生之塔的力量包裹，消失在原地，他的光点取而代之。据克拉罗斯说，当他完成使命离开这里后，那个被取代的人自然会回到原处。

短暂的眩晕过后，听觉、触觉、嗅觉刹那回归，周围一切陡然变成实体。

郁飞尘睁开了眼睛，他躺在床上。

黑、白两色的天花板像一幅水准不错的抽象画。自然光从落地窗外打进来，卧室很大，建筑风格先进，房间内的摆设也很有科技的痕迹，只是风格狂乱，像个叛逆青年的品味。而他头有点痛，应该是宿醉的后遗症。

一道幽幽的声音响起："公爵，您醒了。"

"公爵"这个称呼与现在的环境似乎有些格格不入。郁飞尘从床上坐起来，他身上是件质地柔软细腻的白睡袍，站在他床前的是个着黑西装、打领带、头发一丝不苟、嘴角下垂、双目似乎无神的二十五六岁男子，就差把"我是秘书"这句话写在脸上了。

　　这次场景和前两次进副本时很不一样，倒是和收容所那次差不多。来之前提示，这个世界强度8，振幅2。振幅很小，是个稳定的世界而不是碎片。强度8，说明这个世界的力量水平很高。根据建筑风格，可能是科技非常先进，人掌握了威力强大的武器。

　　郁飞尘回答了那个疑似秘书的男人："中午好。"

　　他下床，在房间里走动，观察四周摆设，脚下是柔软的羔羊绒地毯。

　　"您醒得正好，按照预计时间，我会在一分钟后叫醒您。现在是正午过一刻，您今天要做的事情是……"

　　郁飞尘的目光忽然被床边不远处一台突兀的冰箱吸引了，里面显然不是饮料，而是药品。他在宿醉的头痛中俯身，打开了冰箱门，带着不好的预感——他一向对饮酒过多的人观感很差，第一反应是这位公爵除酗酒外难道还有什么不良的嗜好？

　　这样想着，郁飞尘从冰箱中取出了一支药剂，看向管体说明。

　　首先映入眼帘的是复杂的化学名词，他对这个世界的科学体系还不了解，一时间看不出什么，扫过一眼后就往后看。后面果然带了个便于非专业人士观看的括号，里面写着"常规舒缓剂，0.35毫克/次"。

　　郁飞尘在乐园的一些科普知识球里见过这种名词，不好的预感在他脑中逐渐放大。

　　秘书还在喋喋不休："前往鸢尾花航空港……"

　　郁飞尘打断了他，直勾勾地看着他的眼睛，问了一句让秘书摸不着头脑的话："我是什么？"秘书的目光在他身上缓缓聚焦，带着微微的迷茫："您还醉着吗？"

　　"我没醉。我为什么需要这个？"

　　秘书咽了咽口水，心想：难道是傻了，这种问题怎么还需要问？但面对郁飞尘好像要吃人的目光，他还是艰难地揣摩了一下公爵的意思，在"因为您是人""因为您就是需要这个"之间摇摆不定了三秒后，做出回答："因为您是一个……使命者。"

　　郁飞尘的心情彻底糟糕起来。他终于体会到永夜之门的险恶了，以前接活儿的时候可以选择性接，但进了永夜之门的人无法挑选世界类型。

使命者。一个莫名其妙的名词，说明他在某些方面和正常人有区别。

他心情不好，语气也冰冷起来："我现在要做什么？"

秘书心里一惊，心想"八成是真的傻了"，迟疑地问："您……真的还好吗？"

"我断片了……好像什么都不记得了，你提醒我一下。"

秘书作为一个合格的秘书，曾多次幻想过这种离谱的场景，回答得很流畅："您是兰顿星系的指定继承人，帝国公爵，但有一点小小的不幸，您现在除财富外没有任何实际的特权。"

"为什么？"

"因为您今天必须在正午三刻之前到达鸢尾花航空港，登上伊莎贝拉号堡垒舰，完成押解反叛军首领到K93矿星流放的任务，会长大人和皇帝陛下才会同意正式为您举行二十岁成人礼，您就可以合法接管兰顿星系的一切属于您父辈的权力……"

郁飞尘看了看时间，现在是正午一刻。

"如果我迟到……"他审慎道，"星舰会等我吗？"

"和您同行的是以严谨、传统著称的阿希礼上将，并且他一向很看不惯您的种种行为——"秘书在接触到郁飞尘逐渐降到零摄氏度以下的眼神时自发闭嘴，长话短说，"恐怕不会。"

"所以，我为什么还在这里？"

"如果您没有说这些醉话，我们现在已经在前往航空港的飞梭上了。"

郁飞尘深呼吸一口气，这种一地鸡毛的开端他很久没有遇到过了。

"衣服。"他道。

秘书终于松了一口气，递上衣服："虽然您不喜欢，但这次任务特殊，我建议您还是穿上这件军装制服，至少能让阿希礼上将心情好一些。"

"我以前有没有说过，"郁飞尘依次扣上衬衫扣，"你的话太多了。"

"很不幸，您没有。"

郁飞尘看了看穿衣镜里的自己。黑发，银色眼睛，二十出头的脸，整体和乐园里的外表看不出太大区别。这里的军装制服是黑色带银饰的，形制有点花哨，显然不是前线作战的服装，装饰性大于实用性。

出房间前，他想起什么，又说："舒缓剂带了吗？"

"带了三支。"

449

"多带几支。"

"您的特征值太边缘了,我想您绝不会遇到适配的人,公爵。"

郁飞尘不说话,就静静地看着秘书再次自发闭嘴,转而提起了整个低温箱。提起后,秘书又说:"我想,如果您这次出行能找到自己的'镜',会长大人会很为您高兴。我也盼望着这件事。"

"我盼望你是个哑巴。"

秘书彻底闭嘴。

外面风景优美,都市的轮廓隐没在雾中。飞梭就在房间外的平台上停着。他们出来后,飞梭里探出一个满头大汗的脑袋,像是司机的。

"昨晚公爵好像把它撞坏了,"司机道,"现在启动不了。"

"我盼望你们能像公爵这样,一觉醒来变得靠谱了起来。"秘书嘀咕了一句,转而打开网络终端开始操作,对郁飞尘说,"没事的,公爵。我打一辆共享飞梭。"

郁飞尘越发感到困惑:"我只有这一辆飞梭吗?"

"事实上您是个飞梭收藏家,但不幸的是您只收藏古董飞梭,开起来还不如踩滑板快……好了,我打到了。"

司机擦干脑门上的汗水,把共享飞梭的操纵杆压到底,飞梭如箭一般弹射出去,但也掩盖不了司机内心的焦躁。司机:"完了,赶不上了。"

秘书:"不要急,反正我们经常赶不上。"

"你说得也不错。"

但随行人员的不靠谱已经无法引起郁飞尘的心理波动,他现在想知道更多关于这个世界的消息,尤其是自己的生理属性,这关系到他在副本中的状态,也关系到他的心情。

没进永夜之门的时候,他接活儿有个准则,不去那些……人不那么像人的世界。他不太喜欢被一些生理特性支配,像无法控制行为的动物一样,但这个世界似乎恰好是他不太喜欢的那种,只是不知究竟程度如何,所谓"使命者""镜"也只是翻译球转换后的结果。

很快,他在网络终端上检索到了答案。

数百年前,一场灾难降临在这片星系,幸存的人出现了某种进化或是某种基因变异。少部分人拥有了极强特征的感官、力量和心智,他们带领当时的人战胜了灾难,因此被称为"使命者"。

使命者的身份由血液中一种奇异的特征值决定，数值越高，天赋也就越高。数值为零时，则是一切正常的普通人。

但天赋伴随着代价，使命者经常呈现出病态的精神特征。他们无法抑制血液中的狂躁因子，这会让他们走向不可逆转的疯狂。

不过，基因变异并非只朝着使命者的方向进展。和使命者的正向特征值一同出现的，是另一种特征值为负数的人，他们被称为"缺失者"。

使命者血液中过多的那一部分，正是缺失者血液中所缺少的。缺失者的性格异常敏感、不安，仿佛时刻走在悬崖边上，几乎无法独立生活。如果没有外界的干预，缺失者会在无尽的自我封闭中精神自杀。

一正一负的两种数值，绝对值越大，病态程度越高。如果在二十岁成年礼后的五年内没有得到真正的治愈，使命者将彻底狂躁，丧失理智，缺失者则会人格崩溃，终身惊惧，被称为"应激"。

郁飞尘看到这里，蹙起眉头——他还有得"狂犬病"的风险。

接着往下看，所谓"真正的治愈"仅指一种方式：在二十五岁之前找到数值能够中和的对象，交换血液，并且，两人的关系将终身绑定——他们需要长期共享彼此的血液，这样才能维持正常的生活，接受进化带来的馈赠。

这种羁绊非常深刻——血液中存在两种相反的物质，却恰好能够中和。因此，人们称那个与自己特征值相反的人为"镜"，遇到那个人，就像是在镜中看见一个相反的自己。

找到自己的"镜"对很多使命者和缺失者来说并不难，不需要做昂贵的基因检测，因为年满二十岁以后身体会分泌特征素，遇到数值符合的对象自发引起中和反应。绝大多数人的数值都在一定范围内，多参加几次匹配活动就能遇到适配度高的"镜"。

然而，不排除有些人的数值比较离谱，在人群中根本找不到适配者，摆脱命运的希望也就渺茫了起来。

郁飞尘问："我的特征值是多少？"

秘书没说话，司机先开口了："嘁，想它做什么。公爵，您应该多喝几次酒，多飙几次车，人生嘛，不还是一样过，只不过时间短了点。"

秘书："您还年轻，公爵，还有机会的。何况兰顿家富可敌国，听说连疗养院的栏杆都是恒温的，到时候，大家都会去看您……完了，真的要迟到了。"

郁飞尘终于知道他们为什么都如此破罐子破摔了。他看了一眼表，只剩半刻钟，对司机道："换我开。"

秘书掩面："您的驾驶执照昨晚刚被吊销。"

郁飞尘思索片刻："那么这次我不会被吊销。"

"确实，因为它已经被吊销了。原来您没变。"秘书道，"小司，换公爵来驾驶吧。"

坐在驾驶位，开始飙车后，郁飞尘才感到心中那种生理性的浮躁消减了。不过这种程度的生理特性不会影响到他。

后座上，司机问秘书："你为什么要带舒缓剂？影响公爵找到自己的'镜'，扔了扔了。"

郁飞尘看一眼导航，抄了近道，一个急转弯把后座两个人甩在了飞梭壁上。

前面是片废弃的工业遗迹，大道上宽阔无人，郁飞尘回头淡淡地看了那两人一眼："我不会和任何人换血。"

当然他也不会住进疗养院。五年太长，最多五个月，他就要离开这个鬼地方。

秘书喜极而泣："谢天谢地，公爵终于接受现实了。"

郁飞尘看回前方，不由得有些怀念白松，但他更想知道主神会在这个世界扮演什么角色。最好也是个没救的使命者。

后座上，司机和秘书因为车速过快、过弯太猛而脸色煞白，面面相觑。当然，这不是因为公爵的车开得不好，它好得离谱，但这让他们太不适应了。

"公爵怎么了？"司机终于察觉到不对。

"你知道使命者在彻底狂躁前会出现的回光返照吗？"秘书以自认为郁飞尘听不到，而事实上能听到的音量道，"我怀疑公爵提前进入了这一阶段。你猜他刚才在终端上检索了什么？"

"什么？"

"先是一些尽人皆知的基础知识，会长、皇帝、使命者、缺失者什么的。"

"公爵终于变成傻子了吗？"

"变成傻子倒还好了。后来,公爵又检索了一个离谱的长句,'如何变成普通人'。"

司机长叹:"没救了。"

"没救了。"

"没救了"的郁飞尘冷漠地拐了最后一个弯,飞梭如离弦之箭一般径直向前冲,工作人员阻挡未成,飞梭直接蹿进了航空港内。他又在导航标定的起降区,用极限到完全无法想象的短距离把飞梭停稳。

秘书看了一眼手表:"谢天谢地,公爵,我们比预计时间提前了十分钟。您看到那边的伊莎贝拉号了吗?它真美,但是您总共触犯了十三条交通法规,足够把驾驶执照吊销二十次。"

郁飞尘下了飞梭:"闭嘴。"

"但我还是要提醒您,虽然提前到达,但伊莎贝拉号已经进入起飞准备——公爵!您等等我!"

郁飞尘眼里只剩下巨大的堡垒舰那逐渐关上的登陆通道门,除了全速往那里冲过去别无他法。谢天谢地,他穿的是军装而非烦琐的礼服。

离舰船越近,发动机的热浪越强,把人往外推,整个起降区好像是个巨大的能量场。最后郁飞尘闭上眼,在强大的阻力里不顾一切地往前,终于浑身一轻,置身舰船清凉的内部。

通道门在他身后缓缓关闭。

郁飞尘眼前有点发黑,但还是能看见不远处操作台前一个穿深棕衣服的人,像控制人员。

"我是洛什·兰顿,帝国公爵,执行会长大人的命令跟随伊莎贝拉号押送战犯。"他喘了口气,迅速道,"后面两个是我的随从。延缓升空,让他们进来。"

那个棕衣男人却只是抬头静静地望着他,毫无执行命令的意思。直到旁边另一道低沉的男声传过来:"霍普真理官,请延缓升空到五分钟后。"

棕衣男人这才在操作面板上按下了几个键,通道门重新打开。

郁飞尘看向刚才出声的人。那是个五十岁左右的强健男人,身材高大魁梧,穿着军装,肩头徽记远多于自己。直觉告诉郁飞尘,面前是一个强大的使命者。

男人如鹰隼般的铁灰色眼珠转到他的方向,短暂注视了一会儿,道:

"刚才是我二十年来听你说过的最像样的一番话。"

郁飞尘基本明白这位被自己顶替了的洛什·兰顿是个什么样的人了——一无是处的废物公爵,只会酗酒、飙车和收藏古董飞梭。这样子的人本应该受到严厉的管教,但是众人一想到世上极有可能不存在这人的"镜",他注定在二十五岁时陷入狂躁,去疗养院里度过残生,对他的要求就降低了许多。

这也算是一种变相的放任。起码没人对他的迟到表示诧异。

这时秘书和司机上气不接下气地到了,只听秘书用带有恐惧的语气对军装男人道:"阿……阿希礼上将,下午好。"

男人微颔首,转身道:"走吧。"

原来这位就是一起执行任务的上将。郁飞尘跟上了他。

因为那位主神总是以长官的身份出现,他原本猜测所谓的"阿希礼上将"有没有可能是主神,但见到真人后……显然,这是不可能的。

舰身微晃,向上的力度传来——伊莎贝拉号升空了。

"我们将在一周后到达目的地矿星,用一天时间完成任务,返回首都星后,就能以'完成了会长大人赋予的使命'为名目,顺势举行你的成人礼。"阿希礼上将道,"现在,你去找个地方待着吧,不要给我们添麻烦。"

郁飞尘更加确定了自己在他人心中的形象。

他努力使自己的目光真诚一些:"我想为这次任务做些力所能及的事。"

阿希礼上将:"这真使我惊讶。"

秘书轻轻咳了一声,对上将道:"我们公爵……他转性了。"

"那我表示衷心的祝贺,"阿希礼上将道,"但据我所知,你唯一的才能是研究和驾驶古董飞梭,而这次主持航行的是操纵舰船经验最丰富的霍普真理官,不需要任何额外的帮忙。"

"或许我可以学点什么。"

阿希礼上将这才正眼看了看他:"你想学什么?"

郁飞尘当然不知道自己能学什么,但知道自己必须参与到与这个世界命运相关的那些事件里,而现在他了解到这个世界有真理协会会长、皇帝和反对他们的反叛军。

"我想学习那些能帮助我们彻底解决反叛军的东西。"

阿希礼上将顿住了脚步,看着他,铁灰色的眼里终于浮现一丝赞许:

"看来你的管家说得没错,你转性了,兰顿。"

哪里有管家?

这时,郁飞尘看见秘书骄傲地挺了挺胸脯。

郁飞尘继续作真诚状,他惯用的语气本就沉静果断,不需刻意伪装:"我不忍再辜负会长大人的期望。"

阿希礼上将深以为然地点了点头,然后道:"我认为你应该去审讯室,他们正在审问犯人。即使你帮不上忙,也能增长见识。"

走在去审讯室的路上,郁飞尘问秘书:"你是我的管家还是秘书?"

"这取决于您,公爵。如果您有正事做,我就是秘书;如果您无所事事,那我就只能被称为'管家'。事实上,我是个渴望成为秘书的管家。"

"你会成为秘书的。"郁飞尘道,"现在告诉我反叛军首领的所有信息。"

"您连他都忘了吗?"秘书叹了口气,"恕我直言,公爵,您可能得做好提前进入疗养院的准备。"

"如果你再说一句废话,就和我一起住进疗养院。"

秘书悚然而惊,迅速道:"他叫唐珀,公爵。他曾经是会长大人最心爱的学生,神圣真理协会最年轻的预备会长。原本,他会在您举行成年礼后成为兰顿星系的分会长,跟随您前往兰顿,协助您治理整个星系。"

"但是?"

"但是他早已暗中加入反叛组织,并成为首领,策划了许多次暗杀和危险活动,现在他被捕了。于是您失去了自己的分会长。"

一种诡异的预感在郁飞尘心头生起。

"他长得好看吗?头发是金色的?"他问。

"您终于想起来了,"秘书激动道,"唐珀大人的容颜无可挑剔。"

这完全在郁飞尘的预料之中。他确认了一下:"唐珀是使命者?"

"他当然是使命者。缺失者的天性很脆弱,做不出策划反叛这种事。"

郁飞尘问出自己最关心的问题:"那他的'镜'找到了吗?"

"他的'镜'是他自己的随身助手,现在被关押在首都星。"秘书边说边叹了口气。别的使命者都有救,他家的公爵却回光返照。

郁飞尘觉得心里不平衡。这时他也走到了审讯室外。

门打开,发出滑动声响。冷气扑面而来。

随着细微的门响,审讯室中央的人身体轻轻颤了颤,像是受到惊吓一般，但这轻微的细节很快被持续不断的颤抖掩盖了。

郁飞尘目光沉沉，隔着一道观察玻璃望向那里。

首先映入眼帘的是一头略显凌乱的金发。他的眼睛被黑色的皮质束带蒙住了，修长的四肢也被束缚在电椅上。

电刑。他们在刑讯逼供。

冷又昏沉的光线里，那人微垂着头，湿漉漉的金发凌乱地披下来。电极片牢牢附着在四肢上，他急促地喘息着，暴露着正在经受怎样的痛苦。

典狱长在审问，他拿着一张长长的名单，挨个问："这是不是你的同党？"可无论怎样问，电椅上那个人都会用沙哑但笃定的声音回答："不是。"

一旁的操作台前，一个棕衣真理官道："测谎机没有反应，他没说谎。"

"这是直接参与了反叛的人！"典狱长额上青筋暴起，直接把名单摔在了那人脸上。

那人微微偏了偏头，名单滑落向下。他殷红的唇角噙了一点冷冰冰的笑，像无声的嘲讽。

典狱长胸脯急促起伏，道："给他加电压。"

一根拉杆被缓慢往上推。那人的喘息更剧烈了，连指尖都在颤抖。

郁飞尘拍了拍秘书的肩膀，秘书会意，清了清嗓子："兰顿公爵来了。"

典狱长朝这边看，点了点头致意："公爵。"

看来公爵的身份尚存那么一点儿作用，虽然一开始他进来的时候人们大都装作没看到。

"阿希礼上将命令我来审讯，你们可以走了。"郁飞尘道，"我要单独问他。"

典狱长道："这不合规矩，公爵阁下。"

"我认为自己有审问他的资格，"郁飞尘冷冷地看着那边，"毕竟你们都知道我和他的关系。"

见他直勾勾地看着那里、恨不得啖其血肉的样子，典狱长倒笑了："确实，您的家乡差一点就要落到这个反叛者手中。"

郁飞尘注意到他征询般看向了真理官。

真理官点点头，但多说了一句："但他得活着到矿星，公爵。"

郁飞尘:"我知道。"

人都走了,郁飞尘看了秘书一眼,把秘书也看走了。

门关上,又是一声响。电椅上的人又颤了一下。郁飞尘没管他,先走到电击装置的操作台前,把电流逐渐关小。缓慢推到不会对人体造成伤害的数值后,他走到电椅前,解开了遮住唐珀眼睛的束带。这人紧紧靠在椅背上,浑身紧绷。

黑色皮带滑落,低垂的眼睫颤了颤,逐渐适应光线后才抬眼往上看。

一双淡薄冰冷的眼。一看就知道是硬骨头,这种人确实审问不出什么东西。

但郁飞尘是脸盲而非色盲,冰绿的眸色和安菲尔德长官如出一辙,泪痣静静缀在眼下。

"真狼狈。"郁飞尘用手指抹了抹他脸上一个小伤口渗出的血迹,低声道,"我是兰顿公爵,但名声不太好。"

他知道主神能认出自己。果然,三秒钟过后那人开口了:"唐珀,真理协会。"

唐珀的身份郁飞尘先前已经了解,他看向四周,想知道有没有监控设施。

"有镜头。"唐珀道,"你最好做个样子。"

郁飞尘垂眼在唐珀身上打量几下,又看向不远处的几件刑具和药品——这是个舰船上的临时审讯室。设备很不齐全,他没什么兴趣。

他伸手,手指扣在唐珀脑后,穿过柔软冰凉的金发,然后五指并拢,将金发向后拽,唐珀的脸被强制抬起来。这人身体似乎又颤了一下。

郁飞尘:"这样?"

唐珀轻轻喘了口气,平静地看向郁飞尘,冰凉的声音微带沙哑:"你可以轻一点。"

郁飞尘当然是听话的。他稍稍松了手,但觉得与其让唐珀仰起脖颈假装被制住,还不如就那样被他拽着省力些。

为了防止声音被记录下来,郁飞尘微倾身靠近唐珀耳畔,道:"这次我要帮反叛军推翻真理协会吗?"

不同于混乱的碎片世界,完整世界规则自洽、逻辑严密。郁飞尘没忘记永夜之门的要求——在碎片世界解构,在完整世界占领。信徒靠自

457

己的力量改变一个世界的命运后，乐园就能将其接管。

只不过，乐园没告诉他要站在哪一方。是要反叛教会，还是尽职尽责为其服务。

"取决于你自己。"唐珀目光平静，道，"你可以加入反叛军的阵营，也可以用公爵的身份参与帝国的运转，只要能完成占领。"

郁飞尘的目光从唐珀的红色伤痕上移开，直勾勾对上这人的视线。主神看起来不打算领导他，或许是又想划水了，但主神这次处境不妙，划水等于接受电疗。

郁飞尘道："我考虑一下。"

想了想，他还是觉得做出选择必须具备一定的知识，他需要了解这个世界。

他从克拉罗斯那里知道，信徒进入永夜之门，算是真正意义上的"成人"了，即使如此，还是需要成功完成五次永夜之门的任务后才会被判定为熟手，开放另外一些新功能，譬如自由组队制度、沟通平台之类。此外，还有个记忆功能——取代一个人之后会获得这个人的关键回忆、了解整个世界背景，以及这个角色的社交关系。远远好过像现在这样一无所知，甚至被秘书认为患了精神疾病。

"我觉得，"郁飞尘说，"您可以考虑下提前给我记忆权限，我才能尽快做出选择，顺便把您从这间审讯室救出去。"

唐珀淡淡道："你涉世未深，贸然接收记忆，会被不必要的情绪干扰冷静的判断。"

这不是郁飞尘想听到的回答。"我最近听说了一句话。"他说。

"什么话？"

郁飞尘给他往上拉了一下衬衫领口，遮住红色瘀痕，继续道："乐园的主神对待信徒就像一个幼儿园老师一样，恨不得把面包也撕成小块，依次喂进他们嘴里去。"

唐珀似乎笑了笑："克拉罗斯说的？"

这话确实出自克拉罗斯之口。那人对乐园的制度嗤之以鼻，认为根本不该存在力量女神的一、二、三、四、五、六、七扇门，不该存在信徒漫长的成长过程，更不该存在作弊器一样的复活日。

"如果是我，我第一天就把知识都灌给他们，再把所有人都丢进永夜之门。一个信徒锻炼好几个纪元才给进永夜之门。即使把养这些温室花朵的力量拿去喂狗,狗都给我叼回几十个世界了。不要用那种目光看我,外面的人都是这样干的。"克拉罗斯这样说。

或许是审讯室的灯光过分岑寂,又或许是郁飞尘这时候扮演着审讯者的角色,看这人做什么表情都像在拒审——唐珀唇角噙着的那点笑意不同于主神的怜悯温和,而是透出一丝冰冷的凌厉。

"但我的信徒在门外从来所向披靡。他们为我带回的力量远胜永夜中的其他神。"

郁飞尘看清了主神的态度。宁愿被电,也不会给他跳级。

唐珀:"此外,我不想看到你仅借一个人的眼睛了解整个世界。"

郁飞尘态度敷衍地听着。

郁飞尘拉开电椅背扣,另一条硬质皮束带被缓慢地从伸缩扣里拽出来,发出"咔嗒咔嗒"的声响。唐珀抿唇,看向郁飞尘的目光像结了冰的刀尖,却在割破皮肤前的一刻微微颤抖了一下。这缓慢又无规律的声音似乎激起了他生理上的恐惧,他瞳孔微微放大。

郁飞尘手上的动作没有因此受到任何影响,他抬起唐珀的下颌,掰开嘴巴,强迫唐珀咬住那东西,再把它穿过头发牢牢固定在另一边,把这人的嘴封上了。

没准唐珀已经在打算择日杀了他,但现在唐珀身陷囹圄,郁飞尘一点都不担心这种威胁。

在郁飞尘做完这件事的下一秒,典狱长的身影出现在玻璃外。

郁飞尘撒手,唐珀的头往下垂,却又被带子勒住,他完全被剥夺了出声的能力,只剩下起起伏伏的喘息。

典狱长饶有兴趣地看着这一幕。

"公爵阁下,"他道,"您审问出什么了吗?"

"我没比您多得到什么。"郁飞尘慢条斯理道,"别忘了给他吃饭,晚上我要继续问。"说完,他转身朝外走去,临离开时在门边多停了一会儿,听见典狱长的助手问"我们还继续审吗"。

"人都不能说话了,怎么审?解开吗?"典狱长意味深长地笑了一声,"既然公爵大人愿意亲自审问,我们只需要按照公爵的意思办。"

郁飞尘回头看了唐珀一眼。典狱长之前恼羞成怒,固然是因为审问不出什么东西，但更害怕的是自己因此落得"办事不力"的结果。既然有个公爵愿意送上门来做这个办事不力的人，他当然乐意把审讯的权力全部交出去，唐珀也就免于被电。

典狱长算是解决了，但郁飞尘不确定那个真理官是否也这样容易打发。

他从走廊离开，秘书跟上，司机也跟上。秘书问："您狠狠地审讯了唐珀大人吗？不，公爵，不，您不要玩枪，您有配枪没错，但它不是您该碰的东西。"

郁飞尘的手指停在扳机上，他的枪口准星先瞄了一下舷窗外大片的星云，又漫无目的地在天花板上掠过，银白的配枪像驯服的游鱼一样在他手里绕了一圈，看得秘书心惊肉跳。

"小管，"司机颤声说，"使命者狂躁的前兆是什么来着？"

"暴力狂，"秘书悲哀地叹了一口气，"小司，我想我们很快就要失去这份工资了。"

"其实，每当公爵出现的时候我都会深思，我真的需要这份工资吗？"

但郁飞尘的声音没有一丝狂躁的影子，相反，冷静得又像是回光返照了一般："带我去驾驶室。路上告诉我，这些真理官是来做什么的。"

开星舰的是真理官，操纵刑具电压的也是真理官，倒不像协会成员，反而像工程师。

一个出现了星际舰船的文明由真理协会、皇帝与贵族治理，本来就是一件不那么正常的事情。

就在这时，舰身微微摇晃。

舰内响起广播声："伊莎贝拉号将在五分钟后开始第一次跃迁，请尽快离开廊桥、通道、甲板，就近进入金属舱室，等待跃迁完成。"

舷窗外的大片星海暗淡了一瞬，仿佛忽然被抽走了光和热。

秘书带路，他和司机都对伊莎贝拉号的内部构造很熟悉。据秘书说，这是帝国拥有的三艘可跃迁堡垒舰之一，他经常搭它回兰顿星系，处理一些兰顿的家族事务。

"但您非常不喜欢跃迁舰，这是您第一次乘坐美丽的伊莎贝拉。"

郁飞尘："你知道自己在说废话吗？"

秘书："知道……"

回到那个"真理官是来做什么"的问题，秘书呆滞两秒，回答："真理官……就是真理啊。掌握真理的人！"

郁飞尘："其他人不会开星舰吗？"顿了顿，他又问，"我会开吗？"

"您在想什么！"秘书瞳孔狂震，"呸呸呸"了好几声。

"为什么真理官能开，我不能开？"

秘书道："当然是因为您会开到沟里，而真理官不会。"

说完，顾及公爵现在已经约等于一个傻子的事实，他又补充道："真理官大人博学多识，是真理在人间的使者，只有他们才了解万物运行的规律，懂得怎样驱动机器。"

郁飞尘若有所思地点了点头，修改了一下对这个世界的印象。

唐珀要他用外来者，而非本来人的目光去看待世界，像是一种故意为之的训练，只有这样才能用接近公允的态度来评判是非对错。

现在看来，这个世界里，真理协会以外的人是无法接触到重要技术和知识的。

正说着，目的地到了。伊莎贝拉号的驾驶舱是个环形空间，布满复杂的显示屏幕和按钮，那上面的符号和文字是用另一种语言来表示的，和这里的人生活中使用的语言完全不同。对未受过训练的普通人来说，就像一个幼儿园学生看到化学式一样，完全无法阅读。

整个驾驶舱内共有一位真理官、十位低一级的真理协会人员，都在各自的位置上专心操作。

令郁飞尘意外的是阿希礼上将也在这里。他背着手站在宽阔的舷窗前，遥遥望着外面。

"你也来了。"阿希礼说。

郁飞尘："上将。"

阿希礼上将对兰顿不坏，虽然秘书说他非常看不惯兰顿的所作所为，但是只有希望你改好的人才会批评你。

阿希礼凝望着无边的星海："每次舰船跃迁的时候，我都要来到驾驶舱，观看这个奇异的过程。十个恒星年前，你还是个小孩的时候，从兰顿星系来到首都星，要经过半年的漫长航行，但现在只需五天。"

他收回视线，看向环形舱内的真理协会人员，目光在庄严中带有崇敬："这就是真理给予我们的一切。我希望当你回到兰顿治理自己的封地时，也能像我一样，时刻铭记真理协会的美德与帝国的荣耀，而不是像以往那样浑噩度日。"

郁飞尘作虚心受教状，但上将的教育竟然还没有停止——他的话比主神多太多了，郁飞尘宁愿现在是在被主神批评。

"我甚至还听说，你不相信跃迁舰的神奇功效，认为人无法从原地消失又从另一个地方出现，唯恐自己在跃迁过程中出现意外，并将这种说辞到处宣扬。"上将的语气越发严厉，"你在会长大人膝下长大，会长大人不忍责备你，但不尊敬真理的人，真理也不会眷顾他。你现在登上了伊莎贝拉号，还在害怕跃迁意外吗？"

兰顿公爵说的胡话和他郁飞尘有什么关系？为了结束这场无妄之灾，他毫无心理负担道："这都是受到了唐珀的蛊惑。我现在毫不畏惧。"

阿希礼上将冷哼一声："那就好。"

郁飞尘耳畔清净了片刻。把黑锅推给唐珀果然不错。

上将结束批评教育一分钟后，像是终于想起安抚晚辈的心理，道："这次主持航行的霍普真理官是会长大人最心爱的学生，航程不会出现意外。"

唐珀是会长大人最心爱的学生也就罢了，但霍普看起来很不聪明，五官更是丑陋普通，怎么也成了最心爱的学生？会长大人的审美令人不能苟同。

郁飞尘收回心神，开始思索正事。

协会的全称是"神圣真理协会"，飞船上一切有技术含量的事都由协会成员主持，上将话里话外也流露出对真理的赞美。也就是说，真理协会的人并非是一群信仰虚无真理以获得安宁的神棍，他们是这个世界里掌握知识的那群人。

而在这个星际时代，人们对知识的崇拜到了一定程度。被冠以"真理官"之名的学者，自然也就拥有超然地位。

尤其是在寻常人没有资格学习知识的时候。

但是不得不说，他同意兰顿公爵的看法。他不是很信任这些世界里所谓的"跃迁技术"，就像他也不喜欢乘坐别人开的飞机一样。

就在郁飞尘垂眼思索的时候，周围仪器"嘀"响数声，平稳的播报声响起："跃迁开始，倒计时 10、9、8……"

协会成员的神情不约而同地更加严肃谨慎了，每个人都眼睛一眨不眨地盯着自己的操作屏幕，敲击声密集又规律。阿希礼上将更是微闭双眼，感受跃迁的过程。

倒计时的间隙里，驾驶舱里蓦地一片寂静，落针可闻。

郁飞尘淡淡看着这里的一切，尤其是仪表与操作台的构成，这是他的本行。

"6、5、4……"

读秒到"4"的时候，诡异的场景就这样在郁飞尘眼前出现了——驾驶舱的右侧，突兀地出现了一个纯白的"人"。

它有头颅、躯干、四肢，比正常的人体大了五六倍，仰望才能看全。看不见头发、五官或衣服，像个纸片的剪影。这东西没有发光，浑身上下是纯粹的白色，但它绝对不是什么有形的物体。因为原本位置的仪器还好端端地放置着，它的身体穿过了仪器。

投影？郁飞尘冷静地看向天花板，想找到什么疑似投影的装置，但下一刻，离白影最近的那个真理官助理看到了它。

他顿时惊恐地向后仰，椅子往后摔去，重重落到地上四分五裂。助理仰倒在地，却根本顾不得站起来，手臂撑着地面两腿前蹬，疯狂向后退去，喉中发出沉重的"嗬嗬"喘息声。

看他的样子，不仅知道白影是什么，还对这个白影无比恐惧。

郁飞尘的目光回到白影上，身边的阿希礼上将却猛地握住了他的手臂。

"往后退！"上将的声音如临大敌。郁飞尘跟着上将往后退了几步，身体紧紧贴在舷窗边。此时环形驾驶舱已经是一片兵荒马乱，所有人都面色煞白、浑身颤抖，剧烈喘着气，匆忙离开原来的位置退到边缘，死死地看着右边的白影。秘书甚至两脚打滑，跌坐在了地板上。

郁飞尘注视着白影。他不知道这是什么，在它身上，他没有感受到恶意，却隐约觉出另一种……平静和死寂。

阿希礼上将喃喃道："雪人……"

就在这时，白影动了，它迈开腿，从驾驶舱的右侧走向中央，偏向秘书的位置，途中穿透了几台仪器的边缘。

秘书整个人已经吓傻了，拼命想往后挪，司机把他往后拽了一段到墙壁旁边，然后火速撤退，躲在一个操作台后。

被称为"雪人"的白影不是径直冲着秘书过去的，它好像看不见舱室里的人，也看不见周围的一切，只是自己走走顿顿，中途还一度转向其他方向，就像一个在花园中悠闲散步的人。

不幸的是它最终还是走向了秘书的方向，而秘书已经被吓得近乎全身瘫痪了。

郁飞尘想挣脱阿希礼的钳制往那边去，但雪人的步伐忽然加快了许多。它高高抬起腿，即将朝秘书踩下。

白色的影子近了。

广播继续平静地倒数："3、2、1。跃迁开始。"

舱外星海刹那消失，巨大的堡垒舰进入漆黑的异空间。

秘书紧闭双眼，发出一声崩溃绝望的号叫："啊！！"

郁飞尘反手一推，脱离了阿希礼的控制。

白影即将触到秘书的身体，然而就在下一刻，它突兀地、如幽灵一般消失了。

消失得干干净净，肉眼看不到任何离开或消散的踪迹，就像它来时一样。它消失的那一刻，所有人都是一副如释重负的样子。

所以说，现在危险解除了？

霍普真理官喃喃道："怎么正好出现在驾驶舱……我们的运气如此糟糕……还好没有伤亡……"他霍然睁大双眼，看向雪人一开始出现的地方。

此时此刻，郁飞尘也看着那里。最初的那台仪器上出现了一个平滑的切面，他记得那是雪人最初出现的地方。那时，影子穿过了仪器。

切面以外的所有东西都凭空消失了，它经过的其他仪器也是这样。只要是白影经过的地方，和它重叠了的一切仪器或物体都消失得无影无踪，甚至地板上都出现了长而深的断裂凹陷——因为雪人不是踩在地板上走的，它脚步落地的位置应该是舱室地板再往下的一个平面。

暂且不论这个诡异的雪人白影是什么，现在驾驶舱里有仪器坏了。无论飞机还是飞船，仪器都精密且难伺候，向来牵一发而动全身。这次意外，航行不可能不受影响，轻则颠簸，重则出现爆炸。

疯狂的警报声陡然在驾驶舱内响起。

"警报，跃迁过程出现异常。

"警报，未抵达预定坐标点，重新获取坐标失败。

"警报，伊莎贝拉……"

舷窗外一片漆黑，巨大的堡垒舰疯狂摇晃起来，金属拼接的地板扭曲摩擦，发出剧烈的"嘎吱"声。

"完了。"霍普颤抖着俯身，贴在操作台面上，说着晦涩难懂的语言。经过翻译球的转换，郁飞尘勉强听懂了他在说什么——他们已经从原来的跃迁地点离开了，但还没抵达目的地，航行就出现了混乱，现在整艘舰船被困在跃迁的中间状态，也就是困在一个复杂的虫洞里了。而且，其他操作模块也出现了问题，连平稳飞行舰船都成了难事。

外面一片兵荒马乱，霍普在短暂的慌乱后回到了位置，疯狂敲击着操作按钮，舰船的晃动却越发剧烈，不见丝毫变好的趋势。

秘书不知什么时候蠕动到了郁飞尘身边，抱着他的腿瑟瑟发抖："雪人，妈呀，雪人，怎么就让我们给碰上了呢？公爵，我们是不是没办法去疗养院了？是不是要坠机了？"

阿希礼上将则快步走到霍普身边："还有办法吗？"

"难以航行，我无法操纵……"霍普出现绝望的神色。

郁飞尘盯着那些仪表，想说"我或许可以试试"，但这个系统对他来说完全是陌生的。

忽然，霍普像是想起了什么，猛地抓住了阿希礼的袖子，颤声道："唐珀！唐珀是不是还活着？快让他来！他说不定能——"

"这……"阿希礼紧皱眉头，似乎在犹豫。郁飞尘见状果断道："是，上将。"说罢他根本不管阿希礼的反应，踹开秘书转身就走，往审讯室的方向去。

舰船疯狂摇晃，到处都是嘎吱巨响。郁飞尘远远就看见典狱长和他的随从从审讯室的方向跌跌撞撞地栽了出来，他径直路过他们，踹开审讯室半掩的门，三步并作两步来到了唐珀的电椅前。

唐珀还是那样被牢牢绑在电椅上，有挣扎的痕迹。郁飞尘扯开了封口的束带，然后撕开四肢的绑缚，移开电极片。就听这人终于缓了一口气过来："怎么了？"

"仪器坏了，我们被卡在虫洞里。"郁飞尘简短交代，"霍普崩溃了，喊你去开船。"

把所有绑缚物都清除后，郁飞尘扶唐珀起来，唐珀却没一下站起来，整个人栽在他身上。

465

"还能走吗？"郁飞尘抬起对方的脸看情况，见这人瞳孔微散，完全是一副惊吓过度、精神涣散的样子，五根手指死死扣住他的上臂不放，像抓着救命稻草一般。

郁飞尘："你抖什么？"

一片狼藉混乱的走廊里，唐珀被他架着往前跟跄了几步，幽幽道："你没关电。"

郁飞尘想了想，自己还真没关掉电。

他不是离谱的人，推闸时心里是有数的，那点电压只能说是玩玩，不可能会导致这种情况，但唐珀靠着他的身体一直在虚弱地发颤，比霍普还像崩溃的样子。

郁飞尘回忆电压数值，虽然自认清白，但那数值确实不是零，他难免有些理亏。

这时舰船又颤了一下，唐珀喘口气，道："快……"

郁飞尘看一眼这人的状态，别无选择，直接把人打横抱了起来，往驾驶舱赶去。

不像随手就能拎起来的安菲尔，唐珀早已成年，且身材修长。还好洛什·兰顿虽然有个破罐子破摔的脑子，身体却是顶级使命者该有的状态，再加上郁飞尘自带的基础体质强化，抱起来也算轻而易举。

一路穿过兵荒马乱的廊道到达驾驶舱，星舰虽然摇摇欲坠，但还没有彻底失控。然而霍普和他的下属已经双手离开操作台，身躯像风中乱叶一样颤抖。

有了他们在旁边，唐珀的糟糕状态也不那么引人注目了。

驾驶舱里的混乱程度比外面还厉害一些，仪器刺刺冒着火花。霍普一看见唐珀就大步过来，抓住救命稻草一般大喊："唐珀大人！在这边！"

郁飞尘挡开了霍普的手，抱着人匆匆来到主控的位置。复杂的符号和说明密密麻麻地在大屏幕上滚动着，唐珀扶住金属操作台的边缘，抬头看屏幕。

看完屏幕上的信息后，唐珀开始低声发布指令，用的是那种真理协会特有的晦涩难懂的语言。

晦涩到了翻译球都没法彻底转换清楚的程度，这种情况难得一见。因为翻译球是依据人类语言最深层的原理来运作的，只要是有效的表达都能被解读出来。一门语言无法被它翻译清楚，只有一种解释——这种语言本就不是为了沟通而被发明的，它是为了故弄玄虚。

说完那些，唐珀用通用语言对郁飞尘道："你来。"

郁飞尘点点头，坦然在觊觎已久的操作主位坐下。没人比他更熟悉驾驶。他先前心里没谱是因为语言，对操作系统半懂不懂，现在有唐珀在一旁辅助，一切都顺利了。他试飞，唐珀提醒和解释，几句交谈后郁飞尘迅速明白了机制，开始操作。

虫洞是个不存在于现实世界的亚空间，航行的最大考验是内部错综复杂的阻力场，失控的舰船就像漩涡里的小舟一样难以找到平衡，这也是霍普崩溃的原因。

而崩溃源于学艺不精，郁飞尘认为自己和唐珀明显不属于此类。

在他们的操控下，星舰很快就恢复稳定，开始平飞。慌乱的霍普也喘匀了气，和阿希礼上将一起看着郁飞尘发愣，仿佛第一天认识他一般。外面拥进来另一批人，就地抢修设备。

半小时后，负责抢修的人查出是跃迁定位装置出了问题，现在没法复原。

这东西坏掉的结果是他们没办法从原定目的地出去了，但幸好只坏了一半，还能找一个最近的跃迁点离开虫洞。不确定到底会跃去哪里，可能是帝国跃迁网络中的任何一个地点。

郁飞尘觉得还好，他其实已经做好了最坏打算，要自行在虫洞里找出口，那他要学的就不只是驾驶知识了，还有物理知识，毕竟每个世界间的物理构成也不相同。

确认航行已经彻底平稳后，他看向了唐珀。

唐珀的呼吸很急促，身上肌肉不时神经性地颤抖痉挛，但他的动作和语气都清醒得离奇，命令有条不紊，冰绿的眼睛目光灼灼，像支在风中过度燃烧的蜡烛。

这人在强迫自己保持清醒，而这种行为无异于自虐。

他的心跳声、他的呼吸，还有冰凉僵直的指尖都告诉郁飞尘，他已经到了极限，没办法再撑下去了。

郁飞尘果断转向霍普的方向。对方不再是最开始见到他时的倨傲模样，目光在惊诧中带有佩服，还有些隐约的庆幸。

郁飞尘道："你来开。"

"我……这……你……"霍普不知道在说什么推卸责任的胡话，另外几个协会成员则在激动地感谢公爵和唐珀大人的救命之恩。郁飞尘直接离开了位置，一把拽过唐珀，对阿希礼上将道："他刚从电椅下来，有后遗症。我带他去休息。"

为了保证两人的人身安全，他又补了一句："星舰随时有可能出问题，一旦有参数不对，立刻叫我们。"

"等等！"上将道，"你什么时候学会了操纵星舰？"

"星舰和古董飞梭的操作方法……"郁飞尘面不改色，说得和真的一样，"大致相同。"

唐珀强撑的清醒让他离开了驾驶室，但一出那里的门，他就只能靠郁飞尘拽着了。

郁飞尘抓住唐珀的肩膀，带人往前走，心说：这种样子怎么看也不像是电出来的。不仅不像是电出来的，也不像是使命者能有的。

恰逢这时秘书回头说了一句话，他开口的同时郁飞尘感到唐珀的呼吸停了一下。

"别进来，别敲门，别让其他人靠近这里，除非飞船要炸了。"关上房间门之前，他对秘书说。

关门后，外面的很多声音远去了，但唐珀的情况没有丝毫好转。

怕黑？

郁飞尘开灯，灯光瞬间亮起，唐珀生理性地一个激灵。郁飞尘心想：糟糕，起了反效果。最后他关上大灯，只开了一盏昏暗的小灯，这人的身体终于稍有放松。

郁飞尘在心里叹了口气，把人扶到床上，像对待一只突然换了陌生环境而瑟瑟发抖的猫或兔子一样，用被子把整个人裹了一圈。

唐珀拽着被角，涣散的目光终于一点一点聚拢。

郁飞尘就静静地看着他，然后道："这也是因为我没关电？"

唐珀的眼睫缓慢地合了合，嘴唇微动，郁飞尘一开始没听见，俯身靠近才听清了他在说什么。

"给我……"唐珀道，"舒缓剂。"

郁飞尘没动，淡淡说："使命者也会应激吗？我第一次看到。"

唐珀抬眼看了看他,像在责备什么,但这人眼瞳还在半失焦的状态,连责备都没了力度。

郁飞尘也不是真的要质问。他笑了笑,从床边手提箱拿出自己的舒缓剂来。

这个世界里的舒缓剂只有这一种,通用,作用是抑制一切因特殊体质引起的生理反应,包括使命者的狂躁、缺失者的应激。

但它不是什么好东西,副作用极大。一旦使用,下一次生理反应会剧烈数倍,而且使用次数累计越多,二十五岁期限到来时,狂躁和应激得也就越厉害。

郁飞尘开了灯,把液体吸入针管,再拨开被子,找唐珀的后颈静脉血管。

对着唐珀,他现在很有说话的欲望,可能这也是狂躁病发作的前兆之一。

"你说,"他一边找血管,一边说,"如果你早告诉我你是缺失者,我难道不会照顾你吗?"

至少,电是肯定会关了的,而且还会想办法,把他彻底从审讯室弄出来。

但后果也不会有什么变化,因为飞船出事是谁都没想到的。脆弱的缺失者,稍微大一点的声音都会吓到他。先是被严刑拷打诱发了应激症状,接着飞船又濒临解体,到处是震动和巨响,可以想象应激会发作到什么程度了。

不知道这人在他人眼中为什么是使命者。

唐珀声音有点哑,道:"没有告诉你的机会。"

郁飞尘:"这不是你污蔑我的理由。"

他当时还真信了是没关电引起的问题,真情实感地愧疚了一下。

正说着,找到血管了,他把细长锋利的银色针尖对准那里。

唐珀:"电流也是刺激因素之一。"

郁飞尘心想:这人能抬杠了,看来已经不必注射舒缓剂了。但是他再次看向唐珀的脸,他的呼吸还是顿了一下。

唐珀很清醒没错,但那是意志上的平静冷淡,而他的生理机制已经完全崩溃,瞳孔见光骤缩,额角冷汗涔涔。意志的清醒和身体的应激交织在一起,他身上呈现出一种濒死的寂静。

郁飞尘不再停顿,把整整一管舒缓剂缓慢推进了血管里。

唐珀:"三管。"

郁飞尘依言又加了两管的剂量,唐珀这才微微垂下头,声音因脱力而极低:"刚起效的时候反应会很大。"

郁飞尘在药物说明上读过了这一段。这种舒缓剂的原理是短时间内迅速耗尽体内导致症状的特征素,所以起效的第一阶段会有比发作期更剧烈的应激反应,然后才会渐渐平复。

他不知道该怎么安抚,想了想,只说出一句:"我在。"

他刚说完,就看见这人的肩膀开始颤了,接着是越发急促的呼吸。唐珀茫然看着前方,眼里一片空洞,带着惊惧,像是看见世界上最恐怖的场景。

他在应激的时候会看到、回忆起什么吗,还是只是单纯的惊惧?

对永昼的主神来说,世上又能有什么事情能成为他缠身的梦魇?

郁飞尘起身关掉小灯减少刺激,他离开至多有十秒的时间,回到床边,就见唐珀的状态糟糕了十倍有余,目光不安地在房间里到处找着什么,可眼瞳完全失焦,显然什么都看不到了。直到郁飞尘靠近他,那不安的寻找才停了下来。

唐珀看不到他在哪里,蹙起眉,伸手在空中胡乱摸着。

郁飞尘已经不知道这是自己今天的第几次叹气了。他先伸手抓住了唐珀,但不明原因的惊惧还在持续,郁飞尘不知道自己的存在是否也是刺激源,可唐珀反手抓他太紧,像是抓住世上唯一能抓住之物那般。

不知过了多久,唐珀的呼吸终于渐渐平复,力度也缓缓减弱。郁飞尘把人放开,偶尔侧头看他,见这人容颜平静,仿佛安睡,竟然恍惚了一下,想知道他是不是在做梦、梦见了什么、和应激时候见到的有什么不同。

他就这样时不时看一眼,终于,这次看的时候,唐珀是睁眼平静地看着天花板的状态了。

终于结束了。

第一句话,郁飞尘问唐珀:"你离二十五岁还有多久?"

"六天。"

一切安慰的话语好像都显得苍白。郁飞尘斟酌许久,终于挑出了一句话,道:"我还有五年,你放心吧。"

唐珀回应郁飞尘的是拎起一旁被子,盖在了他脸上。

郁飞尘思索自己是否说错什么,未果。

覆盖物妨碍呼吸,他想扯开,又觉得今天这种体验倒是第一次,回想几个副本下来,主神鲜少对他施以什么动作,更少流露情绪。

一个恍神,他被这东西多蒙了一会儿,鼻端忽然嗅见安宁缥缈的气息,像永眠花。

郁飞尘拉开被子,见唐珀已经靠着靠枕坐起身来,正低头看着他,若有所思。

这人眉眼像冰雪般凛冽,即使在思索时也不失冷静果断,只是眉梢、眼尾之间偶尔有轻烟般的忧郁。说是怅惘也好,慈悯也罢,总之不可捉摸。

郁飞尘问:"你在想什么?"

"我在想……"唐珀回答的语气倒很真诚,"这次的运气确实不好。"

郁飞尘笑了:"但你已经来了。下次对自己好点。"

主神在每个副本都会受到不明原因的削弱,他还在想在这个世界里,这人是会得心脏病还是恐高症,没想到直接干脆利落被定成了一个即将彻底应激的缺失者。

他问出了那个想问很久的问题:"是这些世界都不欢迎您'大驾光临'吗?"

"是我并未真正降临,而不完整之物必有缺陷。"唐珀淡淡道,"但我也不会在副本内真正死亡,你无须顾及我。"

郁飞尘并不意外。确实,如果主神带着全部力量降临这里,那这个碎片也不用活了,直接在永昼的光芒下解体就好。

"那你的意识呢?一部分留在乐园处理事务,另一小部分在这里看着我?"

甚至还可以再分出无数个,每个进门的人身边配备一个,彰显主神的爱怜。

"作为意识的我现在只在这里,你身边。"

这还勉强可以接受,郁飞尘现在允许他使用兰顿家疗养院的恒温栏杆。

"但我可能不能在六天内完成占领任务。"郁飞尘道,"六天后,我们甚至可能还没出虫洞。"

唐珀："我知道。"

郁飞尘又想了想，道："或者把你的数值告诉我，我帮你找找？"

对着唐珀有些异样的目光，他冷静地道："不用看我。我和你没对上。"

一个使命者和缺失者共处了这么久，他不仅毫无所谓的"中和反应"，甚至狂躁的感觉还隐有增长。唐珀除应激外也没有其他症状。这些就是数值不对的最好证明。

唐珀再度用一种莫名其妙的目光看了他一眼，起身走向了浴室。

水声隐约传来，剩郁飞尘一人。他看了一会儿天花板，拿被子把自己整个盖住，幻觉一样的永眠花气息有助于内心的平静，他拿起网络终端开始补充这个世界的知识。

这东西说是网络终端，功能甚至还不如一个刚进入信息时代的世界的通信器。它只有两个功能，一是通话，二是在"真理库"中检索。检索词可以是一个名词或一个问句。如果是已有知识，真理库会提供这个名词的解释或问题的答案，譬如苹果是一种水果，可以直接食用。

知识的上限是四则运算的算法与舒缓剂的基本原理，再高深的，譬如基础的物理定律，在真理库中杳无踪迹。

不过倒是有一些关于真理协会的介绍，虽然充斥着溢美之词与神棍言语，但终究能找出真理协会运作的蛛丝马迹。

汲取知识的过程终止于唐珀来到床前，揭开了他的被子。唐珀微蹙眉，神态像是怕他在被子里闷死。

看到郁飞尘终端上显示的信息后，唐珀问："你了解多少？"

郁飞尘道："差不多了。"

这是个真理协会与皇室共治的帝国，真理协会传授、运用"真理"，皇室则拥有世俗的权力。两者都有自己的军备力量，皇帝可以调动军队，而协会会长则拥有"真理骑士团"。

看起来势均力敌，但皇帝必须由真理协会会长加冕，军队中高级武器和舰船的操作也只有真理官可以胜任。

真理协会每年从帝国的适龄儿童中挑选出天赋优异的一批，进入各地的修道院学习基础礼仪与教义，几轮淘汰与挑选后，剩下的孩子开始区分方向，一部分学习打理日常事务，更优秀的另一部分则学习蕴藏着真理的"秘语"。

所谓"秘语",就是真理协会用以传授知识的语言。

秘语就像一道知识的鸿沟天堑将人们都隔绝在外,只有真理协会的人身处其中。其他人对此并无不满,毕竟谁都看过那复杂的语言。真理如同天意,总是难以解读的,只有少数人有此天分,而其余人只需按部就班地完成自己的工作,拿到回报,享受帝国的福利与馈赠。

整个帝国的运转机制,大概就是这样。至于反叛军,终端上没有任何相关的信息。

"我想,你不至于连自己的反叛过程都要我想办法探索。"郁飞尘道,"如果是原来的唐珀在这里,已经被我审讯出来了。"

唐珀:"你很擅长审讯?"

谈不上擅长,只是经常出现一种情况,他刚开了头,有些人就在心理上不由自主地沦为弱方,接下来的事情就顺理成章了。

郁飞尘没回答,而是直视唐珀,道:"你很擅长隐瞒。"

唐珀微微笑了一下,这次倒没拒绝,对他讲了这位反叛军首领的往事。

唐珀出身平民家庭,从小就展现出远超寻常的天赋,他顺理成章地进入真理学院,学习秘语,继而因为出类拔萃的表现,成了与会长亲近的学生。

他涉足许多领域,但最擅长的还是语言。

这场绵延已久的反叛,也是以语言作为开端。

唐珀用五年时间精通了秘语,又用剩下的五年时间独立钻研,删繁就简,以秘语和人们的日常语言为基础,发明了另一套简明易懂的通行语言。十六岁那年,他将自己的语言呈献给会长,认为这将大大提高人们研习真理的效率,将现有的真理统一起来。在原来的秘语里,由于多年分化,每门学科的语言都是相互独立的,中间需要经过专人翻译。

会长在长久的思索后否决了这一语言,理由是这有损真理的神圣性。用世俗的话语揭示真理的法则必将走入歧途,今日因此获得便捷,明日便会在更深层的探索中面临词不达意的窘境。

最终,这套语言被彻底删除,以断绝唐珀亵渎真理的念头。

但唐珀没有因此动摇,相反,他对会长感到了失望。失望的对象由会长本身蔓延到真理协会,故步自封的真理协会像个身躯庞大的瘫痪病人,步伐已经难以控制,正在离真理本身越来越远。

如果只是单纯的失望,也就罢了,但他因擅长语言而交游广阔,游走在各个分支之中,接触到了一些与他一样的人。这些人甚至有成形的组织,也就是真理协会所说的"反叛者"。他们各有专长,但都向往一个崭新的、自由的真理协会。

又过了几年,在二十一岁时,他成了反叛者的领袖。后来,短短四年中,他暗中策划数次变革,但都未彻底成功,因为这个真理协会等级森严、不可撼动,但四年间,反叛者的组织规模逐渐变大,深深植入真理协会之中。

再到后来就是这次了。他们暗杀会长未果,反而彻底暴露行迹,作为领袖的唐珀也沦为囚犯,被流放至矿星。

"过程几经曲折,但他的愿望始终是让通行语言取代秘语,让所有真理得以统一。"唐珀道,"我说完了。"

"但你还没说,他为什么自称是一个使命者。"

"因为精神状况稳定的使命者是最使人信服的一类人,而缺失者因性格的特质总是会受到某些限制。他很早就知道对抗真理协会需要强硬的力量,所有参与者必须信念坚定。为了成为绝对的领袖,他得让自己是个使命者。意志可以弥补性情的弱点,而真理协会内整日安静,适合缺失者生活。多年来无人发觉,除了他的普通人助理,但助理以为他也是个普通人,二人只是扮演彼此的'镜'。"

"只是他多年来生活在重重危险之中,导致现在的应激反应也……格外强烈。"唐珀无奈地眨了一下眼,"他深知自己时日无多,于是在最后时刻孤注一掷,已经做好最坏的准备。"

"他能用意志弥补性格缺陷,你也有意志,为什么还要打舒缓剂?"郁飞尘问出了一个奇怪的问题,仿佛是认为这人不可能应激一般。

"所以我只需要打三支。"唐珀说,"他要十支。"

听起来似乎还很值得骄傲。

郁飞尘倒没怀疑过这人的意志与信念,他怀疑的只是这人随时断气的身体状况。问完后他就发现那句话完全没过脑子,好像只是为和唐珀说话而说话。

郁飞尘不喜欢这种状态,他换了个话题:"那雪人是什么?"

唐珀默不作声地指了指他的终端，示意自行检索。

"哦……"

郁飞尘想了想，觉得有必要声明，自己不是想要不劳而获。

"我原本已经要检索它，"他说，"但你出来得太快。"

唐珀居高临下，淡淡地看着他。

"哦。"唐珀说。

雪人是一种奇怪的自然现象，起码知识库里是这样介绍的。它没有实体，没有固定形状，出现没有规律、没有诱因，是个小概率事件，但一旦出现，与白影重叠的事物必然凭空蒸发。

郁飞尘琢磨了一会儿，截至目前，这个世界的其他地方都很合理，雪人却不同寻常。很多世界都流传着诡异的怪谈，或幽灵，或沉船的航道，半真半假，但雪人已经真实地出现在他眼前，并且差点毁掉整艘飞船。

"我遇到意外的时候，不会觉得它是偶然事件，"郁飞尘说，"首先要排查是不是有人加害。"

唐珀道："你似乎习惯戒备他人。"

郁飞尘收起终端，对上唐珀的视线："如果相信所有人都很善良，你好像也当不上主神。"

"那是很久前的事情了，"唐珀的目光温和，"现在我不惧怕任何意外。"

确实，郁飞尘点点头。他发现自己就喜欢看主神这副矜贵样子，包括在审讯室里也是，唐珀身处电椅还能冷冷嘲笑典狱长的那个画面就很不错。

他起身："你要吃点东西吗，还是睡一会儿？"

唐珀在数他的舒缓剂支数，态度理所当然得仿佛在清点自己的财物一般。郁飞尘伸手就把低温箱提走了："我还要用。"

"你用什么？"唐珀笑了一下。明明是很温和的笑意，郁飞尘却察觉出了微微的……嘲笑。

却听唐珀下一句道："你还没成年，公爵。"

回想之前发生的一切，秘书确实说过，他还没举行成年礼。他对这副身体很满意，忽略了这个鬼地方的正式成年是二十岁。

"快了……"他把低温箱放到自己床头一侧，终止了这个话题。

过了会儿，唐珀说："我想吃点东西。"的确，刚才那场应激折腾得太久,连郁飞尘都觉得心力交瘁,但房间里没有吃的,要去其他舱室。

郁飞尘看了一眼唐珀,觉得他虽然暂时恢复了正常,但最好还是避免接触外界刺激源。他说:"我去拿,你在这里。"

但当他拉开门的时候就发现唐珀似乎又开启了"自动跟随"的按钮。跟着也行。

"咔嗒"一声,唐珀的右手腕被扣上一副银色手铐。

唐珀蹙眉:"你随身带这种东西吗?"

郁飞尘自然没有这种爱好。

"审讯室拿的。希望您有点犯人的自觉。"

唐珀眉头微舒,接受了右腕上的手铐,但郁飞尘知道这人又看了他一眼,像是对他有了新的认识。

很奇怪的一种感觉,他想。算起来他们相识也不算短了,但真正开始彼此了解是在这几天——将身份坦诚相待后才发生的。在此之前主神也在观察他,不过只是稍纵即逝的注视,显然那时对方已经打定主意不会在他身边久留。

他把另一端的手铐握在手里,带着唐珀去舰船的餐室,守在门口的是司机。

"下午好,公爵。下午好,唐珀大人。"司机打招呼的态度很自然。

秘书没出现,不知去了哪里摸鱼,路上有其他人见到他们,低声议论纷纷,但没人对兰顿公爵和唐珀大人一同出现这种事表现出讶异。

郁飞尘在桌上放了杯牛奶:"唐珀和兰顿很熟?"

唐珀道:"未成年的贵族继承人居住在首都星,名义上由会长抚养。"

"事实上?"

"事实上,兰顿由唐珀教养的时间更多一些。"

"那他教得不怎么样。"

"他忙于反叛,难免疏忽,只能尽力分出时间陪伴。"

郁飞尘像是忽然想起什么,看着唐珀若有所思。

唐珀看着他乌沉沉的眼瞳,道:"但他人的记忆对我来说异常遥远。"

郁飞尘把牛奶杯推给唐珀。唐珀接下,啜了一口,又道:"不过我与你的关系,或许与他们相似。"

郁飞尘顿时想起了母舰上的那些年少时光,笑了笑:"你可没教过我

476

什么。"

唐珀的眼睫微微弯了一下,没回答。

郁飞尘起身拿了杯果汁,回来后手铐的一端还安静地摆在桌上没动丝毫,似乎在等他认领一般。他想起方才的对话,恍然发觉自己已经可以平静地回想往事了。

唐珀在观察他没错,但这些日子,他也逐渐看到了一个更加完整的长官。

接下来的生活很乏味,阿希礼上将总是犹豫要不要把唐珀关回去,霍普每天早上来请教一次现在的航行是否正常。

即使是主神的意志也无法完全抵御与命运伴生的生理本能,唐珀每晚都要打一支舒缓剂才能入睡。

就在一个深夜,霍普托秘书传来消息,找到了一个可跃迁的坐标点。不知道通往哪里,但跃迁点附近一定有帝国航空港,他们可以在那里检修一番,再规划去矿星的路线。

秘书说这话的时候郁飞尘不得不捂着唐珀的耳朵,唐珀离最后时限只有三天了,任何一点动静都会成为彻底应激的诱因。

秘书审慎地看了他们一眼,道:"公爵,您以前就很怕唐珀大人,现在难道不怕反被——"他比了个"咔嚓"的手势。

郁飞尘:"你可以走了。"

白松至少不会说这种胡话。虽然郁飞尘总觉得那孩子一直杳无音信,现在可能被投放到了矿星,正在辛劳地挖矿。

秘书乖巧离开,郁飞尘又叫住他,问了一句:"我的生日是哪一天?"

秘书回答了一个日期,郁飞尘陷入沉默。

沉默中,舰船完成了跃迁。舷窗外展开一片浩瀚星空。跃迁开始时,郁飞尘就注意到周围的群星暗淡了一瞬,现在离开跃迁亚空间,他又看到了同样的暗淡场景。

"你再说一遍,"郁飞尘低声和霍普的通话,"我们在哪里?"

"紫罗兰航空港,就在首都星墨霍附近,鸢尾花空港对面那个。我已经向港口发出接驳信号了。"霍普说。

绕了一圈,竟然不巧又回了首都星。

接下来是顺势去首都星蹚浑水,还是继续去矿星完成任务等待成年礼？成年礼之后他会得到一整个兰顿星系的统治权，包括领土与军队。他已经计划好先把唐珀那套通用语言引入自己的封地，然后花些时间收拢军队，最后考虑是否直接端掉真理协会。

郁飞尘正想着，阿希礼上将的通话请求又来了。

"我收到了墨霍的消息，你叔叔传来的。"上将语气严肃，"你现在必须立刻回墨霍，去见会长大人！"

郁飞尘问："发生什么了吗？"

"帝都出事了，"上将语气急促，"皇帝陛下意外遭遇雪人，蒸发了。"

"嗯？"

"所以，现在，穿好衣服给我出来，立刻。"

郁飞尘看了一眼睡着的唐珀，这人难得睡得深了一次。

"陛下蒸发了，但……"他有些许疑惑，"这和我有什么关系？"

现在是还未天亮的清晨，葬礼不会在这个时候举行。

那边传来拍打桌子的声音。

"你这个——你——"阿希礼上将喘了几口气，道，"他没有孩子，只有两个已逝的姐姐，我想你不至于忘记了自己的母亲叫什么。"

上将的语气中饱含对帝国未来命运的绝望："你是第一顺位继承人。"

"您是第一顺位继承人没错，公爵。"秘书说。

他们正在乘坐飞艇，从半空中的紫罗兰航空港直接驶向真理协会所在处，根据导航显示，那地方叫"真理之城"。

唐珀已经醒了，和郁飞尘面对面坐在窗旁的茶桌边。

"但是皇位不是按顺位继承的。让我给您展开讲讲。"秘书说。

郁飞尘点头。天上不会掉皇位。

皇帝由票选产生。

洛什·兰顿是第一顺位继承人，他拥有初始的十票，第二顺位的继承人有五票，其余人均为一票。真正的票选在初始票的基础上进行。帝国共有十名选帝侯，四名来自真理协会，六名来自统治各大星系的贵族。选帝侯每人有一张选票，另外，内阁首相也有一张选票。

"但您不用在意这些人的选票，您只需要关心拥有另一张票的人就好了。"秘书说。

郁飞尘:"怎么说?"

"那就是我们最尊敬的会长大人,他拥有的不是选票,而是——一票否决权。"秘书凝望着郁飞尘,"所以公爵,您务必要得到会长的欢心,虽然他早就知道您是个浑蛋。现在我们就去向他问好。"

司机在一旁喜不自胜:"小管,难道我就是未来的皇家舰队统领?"

秘书:"是的,小司,而我就是未来的首相。"

他们激动地拥抱在了一起,仿佛已经领到统领与首相的工资。

郁飞尘看着窗外。

天边曦光初露,照亮了首都星墨霍。这是个繁华美丽的星球,各色建筑物错落,一切井然有序。真理之城就在它的中央。

飞艇在低空飞过,整座真理之城由近及远在他们眼前展开。庞大森严的建筑群扑面而来,主体是深红色的,肃穆中带有庄严。它占地极大,共分为六个区域,高楼的顶端有尖顶,道路横平竖直,人们在其上走动的姿态端肃谨慎。

郁飞尘看着下方的一切。这座真理之城的构造者极为深思熟虑,把功能区划分得明明白白,彼此之间壁垒森严、水泼不进。在他见过的等级分明的文明里,也算是出类拔萃的。

显然,这地方规矩很强,而他身为其中的一个角色,在没有足够强横的力量前,一切也要按规矩来,比如他没法单枪匹马地杀到会长的殿堂,把人给崩掉。因为在已经成形的体系下,失去任何一个人都能继续转。

他要想得到那个烫手的皇位,还真得像秘书所说那样,去会长座前争取。

假如手里有筹码,去谈判也就算了,但争宠这活儿他不擅长。

秘书和司机还在为了梦中五百万弹冠相庆,他没心思看他们。郁飞尘屈起手指,敲了敲桌沿。唐珀看向他。

"打个商量,"郁飞尘道,"下次再有这种世界,不如直接给我支听指挥的军队。"

哪怕是直接让他去扮演阿希礼上将都行。

"你不觉得——"他说,"没找准我的定位吗?"

不只是这个世界,之前那些副本他也觉得很不对劲,有力气没处使一样,这次,使命者的狂躁更是放大了这种感觉。

他觉得，如果自己是主神，绝不会安排信徒去不合适的领域发光发热，而是要精准地压榨他们的最大价值。

唐珀好像还没清醒，带了点懒和倦，看了郁飞尘一会儿，冰绿的眼瞳才渐渐清明了。他修长的十指轻轻交叉。郁飞尘心想，这人转眼就换了副面孔。

"比起力量，我更希望你向我展示自己的内心；比起指令，我更想看到你的选择。"

此前，郁飞尘还以为主神缺人为自己在永夜里冲锋陷阵，所以暗中观察，要考核他的实力，但听这话里的意思，是要让他全面发展。

反正，总不会是主神真对他这个人本身充满好奇，想要一探究竟。

说实话，他的内心真没什么可展示的东西，道德水准也只能说是随缘。

而现在的情况……

郁飞尘："我有很多个选择吗？"

无非就是先走政治路线拿到实权，然后为了改变这个世界挑个不顺眼的硬柿子捏，他看真理协会就不错。

唐珀捉摸不透地笑了笑："人无时无刻不在做出选择。"

郁飞尘直勾勾地看着唐珀的眼睛。他喜欢看主神的这种腔调，但这和他觉得不顺眼不冲突，于是他想到一件事。

"你要我自己选择，"郁飞尘说，"那我选择当个暴君，把整个世界治理成一堆垃圾，也算是对它造成了根本影响，可以占领成功。"

"你……"唐珀微蹙眉，但很快缓和了神情，笑意中微有无奈，像是看到有人在无理取闹。

最终，唐珀道："为什么会这样说？你不会做出这种事。"

郁飞尘心想：你认识我才多久，凭什么笃定我是个好人？晦暗不明的心绪一闪而过，他面色如常："开个玩笑。"

唐珀像是没看到他的变化，莞尔。

飞艇在主建筑前落地。还没出去，又有人找阿希礼上将传了话。

"名单没审问出来，剩余反叛者垂死挣扎，在城中四处制造骚乱，会长大人正在发怒。再等两刻钟，我们再一起去，你和会长大人说话的时候小心点。"上将对郁飞尘说完，又深深地看了窗边静坐的唐珀一眼。

还好这地方没有死刑，矿星流放已经是封顶的刑罚，郁飞尘心想。

不然唐珀恐怕值得被碎尸万段。

就听上将继续道:"你明白自己的长处与缺点吗?"

郁飞尘虚心受教。贵族的关系盘根错节,阿希礼不仅是帝国上将,还是他血缘上的长辈。在皇位相关的重要时刻,即使兰顿是个浑蛋,但只要表现出一丝扶得上墙的可能,上将还是会偏向他。

"你是个顶级使命者,仅仅是这一点就能让你获得所有人的信任。前提是你能找到自己的'镜'。"

郁飞尘:"这很难。"

"我知道这很难,但你要做的是让所有人相信。你还有五年,你有足够的信心和可能性来解决自己的狂躁,绝不能像以前那样自甘堕落,尤其是……"说到这里,上将的血压直线升高,"尤其是要和唐珀撇清关系!如果会长大人知道你在飞船上做了什么,他会怎样看待你?我从未见过这样想被一票否决的人。"

郁飞尘望着天花板,感到些许惆怅。他面临的困境比上将以为的复杂得多,远不是"选唐珀"还是"选皇位"这种简单选择。

想到这几天如影随形的永眠花香气,他默默给唐珀记了一笔,接着面不改色地吩咐侍从。他强调说,自己连日审讯唐珀,就是为了要给会长大人分忧。"现在,把唐珀关进我的住处,等我回来继续审问。"

上将冷笑一声,转身离开:"真希望看到你的审讯结果。"

唐珀则被他逗笑了,不仅没有丝毫帮忙的意思,还笑得一脸事不关己,高高挂起。郁飞尘面无表情地看着他,阴恻恻地说一句:"真希望看到你的特征数值。"

唐珀缓缓眨了眨眼,像是认真思索了一下。

然后,这人竟然闭眼往椅子上靠去:"我应激了。"

还装起来了。

缺失者应激的诱因,一是外界变化,二是心理恐惧与压力。

首先这地方一片清静,没有外界刺激源;其次唐珀只是被问了一句关于特征值的话,心理上也没什么称得上"压力"的东西。要是说永昼主神被真理协会的排场吓到了,郁飞尘从未听过这样离谱的笑话。

综上所述,这人想用应激逃避问题。郁飞尘懒得理他,不仅懒得理他,还伸手端起他手边的牛奶杯喝了几口。

481

喝完，他迎着曦光一边看唐珀，一边琢磨接下来怎么对付会长。

他忽然察觉到不妙，是看见唐珀抬手，手腕横放在眼前挡光，整个身体躲避般往旁边侧了侧。

"唐珀？"郁飞尘蹙眉，拍了拍他的侧脸。

唐珀不甚清醒地摇了摇头，抓住了他的衣袖。

不管刚才是不是装的，现在真的应激了。郁飞尘扫了一眼这地方和隔壁的侍从，脱下大衣盖在唐珀身上："我先带他回去。"

秘书想帮忙扶一下，但唐珀反射性地往郁飞尘那里退，不给他碰，他只能缀在后边对上将的亲兵胡扯："唐珀大人有电刑后遗症，现在犯了，很危险的，我们公爵得先带他回去。"

亲兵："但医治院就在一千米外。"

"不是的！我们公爵是那种对叛徒和颜悦色的人吗？"秘书义正词严，灵活躲开亲兵的拦路，"他在趁火打劫……乘其不备，要回去审问反叛名单献给会长。好了，我不能再和你废话了，我打个共享飞梭——小司！那不是公爵的车！"

亲兵喃喃道："但监狱就在两千米外。"

另一边，阿希礼上将刚通完一次话，拍案而起："这个……这个畜生！"缓了缓，他继续大吼，"他以为继承人里只有自己是使命者，就很了不起了吗！"

随从小声道："好像确实挺了不起，但是上将，他的司机开走了您的飞梭。"

阿希礼上将一口气差点没喘上来。

"希望上将带了救心丸。"秘书坐在副驾驶位，喃喃道。说完，他回望郁飞尘和唐珀，"那么，公爵，您愿意向我们解释一下唐珀大人的后遗症吗？"

"我想涨工资。"司机边驾驶边说，"没有别的意思，只是觉得我舰队统领的位置岌岌可危。"

"涨吧。"郁飞尘没有什么可以解释的，因为他觉得永眠花的香气已经不需要很近就能嗅到了，但秘书和司机竟然毫无反应。迟钝的普通人。

唐珀这次应激和之前有点不太一样。发作得……特别平静，只是安静地抱着他的大衣。

秘书恰如其分地递上了他的终端："公爵，通信录隐藏分类里面有一些秘密群聊。群聊里有一些用得上的资料。不要问我为什么会有这些东西，这只是一个贵族管家的基本素养。"

"你可以和小司一起涨工资了。"郁飞尘接过，但没有立刻就看。相反，他将终端扣下，看向了唐珀。

唐珀的五官并非柔和的风格，清冷的轮廓像剔透的冰，修长的手指嵌进黑色的衣料里，好像很容易折断。

就像水晶也容易摔碎那样。

郁飞尘定定地看着唐珀。他在想，唐珀为什么不告诉他那个数值。如果告诉他，会有什么后果？

后果只有两种。

一、他们的数值确实不匹配，他嘴上说着给他找"镜"，但只是说说而已。

二、他们的数值匹配，那就考虑要不要换一下血。

说是"手术"，其实并不是一做了之。用这种方法中和了血液的两个人会产生奇异的连接，潜意识里建立非凡默契，甚至有时候能感知到彼此的情绪和想法，共享一些强烈的回忆，并且两人不能"长期"分开——这里的"长期"是相对的，指一天以上。否则，狂躁和应激就又会渐渐复发。

这样的生活对于郁飞尘这样习惯独来独往的人来说，实在是有些难以想象。那是一种原本只属于自己的区域被侵犯的感觉，想必对于唐珀来说也是如此。

所以两种后果说不上谁更好，谁更坏，各有各的麻烦。

而现在唐珀不听不看，意思就是"你来选"。

郁飞尘将手铐的另一端打开，端详着它，像是在考虑要不要把自己的手腕也锁起来。最终他极轻地把它合上。搭扣锁死的声音却不因他动作的轻缓而更改，清脆利落。

郁飞尘把那半边手铐丢回唐珀身上，看着那颗欲坠的泪痣，他想：如果你的"镜"是别人，你就去疗养院度过余生吧。

不过，这个可能性现在看起来不大。

"公……公爵，"秘书的声音哆嗦了，"您……您的眼神好吓人，要不，

483

您先去医院看看？"

奇怪，公爵听到说话声，抬眼看向他的时候，目光还是常有的平静，仿佛刚才是错觉一般。

郁飞尘："我的特征素是什么味道？"

"对不起……公爵，我们普通人不配闻到您的特征素。"秘书道。

司机插嘴："但您自己也不配。"

"我为什么不配？"

"只有和您匹配的缺失者能闻到。"秘书露出八卦神情，"听说，以前兰顿家有位领主，领主夫人骗他说您的特征素是榴莲味的，那位大人感到很难过，直到领主要去上战场，夫人才坦白了恶作剧，告诉他，您的特征素是现在贵族间最流行的雪松味，领主快乐地打了个胜仗。"

"我认识一个人，"郁飞尘说，"你们一定能成为好朋友。"

"唉，但您离成年还有一天，即使已经有特征素，也会比成年状态淡一些。"

郁飞尘垂眼看了看唐珀，虽然预感到最麻烦的情形正在逐渐降临，但还是勾了勾唇角。

他拿起秘书给的终端，点进了一个资料，名叫《了解你的"镜"》。

司机开飞梭的技艺不算高超，但胜在平稳，飞梭滑进了兰顿家在首都星的私家庄园，也就是郁飞尘最开始醒来时在的那个。门口有岗哨，庄园里也豢养着家族的私兵，只听兰顿公爵的命令。

下车时郁飞尘干脆也不让唐珀费劲走路了。

"您不去最心爱的抽象派房间了吗？"

"不去。"他让秘书去开了个没人住过的客房。房间里有两张床，方便他随时观察唐珀的状态。

感应门滑开，陌生的环境和光线让唐珀反射性瑟缩了一下。郁飞尘把他放在沙发上，俯身看了看瞳孔。

他还清醒。离二十五岁的界限只有不到三天，换成别人，恐怕已经在灭顶的应激恐惧下崩溃了，但他还能维持几乎无事发生的样子。

永眠花香淡淡地弥漫在他们之间，它不像是香气，很难用嗅觉的感受来概括形容。那是一种若即若离的感觉，既让人觉得宁静，又缥缈、难以捕捉，仿佛这一刻嗅到了，下一刻又会失去它。

郁飞尘已经读完了详尽的科普，这东西果然就是这个世界所谓的"特征素"——特征值在现实世界里的具象表现。

这个世界没有永眠花，但唐珀的特征素依然是它，因为他们两人来到这个世界只是借了表象，组成这副身体的所有力量仍是自己原有的那些。

郁飞尘问唐珀："我的特征素是什么味道？"

唐珀看着他，一副思考模样，想说又不想说。

郁飞尘沉沉道："不能骗我。"

冰绿的、琉璃般的眼瞳被纤长的睫毛半掩，流露出一点似有似无的迷惘，唐珀抬头看着郁飞尘，轻轻吐出了几个音节："永眠花。"

郁飞尘怔住了。

"不可能。"郁飞尘说。

这句话落下，唐珀的眼神猛地清醒了一下，像是才察觉到自己到底说了什么。他脸上任何细微的变化都被郁飞尘看着，这种反应一出，郁飞尘就知道，八成是真的。

主神躺在暮日神殿的水晶棺里，染了永眠花气息也就算了，可他一生的经历和这种植物没有半点关系。

就见唐珀笑了笑，轻声道："你也是乐园的子民，灵魂中为什么不可能有永眠花的烙印？"没给郁飞尘追问的机会，他又说，"我的呢？"

郁飞尘沉沉地看着他："你自己猜吧。"

唐珀蹙眉。他原本就处在应激末期，在崩溃的边缘，此刻更添不安与惶然，却因非凡的意志，看向郁飞尘时勉力维持着摇摇欲坠的平静与清醒。

郁飞尘起身，打开储存舒缓剂的低温箱，取药剂。冰冷的淡蓝药剂被逐渐吸入针筒里，细长的筒身顿时起了一层雾。

"我以前没来过这种世界。"郁飞尘边吸药剂边说。

针筒吸满了药剂，郁飞尘在他身边坐下，说："因为很不喜欢。"

他指的不单是这一种，是所有的、人的意志会让位给毫无理智的欲求的世界，包括贪婪，也包括杀戮。他知道主神能听懂。

"尤其是像这种……要和另一个人分享什么。你能看到我的想法，我也能看到你的，这种关系。"

主神却未表达赞同。他接过针筒，声音很轻，但很笃定："富有者少有贪婪之举，忠贞者不会惧怕考验。"

郁飞尘清楚地听到胸腔中心脏咚咚的跳响。他定定地看着主神平静的面庞，心中却忽然掀起惊涛骇浪，看见一道万丈深渊。

有时候，他觉得主神太相信他，可是另外一些时候又觉得主神了解他胜过他了解自己。

那些东西，他从来不喜欢。他数次在边缘游走，但从未接近。

不是因为他天生厌恶沉沦、放纵，而是因为他知道……他从来都知道自己并非善类，一旦从深渊坠下，会比其他人坠得更深，坠到永不见天日之地。

所以他规避……规避得仿佛真心恪守尘世的清规戒律。

"如果你在害怕什么，可以说出来。"主神声音温和，毫无惧怕，"让我帮你面对。"

郁飞尘久久没有说话，唐珀拿起手中针筒，给自己推入药剂。

药剂注射完毕，像是绷紧的弦终于松开，唐珀靠在沙发背上，不说话也不动作，带有微不可察的忧郁，像个脆弱透明的玻璃偶被举起来，即将摔碎时的样子。

"你……"郁飞尘离他近了一点，"怎么看起来一点都没好转？"

唐珀抬眼看郁飞尘，眼瞳一动，才像是有了点活人气息。

他嗓音微沙哑，道："舒缓剂打多了。"

"我不信。"

唐珀淡淡道："那就是你还没满二十岁，特征素太淡。"

郁飞尘仍然不信。

人的身体是逐渐长成的，即使有二十岁这个界限，也不会突然一夜之间像机器那样切换状态。现在离生日那天只有几个小时，他的特征素应当完全是正常的。

他"哦"了一声，明摆着敷衍。

唐珀没说话，像是拒绝回答，浑身上下都写着"爱信不信"。稍微平复一点过后，他从沙发上起身。看神态，很清醒，不再应激。他可以过半天或一天的正常人生活了，但那个二十五岁的界限不会因此延缓一点儿。

"你先留在这里。"郁飞尘把外套解下来，换了一件，说，"我去见会长。外面有兰顿的私兵，不会有人来抓你。"

如果再不见会长大人或是阿希礼上将，总有一个人会过来炸了他的庄园。

唐珀点了点头。

郁飞尘给他拉好窗帘，关了大灯，留一盏夜灯亮着。他去冲了个澡，出来后看了看唐珀的状态，道："你睡吧。"

缺失者维持自己精神状态的唯一方式就是找个密闭的环境，安然入睡。

昏暗的房间里，微茫的灯光像是暮色，唐珀和他面对面站着，道："你小心。"

郁飞尘"嗯"了一声像是答应，忽然想到什么，又问："你介意自己是缺失者吗？"

唐珀的眼神好像在说——为什么世界上会有这种问题？他道："不。"

"也不介意别人知道？"

答案和上一个问题一样。

主神眼里众生平等，当然不会在意。郁飞尘猜也猜得出来，但得象征性地问一句。

他给唐珀说了应急按钮的位置，然后收拾好自己，离开了房间。

走廊口，秘书幽幽地看着他，道："公爵，我以为您不会出来了。会长或者上将会杀了我们两个的。他们早觉得我俩带坏您了，实际上是您太离谱，显得我们也浑蛋了起来。"

司机以头撞墙："所以究竟公爵是缺失者，还是唐珀大人是缺失者？唉，我早就说，公爵的数值那么离谱，一定有问题，说不定是物极必反。"

秘书瞟他一眼："愚蠢的普通人，你还不明白兰顿家现在发生了怎样的好事吗？"

"你……"郁飞尘道，"知道自己该做什么吗？"

"知道，公爵，我已经让他们把整座庄园围起来了，尤其是这栋楼。有人被抓，我们三刀六洞。"秘书说。

郁飞尘拍拍他的肩膀示意做得不错："你留在这里，我带小司去真理协会。"

司机被委以重任，受宠若惊，但留在这里的秘书反而显得更加趾高气扬："您放心走吧，公爵。"

郁飞尘走得还真不太放心，他又看了秘书一眼，道："我很快回来。"

"是的，当然。"秘书说，"您放心就好。兰顿家背着真理协会做军火生意，做得很大，小司刚接管了一点。我们庄园地下就是个仓库，实在不行还能开飞船跑路回老家，宣布独立。"

郁飞尘："不错……"

秘书笑眯眯地转身离开。

去真理之城的路上还是司机开飞梭，郁飞尘边思索自己的种种选择，边被介绍首都星内的各位副会长与贵族。他在科普资料里翻找，终于找到一个疑似和唐珀症状相似的解释。

那上面说，极少数的缺失者，内心过于支离破碎，短暂接触特征素不能平复应激，甚至会反复唤起最令他恐惧的回忆，有时连进行换血都很困难。

郁飞尘把这个资料保存了下来。

那边司机正在冷静地分析政治。

"唯一有威胁的是温莎公爵，他今年十九岁，是第二顺位继承人，也在真理之城长大，陪伴教导他的是会长另一位最心爱的学生——卡扬大人。"司机逐渐傲慢，"但他们两个都是愚蠢的普通人，关系还很差。"

郁飞尘："我以前和唐珀关系不差吗？"

"不能说不差，但因为您不想学习，见到他就跑，没有发生过肢体冲突。"

正说着，阿希礼上将的通话请求来了。

郁飞尘早有准备，把终端放离自己一米远。在铺天盖地的批评后，他估计着上将也该血压升高然后吃药了，态度真诚地承认错误，并表达自己必会审问出反叛名单。

长久的沉默后，阿希礼上将道："事实上，我没有瞎。"

郁飞尘说："事实上，我也很想得到皇位，但是请您答应我一个请求。您答应之后，我接下来再也不会违背上将的教导。"

上将问"是什么"，郁飞尘说了一个很奇怪的要求，奇怪到连司机都感觉不解。

不久，飞梭抵达了真理之城的中央殿堂。据说会长大人连日很忙，既要准备参加葬礼，哀悼逝去的皇帝，又要操办即将到来的一场盛大庆典，还要为帝国的继承人人选而殚精竭虑、夜不能寐。不过，当郁飞尘请求进入内廷的时候，会长还是欣然派了一个使者请他前往叙话。

据说，真理协会的此代会长在这个位置上已经待了几十年，废立过四任皇帝，发起过五场对外的远征。他学识广博、德高望重，几乎所有皇室成员和贵族继承人都在他膝下长到成年，得到最好的礼仪、知识与法律的教育。

郁飞尘在别的世界也见过这种制度，不过那些地方被送往别人膝下抚养的继承人大多被称为"人质"，但这世界又和别的世界不同，确实得在真理协会才能学到真正的知识。

司机说，会长的尊名为"保罗"，是个渊博严谨的人，平日说话不多，但对少年也算得上和颜悦色。洛什·兰顿因为是这一代里天赋最优秀的使命者，颇受会长关注和爱宠，那些自暴自弃的举动也经常被保罗会长以"年轻使命者不可避免的毛病"为由一笑置之。他数值太高找不到"镜"，会长也为之苦恼。

总的来说，只要行事不过于离谱，会长还是会站在兰顿这边。

和会长叙话的地点在内廷的一个小花园中。

此刻已经是傍晚，蔷薇和铃兰的香气在晚风中飘着，但郁飞尘总觉得它们虚浮，没有永眠花那样温柔宁静。

会长着一身华服，戴着冠冕，背对他站在花园里，到郁飞尘走近后才转身。

保罗会长的脸已经苍老，但身体还保持着矫健。法令纹很深，或许他年轻的时候是个很严厉的人，但年老以后，面上不由自主地带有一些不知是真是假的慈祥。

郁飞尘拿出应对加钱最多的那种雇主时的态度和保罗会长在花园漫步，大多数时间都是会长讲一些漫无边际的话题或者表示对皇帝意外逝去的痛惜，郁飞尘稍作附和。

小花园从头逛到尾，快到最后的时候，郁飞尘借着"皇帝蒸发"这一话题提起了飞船上那个雪人事件。会长说："我已经有所耳闻，你们能够逃生，实在是真理的庇佑。"

郁飞尘又提了提唐珀在其中发挥的作用，会长摆了摆手，让他不要再说，话题又回到了"皇帝蒸发"上。

"格列蒸发的时候无人在场，没人看到伤害他的雪人的样子，只有四周留下了雪人事故特有的痕迹。"会长叹息摇头，"这些年来，雪人出没越来越频繁，而且无法抵抗。我们究竟要到什么时候才能窥见其中的规律和真理呢？"

郁飞尘说："伟大的真理协会一定能找到克服雪人的办法。"多年被投诉，他现在敷衍起来很有一套，语气沉静真诚，会长满意地点了点头。

"我老了。"他长叹，"帝国的未来……"

这种藏头露尾的话，郁飞尘也不是听不懂，话外的意思就是——我有意扶持你做新一任皇帝，而你是时候向我表达诚意了。

敷衍的话还没完全生成，会长却话锋一转："听说你带走了唐珀。"

该来的还是要来。

郁飞尘："是。"

"你和他以前也算情谊甚笃。"

"我们以前的关系颇为一般。"

保罗会长神态似乎满意，却摇了摇头，过一会儿又说："这次去矿星的路上出现意外，你们没有抵达流放地。我的学生说，测谎仪器对唐珀完全无效，问不出反叛名单。"

"确实没有问出。"

"裁判所对他处以了流放刑罚，他孤身留在矿星，多年之后，终究无法避免狂躁而死的命运。我见过这样死去的人，那真是经历非人的痛苦。他毕竟是我最心爱的学生，也是教导你长大的人。每当想起，我总是心痛。"

他隐约明白了会长的意思。

果然听会长下一句道："希望他所受的折磨能早日结束。"

郁飞尘垂眼，掩去思绪。

洛什·兰顿是兰顿星系的继承人，传统贵族，也在保罗会长身边长大，会长与他之间本没什么猜疑。然而，作为陪伴兰顿长大的人，唐珀反叛事发，即使兰顿从没有参与任何反叛相关的事情，会长和他之间也会出现看不见的隔阂。

兰顿要消除这种隔阂，就必须向会长表明自己的决心，而会长也必须看到他的立场。

所以最开始的时候,洛什·兰顿才要参与押送唐珀流放的任务,而到了现在,他作为可能的未来皇帝,更要与唐珀彻底划清界限。

故而保罗会长暗示他,早日结束唐珀所受的折磨,稍作翻译,也就是结束唐珀的性命。

帝国的法律中没有死刑,但是要让一个人不着痕迹地死去,有很多办法。

郁飞尘没接话。叙话到这个地步,这场见面也算来到了尾声,小花园已经走过,前面是通往前庭的拱门。

就在这时,前方传来微微的人声与脚步声。

会长对随从道:"谁在那里?"

不必等随从回答,一行人已经走到了近前。是以阿希礼上将为首的近十位有名有姓的大贵族与重要官员,里面甚至还有一位协会副会长。看情况是来找会长说什么事情的。

郁飞尘与会长就这样和一行人"偶遇"了。

郁飞尘和上将对了个隐蔽的眼色,上将脸上怒容还未完全下去,脸上明明白白写着"我看你能玩出什么花样来"。

等到两边彻底面对面时,郁飞尘开口了:"会长大人,我有一件事想请求您。"

保罗会长仍然和颜悦色:"什么事?"

"我想请求您恩赦唐珀的罪责。"

此话一出,所有人的神色都很精彩。

没等会长说下一句,郁飞尘迅速以所有人都能听清的音量,用真诚、有礼、温柔的语气说:"因为他现在是……我的'镜'。"

话音一落,周围一片死寂。

阿希礼上将的五官渐渐扭曲。

和阿希礼上将一样脸色极差的,还有会长大人。不过,他的脸色收敛得比上将快一些,很快恢复了正常。

上将的神情仍然如同生了个逆子一样恨铁不成钢,像是根本没想到郁飞尘让他邀约能邀约的贵族前来,是为了在大庭广众之下编出这样的假话。

其他人各有表现,但都没有非常惊讶,毕竟洛什·兰顿做出什么事

491

来都不足为奇。"

会长接过随从递的手帕，掩口清了清嗓子："如果我没有记错的话，唐珀一直是个优秀的使命者，他冷静果决、意志坚定。"

郁飞尘："确实。我也是最近几天才得知他的身份。他是缺失者，而且与我数值完全相符。"

"大人，"他有意放轻了说话的声音，"我的数值特殊，您一直知道。在感受到他的特征素之前，我从未奢望过能遇到我的'镜'，甚至已经想好在兰顿家的疗养院里度过痛苦的余生。"

阿希礼上将交好的贵族大多也是使命者，他们看到他的样子，不由自主有些感同身受，流露出温和的神色。

"唐珀曾在应激的状况下做出不妥的举动，我不奢望您赦免他的全部罪过，只希望您能允许我留在他的身边，哪怕是和他一起流放到矿星。"

使命者贵族一向自诩有勇敢、担当的美德，此刻对兰顿的形象不由得大为改观。"镜"果然是使命者的良药，连洛什·兰顿都说出了人话。

郁飞尘的人话早就组织好了。首都星里，人人都知道没有"镜"他就会死，现在那个人出现了，如果会长执意要处决唐珀，兰顿和兰顿家相关的那些星系领主必然要来找事。其他贵族也会有微词。

此外，律法中对缺失者有宽待，应激状态的缺失者甚至有一定程度的豁免权，如果唐珀能得到裁判所的重新裁定，就不至于再被严刑审问、流放矿星。

从此以后，唐珀能安全地生活在兰顿家的保护范围内，并且正式成为他的"镜"。

但是，他自己要付出代价。

选择唐珀，就失去了会长的一切支持，也变相地失去了本已为他准备好的皇位。在场之人全都能看出来。

放弃一件珍贵的东西是愚蠢的行为，但如果放弃它是为了追求一些高尚之物，譬如人格的救赎，这行为就变得高贵起来，符合古老的美德。最起码，在场很多人的内心已经偏向了他，而会长莫名其妙落到了道德的低点。这也是郁飞尘拜托上将多约一些人过来的原因。

会长叹了口气。他详细询问了郁飞尘飞船上发生的事，还得到了阿希礼上将的确认。最后，会长说："兰顿，你先回避，我与诸位稍作商讨。"

郁飞尘去前庭回避了，他确信会长会重新考虑对唐珀的判决。

至于会长会不会暗中下手，倒无所谓，他保护过那么多雇主，何况唐珀也不是会被暗杀的人。

于是他带着神思不属、时哭时笑的司机开始在前庭散步，顺便观察这里的摆设与布局。

司机一会儿哀叹失去的皇家舰队统领的工资，一会儿又为兰顿家终于有救了而喜不自禁。

走到一片开阔高地的时候，前面出现两个并肩坐在最高台阶上的人影。一个栗色长发，贵族打扮；另一个红色半短发，穿学者袍。看背影，两个都很年轻。

郁飞尘感官经过强化，能清晰地听到风中传来他们的说话声。

"这么说，他们命中注定会得救。命运给每个使命者和缺失者设下了难题，却也给他们准备好了答案。真不错。"年轻学者说话的语气令郁飞尘感到了诡异的熟悉，说完后，他发出叹息，"真是个好文明。可惜我是个普通人。"

叹息完，他继续叹息："可惜你也是个普通人。"

"普通人不好吗？"栗发贵族的声音清亮温雅，但尾音上扬，有点开玩笑的轻佻。

"但说实话，谁的内心没有残缺？就因为我是个普通人，就没人能来治愈我了吗？"

"确实，但极少数使命者也找不到'镜'，比如兰顿公爵。"

"那位公爵可能太倒霉了。如果我是个使命者，肯定不会那么倒霉。"

栗发贵族悄悄凑近了学者："告诉你一个小秘密。"

"什么？"

"其实我是个使命者，我装的！"

对方痛心疾首："你背叛了组织，你为什么要装普通人？"

"因为我最大的梦想是成为缺失者权益保护组织的领袖，但组织不允许使命者敌人加入。"

"你身为使命者，混进去要做什么？"学者义正词严，"你是要潜伏进去找'镜'吗？那么请带上我。"

栗发贵族捂着肚子笑了好一会儿："卡扬，你换了一个人后有趣了好多。我为以前和你打架道歉，虽然那不是你。"

"我当然很有趣……不对，我就是卡扬。"

"你不是。"

"我是。"

"你不是。"

"我是。"

对话逐渐变得幼稚，郁飞尘感觉自己的血压微有升高。

刚开始听到那熟悉的语调时，他还生起一丝类似自家的小孩找回来了或走失的白狗找到了的欣慰情绪，虽然他根本没有去找，但是听他们的对话，白松不仅这些天来和别的贵族沉迷玩乐，还把自己外来者的身份都泄露了个彻底。

郁飞尘抬腿往那里走，司机小声道："那就是卡扬大人和温莎公爵，我和您说过的第二顺位继承人。奇怪，他们怎么搭上话了？我记得卡扬还被温莎打破了头。说到这里，温莎公爵有个特异功能，他能凭空看出谁和谁的匹配度高，说是直觉呢。当初还说您和唐珀大人可以互为'镜'，大家都说他终于翻车了。等等，那现在岂不是没翻？"

司机和秘书逐渐重叠，并与白松遥相呼应了起来。

郁飞尘和司机的脚步声传过去，那边两人都转过了头。

"奇怪。"那位温莎公爵看着郁飞尘，他长了双淡琥珀色的眼睛。

"奇怪，"温莎对"卡扬"嘀嘀咕咕说，"我怎么没见过这个人？可是他身边是兰顿的人，他穿的也是兰顿家那种风格的衣服，等等……"

温莎恍然大悟，松开眉头："兰顿不会也像你一样换了个人吧？首都星又少了一个我看不顺眼的人，真不错。"

郁飞尘打量着温莎。

温莎刚才的那番话很奇怪。他借用了洛什·兰顿的表象，其他人都没察觉异常，但这位十九岁的温莎公爵直接说不认得他，而且温莎还知道卡扬换了个人，看来不是白松泄露的，是对方直接看出来的。

他走近了，温莎神情恢复正常，对他打招呼："晚上好，兰顿。"

"晚上好，温莎。"郁飞尘说罢转头看"卡扬"，淡淡道，"晚上好。"

对方直接愣住："这……这这这……"

温莎弹了弹他的脑袋："你认识？"

被弹了脑壳的白松顾不得还击，审慎地组织措辞："您好，您的语气让我依稀觉得……"

郁飞尘点点头："我也是。"

白松慎之又慎，还对起了暗号："您是不是在日落酒馆喝过一次酒？"

"确实。"

白松的眼里顿时满含了激动。

温莎在他们两个之间看了看，兴味道："需要我回避吗？"

白松却一眼看到了郁飞尘身侧其貌不扬的司机。

"这……"白松犹疑，"应该不是。"

短暂的相认结束，温莎来到了郁飞尘面前。"我要声明一件事情，"他道，"我是个普通人，而且不想当皇帝，你不要陷害我。"

司机麻木地想，我们公爵刚为自己争取到了一票否决。

郁飞尘："不巧，我也不想。"

温莎："你为什么不想？你要想。"

郁飞尘："你为什么不想？"

"当了皇帝，然后被会长和大贵族软禁起来，最后蒸发吗？"温莎笑眯眯地说，"还不如继承星系当个选帝侯，每过二十年废立个皇帝玩玩。你去当吧。"

"确实。"郁飞尘说，"所以我为什么要当？"

其实他如果真当了，就不会是话中那个处境，但现在是在抬杠。

温莎被他问住了。

过了会儿，这位温莎公爵温文尔雅地笑了笑："那我告诉温莎这边的选帝侯，你去兰顿那边，再操作一下，我们一起把老三投成皇帝。"

白松一脸麻木："腐朽的封建贵族。"

司机："腐朽的封建贵族。"

拱门传来声响，打破了腐朽的封建贵族对话的是一批更腐朽的封建老贵族。会长那边请郁飞尘过去，温莎和白松悄悄跟上。

最终的结果是为了法律的真实与公正，会长考虑重新对唐珀提出裁决。前提是先派人取一点唐珀的血液，进行全面的基因检测，验证唐珀是个缺失者，并且两人的特征值确实吻合。其间唐珀可以留在兰顿的庄园里。

郁飞尘同意了，但也有一个要求，必须由他亲手取血。他可以把房间侧门的四分之一调节成外面可看的透明模式，证明血液的确是从唐珀体内取出的，但任何人不得入内。

会长勉强同意了这个要求，老贵族看向郁飞尘的目光更加赞许。

"你保护了自己的'镜'。"听完全程的温莎赞美道，"我就说兰顿和唐珀是匹配的。"

这边事了，郁飞尘没多留一秒钟，给白松留了通信号码后就和司机一起离开了真理之城。会长派了一位真理官带两个随从跟在他们车后。

路上，通信器就响了。

"郁哥！我亲爱的郁哥！"白松号叫，"我们现在到底要做什么？你有什么任务要交给我吗？我为了让自己显得合群真是费尽心机，那个秘语真不是人说的话，狗叫都比它好听。还好温莎有时教教我。"

"任务目前是扳倒真理协会。"郁飞尘今天心情不错，用唐珀曾经的语气说，"你已经和我一起过了三次副本，这次就独立完成吧，我看着。"

对面的白松陷入了深深的沉默。

直到郁飞尘怀疑白松已经把通话挂断的时候，微弱的祈求声才从终端传来："给点提示？"

郁飞尘想了想，道："帮我找几份资料，其他的，你看着办。"

白松取代了卡扬的身份，在真理协会内部有一定的权力，而且真理之城近日繁忙，有很多可乘之机。

首先，他想要唐珀曾经那套通用语言的相关资料，最好是整套语言体系，唐珀自己有的那份被强制删除了，但真理协会说不定暗中留有备份；其次，是和雪人相关的研究成果与数据，一个奇异的自然现象既出现在了他所在的飞艇上，又机缘巧合地蒸发了整个帝国唯一的皇帝，不得不说有点蹊跷。

白松乖乖领了任务。郁飞尘继续回到秘密群聊中，翻看资料。

把资料列表翻了一遍后，他点开了一份电子书——《应激与狂躁：恐惧的两种极端》，书名后还有个黢黑的括号，写着"禁书"。

时间有限，他只看了与缺失者相关的部分。

书上说，与人们的认知相反，缺失者实际上内心执着、性格稳定，他们的恐惧来自变幻无常的外部世界、无法左右的命运、无法做出的抉择。

应激的缺失者会被困在一生中最可怕的回忆中，生理的恐惧和内心的绝望叠加在一起，彻底逃离它的唯一方式就是毁掉自己。有的缺失者成功了，于是永远不会再清醒。

下面附了一些缺失者的自述。

郁飞尘对他们的恐惧没有兴趣，他审视自己的过去，也不觉得能有什么值得恐惧的东西。一个怀有恐惧的人很容易被击溃。

看着那些字符，他在想另一个问题：那位永生永在的主神，真会如书上所说这样恐惧吗？

若他畏惧飘摇的命运、横流的鲜血，就不配称为"神"。

可如果一生的命运真如那轮太阳一样光明，为什么在生理性的应激退去后，主神会有那样死寂的神采？

那时候他没害怕，郁飞尘知道。他好像只是在……悲伤。

飞梭缓缓驶入庄园，庄园上下果真如秘书所保证的那样戒备森严。郁飞尘亲口放行后，真理协会的那辆飞梭才得以驶入。

但真理官还是先被晾在了会客室内。

郁飞尘一个人推开了卧室门，里面光线昏暗柔和，但唐珀没睡。他穿一件白丝绸衬衫，金发随意披散着。

推门的声音没吓到他。唐珀转头看了一眼郁飞尘后，目光又回到了原处。

这人在上网。

和科技水准不符，这地方民用网络的功能极其有限，郁飞尘怀疑他也在搜索什么资料，譬如"如何变成一个普通人"。走近才发现竟然错怪了他，这人登了兰顿的账号，网名是串矫情的"火星文"，他正在浏览知识库的"解惑区"。

单纯地检索满足不了所有需求，所以真理协会增设解惑区，有疑惑或生活困扰的人可以提出问题，等待协会成员的解答。

唐珀正停留在一个急切的求医问题下，他敲出了答案，"发送"按钮却是灰色的。因为兰顿的账号并非协会成员的，而唐珀原本的账号已经被注销了。

唐珀静静地看着那个灰色的选项按钮，最终缓缓删除了自己的答案。

他有些黯然，郁飞尘心想。

郁飞尘问："你怎么样？"

这个正在尝试拯救别人的人，其实处在最自身难保的境况下。

"我睡了一会儿，现在还不错。"唐珀道，然后问，"情况怎么样了？"

"我告诉会长，没有你，我就会死。他同意重议你的判决，前提是要抽一管血，检测数值，证明你确实是我的'镜'。"

唐珀"咔嗒"一声灭掉屏幕，看向他："你完全可以在成为皇帝后对我发起特赦。"

还凶起来了。郁飞尘心中毫无波动："不是你自己喜欢看我选择吗？"

世界上最索然无味的东西就是选择题，如果还有更索然无味的，那就是选错后会被立刻提示正确答案的选择题。

不过，他没选错。会长不会让唐珀活着抵达矿星，但他不说，只是笑笑。

"我为什么要特赦一个彻底应激的缺失者？"郁飞尘对唐珀道，"给兰顿家的疗养院增加收入吗？"

唐珀蹙眉："你可以——"

"可以什么？"

唐珀不说话了。

郁飞尘觉得这几分钟的唐珀特别好玩，丢掉皇位并没有亏本。

"我可以怎么做？说说，大人。不然我去解惑区提问？"

提问怎么让缺失者免于彻底应激。

唐珀无视了他的发言，回归正题："你接下来打算怎么做？"

郁飞尘从来不是个问了就答的人，尤其是在某人自己要观察，不动弹，但还想管着他的情况下。

"不如想想你自己打算怎么办。"郁飞尘冷冷道，他在飞梭上吹了一路沁凉的夜风，嗓子不可避免微有低哑，"如果这也要看我选，那选完之后你不能有一个字的意见。刚才是第一次，就算了。"

唐珀没说话。不过郁飞尘没再往下讲，怕把他气应激了。

他放缓了一点声音："你现在感觉怎么样，可以抽血吗？"

唐珀："可以。"

"那我让他们过来。"郁飞尘拿大衣给唐珀披上。给秘书发了简讯后，他继续说，"他们不会进来，我亲自取。到时候会在侧门上开扇透明窗，让他们看到一部分，你会被影响的话可以不看那里。"

唐珀似乎是觉得这样密不透风的环节有些不必要："我暂时还没有那么……"

"第二次。"郁飞尘冷冷道。

唐珀抬头看他，眼里明明白白挂着"我不认同"几个字。

郁飞尘得到了唐珀的反馈，却没给唐珀任何反馈。他慢条斯理地用酒精淋了右手，环境昏暗，冰冷的气息在空气中蔓延，透明液体顺着指尖往下流，渗入雪白地毯里不见踪迹。气氛营造得像个恐怖片的开头。

但唐珀对此没有什么反应，不仅没感到危险，甚至还略带无奈地看着那半瓶酒精，仿佛在叹息他无故浪费资源。于是郁飞尘把另一半也倒了，仅剩下瓶底那约等于无的一点。

真理协会的人很快来到外面，侧门的透明区域展开，勉为其难开出的四分之一区域让真理官明确地感受到了此人对他们的排斥。郁飞尘确认唐珀没有过激的反应后，用剩余的酒精擦了擦他的后颈静脉处，把针尖刺了进去。

检测要求的血液量不多，本来就细的针管里只见了一点红色，郁飞尘就收了手。

他出门，先把血液样品递给了秘书，秘书又移交给真理官。真理官与随从审视的目光却还没从唐珀身上收回。

郁飞尘："不送。"

真理官还没反应过来，秘书先吓得一个激灵，推着他们道："走了走了，阁下。"

把他们送到走廊口，秘书又忽然折回来，说："您好像真的要狂躁了，公爵。使命者成年的前后是狂躁的高发期。"

郁飞尘觉得还好，自己挺清醒，他说："没有。"

"看来没跑了。"秘书叹气，"还有另一个问题，我看唐珀大人今晚的精神状态太正常了，我觉得不对。使命者彻底狂躁前会回光返照，缺失者也会。我怀疑你们两个要一起住进疗养院了。"

郁飞尘看着他，半响，说了一句话："你看他做什么？"

秘书迅速转身，向着真理官的背影一溜烟跑去："我再送您一段！"

郁飞尘关闭侧门的透明模式，在紧闭的房门前站了一会儿才进去。

499

他一进去就见唐珀在扶手椅上居高临下地坐着,看着他的眼睛琢磨什么。

郁飞尘:"你也觉得我狂躁发作了吗?"

唐珀摇摇头:"我觉得相反。"他说完敛目,似乎心事重重。

这人难得正常一晚,郁飞尘在沙发上坐下,和他说了温莎公爵奇怪的表现。

世界在本质上不存在外貌、声音这种东西,每个人是一股自成体系的力量,外表只是彼此之间对表象的认识,甚至连使命者和缺失者的匹配关系都能解释为两股力量之间的对应。温莎那个特异功能,还有一眼看出他们换了个人的表现,都让他怀疑这人并非常人,而是来自外界的什么存在,说不定还是个有来头的外神。

这个猜测只有一个疑点——他把自己的特殊才能展现得大大方方。

唐珀却摇了摇头。

"我第一次认识墨菲时,他也是个很古怪的人。"唐珀说。

这是主神与时间之神最初的渊源。郁飞尘只是听着。

"我在一个平常世界里遇见墨菲的时候,墨菲还只是个十五六岁的少年,性格孤僻。"

这是因为他眼中的世界与常人不同,有人觉得他是个瞎子,有人觉得他是个妄想症患者。没人靠近他,连墨菲自己都活在茫然之中,他连这世界的一片树叶都没有看清过,也没能完整听懂过哪怕一句话。

他为了寻找问题的根源而拿起画笔,将自己的所见落在画布上,用并不出色的天赋涂抹了许多幅画作。那些画抽象难懂,不属于已有的任何流派,又因作者的精神异常增添了神秘色彩。它们没能帮助医生判断出他的疾病,反而被画商作为噱头,流转于沙龙、展览与拍卖之间。

画家买下了一幅,拿给主神看。他们两人对着一幅斑斓的油画看了半夜,终于在密密麻麻、布满虹彩的重影里察觉蛛丝马迹。作者画出的不是事物本身,而是时间的流变。

世上所有人、所有物,在墨菲眼里都是过去、现在、未来的重重叠加,他是一条活在长河里的鱼,却能俯瞰整条河流的形态。

后来,主神取下了墨菲的一只眼睛,点起火焰,用永昼的律法约束了那些纷繁的乱象,它们不再困扰着他。墨菲则跟着他们走遍了漫漫永夜,成为执掌时间的神。取下的眼睛被镶嵌在真理之箭的弓柄上,交还给他。

唯一没变的恐怕就是绘画的水准了，世上只有画家能欣赏。

唐珀回忆往事的时候，眼里笼着一点温柔的笑意。

郁飞尘心想，他当年好像过得不错，起码身边人是画画的，不像自己，周围莫名其妙总是聚拢一些"相声表演艺术家"。

又说回温莎。

唐珀："有些人的力量原本就有与他人不同的结构。"

郁飞尘："我发现你总是用最大的善意看待他人。"包括我。

"不然？"唐珀微微笑，"即使他是外神，能对我做什么？"

像是安抚郁飞尘一样，他又补了一句："完整世界没有缝隙，需要很强的力量才能打开。只有创生之塔可以送人进入。"

又来了。所以说，主神哪里像个缺失者，他没惧怕过外界任何东西。

郁飞尘问他："你也有天生特殊的地方吗？"

"我……"唐珀想了一会儿，"没有吧。你有没有？"

郁飞尘认真想了想，还真有。

他至今还看不出唐珀的外表和主神在乐园时有什么不同。原本以为脸盲是个无伤大雅的小毛病，现在看来更像是对表象的一种不敏感。

与之相反，他对力量的分辨却很准确。

克拉罗斯意识到差距后，心态一度十分消极，要焚书卸任，直到听说隔壁时间之神的推算出了点问题，请假一天，才幸灾乐祸地平衡了。

唐珀看着他，等待答案。

"有，"郁飞尘说，"我能认出你。"

唐珀又变得心事重重起来。奇怪，主神对张牙舞爪的外神不屑一顾，遇到他却仿佛欠了钱一样不安。

半响，主神朝他抬起左手手背："你能看到这里？"

手背皮肤细白，形状优美，淡青色血管隐隐约约，除此之外没有任何东西。

郁飞尘似笑非笑，声音里却藏着冰凉："你和别人的标记，给我看做什么？"

联想到墨菲在齿轮世界里数次看向安菲尔手背以确认身份的行为，他没有任何波动，哪怕他们的记号是他郁飞尘的名字，他也不会对这玩意有一丝一毫的兴趣。

夜色已深，郁飞尘觉得唐珀醒着就会分散他的注意力，让他没办法考虑那些想考虑的问题，于是不顾反对把人塞进被子里，关灯了事。留他一个人不着边际地想些什么，左右不过是以后的事情。

半夜的时候，他忽然觉得唐珀的呼吸真像秘书所说过于平静了。不像是睡着，反而像昏迷。

算着这人彻底应激的日子还没到，他开灯，俯身拍了拍唐珀："唐珀？"

唐珀依旧平静，一如晶棺中沉睡的主神，连永眠花气息都恍如在神殿中。

回忆资料，这种状态是彻底应激前的平静期有的，没错。竟然提前两天来了。

最后期限提前只有一种原因，缺失者身边出现了极其要命的刺激源，让他产生很大的情绪波动或心理压力。可郁飞尘怎么都想不出可疑原因，就像上次唐珀和他说着说着话就应激了一样。

原因先不管，他换着名字喊了唐珀几声，对方都没反应。

毕竟全是逢场作戏的假名。冰冷的烦躁蓦地涌上来，他把唐珀从床上拽起来。

唐珀似乎醒了，急促地喘了口气。他仍是茫然、犹在梦中的样子。

皇位都飞了，当然不是为了看唐珀变成这副样子。

郁飞尘扳着唐珀的脸让他看自己，那双毫无神采的眼却没有丝毫变化。唐珀已经认不出他了。

书里的描述浮现在郁飞尘脑海。对于那些内心难以治愈的缺失者，短暂的特征素接触反而会刺激他陷入应激，被困在毕生最恐惧的回忆中。

郁飞尘伸手想扣住唐珀的肩膀，却换来唐珀瑟缩了一下，往远离他的地方挪了挪。

这直接引起了反骨，唤起郁飞尘的狂躁来。他深呼吸了一口气，知道这种情绪不对，生生压下，一抬头就看见唐珀站在床边怔怔地望着他，右眼缀着一颗欲碎的眼泪，正从泪痣那里滑下来。

郁飞尘一眼就知道这人当着他的面在想什么几千几万年前的伤心往事。刚刚七拼八凑出来的温情瞬间塌方了个彻底。

"你，"他嗓音很哑，"过来。"

唐珀不仅没听,还又后退了一步,后背抵着床背,痉挛一样颤抖。这种样子,仿佛若不是已经没有神志可崩溃,他早就崩溃一万次了。

舒缓剂在这个时候甚至是火上浇油,因为这已经是在用药过量的反弹期。

直到这时郁飞尘才发现自己对能否安抚到唐珀毫无信心。

因为他面临着的不只是个应激缺失者支离破碎的内心,还是永昼主神行经的成千上万个纪元里所有阴霾密布的光阴。

郁飞尘在手腕划出一道口子,递给唐珀,让他喝下自己的鲜血。鲜血被咽下的一刹那,像是旋涡将他的灵魂往深渊最深处裹挟,永眠花香刻入他身体每一寸,深浓如梦境。

郁飞尘眼前蓦地晃了晃。据说,如果数值的匹配到了完全吻合的程度,最终中和的时候,使命者能与他的缺失者感官相连,见到他所见所感的一切。

而现在……唐珀是被困在最深的恐惧里。

郁飞尘顺着刚才那幻梦一样的感觉沉下去,恍惚间,他自身的一切知觉都消失了,周围蓦然变化。

天空晴朗,阳光温暖明亮。

永眠花气息无处不在。

他在一片永眠花海里往前走,花开得比暮日神殿那片花海更好,在风里摇曳着,最高的花株没过了腰身。

一片云从太阳面前游走,更加明亮的日光下,他惬意地眯了眯眼睛。

这就是主神最难以摆脱的梦魇吗?不像,一切都那么安谧宁静。如果说这是最轻松快乐的回忆,倒还有点可信。

目光转动间,郁飞尘看见自己着一身精致飘逸的白袍,金色丝线钩绣着典雅神秘的装饰纹。

这不是他,是那段回忆里的主神。袖口里露出一截纤细的手腕,是少年的手,十六七岁的样子。

他还在走,但不是一个人。身后有脚步声,不远不近地走在侧后方不远处,但这少年一直没有回头,郁飞尘也就看不见那到底是什么人。

他们不说话,就这样在永眠花之间穿行,直到抵达雪白花海的正中央。

他停下了。

太阳周围的最后一缕云也散了，周围一片明亮的汪洋，远处有座雪白神殿，建筑丛生，绵延如山脉，在日光下熠熠生辉。

他远望那里，在这些建筑间，竖立着许多座方尖碑。它们好像没什么规律，只是错落地分布在神殿里，沐浴在日光下，但每一座都宁静肃穆，指向太阳。

他缓缓收回目光，内心充满宁静，看回身边花海。

"我喜欢这里。"少年的声音道。

身后的人没说话，过了会儿，他又说："你呢？"

语气温柔真诚，但不算熟稔。他们没怎么说过话，郁飞尘心中浮现这个念头，是这时的主神在想。

身后那人说："为什么问这个？"

也是个年轻的声音，只比这时候的主神大几岁的样子，被问起是否喜欢，有种不在意的淡漠。

"因为我想把墓碑竖在这里。老学者说，当我死后，如果你也在那个时候离去，就要和我一起埋葬在墓碑下。如果我死去远在你之前，你要为我守墓到生命的尽头。"

他身后那个人问："如果我在你之前死去呢？"

"不知道。或许我会有别的骑士长吧。"他轻声道，"但我没法活太久，你不会的。"

那人没回答，他就继续说了下去："所以我要问你喜不喜欢这个地方，如果你不喜欢的话……"好像我就没什么特别喜欢的地方了。

他有点忐忑，并在那声音响起的时候紧张了一瞬。

身后那人回答了他："好。"

声音落下，他像是收到了一束漂亮的花或得到一份漂亮的礼物那样笑了起来，并带着笑意在花海里转身回看。

身后忽然什么都没了。

没有花海，没有太阳，没有回头路，只有灰沉沉的天空。

记忆戛然而止。

郁飞尘感到了唐珀身体的剧烈颤抖，肩上湿了一片，他在无声无息地哭。

可是就这样吗？

他不是没设想过主神的梦魇,他想过已知的所有令人难忘的场景,甚至想过乐园崩毁破碎的模样,却没想过它只是一片平静的花海、几句试探的问话。

这样的东西,也值得你用永恒的生命去在意吗?

但是郁飞尘摆脱不了不知缘由的情绪,他的心脏疼得像碎了一样,连扣住唐珀肩背的手都微微颤抖。

脑海中又晃过别的场景,但不再像刚才那么清晰。重重幻影里是许多模糊不清的遥远景色,哭声和笑声连成一片。

风很冷,荒凉凛冽。

他又在往前走。

他没有长剑,没有尖刀,也没有权杖,只是抱着一个冰凉的东西,走在一条没有尽头的路上。郁飞尘下意识低头,见是那个残破的骑士头盔,尘沙里,有几道尚未干涸的血迹。

身后有厮杀呼喊的声音,像是有千军万马在他身后追赶。

每当那喊声近了,他就死死抱住头盔,继续头也不回地往前走。

他没有回头路。

郁飞尘觉得这才像点梦魇的样子。可最先浮现的才最强烈,这段并不是。

梦境的最后,意识蓦然抽离,唐珀喉中哽了一下,剧烈喘气。

郁飞尘抬头,见唐珀看着他,大梦乍醒般,清明又茫然。

"醒了?"

唐珀眼中茫然渐隐去,应激带来的情绪也逐渐缓和。他点点头,声音微哑:"你……"

"还认得我吗?"

"认得。你……"想问郁飞尘做了什么的话刚出口,他忽地咽了下去。

郁飞尘看着唐珀再次不甚清醒地摇了摇头。

应激期过去,可以正式交换血液了。这人应激发作得有多剧烈,中和期的反应也会程度相当。总之,舒缓剂确实不是什么好东西。

帝国科技发达,使用的换血仪器十分玲珑小巧,两端针头连接彼此的血管,阀门是双向的,中央的换血泵被做成玫瑰花的模样,血液涌进去的时候立时变成深红色。

郁飞尘先打开了自己向唐珀输血的那个阀门。

与他人的血液一起涌入身体的是来自别人的意识、情绪、感官，这是有悖于正常生理的一件事，可是它就是这样发生了。

唐珀指尖抠进手心，想唤回些许清醒，但看起来连这点力气都没有了，试几次都没完全合拢，最后垂落下去。

饶是如此，他面上还维持着镇静，微抿嘴唇。正是这点强撑的冷静让郁飞尘头脑里轰然空白了一刹那，他再次认清了自己。

他不喜欢风雨不侵的神像，他喜欢水里一碰即碎的月亮。

但他更喜欢这一碰即碎的主神的幻象。

郁飞尘慢条斯理地理了理自己的衣着，在床边扶手椅上好整以暇地坐下，就那样看着他。

"你在做什么？"主神冷冷地看他，但目光实在没什么力量。

郁飞尘在送别过去的自己，而这都拜主神冕下所赐。

他知道，这种羁绊会让很多交情微妙变质。尤其在对方是主神的时候，这无异于是个巨大的麻烦。

但他不想拒绝，甚至从到这个世界的一开始，他就没想过要拒绝，这是直到被主神点醒时他才发觉的。

他所有的反对意见都出于"不想猜"和"怕麻烦"，而不是因为不想靠近。

曾经的许多事，也差不多。

一旦明白了这件事，就好像告别了一段漫长的光阴。

郁飞尘："悼念一下过去的时光。"

"我很想帮你缓解现在的境遇，但有句话我想问你很久了。在这件事上，你接受我做出的所有选择，但绝不表态，"他定定地看着主神，"不也是一种犹豫和逃避？"

毕竟换血与否这个选择，既不能考验他的能力，也不能验证他的道德。

主神静静地与他对视。

"是。"他承认得坦然。

"我很麻烦？"

郁飞尘觉得自己不麻烦，但想了想自己的占卜牌，又好像确实挺麻烦。

主神没回答他，而是做了一件郁飞尘根本没想到的事。

紊乱颤抖的呼吸被轻轻压下，他右手撑着床面直起身子。床很高，这个角度下他比郁飞尘高出一些。

主神伸手轻轻搭在换血泵的开关上，打开了自己对郁飞尘输血的阀门。

仿佛在他身上落下主神的垂爱。

像是燎原的火轰然燃起，永昼的太阳把郁飞尘的灵魂焚烧殆尽。

他也是最近才意识到，既然自己的眼睛对世人的表象全不敏感，那他一直以来看到的主神的化身就都不是他人的外壳，而是主神的本相。

"喊你什么？"

"都可以。"

"安菲。"他想了想，又低低喊了一声，"长官。"

虽然最想得到的那个名字还是连影子都没见到，但他今天不想在意这件事，于是对那名字的探寻暂时隐去了。

血液交换，种种感受纷至沓来。

主神不为他所知的不仅是那个名字，主神有太多命运过往，即使从现在开始回溯，也是一条无尽的道路，穷其一生不可能走完。主神体会他或许只在此刻，他想追溯或许也是。

郁飞尘忽然觉得这朝生暮死的念头还挺浪漫，足可以用来写诗。

不过他也没好到哪里去就是了。中间主神昏了几次，他则觉得失去了对时间和外界的一切感知。等中和期似乎安然度过后，他看看时间，又考虑了一会儿"人多久没睡会死掉"后，想给主神说一声"我睡了"，一看才发现这人早就不知道什么时候没意识了个彻底，直到他睡着又睡醒，这人也没有什么醒来的意思。

某种连接已经生成，暂时没有共享太多东西，但好像他看待事物的角度已经不太一样，变得平和了一点，不再狂躁，这让郁飞尘感到很不适应。他觉得难以冷静思考，离开房间，锁死房门，去露台体会正常的活人该有的生活了。

白松小心翼翼地走上露台的时候，看到的就是这样一幅景象。

他郁哥披着一件外套……不对，不能说是披着，因为脑袋也在里面——他郁哥坐在露台高处的观景阶梯上，上半身罩在一件外套里，一动不动。

"他……怎么了？"白松问。

"他怎么了？"温莎问。

秘书："公爵自闭了。"

司机："公爵在这里扮演半天的蘑菇了。"

"那……是为什么呢？"

"愚蠢的普通人哪里知道使命者的烦恼，"秘书掩面痛哭，"你们好像也帮不上忙，你们也都是普通人。"

温莎若有所思地绕着郁飞尘看了几圈："如果我没记错，这是唐珀的外套，他把自己置于'镜'的特征素环绕下，是为了获得平静。"

"那他为什么不平静呢？"白松道。

温莎看了看时间，叹了口气："有些人以为自己很能克制，一切都在掌控之内，发现事实并非如此的时候，就会陷入深刻的自我怀疑当中，他要再思考一下自己和这个世界的关系。散了吧，疗养院已经不欢迎他了。"

说完，他又长长地叹息："使命者，总是在中和期过后才醒悟到自己从前的冲动和过分，并且追悔莫及。他们还经常不承认自己是不理智的动物。不要用那种眼神看我，我是缺失者权益保护组织的成员，所以才对使命者敌人十分了解。"

郁飞尘淡淡道："没人让你说话。"

秘书大喜："公爵活了！"

白松："郁哥！我的郁哥！"

"卡扬大人，你在喊谁？"

"这是我家乡的方言，那是对公爵的敬称。"

郁飞尘最不想看到的场景出现了，这四个人竟然同时出现，他今天被迫听一场"群口相声"的命运已经在所难免。

但他并不是在自闭。

他在审慎地阅读《应激与狂躁：恐惧的两种极端·使命者篇》。

打开这本书之前，他还读完了《了解使命者》《使命者的内心世界》几本书。

他现在只有唯一的想法——或许，他根本就不该来这里。

《使命者篇》写道："缺失者的恐惧源于外界，使命者的恐惧则源于无法控制的自己。"

他们的行为由内心驱使，但内心的欲望却是无法掌控驾驭的野兽。

他们执着于在外在世界留下引人注目的痕迹，从而掩饰面对自我时的恐慌。这种痕迹有时表现为丰功伟绩，有时表现为残杀破坏，但实质上与精神患者为确认自己的存在用指甲在墙壁抓出的斜道无异。

若要明白一个使命者的为人，不要聆听他那自以为是的剖白，他的灵魂是一片混沌。要看向那些他留下的痕迹，观察他一生中选择什么，又放弃了什么。而一个使命者若想真正认识自己，继而拯救自己，方法也是如此。

郁飞尘一边觉得这个作者在胡言乱语，一边又觉得自己正在被捆绑解剖。露台阳光灿烂，但背后好像开了点冷气，他不得不打起十二分的警惕应对作者的攻讦。

"相声表演"还在继续，但永眠花气息拂过耳畔，他忽然又落到了实处。

他又不是囿于生理特性的无能使命者。既然不曾畏惧一切外物，又为什么要回避自己一片混沌的灵魂。

他必须接受它，然后就能看清它。

他得知道自己究竟想得到什么，又向往什么。离开乐园或拥有自己的王国，这些都是追求那个答案的途径。在他还没想清楚问题本质的时候，他就已经开始做了。

从今往后，他决定忘记所有画地为牢、权衡利弊的处事法则，做点发自内心的事情，譬如对秘书说的那句"你看他做什么"之类。

然后他可能会发现自己是个嗜血如命的狂徒或者独裁的暴君。这种人通常没什么好下场，但是某位主神表示会为之买单。

换成别人，他还会怀疑这人居心叵测，可主神就是有"解救迷途羔羊"的爱好。

他把外套拿下来，四个人都看向他。

白松在他眼前晃了晃手指："郁哥？"

郁飞尘认真道："你好。"

秘书："傻了吗……"

司机："我看像。"

温莎："真不幸。"

郁飞尘懒得理他们。他现在有了个很纯粹的追求，是个新的人了。

给白松交代了几句话后,他把外套收好,把放资料的终端还给了秘书,继续在观景台阶上看着庄园外的景色,没什么要离开的意思。

"虽然你好像经过了深刻的反思,但我还要提醒一件事情。"温莎道,"把刚刚度过中和期的'镜'一个人留在房间里,似乎是件更加糟糕的事。"

郁飞尘:"确实。"

但他似乎不为所动。三分钟后,秘书的临时通信器响了一下,他听完那边的话,对郁飞尘道:"公爵,小厨说他按您的吩咐精心准备好了晚餐,现在送到了走廊口。"

郁飞尘道:"你们今后涨一半工资。"他说完便在秘书的欢送中离开了。

"你看,你多虑了。"白松拍了拍温莎的肩膀,"他是为了亲自把晚餐拿回去,才在外面待了那么久。你不要总是戴着有色眼镜看使命者,毕竟你自己也是。"

温莎"啧"了一声。

郁飞尘打开房门,先把盛放晚餐的小型推车送了进去,自己才进了门。

主神已经是醒着的状态了,坐在床边,背对门口,望着窗外。光线从白纱窗帘里透进来,主神的背影在这样的光线下显得有些虚幻。

听到郁飞尘进来,他回头。

"你怎么样?"郁飞尘道。

"不怎么样,"主神看了一眼不远处带日期的古董钟表,微带无奈道,"缺失者这种体质太……误事了。"

"确实。"他递去一杯果汁,不由分说道,"喝水。"

主神接过玻璃杯。果汁是酒红色的,他咬着透明吸管吸进去,眼睫微合,一副懒倦模样。

郁飞尘把晚餐的其他东西摆好,小厨把东西搞得花里胡哨,一看就不是给公爵准备的。他简单喝了杯牛奶,在主神安静用餐的同时,简单交代了一下消失的这几天里发生的事。

第一件事就是他们的基因检测结果出来了,完全吻合,小数位后几位还相等,再往后的位数不知道等不等,因为仪器精度就那样。于是唐珀的再次审判也被提上了议程,就在十天后。

再次审判的结果郁飞尘大概能猜出来,要么被剥夺身份流放到兰顿星系，要么被终身软禁。

主神点点头，表示这在意料之中。

第二件事，皇帝虽然没有了尸身，但还是用一具盖了帝国旗帜的空棺风光大葬了。兰顿公爵缺席了葬礼，会长大人很不高兴，但没有办法。

另外，雪人在各个星系都多有出现，超过往年所有频次，造成死伤无数。真理协会和帝国联合发布政令，研究这东西的出现规律，并且建议居民减少出门走动。他们也最好不要出门。

但是等审判的这十天内并不是什么事都没有，五天后会有一个帝国的盛大节日，叫"熄星节"。碰巧，白松扮演了的卡扬正是今年熄星节的负责人。白松每天都得对着秘语连蒙带猜地处理事务，连带着温莎一起头大。

节日的名字吸引了主神的注意，他轻声重复了一遍："熄星节？"

"是叫这个，和他们的能源有关，我觉得可能是个重要线索，但暂时还不知道能用在哪里。"

"说说。"

"太长，等会儿说。"

郁飞尘用便笺写了张字条递给主神，他接过去，微讶，道："谢谢你。"

"不谢。"郁飞尘道。他还记得这人想答问题时的样子，于是把白松在解惑区的账号要过来了。房间里没什么娱乐，当个消遣。

主神把便笺叠成漂亮的三角形，夹进笔记本里，态度很珍惜郑重，像是得到什么意料之外的褒扬一般。郁飞尘生起种微妙愉快的情绪。

接着说回"熄星节"。

这些资料是白松整理出来的，没用被真理协会监视着的通用网络发给他，而是直接交了一枚存储芯片。

一个科技强大的文明可以没有皇帝，但得有丰饶富足的物资，还有取之不竭的能源——宇宙中的无数星球就是这个世界的物资和能源。对一个浩瀚星系的所有权是贵族和领主最价值连城的财产。

这个世界的星体分为三种：新星、地星和死星。新星燃烧自己，散发源源不断的光和热，是人最大的能量来源。当它们耗尽其燃料时，就会熄灭变冷，成为一颗普通的地星，人们在地星上居住和生存，某些地星里蕴含珍奇的矿物和资源。当一颗地星的寿命也走到尽头时，它会坍缩崩解，成为一片能湮没光线、让星舰有进无出的死亡之地，称为"死星"。

三个阶段的演变是十分漫长的，但文明需要地星，越多越好。真理协会在研究如何更大限度地使用新星能源、避开死星区域的时候，窥见了真理的另一个角落，发明了一种人造星体"镜星"。

镜星的"镜"字，不由得让人想起它在这个世界的另一重含义。

把一颗镜星放到一颗新星和一颗死星之间，新星的能量就会源源不断地被死星吞噬湮灭，就像是死星通过一面镜子倒映到了它身上一样。

主神听着，问了一句："折叠？"

"差不多。"郁飞尘道。

这样，新星燃烧的速度就百倍加快，短短几年就能变成地星。一颗颗新星相继熄灭，更多地星被创造出来，供人们开采居住。为了纪念这一创举，真理协会将第一颗新星被熄灭的那天定为"熄星节"，每年的这一天，真理协会会向今年预备熄灭的新星同时投放镜星，人们则可以观赏到新星变暗那一刹那的景色。镜星则会爆发出耀眼的光芒以庆祝真理的又一次胜利，它的力量足以征服恒久光明的星星。

以往，镜星的技术还不算太成熟，真理协会一年最多熄灭十颗新星，但是在今年，关键技术出现了一次飞跃，会长准备一次性熄灭的新星有三百颗之多。

听完后，主神淡淡道："他们很快会耗竭现存的新星。"

郁飞尘同意，但那是很久之后的事情了。他想到的是另一件事。

真理协会掌握了快速制造地星的手段，无异于开采了一座价值连城的金矿，而且这一权利为它独有。贵族和领主谁不想扩张自己的领土，谁又会不想得到那些新生的地星呢？

一次性熄灭的三百颗地星，就是真理协会抛出的诱饵。它大张旗鼓，向所有人宣告了自己的力量。这样一来，真理协会就可以……以开拓地星为条件，与大贵族达成协议，要求他们奉献什么。

他把自己代入一个野心勃勃的会长的角色，觉得一群贵族拥地自治确实很烦。如果他手里有这么一个撒手锏，就算不逼贵族拿出星系的治理权来换，也要软刀子割肉，把他们逐渐架空成只拿油水、没有实权的名义主人。

而贵族不得不让步。一旦自己不让步而他人同意，以自家星系的实力很快就会沦为绝对弱方。这样一来，所有星系就成了真理协会的囊中之物。因为退让有了一次，接下来就会有无数次。

他们能守住阵地的唯一方法就是全部拒绝，可惜不太可能有这种情况，因为一定有人经受不住诱惑。

会长也不会什么都不做，他得煽风点火，一边笼络贵族，一边培植听话的君王，同时打压反对者。

总之，首都星内必然暗流涌动、杀机四伏。历史的转折点甚至会因此出现。

郁飞尘说出了自己的猜测，并道："一旦这样，扳倒真理协会会很难。我需要再做计划。"

"墨菲说得没错，"主神说，"你很有独裁的倾向。"

郁飞尘相信墨菲的原话会比主神的转述难听一百倍。这个丑画制造者。

他道："但你也承认我说得对，会长会这样打算。"

主神微不可察地颔首。

郁飞尘："你还有别的意见？"

话说出口他觉得很奇怪，他好像很容易猜出主神想说什么——仅限他一个人。而且，他对此很有把握。

"有，对你的最后一句话。"主神道，"会长做出了愚蠢的选择，以虚无之物高居人上，若想长久如此，永远不要染指世俗的权力。"

郁飞尘心说：你不也是个高居人上者。腹诽完仔细想，他又觉得这话很对。会长决定争夺世俗权力的时候，就已经自降身份，来到了他不熟悉而敌人熟悉的战场上。

"你在教我？"

"没有，"主神微笑，"你再看几天，也会明白。"

"可他一旦不去争夺更多世俗权力来巩固自己的统治，总有一天，别人会发现他的统治是个……用秘语围起来的空中楼阁，然后推翻他。"

这人的说话风格把他的措辞都带得人模狗样了。

主神道："那是因为他本来就是错的。"

郁飞尘点开一个资料，道："唐珀的秘语辞典，白松给我找到了。不然我就要你默写一份。"

关起来默写上一年，没准就能复原了。主神听到这句话后的微妙神情更是让郁飞尘觉得很愉快。

养了白松那么多天,他终于可以"出栏"创造价值。他这几天与外界隔绝,但因为白松还在勤劳地干活,竟然没误事。

会长的统治是用秘语围起来的空中楼阁,这份辞典就是毁灭它的撒手锏,只是那位唐珀用得不好。这东西对他来说太纯净,他一直把公布它当作最终的梦想,而不是手段。

郁飞尘已经预见了公布这东西会给真理协会带来的打击,但不会现在用。点起第一把火没什么用,抽走最后一张牌才能让那座空中楼阁轰然倒塌。他做事还是追求一点美感的,不会浪费力气,和墨菲那些丑陋的画作截然不同。

在此之前,他得看更多资料,还要去和腐朽的封建贵族见个面,看看事情究竟怎样,再考虑究竟是让温莎当皇帝还是老三。权力之间的牵制错综复杂,皇帝的立场很重要。

另一件重要的事情是唐珀的审判。

郁飞尘:"审判材料自己准备。"

过了会儿他回头看,主神却已经回到了床和枕头之间。

他这几天被折腾了太久,材料晚两天准备不迟。郁飞尘目光回到已经打开了审判材料页的屏幕上。两样工作都很顺利,尤其是他被主神的话点醒后,对付真理协会的方案改变了很多,而且看起来越发可行。

他沉浸其中,结束的时候夜色已深。这天他睡得很迟,到第二天,连郁飞尘一个纪元不变的生物钟都宣告停摆——他起晚了。他吩咐完小厨等唐珀醒了准备早饭后,外面的消息就来了。

是温莎来拜访。

"贸然造访,不知道有没有打扰你的安眠,亲爱的兰顿公爵。我没有和小卡杨一起前来,是因为他们的熄星节事务繁忙,最近正在频繁排练,他抽不出时间。"

郁飞尘一听这语气就有鬼。果然,在会客室坐下后,温莎就笑眯眯地开门见山:"我在小卡扬那里了解到会长大人打算一次性熄灭三百颗新星来彰显自己的实力,之前没听到一点风声。兰顿,你有什么想法?"

会长大概是要给大家一个突然震慑,然后迅速出手。消息密不透风,连唐珀都不知道,记忆中查无此事。多亏白松是熄星节主持者,他们才得到这个消息。

郁飞尘:"其他人呢?"

温莎:"其他人当然还不知道。"

郁飞尘:"你可以考虑让他们知道。"

温莎垂下眼想了一会儿,文质彬彬地笑。

"兰顿公爵,"他道,"你对会长大人不忠诚。"

郁飞尘:"你也是。"

和装模作样的封建贵族说话其实很省事,因为大家的利益一致。温莎很快亮明了自己的底线:"在某种意义上,我只忠诚于温莎家的土地。换句话说,我想要三百颗地星,但什么都不想付出。说实话,我不觉得我们各自还有什么可以付出之物了。"

答案在郁飞尘意料之中,腐朽的贵族领主当然要吃人不吐骨头。千百年来真理协会钳制各个领域,大家习惯也就罢了,现在陡然降临了新压力,就不得不再审视一下自己和真理协会的关系。

就在此时,秘书和司机两个像火烧尾巴一样蹿过来:"公爵!不好了!!"

被秘书带去,看着兰顿公爵最初居住的黑白大卧室里诡异的痕迹,他们陷入了短暂的沉默。

地板和天花板上都有深深的凹痕,墙壁的挂画和墙壁一起消失,床被硬生生削去了一大半,同时,这个楼层的其他房间或多或少也有同样的印记。

监控残存的画面显示,凌晨即将天亮的时候,两个雪人幽然降临了这里。

"我听说了雪人这几天活动越来越频繁,没想到竟然……"秘书道,"公爵,以后您在的地方我要派人二十四小时看守。"

"不用。"郁飞尘想着雪人降临时诡异的湮灭景象,再想到皇帝的突然死亡、首都星的局势……忽然抓住了一点头绪,对温莎说,"你亲口转告卡扬——"

唐珀不知什么时候得到了消息往这边来,站在他身旁,也看向房间里。

"原来唐珀大人也换人了。"温莎看了一会儿,饶有兴趣道,"公爵,你知道吗?你们两个长得有点像。"

唐珀忽然多看了温莎一眼。

515

郁飞尘当然注意到了那一眼，世上能让主神感到意外的东西并不多。

他回忆了一番自己和主神的外貌，得不出什么结果。不过主神也曾经说过温莎的特殊之处，他能透过外表隐约感知事物的本质。

"像吗？"郁飞尘淡淡道，"那我和卡扬呢？"

温莎："并不像。"说完他叹一口气，"怪不得你们的特征值能完全匹配，不过现在好像不是谈论这个的好时机。"

几人看向一片狼藉的主卧室。

温莎掏出一个笔记本："这已经是首都星内发生的第两百四十三起雪人事故，至于是整个帝国的第几起，数量不好记录，有些星系很多，有些则很少。唉，昨天卡昂伯爵连夜逃回家乡避难，结果半路就遇到了雪人，真不幸。"

郁飞尘："但这已经是我第二次遇到它。"

"是吗？"温莎仍然笑眯眯的，不动声色，"真可怕。"

"让卡扬忙完过来见我。之后你拜访各位贵族的时候，把我连续两次遇到雪人的事情说出去，顺便提一下我和唐珀的关系。"

"但我为什么要去拜访各位贵族？"

"随你。"

"不过我确实会去挨个拜访，告诉他们熄星这件好事。"温莎道，"可惜，如果老三当了皇帝，他太软弱，一定会对会长大人百依百顺。我走了。"

唐珀微笑道："喝杯茶再走，公爵。"

郁飞尘不由得又看了唐珀一眼。这人对温莎产生了兴趣，他看出来了。

"真荣幸，唐珀大人以前一直对我不假辞色。"温莎果然留了下来，还接受了唐珀主动推给他的点心。他正常社交的时候彬彬有礼，待人若即若离，说一些无伤大雅的八卦玩笑，但唐珀是何许人也，交谈没过半小时，温莎那副标准贵族做派就没了一半，仿佛他乡遇故知一样提起了自己的理想。

"但我在做一个合格温莎领主的同时，离我热爱的缺失者平权事业也越来越远。我要忏悔。"

郁飞尘感到唐珀对温莎的兴趣又多了些许。果然，唐珀问："为什么对这件事感兴趣？"

温莎说："我从小到大见过很多位缺失者哥哥，但他们都没有太好的结果。我加入保护组织，是因为缺失者受到了很多不公平的对待。"说完，他等待唐珀的夸奖。

唐珀却道："除去缺失者，还有许多人也受到了不公平的对待。"

"譬如？"

"譬如平民与贵族从事不同的劳动，以及有人可以进入真理学院，而有人不能。"

"因为人生来有天赋与血脉的区别。"

"人生来也有使命者与缺失者的区别。"

"但缺失者现在并没有得到他们应得的……好了，我知道了，你下一句要问我：'平民又是否得到了他们应得的东西？'"温莎叹了口气，"大人，你很危险。"

"有吗？"

"有，我明白你想说的。伤害缺失者的东西和伤害平民的是同一种，但谁让人们生来就有种种区别，而世上的利益又总共就只有这么多。只不过那不是我能改变的东西，我很有自知之明。我只在不影响家族的前提下帮助我能帮助的，自以为是一个善良的好人。"

唐珀温声道："你已经很勇敢了。"

"但愿。好了，我要走了，继续做个腐朽的贵族。"温莎告辞后走了几步路，又道，"所以以后如果您需要什么帮助，我也只能在那个前提下施以援手。"

唐珀："谢谢你。"

温莎像被踩了尾巴的兔子一样离开了。这时候他才有点像十八九岁的样子。

郁飞尘冷眼旁观。唐珀又收获了一只迷途的羔羊。

人心中的善良和正义，其实与人心中的阴暗与邪恶一样，都很容易被唤起。一旦唤起，许多事会因此改变。

先看透，再暗示，最后引导，他的套路郁飞尘现在几乎可以背诵出来了。只是不知道他自己现在正在被向哪个方向炮制，又炮制到了哪个程度而已。

他用勺柄敲了敲杯沿："您的追随者已经很多了，大人。"

517

唐珀对此并没有避讳。"他适合与你共事，而不是我。"他道。

郁飞尘也觉得和温莎说话省事，但暂时不予置评。他回到那间卧室，手指滑过床板整齐的断口。如果之前他没有出于安全考虑而另选房间，直接带唐珀住在了这里，难说现在这世界上还有没有他们的存在。

"以后轮流守夜。"他出言剥夺了唐珀的一些睡眠时间，一转头却正好看见唐珀露出微微困倦的神情，巧得很。

"算了……"他道，"你守白天。"

这几天像是度过了一个永眠花环绕的假期一样，现在假期结束，他们原本就不是活在安全世界里的人。

"用你那份秘语辞典把协会所有资料翻译成通用语言，上传到知识库让所有人都能看到，会怎么样？"他不无恶意道。

"起初人们不明白发生了什么，接着，你会引发一场史无前例的混乱。"

"也算完成任务吗？"

"这个世界还没做好准备迎接这样的变革。"

"那就是算？"

唐珀拿他没办法，但这主意起码比之前"变成暴君胡乱治理"善良一点。他意识到郁飞尘行事确实没什么准则。在此之前，他明明还打算姿态优美地玩弄权术以反制真理协会，进行一场温和的变革，今早就变得孬毛了。

作为一个想要偶尔配合帮忙的旁观者，不能说感到苦恼，他只是难免会生出一些投诉的念头罢了。

"更新知识库是最高级别的权限，你只能强迫会长交出权限或突破保护知识库系统的幕墙。"唐珀道。

郁飞尘："可以做。"

唐珀不得不提醒他："会长现在对你多有戒备。"

郁飞尘："这完全是因为我的'镜'是个反对党。"

他又道："现在我们统一阵营了，你可以考虑供出几个重要的同党。不要怕，现在我不电你。"

唐珀面无表情地看了他一眼。

会长只限制了唐珀的行动，没限制郁飞尘，于是兰顿公爵堂而皇之地出了庄园门，不仅拜访了贵族，连那些重要的协会成员也没有落下。

所有人都表示，被抚平狂躁后，兰顿公爵确实发生了质的改变，简直可以称为"升华"。

在雪人频繁出现的阴影下，在几位大贵族不知从何而来的心事重重里，兰顿公爵的改变简直成了首郡星内唯一能使人轻松一下的谈资，他两次遇到雪人的巧合经历也同样吸人眼球。

"如果还能遇见第三次，我不得不怀疑是有人针对兰顿公爵了。对吧，卡扬？"温莎公爵开玩笑道。

接手唐珀的社交关系，进行几次有效的接触过后，郁飞尘带回庄园的资料越来越关键。白松处理熄星节事务也越来越熟练，能抽空出来完成他郁哥交代的任务了。

郁飞尘在庄园隔空找真理协会事情的时候，唐珀就在一旁答题。雪人引起了所有人的恐慌，解惑区几乎被这东西占据。几天内，雪人事故越来越多，整个帝国里已经发生了几万起。唐珀看到这些东西的时候总是蹙着眉。

郁飞尘的所有工作在一个下午宣告结束。

他喊唐珀："来看这个。"

唐珀放下终端，看向郁飞尘屏幕上的一张数据图。图上有两条曲线，两条都逐渐升高，并且起伏节奏极其相似，明显存在相关关系。

第一条线是雪人在各个时间段出现的频次。第二条线是进行熄星实验的次数。

两个毫不关联之物被摆到一起时，竟然呈现出这样的结果。

唐珀看着那张图，没说话。

除此之外，还有一个更关键的证据——每天凌晨3点到上午8点是休息时间，熄星实验停止。与此同时，雪人也销声匿迹，直到上午8点后才再次如幽灵一般出现在各个地方。

再追溯熄星技术被发明出来的年代，果然，也是在那之后不久，有了关于雪人的零星发现。

事实简直像是板上钉钉——雪人现象是真理协会熄灭新星时制造的副产品。

镜星能把死星投影到新星上。郁飞尘想起在飞船上亲眼看到的那个雪人，它外形像人，动作也像人，只有材质不像，倒像是个活人的投影。

只是新星和死星都体积庞大、能量浩瀚，经得起所谓"投影"而不崩毁，人却单薄孱弱，怎么能和星球相比。

至于原本只该存在于新星和死星间的投影关系怎么出现在了人身上？真理协会又究竟在用什么方法控制它们？能控制到什么程度？答案恐怕只有会长和他的亲信知道了。

他没对唐珀说出自己的想法，也不知道这人究竟猜到了几分。半响，只听唐珀说了一句话："支配远超自身的力量，常常是一种妄想。"

郁飞尘听着，没说话。接下来他又去探望了一位唐珀曾经的反叛军下属——考文副会长。这位大人最近的工作和熄星节有关系，和雪人也有关系。郁飞尘没说太多，把最重要的数据交给了他。

回庄园后才得知，在他离开的时候，温莎竟然还装模作样地拜访了唐珀一次，暗中传递消息，说大贵族知道真理协会现在的熄星实力后，既蠢蠢欲动，又忧心忡忡，对会长的信任出现了些许动摇。

风平浪静的表面下，首都星墨霍暗流涌动，但第二天，熄星盛典还是如期到来了。

盛典在夜晚举行，在此之前，会长大人、许多副会长、诸位年轻继承人，还有远道而来的大贵族将聚集在一场盛大的宴会上。原本皇帝陛下也该在，但他已经蒸发了，而新的皇帝还没着落。

没着落的原因是最后一位选帝侯有跃迁恐惧症，迟迟不愿来首都星，直到今天温莎公爵不知道用什么神奇方法催促，他忽然克服了恐惧，当天就跃迁过来了。新的皇帝将在熄星节过后立刻被选出。

人们陆续来到宴会厅内，深紫的暮色笼罩了墨霍的天空。只有考文缺席，但是会长下首簇拥着许多副会长，考文的缺席无伤大雅。

郁飞尘找了个隐蔽的位子坐下，很事不关己。一抬眼还能观赏白松这个最大的内鬼在会长身边扮乖。

温莎说："这次宴会比以往来的人都多。一些本不必来的领主也赶来了，是被雪人造成的损失逼急了，不得不亲自面见会长，请教究竟有没有解决的方法。"

宴会开始前，先由会长致辞开场。这个环节很重要，决定了宴会的气氛是严肃还是欢快，而会长捏着熄星三百颗的消息，就是要在这时候放出。

果然，会长语气顿挫，难掩激动，将这一消息告知了所有人——探寻真理的步伐一日快过一日，在今天，真理协会将一次性熄灭三百颗新星以纪念这一伟大的进展，三百颗新星将在三至十年内逐渐转化为资源丰富的地星，以供人们开采和居住。

说完，会长眼神满含慈爱与满意，看向下方的人。那些人的反应却与他预料中不符。

原本以为能看到像饿狼见肉一样的贪婪神情，结果却只见到几张阴晴不定的面孔，在宴会桌上各自递着眼色。

白松注意着会长神色的细微变化，时至今日，他终于明白了腐朽的贵族世界的复杂。

真理协会能一次性熄灭三百颗星，贵族现在知道和提前几天知道，看起来只是晚了几天，实际上，这几天足够他们权衡利弊，看透会长的打算了。更何况还有温莎在里面煽风点火，唯恐天下不乱。

他记得温莎说："真理协会已经习惯了'他们要，别人就会给'的日子。如果我们这些人富得流油也就算了，但几百年来真理协会拿着种种技术和强力武器做筹码，层层盘剥，到现在，连我们各星系里的新星他们都能随意拿来做实验。现在还剩下的，都是绝不能给的东西了。"

就这样，晚宴厅里陷入一片尴尬的静默中，只有郁飞尘仿佛置身事外，神态自然地喝了口冰水。

会长神情微沉，但还是继续了下去，展望了一番地星增加将给人们带来的改变。终于有小领主回应，互动稀稀落落，好歹不算太尴尬。时钟一分一秒走着，离熄星仪式的时间越来越近。

然而，就在这时——

宴会厅门口忽然响起急促的脚步声，一个人影匆匆闯了进来，是缺席了的考文副会长，现在看来不是缺席而是迟到，只是迟到得久了一些。

看着考文脸色苍白、姿势狼狈，会长神情晦暗。听到考文一声慌乱的"会长大人"后，他更是皱眉。

这声呼喊也吸引了其他人的注意，宴会厅立即寂静无声，只有一位贵族夫人小声说："难道是庆典出现问题了吗？"

旁边人深以为然地点了点头，这种语气显然是来报告十万火急的坏消息。

会长第一时间想到的也是熄星仪式出现了问题，看向主管此事的卡扬。白松感觉到了自己被看，温顺地看着桌角，仿佛什么都不知道。

玻璃穹顶下，宴会厅灯火辉煌，却一片寂静。

会长高坐厅首，他年纪大了，发须雪白，五官的轮廓也因为长年养尊处优而显得圆和，但常年居于此位，这张面孔已经与威严直接相连。只听他沉声问："发生什么事了？"

考文身材瘦小，五官显得刻板严谨，此时却因为过于激动，面颊上的肌肉不自然地颤抖着："会长大人，这些天来我遵循您的命令，潜心研究雪人事故的成因，并兼顾熄星节典礼的调度，忽然发现一件极为可怕之事——"

会长打断了他的话，并对两旁卫兵比了个手势，道："跟我来，这里并不是汇报消息的场所。"

考文却仿佛根本没听到一般，张口准备说话。

"考文！"会长的语气严厉了起来。

这时，一位座位正好在考文附近的领主开口，目露关切之色："是有关雪人的信息吗？"

此话一出，场中几乎一半的人都来了精神，议论纷纷。

会长严厉的目光下，考文的眼睛不易察觉地往郁飞尘那边瞟了一下。郁飞尘在阴影里朝他微微一举杯。

像是得到莫大的鼓励，考文的目光又坚定了一些："时间来不及了，熄星仪式必须立刻停止！不然雪人将在帝国中横行！"

众人疑惑，会长与他身边两位副会长的神情却疑惑得不太自然。

郁飞尘看着会长大人阴晴莫测的脸，觉得这老头比他想象中软弱了一些。如果是他在那个位置，会直接让卫兵把人拖下去。

然而会长是真理的代言人，对世俗贵族暂时没有直接的统辖权。贵族的子民都活在雪人的阴影下，对于可能与雪人有关的消息，自然全都迫切地想要听到。会长如果阻止，面上未免显得有些挂不住。

最终，会长道："考文，你知道自己在说什么吗？"

"我知道，大人。"考文直视着他，右手却打开了一个微型投影器。

曲线图被清晰地投在一堵装饰墙上，有两条同起同伏的曲线，一条代表熄星实验的次数，另一条代表雪人的出现频率。连每天凌晨时分二者同时降低为零都画得清清楚楚。

"请原谅我直到最后关头才发现了这两者的联系,雪人出现的节奏与熄星实验的频率几乎一致,我怀疑,雪人就是熄星过程的副产物!我们只是在小范围内进行短暂实验,就在帝国各处引发了这么多雪人事件,一旦今夜正式开始熄星,我无法想象那时的场景。"

通用语言中缺少很多专业词汇,考文的语速极快,半是通用语,半是秘语,但中心意思传达得很明确,熄星会诱发雪人出现。

周围人哗然。

在场的人全都知道雪人,也全都知道"熄星"这一创举。可这两者又怎么可能联系在一起?

然而起伏的曲线却把一切呈现得清清楚楚,加上考文笃定的语气,一时之间没有人能出声反驳。有个记忆力出色的贵族恍然大悟:"我记得,雪人第一次出现,就是在第一年的熄星节后不久。难道真的有关系吗?"

话说出口,他察觉到旁人的缄默,也自觉闭嘴了。

沉默仿佛在逼着会长发话,但在众目睽睽之下,他说话的余地已经很小。

保罗会长注视着那张图:"不能因趋势的相似,就贸然推定事物之间的关系。"

"这——"

"可是——"

会长摆了摆手,道:"但是,与帝国子民安危相关的事情,不容任何忽视。"

在众人的注视下,他缓步走下高座,来到考文身边,伸手扶住了考文的肩膀:"好孩子。"

然后,他的目光扫过众人,语声沉稳:"停止一切与熄星有关的实验,今夜典礼的熄星变为一颗。从明天开始,到真正的原因被找到,熄星此事,永不再进行!"

如此一番,贵族也弄清来龙去脉,几个意欲讨好的小领主已经开始夸赞会长对子民的怜爱之心。

会长道:"诸位,真理协会必会彻底弄清两者的联系,确保熄星能安全地为帝国带来资源。"

523

温莎与身边一位长辈对视一眼，白松看着他们，撇了撇嘴。封建贵族又开始各怀鬼胎。刚才他们还因为有偿熄星而对会长充满意见，现在为了子民安危不熄了，又惋惜失去了梦中的三百颗地星。总之，他们没有满意的时候，每个人都想空手套白狼。

命令一层一层传递下去，原本该是一场熄灭三百颗新星的狂欢，变成了不痛不痒地熄灭一颗星。平民对此毫不知情，毕竟会长从未放出过消息说要熄灭几颗星。他们只是照例赞美一番后，投入节假日的欢乐夜晚。

那颗星熄灭的时候，会长仿佛苍老数岁，深叹一口气："希望明天不会再有雪人出现。"

说罢，他转向考文："寻求真理的路上……为何总是充满着谬误？好孩子，如果这个发现是正确的，你拯救了今夜的很多人。如果是错误的，你也不会受到任何责怪。"他拍着四五十岁的"好孩子"考文的肩膀，仿佛又多了一个最心爱的学生。

考文恭谨地垂下了头："其实这不是我自己的发现。"

郁飞尘见事情按计划进行，正要把目光从考文身上移开，听见这句话，重新看向了他。他有种不怎么好的预感。

"哦？"

"这是唐珀给我的启发，他将猜测千方百计地通过兰顿公爵转告给我，我这才有了验证数据的思路。唐珀一向知觉敏锐，能洞察事物内在的联系。"考文说。

这不是郁飞尘想让他说的话。

考文是唐珀的追随者之一，所以才会按郁飞尘的安排行事。他教考文在宴会厅，于大庭广众之下说出熄星与雪人的关系，可他没让考文交代来源，要考文说这是自己偶然得出的结论，和任何人都没关系。

看来是唐珀的重新审判在即，考文按捺不住，要给他将功折罪了。人一旦追随了什么人或物，就会做出偏离理智的举动。把唐珀推出来，会引起会长再次注意。郁飞尘可从没觉得自己遇到的那两次雪人是意外。

但木已成舟，下一刻，四面八方的目光汇聚到了角落里的郁飞尘身上。

温莎："真的是这样吗？"

先前闹得尽人皆知，现在提到唐珀，大家就会想到兰顿。郁飞尘面对别人的目光，微笑点头，表示自己幸而能和这样优秀的缺失者互为"镜"。

人群之中却有一名神情阴郁的真理官问："唐珀大人为什么会产生这样离奇的猜测？"

"这和我们的经历有关。"郁飞尘道，"我和他第一次遇见雪人，是在飞船上。雪人破坏了跃迁设备，我们被困在虫洞内部很久。你们都知道跃迁虫洞打开的时候，宇宙的两个地点重合，飞船可以在两个地点间穿梭。"

考文点头："熄星的原理也是这样，用镜星打开通道，使新星和死星重叠。"

"那次航行过后我们知道了虫洞内的危险，霍普真理官可以做证，但是我们忽然想到，飞船使用的虫洞已经那样危险，星球之间的虫洞岂不是规模更大。"

忽然有位真理官道："难道是镜星打开巨大虫洞时的能量波动过大，引起了更大范围内的异常？"

听者齐齐变色，郁飞尘不说话了。

这是真理协会的人自己说出的话，与他和唐珀无关。虽然，他也是这样猜的。

真理协会做到了很多事。他们能攫取新星的热量作为能源，也可以随心所欲地熄灭它们以获得宜居的地星，但这真是现在的真理协会能完美控制的技术吗？

扭曲空间，在遥远的两地间形成能与一颗星球相提并论的巨大虫洞通道，这种强度的动作怎么可能不波及周围的空间。于是，灾难就悄然降临在帝国了。

没想到，简短的一问一答却给了白松不少启发，他这些天像填鸭一样被塞进太多知识了。

"你说得没错。"白松拧眉道，"虫洞是连接两个地点的通道，打开巨大虫洞时能量波动过于剧烈，扭曲了其他的空间，也许就造成了其他小型通道的出现！无数个不稳定的小型虫洞遍布在宇宙里，也许一个人走着走着……就……"

白松确实可以"出栏"了，郁飞尘心想。

熄星时，空间的裂缝遍布了整个宇宙。假如一个人面前正有一个虫洞，而他走了进去……在这一端，他就蒸发了。

那他还会活着出现在另一端吗？

不会。因为那不是条平和的通道，而是一条暴烈的窄径，里面全是错综复杂的力场。生命被吞噬，物质被湮灭，只在那头——虫洞的另一端——投射出一个稍纵即逝的雪白剪影，也就是所谓的"雪人"。它连接着虫洞，和现实世界已经不再处于同一个维度，所以才会造成那样诡异的破坏。

雪人不是另一种生物，而是被扭曲了的人。

可这些空间的裂缝仅仅是对人有害吗？并不，只是蒸发一个人容易被发现，消失几件物难以被察觉罢了。它们不只存在于人身边，而是随机出现在宇宙各处，在无人的深空中，甚至是在星球坚实的内部。在看不见的地方，这个世界已经千疮百孔，灾难正在酝酿。

所以，唐珀看到那张曲线图的时候会说："支配远超自身的力量，常常是一种妄想。"

此话一出，满室寂静。

协会成员自然能听懂背后的含义，而贵族虽然不懂得具体原理，却也都受过语言与逻辑的教育，听完这句话，谁还能想不到自己所处的世界究竟陷入了怎样的危险中。

空间裂缝就这样散布在未知之处，有可能自己一步踏出就再也回不了头，也有可能什么都不做就有雪人从扭曲的裂缝中朝自己而来——最恐怖的事情永远是不可预测的。

而所有人、所有物都活在这样的阴影中。物质源源不断地从裂缝中流失，像是竹篮里的水，而如果今夜真如原本的计划一样熄灭三百颗星，那么大的能量波动发生在宇宙里，情况又会比现在糟糕多少倍？

这一切的原因，都是真理协会实施了一样危险的技术。

还好唐珀一念之间有了猜测，考文又从数据里发现了蛛丝马迹，而会长果断地下令叫停了熄星。

一场庆祝盛典的宴会，却成了死里逃生的现场。长久的寂静后，终于有一位年轻真理官迟疑着开口，用他的专业领域知识佐证了白松的假想。接着，更多人加入其中。年长的真理官和副会长则大多缄口不言。

眼看气氛越来越怪异，会长叫停了他们的讨论："熄星已经停止，让事实来证明猜测正确与否。"

如果不再有雪人出现，自然就证明了两者的因果关系，但统计各地即时发生的雪人事件需要耗费时间，无法立刻看到结果。宴会就在这样诡异的氛围中开始，原本铆足精神预备应对会长压迫的大贵族忽然无处着力了，原本打算请求真理协会重视雪人的领主也得到了答案，虽然这答案简直像个真理协会的丑闻。直到夜深的时候，气氛才在场面话与客套恭维中热络了一些。

终于，一位真理官战战兢兢来报，过去的几个小时内，各地均未上报关于雪人的新事故。

宴会厅里，那根绷紧的弦终于放松了下来，不论原因如何，起码一场大灾难消弭了。

会长脸上却不见高兴。先前发生的那些雪人事故，在大庭广众之下被证明是真理协会的过错，纵然能在平民里控制住消息，可今夜过后，真理协会在这些贵族心中的地位就要有所改变了。

当然，大部分贵族并没表现出来，他们甚至殷勤地赞美会长当机立断，做出了正确的决定。

赞美声中，会长沉声开口："再次传令真理之城，今后绝不再进行任何熄星实验。"

这次是真的正式诏令了。

郁飞尘耳畔忽然响起了熟悉的提示音："守门人温馨鼓励，世界进程因您的参与发生改变，占领进度达到70%。恭喜！请继续努力！"

阻止了熄星计划，使这个文明免于一场灾难，确实也是一种改变。

克拉罗斯还有报进度的功能，郁飞尘心情不错。不过他知道会长此时心情必然很坏——雪人这一招，短时间内不能再用了。

如果那些裂缝真是随机出现的，那由此导致的雪人也不是真理协会能左右的东西。然而，世界上还有一种雪人产生的原因可以精准控制，就像他们能熄灭位置固定的星那样，只要用镜星对准两个固定的坐标，再缩小能量数值，就能在它们之间打开一个小型虫洞。这时如果有一个活人从通道这头进入，通道那头就会出现雪人的形迹，精准毁灭一些人或物。

但在今晚，所有人都知道了熄星和雪人的联系。以后，如果再有雪人伤人，真理协会就真的脱不开干系了。

而他自己也可以不用再守夜。事情进展不错，唯一的缺陷是今晚这一出并没有让会长真正伤筋动骨。甚至，只要堵住贵族的嘴，再告知平民雪人已经被解决，真理协会在民间的声望还会大大提高。正想着，考文来到他所在的小茶桌前，似乎有什么话要说。

考文还没开口，另一个人也来到了郁飞尘身边，是发问过的那个表情阴郁的真理官。考文好像和他很熟悉，没说话。

"公爵阁下，"那真理官低声道，"既然掌握了真理协会的把柄，为何不等到今夜过后，熄星的灾难彻底酿成，再将它公之于众？"

话说出来，郁飞尘就知道，这位估计也是反叛者的一员了。

说得没错。现在指出问题，对会长来说只是一次风波，等到更大的灾祸酿成，更多人，甚至是数万人死于雪人之手后再指出，才是毁灭性的打击。

然而……

已经拿到了70%进度的郁飞尘语调淡淡："每个人都有选择。"

和主神待久了，他觉得自己讲空话的能力提高了很多，而这种似有深意的空话最能堵住别人的嘴。

那位真理官沉默一会儿，不置可否："时机只有一次，错过不会再来。"

对面，考文也意识到了什么，目光有些闪烁。

郁飞尘神色如常，喝完了他的那杯冰水。他看见了远处会长深思的神色，也看见了考文和真理官的表情。或许是正视了自己的缘故，对别人的贪婪、执着和选择，往日他只觉得可笑，现在竟然都能理解了。会长明知熄星的后遗症，仍要用此来巩固自己在世俗中的权力。反叛者为了结束这一任会长的统治，也可以不计一切后果。

而他选择做点某位神愿意看到的事情。不过，对这个选择，他自己也并不抵触就是了。

夜渐深，宴会在心照不宣的古怪气氛里结束，宾客散去。

温莎路过郁飞尘旁边的时候，微微笑了一下。

他笑里好像有话，郁飞尘道："怎么了？"

"今晚，兰顿公爵的目光看似漫无目的，其实一直追逐着人群中的某位副会长，那显然不是唐珀大人。"温莎道，"我很好奇其中的原因。"

"他叫什么？"

"西蒙斯。"温莎道。

郁飞尘把名字记下了。

副会长穿得千篇一律，发型也差不多，甚至体格都是一模一样的——瘦削，仪态也不像唐珀那样端雅。对于他这种不认脸的人来说，要准确辨别出其中一个很不容易，只能多注意几眼，确保没看丢。

雪人和熄星的关系被公之于众时，这位西蒙斯是表情变化最复杂的，甚至他和会长还对视了两次。

会长利用熄星技术排除异己，怎么可能没有亲信作为帮手。

郁飞尘："谢谢。"

"不客气。"温莎饶有兴趣，看了一圈见周围无人，正准备询问"你又想掀点什么风浪"，就见眼前已经空荡荡一片，没了人影。他撇了撇嘴，再次回到人群中，去找白松说话了。

午夜，寂静像阴影一般附着在大地上。

西蒙斯下了飞梭，走在回真理之城住处的路上。他思绪重重，并且不时看一眼通信终端，想接到会长的通话请求，但终端迟迟没有亮起。

一个冰凉的枪口忽然抵上了他的太阳穴。西蒙斯顿时从头顶冰凉到脚。

真理之城里怎么可能有人带枪进入？难道是……

他艰难地转头，却始终看不清黑暗中的轮廓。枪口抵着脑袋的感觉如此清晰，枪声却迟迟没有响起。与其说是一种威胁，不如说更像折磨。

西蒙斯松了一口气，起码来者不会立刻杀了他。

他声音沙哑："你是谁？"

"你觉得我是谁？"一道冰凉的声音传来。

西蒙斯起先觉得这声音陌生，片刻后才惊觉刚在宴会上听过。

"兰顿……你……"

郁飞尘没多费任何口舌："知道我想要什么了吗？"

"我……"西蒙斯冷汗涔涔，剧烈喘着气，哆嗦道，"我……我不知道。"

"不知道怎么控制雪人？"

"虫洞是……是随机的，我们不能……不能控制雪人在哪里出现……"

郁飞尘已经很久没听过这么此地无银三百两的回答了。

"那你们为什么能准确控制通道在新星和死星间打开？"

这话一出，西蒙斯的身体立刻僵硬了，但他仍然什么都没承认：

"不是——"

扳机"咔嗒"一声按下一半。西蒙斯顿时消声。

一条人命拿捏在手中，郁飞尘反而异常悠然。

"是等会长拿你出去顶罪，还是现在交给我证据，自己选。"他说。

西蒙斯面如死灰。

事实上，当熄星的后果被公之于众时，绝望就已经笼罩了他。这么大的事，会长要想让自己的地位不动摇，必须给那些贵族一个交代，而最好的交代方式，就是把熄星实验的主要执行人，也就是他推出去，剥夺一切权利，执行最严厉的责罚。

"就算我……给你，"他艰难地说，"会长接下来也会把我……"

"好。"郁飞尘把扳机又按深一分，枪管内部的机关已经绷紧如弓弦，只要再加一点力度，西蒙斯的脑袋立刻就会变成烟花。

"再选一次，现在死，还是接下来死。"

西蒙斯仍然在犹豫徘徊，但郁飞尘深谙怎样给人施加压力。

"我赶时间，"他思索了一下自己"赶时间"的理由，最后说，"我的'镜'还在等我回去。3、2……"

"我带你去！"西蒙斯猝然发声。

郁飞尘笑了笑，移开枪口。他之前说了那么多都没见这人表态，提到身为反叛军首领的唐珀这人才倒戈了。西蒙斯不是白痴，现在他想好好活着，就注定要站在保罗会长的对立面。

西蒙斯劫后余生，扶着墙才站稳。他的权限很高，一路避开卫兵和同僚，在实验区内畅行无阻。

最核心的实验室里，郁飞尘看着西蒙斯打印出了两次镜星的操作记录。第一次是把小型虫洞开往了伊莎贝拉号的控制室，第二次是开去了兰顿庄园内的某个坐标——他的主卧所在的坐标。

同时，西蒙斯竟然还谨慎地保留着保罗会长向他下达命令时的记录。看来会长和他心爱的学生之间的关系也不怎么样。

面色惨白的西蒙斯把文件递给郁飞尘。

郁飞尘："不是这两份。"

西蒙斯的脸色越发难看了。在郁飞尘的注视下，他艰难地转身，打出了另一份记录——与皇帝相关的记录。

郁飞尘从别人口中听说过，死去的那位皇帝年轻、进取、野心勃勃，但和会长关系不怎么样，两人不久前还发生过一场冲突。

看到这份记录后，郁飞尘倒笑了。

他倒是真没想到，会长处理皇帝和处理唐珀，用的是同一个虫洞。那时皇帝正在另一颗星球巡查事务，却被协会的真理官带往花园中固定的地点，走入了会长特意为他开辟的虫洞之中，而虫洞的那一端正指向即将跃迁的伊莎贝拉号核心装置。一石二鸟，还能省不少能源。

他把证物全部收了起来。

西蒙斯小心翼翼道："那我……"

扳机按响的声音突如其来。

西蒙斯喉中发出一声沉闷的惨叫，猛地向后趔趄几步，难以置信地捂着自己的右肩，鲜血汩汩地从他指缝间淌出来。这个魔鬼一样的兰顿公爵不是隔一段距离开的枪，而是直接用枪口抵着就按了扳机。子弹巨大的冲力直接震碎了骨头，这意味着……

失去了右胳膊，西蒙斯这辈子都不能再操纵打开任何一个虫洞了。

"就说是反叛军余孽做的吧。"郁飞尘收枪走人。西蒙斯跌坐在鲜血中，不知道兰顿公爵为什么要开这一枪。

难道是用这样的举动警告会长，反叛军已经知道了什么东西？

高墙的阴影下，一艘飞梭悄无声息地滑了出来，上飞梭前郁飞尘往真理之城大门口看了一眼，见考文正在门前来回踱步，似乎焦虑不安。

是因为唐珀审判那天快到了吗？郁飞尘没再去和这人打交道，飞梭载着他悄无声息地回到了兰顿的庄园。

没有了雪人的夜晚格外宁静。

郁飞尘先把会长谋害前任皇帝的操作记录递给了唐珀，唐珀翻看的时候，他又道："克拉罗斯的系统报进度说完成了70%。"

"温莎告诉了我今晚发生的事情。"唐珀看着郁飞尘，似乎是想夸他的那种神情，"如果熄星照计划进行，这个世界很快会化为碎片。"

郁飞尘仿佛只听见了前半句："他来找你做什么？"

"来提醒我哪些律法的漏洞可以用于脱罪。"

然后唐珀评价说："温莎仿佛是一个天生的讼棍。"

郁飞尘对讼棍的投机取巧不是很感兴趣，觉得枪可能更有用些。

唐珀像是想到什么，说："你注意一下选帝侯……"

唐珀说得没错。

第二天，真理协会公布了雪人被彻底解决的消息。会长最得力的助手西蒙斯卧病在床，并且永远失去了参与实验的资格。贵族得知此事后，对夜宴上发生的一切缄口不言。真理协会没有对平民说出雪人出现的原因，而人们早已习惯这一点，毕竟他们也听不懂那天书一般的秘语，只知道真理协会再一次使用真理的力量为人们带来了无尽的福祉。一场盛大的欢庆活动在首都星举行，真理协会的声望达到了新的高峰。

与此同时，既然十位选帝侯已经全部来到首都星，长达三天的选帝会议也在会长的主持下开始了。

选帝会议有一套复杂的流程。

第一天，书记官整理所有合法继承人毕生的经历与成就，分发给选帝侯和内阁首相观阅。十一位候选人不可见面，无法交流。

第二天，不记名投票，公布结果。

第三天，结果呈递会长。会长同意则皇帝人选确定，择日加冕。若会长使用一票否决权，则将该候选人从名单中删去。流程从头开始，直至人选确定为止。

作为皇位的顺位继承人之一，郁飞尘不能参与选帝会议，他也懒得出去，一直待在庄园，没有出门。

外面正在狂欢，为庆祝解决了雪人的威胁，民众自发走上街头，举行盛大的庆典，到处是鲜花、条幅，仿佛在庆祝一场胜利的战争。

在这个世界，平民的娱乐和工作、生活都十分有限，每个人在经过简单教育后，都待在模块化的工作岗位上。真理协会经过精密的拆分，将每个人安置在流水线上的一个位置上，他们以此获取货币，再用货币换取生活的物资。不过在文明发达的情况下，物资丰富且充足，所有人都衣食无忧。

遥遥传来的欢乐颂声里，重重私兵把兰顿庄园护得密不透风。审判材料已经准备好，当不当皇帝也没什么所谓，郁飞尘难得没事可做，唯一的娱乐就是看唐珀答题。

雪人的危机解除后，解惑区的气氛回归了以往，不痛不痒的生活常识提问里偶尔夹杂几个紧急或有深度的提问，唐珀回答了很多。一时间，卡扬在民众心中的形象陡然高大了起来，白松通话问："发生了什么，为什么我被送了很多鲜花，同行看我的目光也变了？"温莎夸他真是个好人。唐珀并不介意为他人作嫁衣，答题态度温和，仿佛有用不完的耐心，也有取之不尽的知识。

郁飞尘看向他专心答题的侧脸，觉得这时的唐珀和复活日那时没什么区别。主神或许全知，但并不全能。主神无法召回消散在永夜中的魂灵，唐珀能用一天中的大部分时间回答问题，却无法答完解惑区的所有提问。

目光最终引起了唐珀的注意，他转头看向郁飞尘。

郁飞尘忽然问："你累吗？"

唐珀没回答。郁飞尘脑海中却蓦然浮现一个场景。

在那座灯城里，当他还不知道路德维希就是乐园主神，主神也不以神自居的时候，银发的皇帝陛下曾经对他轻轻说过一句话。他说："我累了。"

可惜，这话路德维希可以说，唐珀不能说。

郁飞尘伸手拿掉了唐珀手里的终端，没说什么。他发觉自己正试图探知主神内心的构成。接着他带唐珀去参观了洛什·兰顿的毕生收藏——几百艘古董飞梭，度过了无所事事的一天。

第二天快结束的时候，秘书兴奋得仿佛吃到了软饭一般，带来了一个惊人的消息——洛什·兰顿得到了整整二十张选票。

"这意味着什么？在初始的十张选票外，您还另外得到了十张。只有一个人没有投您。而我恰好知道是谁，公爵。"秘书说。

选票是不记名的。秘书的消息竟然如此灵通，郁飞尘不得不对他另眼相看了一次。

"是我们兰顿家的选帝侯，您的亲叔叔。"

郁飞尘沉默了。

"他对我说，他看着您长大，深知您是怎样一个无可救药的浑蛋，希望您赶紧举行成人礼，回兰顿星系去过一个混账该有的纸醉金迷的生活。我告诉他，您改变了很多。他把我骂了一顿，并诅咒您尽快被会长一票否决。"

唐珀："他不希望看到你们的公爵被卷入贵族与真理协会的纷争中。"

533

"唉，或许吧。"秘书道，"其实我也有点想念家乡。我开始纠结了。"

最终，秘书纠结地离开了，仿佛会长否不否决郁飞尘是由他决定的一样。

郁飞尘没纠结，看着唐珀。他之前想探究一下这个世界的技术原理，把自己的枪拆了，拆完觉得还挺赏心悦目，没立刻装回去，零件堆在台上，唐珀路过，顺手给他组了几下。看那手法，要说主神只会救人，郁飞尘绝不会信。主神似乎有很多种表象，但他还没看懂统治这些截然不同的表象的是个什么样的灵魂。

郁飞尘："你觉得会长会否决我吗？"

唐珀淡淡道："不是已经逼迫他只能选你了吗？"

郁飞尘愿闻其详。

唐珀修长漂亮的手指正把玩着铁灰色膛管，动作有种漫不经心的从容。首都星依然歌舞升平，但短短几天之间，郁飞尘与会长之间的主动权已经彻底颠倒了。有雪人的把柄在，会长绝不敢贸然违背选帝侯的意见，西蒙斯又遇刺，暗示敌人无处不在，且对他们知之甚多。

"传出熄星消息，再公布雪人来源，最后以反叛军名义行刺西蒙斯。你似乎很会摆布这种人。他现在要维系与贵族间的和平，只能选择你；要平息真理协会内部的纷争，只能招安我。"

结果是对的，动机却并不是这个。郁飞尘笑了笑，道："你不对。"

这次换成唐珀愿闻其详。郁飞尘道："既然明白接下来只能被我摆布，他不惜一切代价，也得去做点什么。"

"他不会。"唐珀淡淡道，"他的王国太大，已经无法再去冒险。"

于是郁飞尘就知道他和唐珀之间有时候注定有意见分歧，他们两人并不相同。

那就当个无伤大雅的赌约。和唐珀在一起的时候，这种无聊游戏竟然显得有了点趣味。

温莎的庭院里。

年长的选帝侯走到温莎身后："按你说的，我的选票给了兰顿。"

"其他选帝侯也都像你一样。"温莎走过茂密的藤廊，傍晚的光线从枝叶的缝隙间透过，打在他侧脸上。温莎公爵嘴角总是噙着一点优雅神秘的笑意，他今年十九岁，虽然离举行成年礼还有一年，但温莎家所有权力已经牢牢收拢在他手中，贵族都听过温莎家小主人天生早慧的传闻。

选帝侯说："但我认为你同样适合待在那个位置。"

温莎竖起食指放在唇边，比了一个"嘘声"的手势，微笑道："有些事，我做不到。"

"熄星节时已经有了苗头。会长年事渐高，不切实际的野心却越来越大。人在将死之时总想做出一番事业来证明自己并未虚度光阴。"他说，"保罗会长试图从贵族和皇帝手中夺取世俗的权力，让真理协会成为真正至高无上的主人。我们不想成为任人宰割的羔羊，就必须推举一位这样的君主，他既是传统的世袭贵族，又有强硬的性格，同时还与会长势不两立，譬如有个作为反叛军首领的亲密友人。"

没等身边人回话，温莎继续道："只是他的手段或许格外激烈。我们试图对抗会长的威权，但事实上，我们与真理协会是一棵树木上不同的枝丫，凭借同一种东西，赖以生存着。这是我从唐珀大人那里学到的。他们似乎想粉碎这种最根本的东西。"

选帝侯还想问些什么，但温莎看向层层枝叶外的天空，眼里满是惆怅："我打定主意不会提供任何帮助，但竟然期待这种事情尽快发生。这是很危险的想法。遇到他们之后，我总是觉得，我和他们一样……不属于这里。"

说完这句话，他脑子里有根神经抽了抽，疼了一下，但转瞬即逝。

选帝侯却彻底被这番云里雾里的话弄迷糊了："你在说什么？"

实质性的头痛已经过去了，但精神上的头痛让温莎忍不住伸手按了按自己的太阳穴。这些话不诉说出来，他会更加困惑，好在听他说话的人绝不会听懂话中的含义。

"那天看到唐珀后，晚上半梦半醒的时候，我脑袋里忽然冒出一个念头。这个人不应该出现在这里，绝不应该……外面要变天了。"

温莎敛去惯常的微微笑意，蹙着眉往前走，试图找回那片刻的直觉，最后还是放弃了。他很擅长半途而废，刚才的情绪很快淡去，他拿起终端给备注"小卡扬"的人发一条消息："出来玩。"

白松正忙于给他郁哥打工，回了一句："忙，改天。"

温莎就兴致勃勃地去帮忙了。

第三天里，既没传来会长同意人选的消息，也没有一票否决的风声。

倒是一位副会长亲自拜访兰顿庄园，代会长递来一份共进晚餐的邀请函。郁飞尘打开，会长不仅邀请了他，而且唐珀的名字也与他并排。

"共进晚餐"是这个世界约定俗成的礼仪措辞，并不只有晚餐一个环节。被邀请的人要在下午还未过半的时候就前往赴约。

飞梭在真理之城门口停下的时候，无论是近处的卫兵，还是远处路过的协会成员都不动声色地看向了这边。原因无他，就像兰顿公爵在贵族的圈子里尽人皆知一样，唐珀大人在真理之城中也无人不晓。

他天赋卓绝，成果斐然，曾被认为是会长最心爱的学生，后来却不知出于什么原因被冷落。预备会长往往被指派辅佐一位大贵族继承人，并终生与他合作。唐珀被指派的对象是兰顿，一个不怎么样的合作对象。

人们钦佩唐珀的才华，却也不看好他的前途。然而就在唐珀即将离开首都星，去往兰顿星系的前夕，真理之城一朝惊变，会长险些遇刺身亡，而唐珀竟然是多年来蛰伏于真理协会内部、一直暗中活动的反叛者首领。消息传出后，真理协会内一片哗然。

但这些都还不算大事，毕竟反对派这一异端存在多年，总得有个首领。可接着，原本应该终生流放至矿星的唐珀竟然又回来了。不仅回来，连身份都变了。

以前，谁都没怀疑过唐珀的使命者身份，他做出的那些事情也是完完全全的激进作风，然而他确实又是个缺失者，还成了兰顿公爵的"镜"。要知道，他们两人之前的关系说不上好。

原本以为事情到此已经结束，唐珀将以寻常人的身份跟随兰顿公爵去往远方星系，度过余生，一段跌宕起伏的人生最终会平淡收场，兰顿公爵却又成了炙手可热的皇帝人选。现在人们对兰顿也大有改观了——从前是个因数值过高而找不到"镜"便注定狂躁的使命者，现在是已经抚平狂躁、性格稳定的顶级使命者，可以说是天差地别。

总之，所有不可能发生的事情都发生了，而接下来会发生什么，谁都猜不到。就像大家都不知道会长邀请他们前来所为何事。

郁飞尘给唐珀拉开车门，护着他下车的时候就察觉到了远远近近的探究目光。

迎着这些目光，唐珀神情自然，仿佛它们全不存在。郁飞尘知道主神被太多人注视过，而他自己也常常是人群中目光的焦点，但他还是侧身挡住，让那些人无法看清唐珀。

出乎意料地，保罗会长迎接他们的阵仗非常大。

除去他们两个，会长还邀请了其他十几个人。有两三位贵族，其余的是协会成员。

上次郁飞尘见会长时，托阿希礼上将请许多人过来，就是为了占据普世道德的高点，堵住会长的嘴。这次换成会长请别人了，他不由得期待保罗搭好舞台想玩什么把戏。反正他一介匆匆过客，不介意名声和他人看法，只在意那剩下的30%进度。

人群里有好几个熟面孔，熄星晚宴上帮唐珀说话的考文，还有那个认为郁飞尘不该说出镜星真相的真理官。

除此之外，白松跟在会长身侧，温莎站在会长另一边。

"温莎、卡扬，你们的关系什么时候修复了？当年打破脑袋的场景还历历在目。"会长正温和地与他们两个闲话家常，雪白的头发让他显得异常和蔼慈爱。

这份和蔼与慈爱在看到郁飞尘和唐珀到来时丝毫未减。

"两个孩子，你们也来了。"保罗会长朝郁飞尘招手，温和的目光又投到唐珀身上，仿佛从未与他存在过隔阂。

不过要说温和从容，还是唐珀更胜一筹。毕竟会长的慈爱是装的，主神的仪态则经过千万个纪元而不改。唐珀脸上没有太多表情，向会长微领首，这是这个世界的人见面的普遍礼节，那姿态让郁飞尘确认他眼里真的众生平等，对着这利欲熏心的丑陋之人也毫无芥蒂。

受了这一礼，保罗会长心中却忽然生起一股怪异的感觉，那感觉说不清从何而来，就像他……做了什么错事一般。

但他明白世界上除颠扑不破的真理外不存在任何怪力乱神之事，很快压下心中的怪异。

就在这亲近友好的互相招呼过后，人群中有几个人忽然微微变了脸色，考文尤为心事重重。

唐珀曾说："考文是我最忠心耿耿的下属，对推翻会长的统治有狂热的信念。"

郁飞尘把一切尽收眼底——原来会长打的是这个主意。

果然，加入人群中后，唐珀在他耳边轻轻说了一句话："里面有几个反叛者。"

郁飞尘："我赌对了。"会长果然要做点什么。

唐珀眼睫微弯："不完全对。"

他们离得很近，说话声音也压低到了只有彼此能听清的程度，显得亲密无间，但主角是兰顿和唐珀，而且当着会长的面，让人忍不住想要观察揣测。

郁飞尘抬头，两人恢复并肩而行，身上的几道目光却仍然没有散去。

"兰顿，"会长道，"到我身边来。"

郁飞尘带着唐珀上前，取代了温莎的位置。温莎则溜达着缀在白松身后，看向远方天空，开玩笑般续上了之前和会长的话题，道："卡扬大人或许是终于想起了以后要和我在温莎星系共事数十年吧！若我们关系融洽，就会免去许多烦恼。"

白松无视温莎的鬼话。

会长点头微笑："确实如此。"

这对话一出来，相当于明示温莎不会做皇帝了，也就相当于表达了对兰顿的偏爱，还有对唐珀的接纳。

于是郁飞尘再次确认了会长的打算。

要想安抚已经与自己离心的大贵族，维持自己的地位，会长必须同意让洛什·兰顿加冕，就像唐珀说的那样，他不会拿已有的地位冒险，但是不打算放过唐珀。

西蒙斯被刺一事令他感到危机重重。现在他要想安心，要么切断唐珀与反叛者的所有联系，要么找到关键线索，消灭反叛者这一组织。毫无疑问，今天随行的人，必然有一部分是会长怀疑名单上的人员，另一部分则用来混淆视听。

与首领失联多日，又经过会长的好几轮清洗筛查，反叛者内部正风雨飘摇，经不起挑拨。他们对唐珀的信任可不像乐园子民对主神的信任那样牢固。

而没有什么比公然表示对唐珀的善意更能动摇反叛者的军心的了。

一番各怀心思的虚伪客套后，终于进入了今天的主题，会长要带这些人去参观新落成的一个军用基地，讨论几套可行的使用方案，而后在基地用餐。

基地就在真理之城入口附近，一进去，守卫森严，肃杀寒气扑面而来。

进门先是一道安全检查，查真理协会成员的时候意思意思过一下就算，对外人却严格得要命。郁飞尘随身的配枪被收了上去，还是唐珀昨天亲手组好的那支。

其他人身上没携带什么杀伤性的武器，除了温莎。温莎公爵看起来人模狗样，原来也是个随身带枪的危险分子，这人交完枪仿佛没了安全感，在白松身后缀着，白松则亦步亦趋地挂在会长身后，看似跟着会长，实际跟着郁飞尘。

郁飞尘带着这么一根若有似无的尾巴转进了基地。进大门后是个巨大的停泊区，舰船一字排开，起落装置个个崭新，都在正常运转。

绕着停泊区一圈的是研发室、训练室和武器仓库，模样挺不错。郁飞尘喜欢这些蕴含力量的机械。

钢铁被赋予的使命是啜饮鲜血，但它本身的存在并不肮脏，它是人对力量永不停息的追求的化身。

只不过这些庞然机械和"真理协会"这一概念同时出现时，难免有那么点儿违和。

能拿到多少权力全看各自本事，但在这地方，两者的联系又更密切了一些。

皇帝、贵族都有自己的星球，掌管星球上一切资源，可以统称为"领主"。他们又有自己的军队，军队听从主人的命令，可手里的枪、开的舰船却都是真理协会研发提供的。

真理协会没有自己的封地，缺钱、缺资源、缺实验场地的时候得找领主支援。领主想打仗、想给子民提高一下生活质量的时候，也得带上贡品去找真理协会请求，几百年来一直如此。这种关系挺好，有来有往，可惜谁都知道怎样能更好。一个国家不能有两个主人，这就是皇帝与真理协会冲突的来源。冲突一直引而不发，则是真理协会百年来用所谓的"真理"忽悠人们的成效。

至于真理协会内部，反叛者和保守派的分歧……考文就是个活生生的例子，他性格严谨，秉性单纯，反叛会长的原因和唐珀差不多。

几年前，在考文还年轻的时候，他主持研究了一种能代替工人进行劳动的机器人，满以为是杰出的发明，将开创一个全新的时代，他想让全帝国都用上这种东西,他甚至野心勃勃,不仅要用机械模拟人的肢体,还要模拟人的大脑。

这东西被呈献到保罗会长眼前时,会长却对他说:"考文,我心爱的学生,我们研究真理的目的不是引发混乱。当这种东西进入工厂,我们的子民要往哪里去呢?从今天起,你去帮西蒙斯研究熄星的方法吧。"

考文黯然离开,他的实验室失去了一切资源和经费的支持。那时的唐珀把他失魂落魄的背影看在眼里,于是短短两个月之后,反叛者的组织又多了一名忠诚的追随者。他们有一个共同的认知:会长引领下的真理协会已经迷失在帝国权力的旋涡中,沉醉于研究武器、跃迁、熄星等一切献媚于领主的方法,而背弃了"追逐真理"的初衷。可真理就是真理,即使帝国崩塌、军队毁弃,真理也还是真理。他们心中另有这样一个崭新的教义,要建立一个真正的真理协会。

只不过要是真建成了,大约从此没法从领主手里搜罗到经费了,郁飞尘心想。

会长带他们来到停泊区正前,这又是新成就,每一艘小型飞船都装配了武器与力场保护装置,能承受长距离跃迁。这样一百艘飞船组成的编队,足以毫发无损地降服那些野蛮落后的星球,将帝国的领域推向已知星系的边缘。

这对任何一个即将上任的皇帝来说,都是巨大的诱惑,值得用任何东西交换。

会长的随从介绍了种种模块的威力与功能。郁飞尘明白会长的意思,但懒得和这装模作样的老东西虚与委蛇,敷衍地听着,一句话都没搭。这一言不发的态度落到旁人眼里就成了未来皇帝面对会长正在虚心受教,场景还挺父慈子孝。只不过这孝子时不时走神,往唐珀那里看几眼,怕丢了一样。

唐珀的目光也没落在飞船上,总是看着那边。两人目光偶尔对上了,心照不宣地各自移开,不着痕迹。

考文看见这一幕,低下了头,垂在身侧的手上的小指神经性地挛缩了几下。和兰顿公爵一道从飞船上回来后,作为首领的唐珀身上那种尖锐疯狂的东西忽然不见了,他看得出来。

恰好此时会长看向唐珀,以"基地规划"为名目问了他几个问题,还征询了意见。

问毕开始正式参观。这地方很大，四处都是监控，光是歼击舰就有九种，卫兵森严，里面还有许多维护的工作人员。分散参观后虽然各不相见，但不是好的杀人灭口地点。

郁飞尘心里有数，知道会长不会在这种场合明着下手，姿态散漫了一些。

但在会长说出"兰顿，陪我去那边看看"的时候，他还是不太愿意单独前去。他看向唐珀，刚想说"对不起，我不想离开唐珀"，就见唐珀若有所思，正看着脸色不太对的考文。

主神好像在考虑怎样挽回迷途的信徒以避免反叛者内部的混乱，郁飞尘把下蛊的舞台留给他，自己给白松淡淡使了个"你知道该干什么"的眼色，跟着会长去往了对面的重型歼击舰。

歼击舰通体漆黑，内部幽深冰冷，保罗会长走进去后，姿态放松了许多。可惜郁飞尘在这地方比他还更如鱼得水些，仿佛见怪不怪，脚步与脚步间隔固定，比秒针的走动还规律，没来由地让人心里发怵。

会长意识到现在的兰顿即使没有和唐珀的那一层关系，也是个极度危险的人物。或许选择与虎谋皮是一种错误，但他已经没路可以走了。

会长正打算找个由头开启今天的谈话，郁飞尘忽地开口了："会长大人，"他直截了当道，"我不爱说话。"顿了顿，他又道，"有什么话，您先说完吧。"

会长没想到他开口就是谈判，不要一点皇室贵族的体面，一时间没能适应这单刀直入的说话方式，刚打好的腹稿顿时形同虚设，憋了十秒，硬没说出什么。

郁飞尘见会长一张脸隐有猪肝之色，仿佛论文答辩前夕被责令修改那般，顿时自省了一秒，觉得刚才说话语气已经足够温和有礼，想来不是自己的问题。

他在这个世界的做任务态度实在算不上积极。一则这世界歌舞升平，能等，晚一年半载完不成任务也不会多死几个人；二则想起主神回到乐园重新变成那副不咸不淡的姿态，他不由得有些惋惜。

更何况还有白松勤勤恳恳地埋头工作。蜗牛爬树，也不算落下进度。因此只要会长没恶心到他，他就懒得主动找事，但眼下会长已经找起了唐珀的晦气,他也就打消了再在这里消磨点光阴的念头。再过几天,说不定唐珀施展大感化术,把反叛军又全部收归麾下了。

被这样一双直勾勾的眼瞳看着,会长纵使有十二分的气焰也矮去八分,更何况本来就摸不清郁飞尘的底细。不知道从什么时候起,他已经处处受制于人,举步维艰。

郁飞尘瞧着那猪肝色又深了几分,心里没什么波动。

会长开口:"你是最优秀的使命者,治理帝国,我毫无异议。"

夸人的话郁飞尘早就免疫,好在会长的"但是"也来得很快。

"但是唐珀的事情,一切按照律法处置,我无能为力。"

无关主题,郁飞尘刺了会长一句:"恕我直言,贵协会的规定中,并没有哪一条解释何为异端。"

真理协会在成立最初,或许真是纯洁的。不排除异己,也不禁止纷争。

真理协会内的纷争,上千年来大家都看惯了。百年前一位真理官声称"世界的本质是波",一位真理官声称"世界本质是粒",轰轰烈烈论战十年,门下学生见面就掐成乌眼鸡,最后另一位真理官站出来宣布"粒就是波,波就是粒",然后半夜走路挨了一闷棍,至今没查出凶手。贵族们半句都听不懂,全当看猴戏凑个热闹,甚至津津有味。

所以唐珀这事在贵族眼里不算什么,甚至还能算一桩风雅的逸闻。真理协会排查反叛者,也是动用私刑而非律法。

会长道:"庞大的体系若要恒久运转,益发需要更加严谨的律法。"

意思就是,曾经没有,将来要有了。

"我不会为唐珀争取什么,一切按律法处置。脱离真理协会后,反叛者从此与他无关。"郁飞尘说。

会长像是没想到他这么好说话。

"但今天这种事,"他指的是对方拿唐珀当饵来钓反叛军的事,淡淡道,"不体面。"

到底哪里不体面,彼此心照不宣。一路无话,廊道尽头是个银白的房间,房间正中是张大办公桌,上面整整齐齐摊着些条约文件,正中央则是会长"同意加冕"的册封令,文件已经拟好,只差在右下角盖章。

看来会长真是有备而来。

但大多数人的谈判都是如此,将一切得失斤斤计较,打算断臂求生,却不知道自己早已经没有了摆条件的资格。

他们两边分坐，郁飞尘一眼就瞧见几条姿态强硬的条约。其一是要求皇帝开启修订律法的程序，增加一条协会契约法；其二是要了同一片星云里的一颗自由星球，要求真理协会自治。

郁飞尘想起近些年帝国皇帝废立频繁，而真理协会力量日渐深入权力中央，莫非都是因为皇帝骨头软，签了这些丧权辱国的加冕前协议？

只需轻轻一签，会长印章落下，皇位便落入手中，往后大有可为，也挺划算。郁飞尘向来是以最短途径把任务做完就走，哪管走后洪水滔天。

要是以前的任务，他就真这么干了，但现在……

他正要开口，钢铁地板忽然颤了颤，前方不远处蓦地发出震颤巨响。

不是他们在的地方，听方位俨然是来之前唐珀的那个方向。郁飞尘手中的笔重重在桌面搁下，就在这时，四面八方隐蔽处呼啦啦冒出卫兵，将谈判室牢牢围住。

短短一秒后，又是一声轰鸣，连带着他们这边的地板都晃了晃。

会长年事已高，听此声音不由得脑子糊涂了几秒，再清醒时，郁飞尘的身影却如鬼魅般出现在他身侧，森寒戾气恍如实质。会长眼睁睁看着郁飞尘手心原本什么都没有，空荡荡的，现在却蓦地闪过几丝黄铜色流光。流光迅速成形，接着他整个人被揪着衣领从座位上拽起，被一根枪管抵住了脑袋，并面向众位士兵，俨然是个人质样子。

——见鬼了。

舱舱门轰然落下的时候，白松半是主动，半是被踹地从升降梯上滚了下来。他刚一起身，卫兵从四面八方围了上来："里面发生了什么事？"

白松心脏狂跳，但没有相信卫兵中的任何一个人，他艰难地咽了咽唾沫，道："奉……会长的命令，我要出去……亲口传信……西蒙斯副会长。"

卫兵对视一眼，动作并不坚定。

他们今天收到的命令本就含糊其词，这里无论发生什么事情，都要他们不要轻举妄动，等待会长的命令。就在他们对视的时候，白松急促说了一声："来不及了！"他就握着自己的通信器往出口飞奔而去。卫兵没有去追。

地面继续震动，热风扑面而来，停泊区内，只见那艘飞船尾部喷出蓝色焰流，周围环翼翕动，俨然是要升空的样子。卫兵在热浪中连连后退，心说"难道今天有人要偷飞船逃跑"，却始终没接到上级的命令。

白松一路狂奔，他是预备会长，外围卫兵不明所以，无人敢拦。刚刚离开基地大门，他就给郁飞尘发去了通话请求，可惜一时半会儿没人接听，他开始疯狂敲字发短信。

郁飞尘听见了通信器响，但现在没有多余的手去接。

齿轮堡垒的一部分力量被抽出来，成了他手里这支铜管手枪。他挟持着会长，枪口直直对着致命的太阳穴，对围上来的卫兵冰冷沉着地吐出一个字："滚。"

会长瞪大眼睛，安检的时候明明把所有可能有的武器都卸下了，他实在没想到会发生这样的事情。

在会长性命被威胁的情况下，卫兵只得滚了。

卫兵撤退，郁飞尘对会长的态度却没有丝毫好转，他手指冰冷有力，呼吸声响在会长耳畔，规律得吓人。会长在那一刹那有种错觉，挟制住自己的根本不是个人，是个无感情的机器。就在这时郁飞尘开口，声音里蕴藏的情绪森寒暴戾，倒让会长如大梦惊醒，松了一口气。

郁飞尘："你想把他怎么样？"

会长答："不是我。"

"砰！"话音落下的那一秒郁飞尘就开枪了。

会长的面孔瞬间扭曲，整个人滑倒在地板，又被人从背后揪着衣领站起来，大片鲜血从他右肋下涌出。卫兵听见枪声，再次呼啦啦围上来，却见会长并没死，只是被一梭子打了个重伤，还是被挟持着。

会长在剧烈的疼痛里大口大口喘着气，心里全是震悚。他在至高的位置上待久了，做梦也没想到有人会这样对自己、敢这样对自己。他以为即使被挟持为人质，别人也会投鼠忌器，好好对待他。

但是他全错了，这个人根本是个无所顾忌的疯子。

他喘了口气："你……"

郁飞尘的枪口又移到了他的额头要害位置。就在这时外面一阵更大的轰鸣响起，伴随巨型能量机器运转的嗡鸣声。

郁飞尘垂着眼，有两滴鲜血溅在他脸颊上，抹去后还留了点若有若无的血痕。他目光扫过卫兵，道："外面怎么了？"

卫兵中的一个承受不住心理的压力，想起刚才从外舷窗里看到的兵荒马乱的一幕，哆嗦着道："有个……有艘飞船……升空了。"

郁飞尘抬手，答话的卫兵身旁，一个刚才想说又不敢说的卫兵倒下了。

郁飞尘问："哪一艘？"

这次再没人犹豫，有人抢着回答："好几个人都上那艘飞船了。"

有知道他和唐珀关系的卫兵抓住了他话里的重点，说："唐珀大人也在那艘船上。"

会长又惊又怒又痛，死死盯着卫兵，嘴里发出"嗝嗝"的声音，像是没想到自己的卫兵这么轻易就反水了。

这时白松的短信成功发到，终端上浮现文字。

"郁哥，考文反水了，劫持了唐珀。

"还有个真理官也是他的同伙。

"他们不知道要把飞船开去哪里。

"我在外面，温莎在里面。"

消息在郁飞尘余光里一条条刷过。情形渐渐明晰，让他刚才知道唐珀有可能出事后那股突然而来、无法控制的戾气淡去了一点，心说：能见证主神"洗脑"失败的片刻，也算是一次非凡的经历。

也是，他太知道主神对信徒的影响力，理所当然地认为唐珀对反叛军也是这样，但手握权力的人从来都走在钢丝上，下蛊能下到主神这份上的人实在太少了。会长做不到，所以有了反叛军。以前的唐珀也没做到，所以反叛军反水了。

会长这时出声，微弱地重复了一遍："不是……我。"

郁飞尘面无表情地往他肩膀上补了一枪，会长痛叫一声，卫兵面如死灰。

没有会长的默许和煽动，考文怎么可能有在会长的地盘对唐珀下手的机会。

卫兵不敢妄动，会长已经跌在地板上起不来身。"驾驶权限给我。"郁飞尘道，但双方脸皮已经彻底撕破，保罗会长在此时展现出比卫兵硬得多的骨气，咬死不肯开口。

飞船已经升空，意味着考文已经得手，会长心里有数。他此刻终于意识到什么威逼利诱都没用，只有唐珀的安危是这人的命脉，他怎么可能松口。

会长唇角出现一丝冷冷的笑意。

郁飞尘的笑意比他更冷。会长背后发寒，在那冷冰冰、若有若无的笑意里甚至看到了一丝怜悯。

郁飞尘直接把他摔到飞船的驾驶台前，鲜血渗进地板的机械缝隙里，触目惊心。

"3，16374，"郁飞尘看着他，忽然念出一串数字，"257，01。"

这是串坐标数字，标记着一个镜星虫洞的位置。不久前，皇帝正是踏入了这个虫洞，在里面被剥夺了生命，化成雪人的影子出现在押送唐珀的飞船上，破坏了跃迁装置。

随着这串数字被念出来，会长瞳孔骤缩，寒意从后脊骨里冒出来遍布全身，牙关因为不能自控的紧张而咯咯作响。他鲜血直流，胡乱抓着自己的胸口，突然想起西蒙斯肩膀上的枪伤来。他不蠢，顿时明白了所有前因后果，一刹那失去了所有力气。

"证据全部在我手里。"郁飞尘淡淡道，"我已经做好万全准备。"他的手指在驾驶界面上轻车熟路地敲击数下，屏幕上弹出驾驶权限确认的界面。

身败名裂似乎比死还可怕些，会长脸色衰败如灰尘，吐出了那串密钥数字。

停泊区，第一艘飞船被挟持飞走短短三分钟后，一艘重型歼击舰轰然腾空而起，咬着空中的飞行轨迹疾掠而去。

白松正焦急打车，共享飞梭还得一会儿才能排到他。背后轰鸣声响起，他回头看见了歼击舰飞起的一幕，记得这是他郁哥和会长在的那艘，松了口气。

白松知道他郁哥得追人，没空指挥他，他正想着下一步该怎么做，迎面撞上一行人，是闻讯带卫队匆匆赶来的阿希礼上将。阿希礼上将是真正手握首都星兵权的人，理论上听从皇帝调遣，实际上对会长也算亲和，血缘上是洛什·兰顿的亲长辈。

阿希礼上将："里面怎么了？"

白松指了指已经快消失在天际的歼击舰："会长飞了。"

"兰顿呢？"

"公爵也飞了。都飞了。"

"发生了什么？"

"没谈拢吧。"

阿希礼上将的表情渐渐扭曲，仿佛煮熟的鸭子飞了一般："是兰顿又做什么混账事了吗？"

上将异常的敏锐让白松感到家人一般的亲切，他说："麻烦带我去真理之城，上将。别追了，不管发生了什么，我们都追不上他。"

阿希礼上将是见过他郁哥开船的，他记得。

上将思索一会儿，认同了白松的说法。无论天上发生了什么，他们是追不上的。

坐上阿希礼上将的高级飞梭，去往真理之城的道路两边花团锦簇，喜气洋洋，人们还在庆祝真理协会解决雪人的伟大成就。白松看着真理之城的轮廓在面前逐渐清晰，回想刚才猝不及防发生的事情。所有人都飞了，郁哥去解决考文和会长。扳倒真理协会的任务最终还是不可避免地压到了他的身上，白松感到了长大成人的惆怅。

飞船上。

温莎被几个卫兵扣住了，但他不是主要的目标，被铐住双手后就被放置在了一旁。生命真正受到威胁的是唐珀。

整艘飞船上的卫兵都被买通了，考文拿进来一把窄长的光刀，这是某个实验室最新的研究成果，安全检查的时候没暴露。打开开关之后，离子流织成一片淡蓝色的薄刃，这东西即使削向钢铁与岩石，那坚不可摧之物也会立即被分成两半。

现在它就抵在唐珀的脖颈前，刀刃处发出"哧哧"的嘶响。唐珀的脖颈皮肤上已经被划出一道像丝线一样细薄的伤口，血液从末端流下来，没入衣领中。

这血流下来的时候，考文握住刀柄的手颤抖了几下，眼角神经性般抽搐着。他看着唐珀平静的面容，心中浑然生出一股无力感，无力过后是加倍的疯狂。他下不去手割断唐珀的喉咙，那就把开关往前推，增大光刀的接触面积。

"考文，"唐珀忽然开口，淡淡道，"我想知道你这样做的理由。"

一系列疯狂的举动终于得到了反馈，连日来压抑着的情绪终于有了突破口，考文的身体因激动而战栗，但他的声音因此更加干涩低沉。

"因为你……背叛了我们。"他道，"你……骗了我们。你口口声声带我们建立新的真理协会，自己却成了未来皇帝的'镜'。"

他胸脯剧烈起伏，越说越激动，温莎别开眼不敢看，心里哀号一声，祈祷考文千万拿稳刀。

"兰顿找我，告诉我镜星的真相，要我当着所有人的面说出来。我很激动，我知道真相是你发现的。这么多年，我们终于有了正大光明的机会，告诉他们……告诉他们会长的罪行。我还想……帮你，让你重获自由。"他声音嘶哑，"结果呢？会长还没酿成大错就被你们制止，你和兰顿在选帝侯那里得到美名，真理协会……真理协会……现在满帝国的人都在赞美真理协会！我们的其他伙伴早就看懂了，告诫我不要再相信你，你的心已经站在了贵族那边。只有我……只有我还什么都不明白。"

考文喘了一口气，他因被背叛而绝望，如同一头困兽。

唐珀的声音依旧平静而温和，问他："还有呢？"

"你……为了让兰顿当上皇帝，放弃那么好的机会。现在他只差会长同意就能成功了……你……会长必然……"

"你怕我倒向会长，同意他的一切要求？"唐珀轻声道。

考文痛苦地闭上眼睛。

他是反叛者里最激进的那一批，因此看到唐珀和兰顿公爵的姿态，看到会长对他们那样亲切的态度，他如遭雷击。组织里人心惶惶，更让他夜不能寐、痛苦不堪。

但这里有比考文更冷静的人。

"你说出了多少？"角落里一个神色阴郁的真理官忽然对唐珀开口了，"为什么我们今天会被邀请来到这里？"

温莎仿佛听到什么好笑的事，笑了起来，终于被卫兵拿枪指了脑袋。

"我是中立的，"温莎撇清自己，然后道，"但是唐珀首领如果真的供出了你们，会长还会邀请活着的你们来到这里吗？你们之间的信任怎么还不如我和兰顿公爵之间的信任？"

那名真理官走到了他身边，神情坚定，那是一个下定决心的人才会有的眼神。

"他在兰顿和会长身边活着多待一天，我们的组织就会多一天震荡不安。我们相信的是曾经的唐珀首领,不是未来皇帝的'镜'。"

温莎仍保持着贵族独有的彬彬有礼的姿态:"因为你们认为缺失者天生软弱、善变,不值得信任?可你们忘记唐珀首领以前带领你们做的事情了吗?他在长达五年的应激期里都克服了内心的恐惧,带你们走到今天,你们却在他终于得救的时候背叛了他。"

"但救了他的人是兰顿。"回忆起往事,考文握刀的手又颤抖了几下,温莎赶紧闭嘴。

那名神情阴郁的真理官想要说话,唐珀淡淡带笑的声音却响起:"我建议你不要与温莎公爵争执与缺失者有关的话题。"

考文死死看着唐珀的眼睛。

从前的首领不是这样的。他尖锐、进取,对真理协会充满反感,不表露一丝弱点。而不是现在这样……这样……

考文无法形容现在的感觉,看着那双平静的冰绿色眼瞳,觉得他根本没有任何情绪的波动,他什么都接受,什么都原谅。他不在意他们的忤逆,不为自己辩解,也没有受制于人的不甘,就像大人看见一个犯错的孩子。

曾经的首领让人服从听令,现在的首领却让人想……痛哭忏悔。他好像什么都知道。

刀刃往脖子里割进一丝,唐珀的眼睫终于缓慢地合了一下。

"是我错了。"他轻声道。

考文的情绪终于到了崩溃的边缘:"你做了什么?真的背叛了我们?"

"不。"唐珀说。

"我们走得太远,忘记了很多事情,"他声音里有淡淡的怅惘,听起来像一声叹息,"忘记让我们走到一起的是对真理的追求,而不是对会长的仇恨。"

考文愣了愣,继而浑身剧颤。

就在这愣神的片刻,唐珀冰凉的手指扣住他的手腕,他惊恐地发现自己根本反抗不了。那把淡蓝窄刀如鬼魅般到了唐珀手里。

真理官砰地开枪。

子弹划出一条刺眼的弧线,唐珀朝前伸手,淡蓝色的薄刃在他手指间翻转。子弹呼啸飞来,被炽烈的离子流接个正着,在高能力场里"嗦"

549

的一声化作一团漆黑的烟雾。

惯性让烟雾继续往唐珀的方向飞去,但它已经无以为继,最后在唐珀面前飘然飞散。

枪雾散去后,冷光灯下的人依旧从容平静。

他看也不看地上痛苦抱头的考文,以及周围一众反叛者成员,走向飞船控制台,声音淡薄冰冷:"如果已经不相信自己,就去看别人怎样做。"

见唐珀脱险,温莎终于松了口气。

飞船控制台上有周围宇宙环境显示,有航路图,也有雷达成像。影像上,一艘飞船正朝这里追逐而来,并且越来越近。

而航路已经被设定完成,飞船正奔赴离首都星最近的一颗死星。

"这是自毁模式。不会停下,也不能和其他飞船接驳。"那名真理官忽然开口,"我们早已做好为此而死的准备。兰顿救不了你。"

唐珀只是垂眼看着飞船影像,并未对此作出任何反应。

真理官心中猛地掀起一股没着落的焦躁,他不知道为什么这种时候了唐珀还仿佛无事发生。为了压下心中的不安,他继续道:"我们留在首都星的伙伴会继续未完的事业。"

话音未落,忽然一声巨响,整艘飞船剧震,周围摆设稀里哗啦震落一地,舱内红光骤现,刺耳警报声陡然响起:"警报、警报,受到攻击。"

这世界太危险,温莎麻木地想。难道点太背,有陨石撞上来了?

很快他们就不用猜了,因为真的有东西撞了上来,还撞穿了飞船最薄的外层舱壁,他们这里的天花板也鼓起一个变形坑。

"警报、警报,A3区损坏。"

"袭击物:S537号弹射舱。"

"警报,温度过高。"

天花板凹坑处响起"呲呲"声,金属被灼烧变形卷起,化成液滴落在地板上,出现一条黢黑的裂缝。

从那裂缝里滚下来的先是浑身是血的会长。然后是郁飞尘,他没滚,自己跃下来的,动作很稳。

落在地板上,郁飞尘环视四周,觉得卫兵这面如死灰的样子有点眼熟。再一看,考文正在地板上痛哭,温莎四肢俱全地被铐在一边,主神好端端地站在控制台前，正回头看自己，看完自己，又看向天花板上那个被砸出来的口子。

看完这些后，他看向了郁飞尘手里的铜管枪。郁飞尘陡然一惊，让铜管枪瞬间消失。

"来晚了。"他把会长踹到另一边，免得挡路，敷衍地对周围一众目瞪口呆的人道，"你们好。"

或许郁飞尘很好，但他们不好。

反叛者刚刚受到灵魂的拷问，正在痛苦地思索人生；卫兵被骤然告知飞船开启的是自毁模式，他们很快就要完蛋；温莎双手被铐得死紧，还被枪指了脑袋——公爵继承人这还是第一次尝到受制于人的滋味。

郁飞尘注意到了唐珀脖子上那道若有若无的血线伤口，看向温莎："你们怎么了？"

"一个好消息，唐珀首领解决了目前的危机，我们暂时死不了。"温莎虚弱道，"一个坏消息，飞船已经被设好航路，飞向死星自毁，我们最终还是要死掉。"

控制台前的唐珀看过操作信息和航路，适时补充了一句："航路无法更改，二十五分钟后抵达死星。"

卫兵和温莎试图求生，目光灼灼地看向郁飞尘，仿佛他能让飞船凭空转弯一般。郁飞尘觉得不对，他来之前唐珀不是控制得挺好吗？怎么现在又变成他一个人是全村希望了？

他当然没有让飞船拐弯的能力。他现在也没有让飞船拐弯的心情。

郁飞尘居高临下地站在考文前面。考文看见他，目光中流露出痛苦与仇恨，手指胡乱地在地板上抓着，想拿回自己的武器，摸索了一会儿才想起那把窄刀已经在唐珀手里了。

郁飞尘当然也看到了那把刀。如果他手里现在有枪，考文的右手和脑袋已经不在了。可惜没有。直到这时他才察觉自己刚才下意识收枪的举动很有欲盖弥彰的意味，也不能确定唐珀刚才有没有看到，最好没有，这东西毕竟是通过非法途径得来的。

他只是俯视考文，问了一句："他对你说了什么？"

考文却看向身受重伤的会长："你……你们做了什么？"

原以为兰顿和唐珀已经倒向会长一方，现在会长却如此狼狈地被丢到了这里,这是他们所有人都没想过,甚至从不敢想的。

郁飞尘倒笑了:"和你有关系吗?"

明明是带着笑意的一句话,舱内气氛却更加寒意逼人,众人皆噤若寒蝉。参与此事的反叛者俱低下头一言不发,脸上青红白交加,十分精彩。

温莎没被寒意影响,微笑着,替考文回答了问题:"唐珀首领提醒了一下他们,当初究竟是为了反抗什么而走上这条道路的。"

会长统领的、迟暮之年的真理协会阻挡了某些人追求心中真理的道路,他们这才渐渐走到了一起。推翻会长的统治本来是达到目的所必经的道路,可道路如此艰难,理想又虚无缥缈,多年后这件事渐渐变成了目的本身。他们视会长为洪水猛兽、生死仇敌,前进路上的唯一障碍。因此当唐珀再度出现,才会引起这么大的反应。

而会长深知这一点,他不必做什么,只需稍加挑拨,反叛者就会内起纷争,原本的首领变成该被排除的异端敌人。

温莎叹了口气。信念也会变质,世上其实没什么东西是纯洁的。

唐珀用光刀割开了温莎的手铐,温莎理了理衣襟,恢复体面优雅的姿态:"感谢你。"

唐珀道:"连累你了。"

温莎:"很荣幸被你连累。"

郁飞尘淡淡看了温莎一眼。

唐珀莞尔,关掉窄刀开关。光焰熄灭,只剩银色刀柄,杀人利器握在他手里,倒像个精致绝伦的艺术品。"给我。"郁飞尘说。

语气很自然,像是见到了什么新鲜玩具,要来看看。唐珀给了他。

开关一卸后,郁飞尘把东西收起来,他伸手拨开唐珀的头发,露出脖颈上那道伤口。血还没干,他用指腹缓缓抹掉正往下流的鲜血。

这人明明只是低头看着那里,没什么别的动作,但温莎看见这一幕,忽然背后微微发寒。

那伤口其实没什么,不处理也能自然愈合。唐珀打量一遍郁飞尘全身,确认他也没出什么事,轻声道:"我没想到你会来。"

郁飞尘:"那我做什么?"

想了想,唐珀说:"我正期待着还未抵达死星,就传来你任务完成的消息。"

郁飞尘根本懒得回答。可能当时他按着会长把同意加冕的章盖了,再反过来让会长签几个丧权辱国的条约,那30%的进度就能完成,而不是对会长开了两枪,再带过来一起亡命天涯。

但是当知道那艘飞船里有唐珀时,理智竟然可以说是不复存在。

"但我得保护自己的'镜'。"他说。

主神笑了笑。这让郁飞尘心安理得了一些。最开始主神朝他那枪看过来的时候,他是真孬毛了一下,现在又觉得,就算发现,也就那么回事。

当着那么多人的面,这人反正不会发作。

唯一值得担忧的是回到乐园后,但顶多是没收。他总觉得主神现在对他的容忍程度很高。

痛哭声大了一些,那句"但我得保护自己的'镜'"好像又把地上的考文刺激到了。没办法,当他们为那虚无缥缈的危机感背弃自己的首领的时候,却有另外的人愿意放弃一切去追逐这艘注定撞向死星的飞船,这让他们的信念和情感显得那么苍白。

本来就很苍白,郁飞尘心想。

这时,会长终于缓过气来,疯狂咳嗽之后看清自己的所在地,道:"你们……把我弄到这里,究竟要做什么?"

这话问得很可笑。

"您就不能——"郁飞尘淡淡道,"是个添头?"

这话成功让唐珀眼里的笑意加深了。温莎见状直接看向天花板,怕着了道。

为了掌握现在的情况,会长扫视人群,发现有一名本该在这里的真理官现在消失了,大约是逃命去了。

会长深吸一口气,这种对事件发展丧失掌控的感觉他今天已经体验了太多次,而与此同时,他的筹码少得可怜。

但他不能就这么死了。

"飞船有逃生舱。"只听会长道,"S级以上的权限可以打开。"

S级以上,只有会长和会长的副手,也就是只有会长可以打开。

没人说话,仿佛根本不想逃命一般。会长急了,又问一遍:"你们到底想要什么?"

郁飞尘还是没说,一双冷静沉着的眼睛让人打心里犯怵。

553

"要加冕令，还是要……"会长看向唐珀，咬牙让出了自己的最大利益，"要他做继任会长？"

对着他的目光，唐珀礼貌又冷淡地摇了摇头。

会长的喘气猛地粗重起来："你还是想推行你的那套语言吗？"

唐珀："如果是呢？"

会长咳嗽几声，唐珀俯身，把他从地板上扶起来，在一旁坐下。终于得到了不那么粗暴的待遇，会长看起来好了很多。

他的眼皮因苍老而下垂，嘴唇抿紧又松开，郁飞尘看了半天，觉得这应该是副悲天悯人的表情。

"推行通用语言，是一场会波及所有人的变动。唐珀，当初我拒绝它，并不是因为有偏见，只是这不是现在的我们该做的事情。"会长声音嘶哑，接着他又看向考文和其他人，"我知道你们反叛的理由……你们认为对真理的探索不应该被帝国束缚。"

没人对他这番话提出质疑，于是会长的语声也稳定许多。

"但多年来……我们没有自己的土地，没有真正的财政和税收……我们只能依赖领主……"他惊天动地地咳嗽了起来。

当别人说话时，即使只是在咳嗽，守礼的贵族也不应该打断，温莎没说话。他觉得哭穷的该是自己而不是会长才对。

咳完，会长顺过了气，语调沉痛许多："我从未忘记过对真理的追寻，也未忘记过……我们的子民。"

"我们要废除秘语，推行通用语言。"郁飞尘开口，打断了会长抒情。

"作为答谢，我会扩建帝国所有修道院，以便给所有子民提供通用语言和知识的教育。"他一字一句缓慢道，"您满意吗？"

会长的表情蓦地静止了，飞船航行的嗡鸣声里，他好像一个风中固化的石膏像那样，足足几十秒后吐出几个字："我不需要。"

"为什么？"

"我们现在的人数……已经足够研读真理。"

"研读结果就是雪人？"即使有唐珀在一旁"监考"，郁飞尘的耐心也已经降到最低，他淡淡道，"回首都星后就开始吧。"

保罗会长怒极反笑，咬着牙道："那就一起去死星吧。"

这世界的人均寿命很长，他还有二三十年，甚至更多的光阴，但……

当对话来到绝境，他也被迫拨开层层表象，用行为承认了内心真正的想法。

当秘语营造的壁垒被推平，所有人都能平等地看见真理的时候，对真理的探索必然走上崭新的光辉灿烂的道路。

但到那时候，世上还会有会长的存在吗？

他在意的真是所谓"真理"吗，还是这些东西带来的至高无上的权力？

至于反叛者，他们中的大多数人向往的到底是崭新的真理协会，还是能使自己从中获益的权力更替？

温莎看过在场所有人的表情，不由得笑了笑。其实绝大多数人的目的都不那么高尚纯洁，所以那些纯粹的追求才显得珍贵。他看向郁飞尘和唐珀——在场的、追求相对纯粹以至于像是在给整个世界做慈善的两个人——并提出了发自内心的疑惑。

"我有句话想说。"温莎语气真诚，"你们真的一点都不慌吗？"

说完，他指了指天花板上那个巨大的裂口。郁飞尘来时的那艘歼击舰早就不知道遗落在了茫茫宇宙的什么地方，这人是用歼击舰朝这边发射了个弹射舱，强行和他们的飞船接驳。现在飞船外壳重度损坏，已经开始冒烟了。

同时，氧气浓度也在迅速下降。

当然最要命的是这艘飞船真的在头也不回地撞向死星，看那两人镇定自若的姿态，他还以为这是在外星系旅游。

郁飞尘道："你可以去找他开救生舱权限。"

"会长大人，"温莎从善如流，恭敬道，"麻烦您把权限开一下，我回去后，会贡献给您今年90%的税收。"

会长只是冷笑，看着郁飞尘。

这是生死赌注，只要郁飞尘想活，就要向他服软。

温莎无功而返，装模作样地叹了一口气。

郁飞尘从一旁拿了酒精，给唐珀的伤口消了一遍毒，又在飞行控制台上敲了些什么东西，但敲完之后航行状况没有任何变化，可见只是无用的努力。

时间一分一秒过去，舱内氧含量迅速下降，飞船航行不再平稳，警报狂响，走廊里传来物品倾倒打碎的声音。

离死亡时刻越来越近，会长握住扶手的手指也收得越来越紧，指节已经泛白。

就在这时，郁飞尘接受了一个通信请求。

温莎挑了挑眉。

一开始对面没人说话，是机器声，像是在什么控制室里，几秒后才响起人声，有卡扬的声音，还有西蒙斯的声音。这两人的声音传来的一瞬间，暴怒击垮了会长最后一丝理智，然而他已经什么都做不了了，只剩一个阴暗的想法——那就一起死吧。

让会长、反叛军、危险分子、公爵都死在这艘飞船上，他的所有罪证也随着兰顿的完蛋在这世界上消失无踪。

这样想着，他唇角浮现一丝疯狂又解脱的笑意，一抬眼，却忽然对上了温莎公爵高深莫测的笑容。

"郁哥，"通信另一端，声音平稳传来，"我收到你的坐标和航路了，接下来你得确认这是艘可跃迁飞船，而且已经打开了保护力场。"

"打开了。"

"呼……等一下，我确认最后一个参数。"

飞船上，郁飞尘也把保护力场的强度开到最大。

白松努力镇定的声音从通信器那头传来："距离，七单位；时间，五秒后。我已经为你们打开镜星虫洞，终点为真理之城上方大气层，4、3、2……"

反叛者和卫兵对视，目光在呆滞中浮现无尽的麻木。

在今天，已经没有什么事能使他们惊讶了。

没有。

"咔嚓"，会长终于捏碎了座椅扶手。

空间被镜星折叠，通道开启。人的肉眼无法看见虫洞的构成，飞船跃出无形的通道，就像飞虫从门洞里穿过，抵达另一片天地，周围景物蓦然改变。

真空般的寂静维持了三秒后，濒临报废的飞船出现在真理之城上空。洁白的云雾下，巍峨的建筑矗立在首都星正中，如同一个浑然一体的王国。

真理之城的防御系统自然监测到了上空巨大的能量波动，雷达也锁定了突然"来袭"的飞船。它的反应速度堪比一个大型军事基地，眨眼间，歼击机群就像蜂群一样从城中各处腾空而起。遇袭的信号同时传达给了阿希礼上将和真理协会自己的骑士团。

阿希礼就在白松旁边。他正直勾勾地看着白松的举动。

白松一脸焦虑地给骑士团首领发送消息，说："会长和兰顿公爵都在那艘飞船上，不要轻举妄动。"

首领大骇，问："他们是不是被反叛军劫持了？"

白松敷衍地回以"嗯……我也不清楚……等待"之类的废话。

"兰顿什么时候认识了你？"阿希礼上将道。

白松审慎回答："我仰慕公爵很久了。"上将脸上浮现怀疑的表情，像是听见鸭子学会上树。

"他们挟持了会长，这一定是唐珀的阴谋，你是唐珀的下属？"上将说。

"也许吧，"白松小声道，"但不管会长是谁，真理还是真理，对吧，上将。"

上将若有所思。

穿越虫洞后，飞船沿着惯性又向前飞了一段，然后由直冲变成悬停。此前一直响着的刺耳警报声也突兀地消失了，取而代之的是一遍又一遍的报错声。

"错误，坐标已丢失。

"错误，未找到正确航路。

"未知错误。

"未知错误。

"警报，未知错误。

"航行已停止，请确认——"

郁飞尘拉闸。世界清静。

穿越虫洞对航行系统来说是不可预估的意外，宇宙坐标突然改变，航路丢失，没有应急预案，飞行过程强行停止。

于是等航行系统重启的时候，飞船已经从自毁模式中跳出了，变成手动操作模式。

郁飞尘操纵着它缓缓下降，飞船逐渐穿越云层，接近城中建筑。

从外面看，就是一艘冒着黑烟的舰船不怀好意地逼近了真理之城的核心。守军的歼击机在半空中悬停,各色武器全都瞄准了它,然而没有一个开火。

看起来像是军队投鼠忌器,身处事件中央的会长看见这样的场景,却明白自己大势已去。

温莎、西蒙斯、卡扬、阿希礼……有一个算一个,都不忠诚。阿希礼口口声声"敬畏真理协会",却……

会长终于恍惚间明白了一件事。让所有人口口声声敬畏赞美的,不是会长个人,也不是真理协会,是真理本身。

他费尽心机构筑起的牢不可破的权力的体系,只是短暂窃取了真理应有的权柄。只要有一个人道破了它的本质,这座真理之城就像水面上的倒影一样,风一吹就散了。

飞船缓缓下降,他的血液也渐渐冷却。胜利已经不可能了,他现在唯一能做的是给自己争取一个不太难看的结局。

最终,保罗长长叹了一口气。

"你们要什么,"他露出疲态,说,"都拿去吧。"

"咔嗒。"轻轻一道玻璃碰撞声,唐珀往保罗面前放了一杯温水。

众人彼此对视一眼,确实,再不缓缓,要么脑梗,要么心梗,总之保罗会长已经在被气死的边缘了。

保罗会长没拿起唐珀给他倒的水,唐珀也没对他开口提任何要求,只是看着郁飞尘操作舰船。

郁飞尘看起来还是一贯以来的冷冷淡淡,没什么表情,他的情绪不在脸上。会长和反叛军这一出,不知哪个环节让这人彻底炸了毛,不能善终了。

唐珀想过,"不能善终"的方式无非就是郁飞尘之前说过的,直接把通用语言辞典上传知识库,所有人都能看见。帝国无疑会震荡,但郁飞尘不打算管,左右那时候人已经回了乐园。

真理协会有一个名为"幕墙"的系统,监视着人们的通信和发言,限制每个人在网络中的权限。上传知识库需要最高级别的权限,得从会长手里拿。现在会长已经妥协,但郁飞尘似乎没有任何与会长沟通的意愿。

唐珀走到郁飞尘身边。

操作界面上不是航行系统,是武器系统。

飞船在真理之城一座建筑斜前方悬停。会长喉里"嗬嗬"几声，死死瞪着那里。

建筑里，疏散警报长鸣，协会成员像在逃命一样奔出来，四下散开。

接着，武器系统瞄准，爆炸声骤起。地动山摇，建筑坍塌崩毁。

震耳欲聋的轰声过后，真理之城以这座建筑为中心，腾起一朵尘埃弥漫的灰云。

帝国里，使用知识库检索的人、解惑区提问的人、正在登录账号的人，终端上忽然跳出一模一样的白屏。

尘灰往上涌，裹住了飞船，舷窗外一片灰白，舱内一片死寂，温莎眨了眨眼睛。丧心病狂，他默默地想。

寂静中，规律的脚步声响起，到了考文面前。

考文被两个卫兵押在一旁。卫兵比会长识时务得多，一见这秋后算账的架势，忙押着人往前送了送。

郁飞尘比考文高得多，看人的时候垂着眼帘，漫不经心的模样，烟银色瞳孔光透不进，冷静沉着，空无一物。

考文打了个寒战。

郁飞尘朝一个卫兵的方向伸出手，掌心朝上。

卫兵忖了忖，把自己的配枪献过去，递到他手上。

郁飞尘接过枪，目光又在考文身上停了一会儿，才看向银白的枪。

他像是在想什么。他想自己为什么要做这些事，想今天究竟是什么东西驱使他做了这些。

半分钟后，他对考文抬起了枪。枪口黑洞洞的，好像连接着地狱，但考文觉得自己早已在地狱里待着了，绝望恐惧到了忘记呼吸的地步。

远处忽然传来一道淡淡的声音，考文迟缓地想了好一会儿才反应过来，那是唐珀在说话。唐珀还站在原来的地方，看着郁飞尘的背影。冷光灯往下照，在他身体边缘投下一个虚无的轮廓。

"好了。"他说。

郁飞尘收枪回身，往驾驶台走。

飞船在报废的边缘终于得到了降落的信号，在城中广场中央着陆。他们刚离开飞船没多远，就听后面传来巨大的爆炸声。它今天承受了太多，最终还是壮烈牺牲了。

明白状况后,阿希礼上将一脸沉痛,但还是指挥守军撤退,放行,再派医生紧急救治会长,但是他没问会长究竟发生了什么,甚至没有亲自觐见会长大人。

首都星要变天了,他知道,所以他自动站队。就像卡扬说的,不论事情怎样变化,真理还是真理。

贵族从侥幸归来的温莎公爵嘴里得到了很多消息,知道了会长现在面对兰顿时的弱势,还知道了唐珀要做的"让秘语消失,让所有人都有资格探索真理"的伟大事业。他们都嗅到了真理协会即将吹灯拔蜡的味道,喜笑颜开。

温莎只是微笑,一座大厦正在轰然倒塌,他看到了,但其他人——真理官、贵族、平民——都还没有看到。

不过这和郁飞尘已经没多大关系了。

全首都星上下,人们因为最近发生的事情惶恐不安,唯独兰顿庄园里一派宁静。

郁飞尘在通话,白松刚汇报完情况,说:"郁哥,你炸得很到位,物理破解了权限系统。现在网络的通信功能勉强抢修完成,知识库恢复了一部分使用,解惑区仍在崩溃,但还有点抢救的可能。至于幕墙的物理设备……被炸得稀烂,已经正式宣告报废。幕墙一倒,平民可以访问真理协会的资料库,真理协会不同领域部门的成员也可以跨领域自由获取知识。总之,一片混乱。"

郁飞尘让白松把那套语言传上去。白松一边嘀咕着"那不是乱上加乱",一边还是听话地接下了他郁哥的任务。

帝国果然更加一地鸡毛,没人知道下一步该做什么,只是满怀疑问——真理协会到底在搞什么?

面对着主神,郁飞尘也在思考一个问题:"我们离开之后,唐珀和兰顿会怎么样?"

"他们会跳过这段时间,出现在我们离开的下一刻,但你可以选择是否将记忆与他们共享。"

郁飞尘说:"不。"

就让原来的唐珀和兰顿一闭眼、一睁眼,忽然穿越到了他们以为的未来吧。

"中和结果呢,他们身上会保留吗?"

"不会,他们的状态停留在被取代的前一刻,但如果你希望把中和状态保留给他们,可以向创生之塔付费修改。"主神又想起什么,说,"共享记忆也需要付费。"

郁飞尘真诚道:"创生之塔很缺钱吗?"

主神淡淡地看他一眼。

那就随他们去吧,郁飞尘心想。

只不过,想到真正的兰顿和唐珀认清现状相对无言的样子,倒像个荒诞的喜剧。他对别人的故事一贯不关心,可兰顿和唐珀的生命里因为有了他自己和主神的浮光掠影,显得值得好奇。

主神眼里有点淡淡笑意,似乎也想到了那场景。

"唐珀其实一直知道自己的数值与兰顿匹配。"他道。

郁飞尘听他往下说。

"但他们之间的时间重叠太短,唐珀的事业又不容耽搁。"

他注定要在兰顿成年后跟随他回到封地。在离开首都星权力中央的前夕,唐珀知道自己必须最后一搏。成功就成功,失败就永远失败。

"所以他也……不想连累兰顿。"主神说。

"那他——"郁飞尘的话刚开了个头,忽然卡住了。

他想问:如果是现在,没了权衡利弊的需求,那个唐珀愿不愿意和兰顿互为"镜"?但这话冗长,也词不达意。

鬼使神差地,他脱口而出了句自己从没说过类似意思的话:"那他怎么看待兰顿?"

这话却把主神问住了。他似乎在思考。

不知道就算了,他也只是忽然一问。

看着主神若有所思的样子,郁飞尘觉得有点眼熟,仿佛下一刻这人就会闭眼放弃思考,并说:"我应激了。"

他忽然笑了:"你有一次在飞船上莫名其妙应激,我一直没想出原因。不会也是因为在替兰顿和唐珀思考这种问题吧?"

他记得清楚,那次应激前,自己说了一句"真希望看到你的特征数值"。

"不。"主神回忆了一会儿,道,"那次在想关于我和你的事情。"

"什么事情？"

主神的目光越过玻璃看向外面。雾气里，城市的轮廓若隐若现，与天空纠缠不清。

"我在想，我和你的关系是否会因为这个世界而改变。"

这倒是个有道理的担忧，郁飞尘觉得变化确实发生了。

但他没说话，目光停在主神金发的卷梢。当主神审视他的举止的时候，他也认识了一个不活在传闻和赞美诗里的伸手可及的主神。

他道："你是想把我感化成信徒吗？"

他也没什么能被培养成墨菲的天分。

主神摇头："你的信仰有限，但对我而言，你是很重要的人。"

声音还带着那种古典优雅的腔调，说什么都像誓言。

郁飞尘提起这话题，原本只是想抓个主神的把柄，可听见这句话，主神发梢上的微光忽然晃了他的眼。

他想接点什么，却半响都没憋出半句有意义的话来，心跳倒是数出了好几下，觉得自己和墨菲也没差。

最后他回了三个字："你也是。"

主神闻言，目光怅然，朝他看过来。

接下来的事情都没什么悬念。变化在帝国里逐渐发生，不知道什么时候会把那30%走完。

首都星大局已定，唐珀的再审判在大家心照不宣的放水里度过，温莎友情提供的法律漏洞很好钻，兰顿家的私兵以训练为由，至今已经在真理之城驻扎了三天。

最后的结果是无罪。

温莎听闻结果又对卡扬叹息一声："看，腐朽的封建贵族。"

尘埃落定后，老会长通过了洛什·兰顿的加冕令，而后称病辞职，去了乡下星球隐居。

会长是个不能被罢免的职位，主动辞职和死亡是唯一的卸任方法。旧会长辞职后，新会长也像皇帝一样，得经过选举程序。

但皇帝加冕已经近在眼前，时间不够用了。会长以下的副会长与预备会长就那么几位——西蒙斯养伤在床；考文不知道受了什么打击，精神错乱不能露面；卡扬连连声称自己太过年轻，难以担当大任；其他几位也纷纷效仿卡扬的做法,闭门谢客。数到最后,能暂代会长给皇帝加冕的竟然只有唐珀了。

加冕的典礼很烦琐,仪式正式开始的前夕,温莎来拜访,还装模作样地拿了枝玫瑰花。

"贵族正在庆祝他们的未来——推行通用语言,研读真理书籍,建立真理学院,培植自己的学者与真理官。他们相信你会带领他们走向这样的未来。"温莎笑眯眯道,"但要我说,当平民能看见真理,贵族的丧钟已经敲响了,只是没人听到而已。"

郁飞尘坐在墨绿色天鹅绒长沙发上:"你想说什么?"

"寻求你的认同。"温莎道,"我派去监视保罗会长的人说:'他现在安分守己,只是精神有点不正常。'我在想……"

郁飞尘背后的门开了。他回头,看见唐珀走来。唐珀穿着盛典礼袍,金发披下来,与深红华服上的金色纹路交相辉映。他左手持权杖,右手上是属于皇帝的白金冠冕。

温莎:"你好,唐珀大人。"

"你好。"

唐珀走到郁飞尘背后,红袍披风曳地。

温莎说:"我正在和兰顿公爵聊保罗会长,我在想,他这失败的一生里,究竟做错的是什么。"

"只在一种情况下,一个人可以握持王国所有权力。"唐珀把权杖放在一旁,低头给郁飞尘伸手理了一下胸前的绶带,才继续道,"他保证自己永远清醒、永远正确、毫无私心。"

郁飞尘想到的却是主神那片光辉灿烂的永昼。

"你呢?"他说。

主神没有回答他。

温莎把玫瑰花插进宫殿的花瓶里,送完礼物,他说:"公爵、大人,打个商量。"

郁飞尘:"什么?"

"如果你们快要走了,可以考虑带我一个。"温莎公爵还是那副温雅带笑的模样,神秘莫测,仿佛已经洞察全部。

唐珀:"留下不好吗?"

"我在这里很多年,好像有点厌倦了,想去领略一下别的世界。"

白松不知道从哪里冒出来:"你只是快要成年了,使命者身份即将在缺失者权益保护组织里暴露,你不想社会性死亡。"

温莎矢口否认:"那只是原因之一。"

郁飞尘回头看唐珀。这人不像是反对的样子。

外面传来礼仪官和秘书的声音,仪式要开始了。

就在这时,欢快的提示声响起:"守门人温馨提示,世界进程因您的参与发生改变,占领进度达到100%。恭喜!"

"核心据地已占领,创生之塔即将对该世界开启接管进程,您即将回归乐园,倒计时10、9、8……"

主神抬手,把熠熠生辉的冠冕轻轻放在了郁飞尘头上。

下一刻,灰白雾气席卷,熟悉的结算场景展开。

图书在版编目（CIP）数据

方尖碑 / 一十四洲著 . -- 广州：广东旅游出版社，2025.2（2025.5 重印）. -- ISBN 978-7-5570-3401-6

Ⅰ . I247.5

中国国家版本馆 CIP 数据核字第 2024CH5598 号

方尖碑
FANG JIAN BEI

出 版 人：刘志松
责任编辑：梅哲坤
责任技编：冼志良
责任校对：李瑞苑

广东旅游出版社出版发行
地址：广州市荔湾区沙面北街 71 号首、二层
邮编：510130
电话：020-87347732（总编室） 020-87348887（销售热线）
投稿邮箱：2026542779@qq.com
印刷：河北鹏润印刷有限公司
（地址：河北省沧州市肃宁县工业聚集区）
开本：880 毫米 ×1230 毫米 1/32
字数：560 千
印张：17.875
版次：2025 年 2 月第 1 版
印次：2025 年 5 月第 3 次印刷
定价：96.00 元

【版权所有 侵权必究】

如发现图书质量问题，可联系调换。质量投诉电话：010-82069336